DuMonts Kriminal-Bibliothek

W0221045

John Dickson Carr (1906–1977) wurde als Sohn schottischer Eltern in Uniontown, Pennsylvania, geboren. In seinen über 90 Romanen nimmt Carr die Traditionen seiner Vorbilder Arthur Conan Doyle und G. K. Chesterton anspielungsreich auf. Der beleibte und biertrinkende Privatgelehrte Dr. Gideon Fell muß einen Vergleich mit den großen Detektiven dieser Autoren nicht scheuen.
Von John Dickson Carr sind in DuMonts Kriminal-Bibliothek bereits erschienen: »Der Tod im Hexenwinkel« (Band 1002), »Der Tote im Tower« (Band 1014), »Die schottische Selbstmordserie« (Band 1018), »Die Schädelburg« (Band 1027), »Fünf tödliche Schachteln« (Band 1034), »Der verschlossene Raum« (Band 1042) und »Mord aus Tausendundeiner Nacht« (Band 1070) .

Herausgegeben von Volker Neuhaus

John Dickson Carr

Die Tür im Schott

Aus dem Englischen von Manfred Allié

DuMont

Für Dorothy L. Sayers in Freundschaft und Achtung

Die Deutsche Bibliothek – CIP-Einheitsaufnahme

Carr, John Dickson:
Die Tür im Schott/John Dickson Carr. [Aus dem Englischen von Manfred Allié]. – Köln : DuMont, 2001
(DuMonts Kriminal-Bibliothek ; 1093)
ISBN 3-7701-5334-0

Aus dem Englischen von Manfred Allié
Die Originalausgabe erschien 1938 unter dem Titel *The Crooked Hinge* bei Harper and Bros. & Hamish Hamilton
© 1938 Clarice M. Carr
© 2001 für die deutsche Ausgabe: DuMont Buchverlag, Köln
Alle deutschsprachigen Rechte vorbehalten
Umschlagmotiv von Pellegrino Ritter
Umschlag- und Reihengestaltung: Groothuis & Consorten
Druck und Verarbeitung: Clausen & Bosse, Leck
Printed in Germany
ISBN 3-7701-5334-0

ERSTER TEIL

Mittwoch, 29. Juli

Ein Toter

Das erste, was Sie sich als zukünftiger Adept merken müssen, ist folgendes: Sagen Sie nie dem Publikum im voraus, was Sie machen wollen. Wenn Sie das tun, dann lenken Sie dessen Aufmerksamkeit an genau die Stelle, an der Sie sie am wenigsten haben wollen, und verzehnfachen die Gefahr, daß man Ihnen auf die Schliche kommt. Wir wollen das an einem Beispiel erläutern.

PROFESSOR HOFFMANN, *Moderne Zauberkunst.*

Kapitel 1

An einem Fenster mit Blick über einen Garten in Kent saß Brian Page, einen Wust von Büchern aufgeschlagen auf dem Schreibtisch, und hatte nicht die geringste Lust zu arbeiten. Die Juli-Spätnachmittagssonne, die durch beide Fenster hereinschien, verwandelte den Fußboden des Zimmers in Gold. Die einschläfernde Hitze entlockte dem alten Holz und den alten Büchern ihre Gerüche. Eine Wespe kam von dem Apfelhain jenseits des Gartens hereingeschwebt, und Page scheuchte sie mit einer matten Bewegung hinaus.

Jenseits der Gartenmauer, hinter dem Gasthaus Bull and Butcher, schlängelte sich die Straße etwa eine Viertelmeile zwischen Obstbäumen dahin. Sie führte an den Toren zu Farnleigh Close vorbei, dem Herrenhaus, dessen Gewirr von schmalen Schornsteinen Page durch die Baumwipfel sehen konnte, und dann über den Hügel eines Wäldchens mit dem poetischen Namen Hanging Chart.

Die blassen Grün- und Brauntöne der sanften Landschaft Kents, die nur selten kräftigere Farben kannte, erstrahlten nun im Licht. Page kam es vor, als hätten sogar die Backsteinkamine des Herrenhauses Farbe angenommen. Er hörte, wie Mr. Nathaniel Burrows' Wagen die Straße entlangkam, und das Motorgeräusch kam schon aus der Ferne herüber, auch wenn er nicht schnell fuhr.

Es gab, dachte Brian Page träge, schon beinahe zuviel Aufregung im Dörfchen Mallingford. Und jedem, der diesen Satz absurd fand, konnte er ihn belegen. Erst letzten Sommer war der Mord an der drallen Miss Daly geschehen, erdrosselt von einem Landstreicher, der dann auf dramatische Weise ums Leben gekommen war, als er über die Bahnlinie fliehen wollte. Jetzt, in der letzten Juliwoche, waren zweimal, an zwei aufeinanderfolgenden Tagen, Fremde im Bull and Butcher abgestiegen: einer war Künstler und der andere womöglich – niemand wußte, wie dieses Gerücht aufgekommen war – ein Detektiv.

Und dann heute das unerklärliche Hin und Her von Pages Freund Nathaniel Burrows, Anwalt in Maidstone. Irgendwie herrschte Unruhe, eine Erregung, auf Farnleigh Close, auch wenn keiner sagen konnte, was es zu bedeuten hatte. Meist ließ Brian Page kurz vor Mittag seine Arbeit liegen und ging hinüber zum Bull and Butcher, wo er sich vor dem Essen ein Glas Bier genehmigte; doch an diesem Vormittag hatte niemand eine Klatschgeschichte zu erzählen gehabt, und das war ein schlechtes Zeichen.

Gähnend schob Page ein paar Bücher beiseite. Er fragte sich, was auf Farnleigh Close geschehen sein mochte, wo es kaum je eine Aufregung gegeben hatte, seit Inigo Jones es für den ersten Baronet errichtet hatte. Das Haus hatte eine lange Reihe von Farnleighs gesehen, und die Familie hielt sich wacker. Sir John Farnleigh, derzeitiger Baronet von Mallingford und Soane, hatte zu seinen ausgedehnten Ländereien noch ein beträchtliches Vermögen geerbt.

Page mochte sie beide, den grimmigen, leicht reizbaren John Farnleigh wie auch Molly, seine unkomplizierte Frau. Das Dorfleben war genau das richtige für Farnleigh; er paßte dorthin; er war der perfekte Landedelmann, auch wenn er so lange fernab der Heimat gelebt hatte. Denn Farnleighs Geschichte war eine jener romantischen Erzählungen, für die Page sich immer wieder begeistern konnte, und schien so gar nicht zu dem soliden, beinahe konventionellen Baronet zu passen, der nun auf Farnleigh Close lebte. Vom frühen Exil bis hin zu seiner Heirat mit Molly Sutton vor gut einem Jahr war diese Geschichte (fand Page) nur ein weiterer Beleg dafür, wie aufregend das Leben im Dorfe Mallingford war.

Page grinste, gähnte noch einmal und griff wieder zur Feder. Die Arbeit rief.

Ach je.

Er betrachtete das Pamphlet, das er neben sich liegen hatte. Über den Fortgang seiner *Biographien der Lordrichter von England* – die wissenschaftlich und populär zugleich werden sollten

– konnte er nicht klagen. Immerhin war er bereits bei Sir Matthew Hale angelangt. Aber es gab immer Äußerlichkeiten, die einen aufhielten, und Brian Page hatte auch nicht die mindeste Absicht, diesen Äußerlichkeiten den Zugang zu verwehren.

Im Grunde war sein Ehrgeiz, die *Biographien der Lordrichter* je zu Ende zu bringen, nicht groß, genau wie er auch sein Jurastudium nie zu Ende gebracht hatte. Echte Gelehrtenarbeit war ihm zu anstrengend, doch war er andererseits ein zu unruhiger, intellektueller Geist, um untätig zu sein. Es spielte keine Rolle, ob und wann er mit den Lordrichtern zu Ende kam. Aber er hatte eine Arbeit, zu der er sich stets ermahnen konnte, nur um dann mit einem erleichterten Aufatmen jedem faszinierenden Abweg zu folgen, der sich bot.

Das Pamphlet, das er neben sich liegen hatte, trug den Titel *Ein Process gegen Hexen, welcher am zehnten Tag des Märzes 1664 gehalten wurde zu Bury St. Edmonds im Namen der Grafschaft Suffolk, verhandelt vor Sir Matthew Hale, Ritter, sintemalen Lordoberrichter an Seiner Majestät Oberstem Finanzgericht, gedruckt für D. Brown, J. Walthoe und M. Wotton, 1718.*

Das war ein Abweg, auf dem er schon häufiger gewandelt war. Sir Matthew Hale hatte natürlich im Grunde kaum etwas mit Hexen zu tun. Doch so etwas hielt Brian Page nicht davon ab, ein überflüssiges halbes Kapitel zu verfassen, wenn ein Thema seine Aufmerksamkeit erregt hatte. Mit wohligem Seufzer nahm er den abgegriffenen Glanville aus dem Regal. Er wollte ihn eben aufschlagen, da vernahm er Schritte im Garten, und jemand rief ihm schon durch das Fenster seine Begrüßung zu.

Es war Nathaniel Burrows, und er schwang seinen Koffer mit weit ausholenden Bewegungen, die gar nichts Anwaltsmäßiges hatten.

»Na, viel zu tun?« fragte Burrows.

»Nu-un.« Page gähnte. Er legte den Glanville beiseite. »Komm auf eine Zigarette herein.«

Burrows öffnete die Terrassentür und trat in den dunklen, bequem eingerichteten Raum. Auch wenn er sich im Zaum hielt, war er doch erregt genug, daß er fröstelnd und recht bleich wirkte an diesem heißen Nachmittag. Sein Vater, Großvater und Urgroßvater hatten die Rechtsgeschäfte der Farnleighs geregelt. Doch manchmal mochte man bezweifeln, ob Nathaniel Burrows, leicht zu erregen und bisweilen unbeherrscht in seinen Reden, sich wirklich zum Familienanwalt eignete. Und er war jung. Doch in der Regel hatte er seine kleinen Schwächen unter Kontrolle und brachte, fand Page immer, durchaus auch einen Gesichtsausdruck zustande, der frostiger war als der eines Heilbutts auf Eis.

Burrows' schwarzes Haar war perfekt gescheitelt und lag adrett am Kopf an. Auf der langen Nase hatte er eine Hornbrille, und die Art, wie er eben über ihren Rand hinwegblickte, ließ vermuten, daß er mehr Gesichtsmuskeln besitzen mußte als gewöhnliche Menschen. Er trug einen schwarzen Anzug, elegant und unbequem, und mit den behandschuhten Händen hielt er den Koffer an sich gedrückt.

»Brian«, sagte er, »ißt du heute abend zu Hause?«

»Na ja, eigentlich schon …«

»Dann änderst du deine Pläne«, sagte Burrows abrupt.

Page sah ihn fragend an.

»Du dinierst bei den Farnleighs«, erklärte Burrows. »Essen kannst du meinetwegen auch anderswo, aber ich hätte dich gern bei bestimmten Ereignissen dort im Hause dabei.« Etwas von seinem Anwaltston kam hervor, und ihm schwoll die schmale Brust. »Was ich dir gleich erzähle, erzähle ich hochoffiziell. Zum Glück. Sage mir: Hattest du jemals das Gefühl, daß Sir John Farnleigh nicht der Mann ist, als der er sich ausgibt?«

»Sich ausgibt?«

»Daß Sir John Farnleigh«, erklärte Burrows mit sorgfältigen Worten, »ein Betrüger und Hochstapler ist, der in Wirklichkeit gar nicht Sir John Farnleigh ist?«

»Hast du einen Sonnenstich?« fragte der andere und richtete sich auf. Was er gehört hatte, verblüffte und ärgerte ihn, es hatte ihn aus der Fassung gebracht, und das gerade zur trägsten Stunde an einem heißen Tag. »Nie im Leben habe ich Grund gehabt, so etwas zu glauben. Warum sollte ich auch? Worauf zum Teufel willst du hinaus?«

Nathaniel Burrows sprang aus seinem Sessel auf und legte statt dessen den Koffer dort ab.

»Ich sage das«, erklärte er, »weil ein Mann aufgetaucht ist, der behauptet, er sei der echte John Farnleigh. Nicht erst seit heute. Es geht schon seit ein paar Monaten, aber jetzt spitzt sich die Sache zu. Ähm ...« Er zögerte und blickte sich um. »Ist sonst noch jemand im Haus? Mrs. Wie-heißt-sie-gleich? Du weißt schon, die Zugehfrau – oder sonst jemand?«

»Nein.«

Burrows flüsterte beinahe. »Ich dürfte dir das nicht verraten. Aber ich weiß, daß ich dir vertrauen kann, und ich bin, unter uns gesagt, in einer prekären Lage. Die Sache wird nicht ohne Ärger abgehen. Der Fall Tichborne war ein Ammenmärchen dagegen. Natürlich habe ich – ähm – offiziell bisher keinerlei Grund zu der Annahme, daß der Mann, dessen Angelegenheiten ich regle, nicht Sir John Farnleigh ist. Meine Aufgabe ist es, Sir John Farnleigh zu dienen – dem echten. Aber das ist es ja gerade. Wir haben zwei Männer. Einer davon ist der echte Baronet, und der andere ist ein Betrüger. Die beiden Männer haben nichts gemeinsam; sie sehen sich nicht einmal *ähnlich*. Und trotzdem – selbst wenn mein Seelenheil davon abhinge, könnte ich nicht sagen, welcher von beiden welcher ist.« Er hielt inne, dann fügte er hinzu: »Aber zum Glück sieht es aus, als könne die Sache heute abend entschieden werden.«

Page wußte zunächst nicht, was er darauf erwidern sollte. Er schob seinem Gast den Zigarettenkasten hin, steckte sich selbst eine an und betrachtete Burrows nachdenklich.

»Da rollen die Donnerschläge ja nur so«, sagte er. »Und wie hat es angefangen? Wie ist überhaupt jemand auf die Idee gekommen, daß sich ein Hochstapler eingeschlichen hat? Ist davon früher schon einmal die Rede gewesen?«

»Nein, und du wirst auch noch sehen, warum.« Burrows holte ein Taschentuch hervor, wischte sich mit aller Sorgfalt das Gesicht und nahm wieder Platz. »Ich hoffe ja immer noch, es löst sich alles in Wohlgefallen auf. Ich mag John und Molly – Sir John und Lady Farnleigh, wollte ich sagen –, ich mag sie sogar sehr. Wenn der Herausforderer der Hochstapler ist, werde ich vor Freude auf dem Dorfanger tanzen – na, das vielleicht doch nicht –, aber ich werde dafür sorgen, daß er wegen Meineids hinter Gitter wandert, und zwar länger als Arthur Orton seinerzeit. Aber jetzt sollte ich dir, damit du heute abend Bescheid weißt, erzählen, was es mit der Sache auf sich hat und wie es überhaupt zu dem ganzen gräßlichen Durcheinander gekommen ist. Kennst du Sir Johns Geschichte?«

»Die groben Züge.«

»Man sollte immer mehr als die groben Züge wissen«, tadelte Burrows und schüttelte mißbilligend den Kopf. »Schreibst du so deine historischen Artikel? Ich will es nicht hoffen. Hör mir zu und präge dir diese paar einfachen Fakten gut ein.

Wir gehen fünfundzwanzig Jahre zurück, zu der Zeit, als der heutige Sir John Farnleigh fünfzehn war. Er kam 1898 zur Welt, der zweite Sohn des alten Sir Dudley und der damaligen Lady Farnleigh. Damals kam niemand auf die Idee, daß er den Titel erben könnte: Der ältere Sohn, Dudley, war der Stolz und die Freude seiner Eltern.

Und sie stellten hohe Ansprüche an ihre Söhne. Der alte Sir Dudley (ich habe ihn mein Leben lang gekannt) war ein Spätviktorianer von der strengsten Sorte. Nicht ganz so zugeknöpft, wie solche Leute heute in den Romanen hingestellt werden, aber ich weiß noch, daß ich als Kind immer überrascht war, wenn er mir einmal einen Sixpence schenkte.

Der junge Dudley war ein braver Junge. John nicht. Er war ein finsteres, stilles, unberechenbares Kind, und so mürrisch, daß man ihm selbst die leichtesten Verstöße nicht verzieh. Er tat nichts Schlimmes, aber er wollte sich nicht fügen und wollte als Erwachsener behandelt werden, lange bevor er es war. 1912, als er fünfzehn war, hatte er eine ausgewachsene Affäre mit einem Barmädchen in Maidstone …«

Page stieß einen Pfiff aus. Er blickte zum Fenster hinaus, so als erwarte er, daß Farnleigh vorbeikomme.

»Mit fünfzehn?« fragte Page. »Der muß es ja faustdick hinter den Ohren gehabt haben.«

»Das hatte er.«

Page zögerte. »Aber weißt du, nach dem, was ich von ihm kenne, hätte ich immer gedacht, daß Farnleigh …«

»Ein wenig puritanisch ist?« schlug Burrows vor. »Stimmt. Aber wir reden ja auch von einem fünfzehnjährigen Jungen. Daß er sich mit Okkultismus beschäftigte, mit Hexerei und Satanskult, das war schlimm genug. Daß sie ihn in Eton der Schule verwiesen hatten, war schlimmer. Aber der Skandal mit dem Barmädchen gab ihm den Rest. Sie erklärte, sie sei schwanger von ihm. Sir Dudley Farnleigh kam zu dem Schluß, daß der Junge durch und durch schlecht sei, ein Rückfall auf die satanischen Farnleighs früherer Generationen, daß nichts ihn jemals ändern würde und daß er ihn nicht mehr sehen wolle. Die üblichen Maßnahmen wurden ergriffen. Lady Farnleigh hatte einen Vetter in Amerika, der es zu einigem Vermögen gebracht hatte, und John wurde in die Staaten abgeschoben.

Der einzige, der ihn auch nur halbwegs bändigen konnte, war ein Hauslehrer namens Kennet Murray. Der Lehrer, damals ein junger Bursche von zwei- oder dreiundzwanzig, war nach Farnleigh Close gekommen, nachdem John die Schule verlassen mußte. Kennet Murray, das ist wichtig, hatte ein Hobby, und zwar die Kriminologie – das knüpfte von Anfang an eine Verbindung zwischen ihm und dem Jungen. Es galt damals nicht gerade als Beschäftigung für einen Gentleman, doch Sir Dudley mochte Murray und erhob keine Einwände.

Nun ergab es sich, daß Murray gerade zu dieser Zeit einen guten Posten als stellvertretender Leiter einer Schule in Hamilton auf Bermuda angeboten bekam – wenn er denn bereit war, sein Glück so weit fernab der Heimat zu machen. Murray nahm an; im Herrenhaus wurden seine Dienste ja nicht mehr gebraucht. Man kam überein, daß Murray und der Junge die Überfahrt nach

New York gemeinsam unternehmen sollten, damit der Lehrer bis dahin noch ein Auge auf ihn halten konnte. Er sollte den Jungen Lady Farnleighs Vetter übergeben und dann von dort den Dampfer nach Bermuda nehmen.«

Nathaniel Burrows hielt inne und dachte über diese längst vergangenen Zeiten nach.

»Ich persönlich kann mich an diese Zeit kaum noch erinnern«, fügte er hinzu. »Wir jüngeren Kinder wurden von dem verdorbenen John ferngehalten. Aber die kleine Molly Sutton, die damals erst sechs oder sieben war, war ganz vernarrt in ihn. Sie ließ es nicht zu, daß auch nur ein schlechtes Wort über ihn gesprochen wurde, und daß sie ihn jetzt geheiratet hat, wird vielleicht noch wichtig. Ich habe noch eine vage Erinnerung an den Tag, an dem John zum Bahnhof gebracht wurde, in einer offenen Kutsche, einen flachen Strohhut auf dem Kopf, und Kennet Murray saß neben ihm. Sie sollten am nächsten Tag ablegen, der aus mehr als nur einem Grunde ein Festtag war. Ich brauche wohl nicht hinzuzufügen, daß das Schiff, auf dem sie fuhren, die *Titanic* war.«

Nun waren Burrows und Page beide in ihren Gedanken bei der Vergangenheit. Letzterer erinnerte sich daran als eine Zeit der Verwirrung, der Propaganda, der Anschlagzettel an den Straßenecken, der Gerüchte, denen jede Grundlage fehlte.

»Die unsinkbare *Titanic* rammte einen Eisberg und sank in der Nacht zum 15. April 1912«, fuhr Burrows fort. »In dem Durcheinander wurden Murray und der Junge getrennt. Murray trieb achtzehn Stunden lang im eiskalten Wasser, klammerte sich mit zwei oder drei anderen an ein hölzernes Geländer. Sie wurden von einem Frachter aufgefischt, der *Colophon* – unterwegs nach Bermuda. Murray kam dahin, wohin er eigentlich gewollt hatte. Und als er per Funkspruch erfuhr, daß John Farnleigh in Sicherheit war, und ein Brief es ihm später noch bestätigte, machte er sich keine weiteren Gedanken mehr.

John Farnleigh – oder ein Junge, der sich für John ausgab – wurde von der *Etrusca* gerettet, auf dem Weg nach New York.

Dort wartete Lady Farnleighs Vetter, ein Mann aus dem Westen, schon auf ihn. An den Verhältnissen hatte sich nichts geändert. Nach wie vor wollte Sir Dudley, nachdem er sich vergewissert hatte, daß der Junge noch am Leben war, nichts weiter mit ihm zu tun haben. Die Sache war dem alten Sir Dudley genauso recht wie dem Jungen selbst.

Er wuchs in Amerika auf und blieb dort fast fünfundzwanzig Jahre lang. Er schrieb seiner Familie keine Zeile; selbst wenn sie darum gefleht hätten, hätte er ihnen kein Foto geschickt und keinen Geburtstagsgruß. Zum Glück faßte er eine spontane Zuneigung zu dem amerikanischen Vetter, einem Mann namens Renwick, und das war alles, was er an Eltern brauchte. Er – nun – änderte sich anscheinend. Er lebte dort in aller Stille als Farmer, genau wie er hier als Gutsbesitzer gelebt hätte. In den letzten Kriegsjahren diente er in der amerikanischen Armee, aber er setzte keinen Fuß auf englischen Boden und traf sich mit niemandem, den er gekannt hatte. Selbst Murray sah er nie wieder. Murray lebte auf Bermuda, aber zu Wohlstand kam er nicht. Keiner von beiden konnte sich eine Reise zu dem anderen leisten, zumal John Farnleigh in Colorado wohnte.

Hier zu Hause ging alles seinen Gang. Der Junge war so gut wie vergessen, und nach dem Tod seiner Mutter im Jahre 1926 kümmerte sich niemand mehr um ihn. Der Vater folgte ihr vier Jahre später nach. Der junge Dudley – der so jung ja inzwischen auch nicht mehr war – erbte den Titel und den gesamten Besitz. Er hatte nicht geheiratet; dazu sei noch Zeit genug, sagte er. Aber da täuschte er sich. Der neue Sir Dudley starb im August 1935 an einer Salmonellenvergiftung.«

Brian Page dachte nach.

»Das war, unmittelbar bevor ich hierherkam«, sagte er. »Aber hör mal! Hat denn Dudley nicht ein einziges Mal versucht, mit seinem Bruder Kontakt aufzunehmen?«

»Doch. Die Briefe kamen ungeöffnet zurück. Dudley war – nun, seinerzeit ein ziemlicher Spießer gewesen. Inzwischen hatten sie sich so entfremdet, daß John anscheinend keinerlei Verwandtschaft mehr in ihm sah. Als es jedoch darum ging, daß nach Dudleys Tod der Besitz und der Titel an John fallen sollten ...«

»Da nahm er an.«

»Er nahm das Erbe an. Jawohl. Das ist der springende Punkt!« rief Burrows. »Du kennst ihn und du verstehst es. Es schien ja genau das *richtige*, daß er wieder herkam. Alles schien ihm so vertraut, obwohl er fast fünfundzwanzig Jahre lang fort gewesen war. Man fand überhaupt nichts dabei: Er verstand sich, er benahm sich, er sprach – das zumindest halbwegs – wie der Erbe von Farnleigh. Anfang 1936 kam er her. Und sogar an Romantik fehlte es nicht, denn er traf die erwachsene Molly Sutton wieder und heiratete sie schon im Mai desselben Jahres. Er lebt ein gutes Jahr hier, er lebt sich ein, und nun das. Nun geschieht das.«

»Ich nehme an, jemand wird behaupten, daß er beim Untergang der *Titanic* vertauscht wurde?« fragte Page zögernd. »Daß ein anderer Junge aus dem Meer gerettet wurde und sich aus irgendeinem Grunde als John Farnleigh ausgab?«

Burrows war mit gemessenen Schritten im Zimmer auf- und abgegangen und hatte vor jedem Möbelstück, an das er kam, drohend den Finger gehoben. Aber es sah nicht komisch aus. Eine intellektuelle Kraft ging von ihm aus, die Klienten beruhigte, ja geradezu hypnotisierte. Er hatte eine Art, den Kopf schiefzulegen und seinen Gesprächspartner seitlich an seiner großen Brille vorbei anzusehen, wie jetzt eben auch wieder.

»Ganz genau. Genau das. Wenn der jetzige John Farnleigh ein Hochstapler ist, dann ist er es schon seit 1912 – und in all der Zeit hat der wahre Erbe geschwiegen, verstehst du? Er hat sich an seine Rolle gewöhnt. Als man ihn nach dem Unglück aus dem Rettungsboot zog, trug er Farnleighs Kleider, er hatte Farnleighs Ring am Finger und dessen Tagebuch in der Tasche. Er hat sich von seinem Onkel Renwick in Amerika Familiengeschichten erzählen lassen. Er ist zurückgekommen und hat es sich in dem alten Leben bequem gemacht. Fünfundzwanzig Jahre! Da verändert sich die Handschrift; ein Gesicht, selbst ein Muttermal, sind nicht mehr dieselben, selbst dem Gedächtnis kann man nicht mehr trauen. Kannst du dir vorstellen, welche Schwierigkeiten das gibt? Wenn er sich vertut, wenn er etwas nicht mehr weiß oder wenn die Erinnerungen vage sind, dann ist das nur natürlich. Oder etwa nicht?«

Page schüttelte den Kopf.

»Trotzdem, mein Junge, dieser Herausforderer muß schon verdammt gute Argumente haben, bevor ihm jemand glaubt. Du weißt, wie die Gerichte sind. Was hat er vorzuweisen?«

»Der Herausforderer«, antwortete Burrows und verschränkte die Arme vor der Brust, »behauptet, er habe einen unwiderlegbaren Beweis, daß er der wahre Sir John Farnleigh ist.«

»Hast du diesen Beweis gesehen?«

»Wir sollen ihn heute abend zu sehen bekommen – oder auch nicht. Der Herausforderer bittet um ein Treffen mit dem gegenwärtigen Träger des Titels. Nein, Brian – einfältig bin ich nicht, auch wenn ich wegen dieser Sache schon halb den Verstand verloren habe. Der Herausforderer hat mir eine Geschichte vorgelegt, die überzeugt, und eine Reihe kleinerer Beweise dazu. Er kam in mein Büro spaziert (und leider in Begleitung eines Windhunds, der sich als sein Rechtsbeistand erwies) und hat mir Sachen erzählt, die nur John Farnleigh wissen kann. *Nur* John Farnleigh, glaube mir. Aber er hat vorgeschlagen, daß er und der gegenwärtige Träger des Titels sich einem bestimmten Test unterziehen, der die Frage ein für allemal klären soll.«

»Was für ein Test?«

»Das wirst du noch sehen. O ja. Das wirst du noch sehen.« Nathaniel Burrows griff nach seinem Aktenkoffer. »Nur einen einzigen Trost gibt es bei dieser ganzen unseligen Affäre. Nämlich daß bisher nichts an die Öffentlichkeit gekommen ist. Der Herausforderer ist ein Gentleman, das immerhin – das sind sie beide, bah –, und er legt es nicht auf einen Streit an. Aber es wird doch eine Menge Ärger geben, wenn ich erst einmal weiß, was nun wirklich die Wahrheit ist. Ich bin froh, daß mein Vater das nicht mehr erleben muß. Einstweilen kann ich nur sagen: Sei bitte um sieben Uhr auf Farnleigh Close. Du brauchst dich nicht feinzumachen. Das werden die anderen auch nicht tun. Das Essen ist nur ein Vorwand, und ich weiß nicht einmal, ob es überhaupt etwas zu essen gibt.«

»Und wie nimmt Sir John die Sache auf?«

»Welcher von beiden?«

»Laß uns der Klarheit und Einfachheit halber«, erwiderte Page, »den Mann, den wir immer als Sir John Farnleigh gekannt haben, auch weiterhin so nennen. Aber das ist interessant. Soll das heißen, daß du den Widersacher für den echten hältst?«

»Nein«, antwortete Burrows. »Eigentlich nicht. Mit Sicherheit nicht!« Er gab sich einen Ruck und sprach mit Würde. »Farnleigh ist – wie vor den Kopf geschlagen. Und ich glaube, das ist ein gutes Zeichen.«

»Weiß Molly Bescheid?«

»Ja; er hat es ihr heute gesagt. Tja, so sieht es aus. So wie ich hier mit dir rede, sollte kein Anwalt jemals reden, und die meisten tun es auch nicht; aber wenn ich dir nicht trauen kann, dann kann ich keinem Menschen trauen, und so ganz sicher bin ich mir ja nicht, ob ich alles richtig mache, seit mein Vater tot ist. Laß dir das einmal durch den Kopf gehen. Mal dir die Zwangslage aus, in der ich stecke. Und sei um sieben Uhr auf Farnleigh Close; wir brauchen dich als Zeugen. Sieh dir die beiden Kandidaten an. Mach dir deine Gedanken. Und dann, bevor die Sache ernst wird«, sagte Burrows und stellte den Koffer mit einem energischen Schlag auf den Tisch, »sei so nett und sage mir, welcher von beiden der echte ist.«

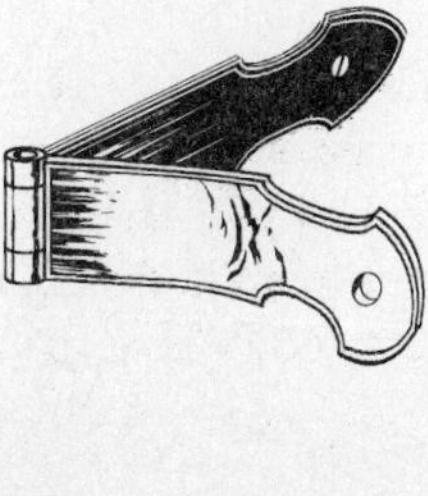

Kapitel 2

Die niederen Hänge des Wäldchens namens Hanging Chart lagen schon im Schatten, aber das Flachland zur Linken war noch sonnig und warm. Das Haus, ein wenig ab von der Straße, durch Mauern und Bäume geschützt, war von einem Backsteinrot wie aus alten Gemälden. Es war nicht minder glatt und ordentlich als der makellose Rasen davor. Die Fenster waren hoch und schmal in geometrischen Blöcken, und ein schnurgerader Kiesweg führte zur Eingangstür. Die Schornsteine standen eng und dicht beieinander im letzten Sonnenlicht.

Kein Efeu hatte diese Mauern je erklimmen dürfen. Auf der Rückseite gab es jedoch eine Reihe Buchen, nahe ans Haus gepflanzt. Hier war in der Mitte des Haupthauses ein neuerer Flügel angesetzt – so daß es wie ein auf dem Kopf stehendes T aussah –, und dieser teilte den kunstvoll angelegten Garten in zwei Hälften. Auf eine davon gingen die rückwärtigen Fenster des Raumes hinaus, in dem Sir John Farnleigh und Molly Farnleigh nun saßen und warteten.

Eine Uhr tickte im Zimmer. Es war die Art von Raum, die man im achtzehnten Jahrhundert Musiksalon genannt hätte, oder den Kleinen Salon für die Damen, und es schien geradezu ein Symbol für den Platz des Hauses in dieser Welt. Ein Pianoforte stand darin, von jenem Holz, das man im Alter für poliertes Schildpatt halten konnte. Es gab altehrwürdiges Silber, und von den Nordfenstern ging der Blick auf den Hanging Chart. Molly Farnleigh nahm es als Wohnzimmer; es war sehr warm und still darin – nur das Ticken der Uhr war zu hören.

Molly Farnleigh saß am Fenster im Schatten einer großen, weit ausgreifenden Buche. Sie war das, was man den sportlichen Typ nennt, mit kräftigem, wohlproportioniertem Körper und einem kantigen, doch sehr attraktiven Gesicht. Das dunkelbraune Haar war kompromißlos kurz geschnitten. Die hellen haselnußbraunen Augen leuchteten in einem aufrichtigen, gebräunten

Gesicht, und die Festigkeit, mit der sie einen ansah, war so gut wie ein Händedruck. Den Mund konnte man zu breit finden, aber sie zeigte prächtige Zähne, wenn sie lachte. Sie war keine Schönheit im herkömmlichen Sinne, aber Gesundheit und Energie verliehen ihr eine Attraktivität, die weitaus stärker war.

Nun lachte sie allerdings nicht. Ihr Blick war fest auf ihren Mann geheftet, der mit kurzen, harten Schritten im Zimmer auf- und abging.

»Du machst dir doch keine Sorgen?« fragte sie.

Sir John Farnleigh blieb stehen. Dann zog er an seinen Manschetten und nahm seine Schritte wieder auf.

»Sorgen? O nein, das nicht. Das ist es nicht. Nur einfach – ach, zum Teufel mit der ganzen Sache!«

Er schien der ideale Partner für sie. Wenn man sagte, daß er der Landedelmann par excellence war, würde das den falschen Eindruck wecken, denn jeder stellt sich einen rotgesichtigen Wüstling vor, wie es sie vor hundert Jahren gab. Aber es gibt auch andere. Farnleigh war mittelgroß, von drahtiger, muskulöser Art, die irgendwie an einen Pflug denken ließ: das glitzernde Metall, den kompakten Bau, die scharfe Klinge, die die Furche zieht.

Er mochte etwa vierzig sein. Das Gesicht war gebräunt, mit einem dichten, doch kurz geschnittenen Schnurrbart; in den dunklen Haaren zeigten sich die ersten Spuren von Grau und in den Winkeln der wachen dunklen Augen die ersten Fältchen. Man hätte gesagt, daß er auf dem Höhepunkt seiner geistigen und körperlichen Kraft war, ein Mann von enormer, doch gezügelter Energie. Wie er nun in dem kleinen Zimmer auf- und abging, wirkte er nicht ärgerlich und verdrossen, sondern eher unbequem, verlegen.

Molly erhob sich. »Aber mein Lieber, warum hast du mir denn das nur nicht gesagt!« rief sie.

»Warum sollte ich dir damit zur Last fallen?« erwiderte er. »Das ist meine Sache. Ich komme schon damit zurecht.«

»Wie lange weißt du es schon?«

»Seit einem Monat. Ungefähr.«

»Und deswegen warst du die ganze Zeit so bedrückt?« fragte sie, und nun sprach ein anderer Kummer aus ihren Augen.

»Deswegen auch«, brummte er und sah sie forschend an.

»Auch? Was soll das heißen?«

»Genau was ich sage, meine Liebe: auch.«

»John ... Es hat doch nichts mit Madeline Dane zu tun, oder?«

Er blieb stehen. »Liebe Güte, nein! Nicht das mindeste. Ich weiß gar nicht, wie du auf solche Ideen kommst. Aber Madeline magst du nicht, nicht wahr?«

»Ich mag ihre Augen nicht. Ihre Augen sind seltsam«, sagte Molly, dann schüttelte sie diesen Anflug von Stolz ab, oder was es sonst für ein Gefühl sein mochte, das sie nicht beim Namen nannte. »Tut mir leid. Das hätte ich nicht sagen sollen, jetzt wo wir genug andere Sorgen haben. Es ist alles ärgerlich, aber es ist doch nichts dran an der Sache, oder? Der Mann hat nichts in der Hand, nicht wahr?«

»Der Mann ist im Unrecht. Ob er nichts in der Hand hat, weiß ich nicht.«

Es klang schroff, und sie musterte ihn.

»Wieso machen denn alle so ein Geheimnis darum? Wenn er ein Hochstapler ist, wieso kannst du ihn dann nicht einfach vor die Tür setzen, und die Sache ist erledigt?«

»Burrows sagt, das wäre unklug. Jedenfalls jetzt, solange wir uns nicht – äh – angehört haben, was er zu sagen hat. Dann können wir etwas tun. Und wir werden nicht lange fackeln. Außerdem ...«

Molly Farnleighs Züge verhärteten sich.

»Ich wünschte, du ließest dir von mir helfen«, sagte sie. »Nicht daß ich dir groß helfen könnte, das wahrscheinlich nicht, aber ich wüßte doch gern, worum es überhaupt *geht*. Ich weiß, dieser Mann verlangt, daß du ihm Gelegenheit gibst, zu beweisen, daß er der wahre John Farnleigh ist. Natürlich ist das Unsinn. Ich habe dich vor Jahren gekannt, und ich wußte sofort, wer du warst; du würdest staunen, wie schnell ich es wußte. Aber du willst den Burschen nun einmal empfangen, und ich weiß, daß

Nat Burrows und noch ein Anwalt kommen und daß alle furchtbar geheimnisvoll tun. Was habt ihr vor?«

»Kannst du dich noch an meinen alten Hauslehrer Kennet Murray erinnern?«

»Mit Mühen«, sagte Molly und runzelte die Stirn. »Großer, freundlicher Mann mit kurzgeschorenem Bart, wie ein Seemann oder Künstler. Er muß ja seinerzeit noch jung gewesen sein, aber mir kam er damals uralt vor. Hat immer die abenteuerlichsten Geschichten erzählt ...«

»Er hat von einem Leben als Detektiv geträumt«, unterbrach ihr Mann sie recht schroff. »Tja, die Gegenseite hat ihn aus Bermuda kommen lassen. Er sagt, er kann mit absoluter Gewißheit den echten John Farnleigh identifizieren. Er ist drüben im Bull and Butcher.«

»Moment!« rief Molly. »Es ist ein Mann dort abgestiegen, der ›aussieht wie ein Künstler‹. Das ganze Dorf erzählt davon. Ist das Murray?«

»Das ist der alte Murray. Ich wollte hingehen und ihn begrüßen, aber es wäre nicht – es wäre unsportlich, könnte man sagen«, sagte ihr Mann mit einer Art innerem Widerwillen. »Es könnte aussehen, als ob ich ihn beeinflussen wollte. Etwas in dieser Art. Er kommt her, damit er beide Männer sieht und – mich identifizieren kann.«

»Wie das?«

»Er ist der einzige Mensch auf der Welt, der mich damals wirklich gut kannte. Meine Familie ist praktisch ausgestorben, das weißt du ja. Und die Dienstboten von damals sind auch alle fort; nur Nannie lebt noch, und die ist in Neuseeland. Selbst Knowles ist ja erst seit zehn Jahren hier. Sicher, es gibt viele, mit denen ich damals einigermaßen bekannt war, aber du weißt ja, was für ein ungeselliger Kerl ich war, und Freunde hatte ich keine. Murray, der arme alte Spürhund, ist der Mann, auf den es ankommt. Er bleibt neutral und hat sich mit keiner Seite eingelassen; aber einmal in seinem Leben hat er jetzt wirklich Gelegenheit, den Meisterdetektiv zu spielen ...«

Molly atmete tief durch. Die gesunde Bräune ihres Gesichts, die Gesundheit ihres ganzen Körpers, unterstrichen das Ungestüme ihres Tonfalls noch.

»John, ich verstehe das nicht. Ich verstehe es wirklich nicht. Du tust, als sei es ein Spiel oder eine Wette oder so etwas. ›Es wäre unsportlich‹, ›hat sich mit keiner Seite eingelassen‹ – begreifst du denn gar nicht, daß dieser Mann, wer immer er sein mag, die Unverfrorenheit hat zu behaupten, daß alles, was du besitzt, ihm gehört? Daß *er* John Farnleigh ist? Daß *ihm* die Baronetswürde und die dreißigtausend Pfund im Jahr zustehen? Und daß er hier ist, um dir das alles *fort*zunehmen?«

»Doch, das weiß ich.«

»Aber bedeutet dir das alles denn gar nichts?« rief Molly. »Du behandelst ihn mit einer Freundlichkeit und Rücksichtnahme, daß man glauben könnte, dir sei das alles egal.«

»Es ist mein ganzes Leben.«

»Na also! Wenn jemand zu dir gekommen wäre und behauptet hätte: ›Ich bin John Farnleigh‹, dann hätte man doch erwarten können, daß du gesagt hättest: ›Ach, tatsächlich?‹ und ihn mit einem Tritt vor die Tür befördert hättest, und sonst nichts; höchstens noch die Polizei hättest du rufen können. Jedenfalls hätte ich das an deiner Stelle so getan.«

»Du weißt nicht, wie es bei solchen Sachen zugeht, Liebes. Und Burrows sagt ...«

Er ließ seinen Blick durch das Zimmer schweifen. Es schien, als lausche er dem leisen Ticken der Uhr, als sauge er den Duft des gebohnerten Bodens und der frischgewaschenen Vorhänge ein, als wanderten seine Gedanken hinaus in das Sonnenlicht zu all den reichen und friedlichen Ländereien, die er besaß. In diesem Augenblick sah er, so seltsam das war, besonders puritanisch aus, und es lag etwas Gefährliches in seinem Blick.

»Es wäre schon eine verfluchte Schande«, sagte er nachdenklich, »wenn ich all das jetzt wieder verlieren würde.«

Er riß sich zusammen, als die Tür sich öffnete, und bezwang die stille Gewalt, die aus seinem ganzen Betragen sprach.

Knowles, der alte glatzköpfige Butler, führte Nathaniel Burrows und Brian Page herein.

Burrows hatte, wie Page es schon auf dem Hinweg prophezeit hatte, nun wieder ganz sein zugeknöpftes Heilbuttsgesicht aufgesetzt. Hätte Page es nicht besser gewußt, so hätte er den Mann, mit dem er am Nachmittag zusammengesessen hatte, nicht wiedererkannt. Aber es war wohl angemessen bei der Stimmung, die herrschte: Page schnürte sie die Kehle zu. Als er seine beiden Gastgeber ansah, wünschte er, er wäre nicht gekommen.

Es war beinahe schmerzlich mit anzusehen, mit welcher Förmlichkeit der Anwalt die beiden begrüßte, und Farnleigh hielt sich steif, als sei er zu einem Duell angetreten.

»Ich denke«, fügte Burrows hinzu, »wir werden die Sache rasch hinter uns bringen können. Mr. Page war so freundlich und hat sich als der erforderliche Zeuge zur Verfügung gestellt ...«

»Um Himmels willen«, protestierte Page, auch wenn es angespannt klang. »Wir sind doch hier nicht in einer belagerten Festung. Die Farnleighs zählen zu den größten und angesehensten Landbesitzern in Kent. Und was ich von Burrows gehört habe« – er betrachtete Farnleigh mit einem Blick, der keinen Widerspruch duldete –, »das ist, als ob jemand behauptete, das Gras sei rot oder das Wasser flösse den Berg hinauf. Und die meisten Leute dürften es genauso überzeugend finden. Wozu also diese Leichenbittermiene?«

Farnleigh sprach zögernd.

»Schon wahr«, sagte er. »Ich glaube, es ist dumm von mir.«

»Das kann man wohl sagen«, stimmte Molly zu. »Danke, Brian.«

»Der alte Murray«, sagte Farnleigh mit einem Blick, der in Gedanken weit fort zu sein schien. »Haben Sie ihn gesehen, Burrows?«

»Nur kurz, Sir John. Nicht offiziell. Und ebensowenig die Gegenseite. Er besteht auf seiner Neutralität und sagt nichts, bevor er nicht sein Urteil abgegeben hat.«

»Hat er sich sehr verändert?«

Burrows ließ ein wenig in seiner Förmlichkeit nach. »Nicht viel. Er ist älter und steifer und mürrischer geworden. Die alten Zeiten …«

»Sicher«, sagte Farnleigh. »Die alten Zeiten!« Etwas schien ihn zu beschäftigen. »Da ist nur eine einzige Frage, die ich stellen möchte. Gibt es auch nur den kleinsten Anlaß zu der Befürchtung, daß Murray nicht ehrlich sein könnte? Warten Sie! Ich weiß, es ist gräßlich, so etwas zu sagen. Der alte Murray war immer der anständigste Kerl, den man sich vorstellen konnte: immer offen, immer ehrlich. Aber seither sind fünfundzwanzig Jahre vergangen. Das ist eine lange Zeit. *Ich* habe mich verändert. Können wir sicher sein, daß es kein abgekartetes Spiel ist?«

»Das können wir«, erwiderte Burrows grimmig. »Und ich glaube, wir haben diese Frage auch schon zur Genüge erörtert. Natürlich war es das erste, was mir in den Sinn kam; wir haben überlegt, wie wir uns von Mr. Murrays *bona fides* überzeugen könnten, und Sie selbst waren mit unseren Ergebnissen zufrieden – oder etwa nicht?«[1]

»Doch. Das ist wahr.«

»Und warum kommt es dann jetzt doch wieder auf?«

»Sie könnten mir den Gefallen tun«, erwiderte Farnleigh mit einer Art, die plötzlich nicht minder eisig war als Burrows' eigene, »und mich nicht dauernd wie einen Gauner oder Hochstapler ansehen. Das tun doch alle hier. Versucht nicht, es zu leugnen! Genau so seht ihr mich an. Ruhe und Frieden, Ruhe und Frieden:

[1] Zeitungsleser mögen sich erinnern, daß in der erhitzten Debatte, die auf die tragischen Ereignisse des Farnleigh-Falles folgten, dieser Punkt von Amateurdetektiven immer wieder aufgebracht wurde. Da ich selbst einmal viel Zeit mit immer neuen fruchtlosen Theorien zur Lösung des Rätsels vergeudet habe, sollte ich diesen Punkt besser hier schon klarstellen. Daß Kennet Murray ehrlich und guten Willens war, kann als Tatsache gelten. Er verfügte tatsächlich über Beweise, mit denen sich die Identität des wahren Erben bestimmen ließ, und der Leser wird sich erinnern, daß es letzten Endes ja auch diese Beweise waren, durch welche die Wahrheit ans Licht kam. J.D.C.

Auf der ganzen Welt habe ich nach Ruhe und Frieden gesucht, und was habe ich davon? Aber ich kann Ihnen verraten, weshalb ich noch einmal wegen Murray frage. Wenn Sie nicht das Gefühl haben, daß etwas mit ihm nicht stimmt, weshalb lassen Sie ihn dann von einem Privatdetektiv beobachten?«

Hinter seinen großen Brillengläsern riß Burrows die Augen auf, sichtlich verblüfft.

»Ich kann Ihnen nicht folgen, Sir John. Ich habe keinen Privatdetektiv engagiert, weder für Murray noch für sonst jemanden.«

Farnleigh richtete sich auf. »Wer ist dann der andere, der im Bull and Butcher abgestiegen ist? Sie wissen schon: Der junge Bursche mit dem verschlossenen Gesicht und den klugen Bemerkungen und den neugierigen Fragen? Alle im Dorf sind sich sicher, daß er ein Privatdetektiv ist. Er behauptet, er interessiere sich für ›Folklore‹ und schreibe ein Buch darüber. Folklore, daß ich nicht lache. Er hängt an Murray wie eine Klette.«

Alle sahen sich gegenseitig an.

»Das ist wahr«, stimmte Burrows nachdenklich zu. »Ich habe von dem Folkloreforscher und seiner neugierigen Art gehört. Vielleicht hat Welkyn ihn geschickt …«

»Welkyn?«

»Der Anwalt der Gegenseite. Oder er hat überhaupt nichts mit der Sache zu tun, und das scheint mir das Wahrscheinlichste.«

»Ich würde es bezweifeln«, sagte Farnleigh, und sein Gesicht rötete sich zusehends. »Nicht bei den Fragen, die er so stellt. Zum Beispiel fragt er, wie ich höre, die Leute nach der armen Victoria Daly aus.«

Brian Page hatte den Eindruck, daß sich die Gewichte ein wenig verschoben hatten und daß die vertrautesten Dinge plötzlich unvertraut waren. Mitten in der Auseinandersetzung um seine Rechte auf einen Besitz, der dreißigtausend Pfund im Jahr einbrachte, schien Farnleigh mehr mit dem unbedeutenden – wenn auch gräßlichen – Mordfall des vorangegangenen Sommers beschäftigt. Nun? Victoria Daly, eine harmlose Frau von fünfunddreißig, die allein in ihrem Häuschen gewohnt hatte, war von einem Landstreicher erdrosselt worden, der Schnürsenkel und Kragenknöpfe feilgeboten hatte. Erdrosselt allen Ernstes mit einem Schnürsenkel, und ihr Portemonnaie hatte der Landstreicher in der Tasche gehabt, als er auf den Eisenbahngleisen sein Ende fand.

Alle schwiegen; Page und Molly Farnleigh sahen sich an, doch bevor einer von beiden etwas sagen konnte, öffnete sich die Tür, und Knowles trat ein. Er blickte nicht minder angespannt als die anderen drein.

»Es sind zwei Gentlemen eingetroffen, die Sie sprechen möchten, Sir«, sagte Knowles. »Der eine ist ein gewisser Mr. Welkyn, ein Anwalt. Der andere …«

»Nun? Was ist mit dem anderen?«

»Der andere läßt Ihnen ausrichten, er sei Sir John Farnleigh.«

»Tatsächlich? Na, dann …«

Molly hatte sich erhoben, schweigend, doch ihre Kinnmuskeln waren wie Eisen.

»Überbringen Sie ihm eine Botschaft von Sir John Farnleigh«, wies sie Knowles an. »Sir John Farnleigh läßt sich empfehlen; und wenn der Besucher keinen anderen Namen hat, unter dem er sich vorstellen kann, dann kann er an den Dienstboteneingang kommen und in der Gesindestube warten, bis Sir John Zeit hat, ihn zu empfangen.«

»Also wirklich, das geht nicht«, stotterte Burrows, in die juristische Zwickmühle geraten. »Ungünstige Umstände – da muß man taktvoll sein – behandeln Sie ihn so kalt, wie Sie nur wollen, aber geben Sie ihm nichts an die Hand … «

Der Anflug eines Lächelns zeigte sich auf Farnleighs finsterem Gesicht.

»Ist schon recht, Knowles. Überbringen Sie die Nachricht.«

»Eine Unverschämtheit«, zischte Molly.

Als Knowles zurückkehrte, sah er weniger wie ein Botschafter aus als wie ein von Ecke zu Ecke des Platzes geschmetterter Tennisball.

»Der Herr läßt seine Bitte um Entschuldigung für die Voreiligkeit seiner Formulierung übermitteln, Sir, und hofft, daß Sie es ihm nicht übelnehmen werden. Er sagt, er lebe nun schon seit einigen Jahren unter dem Namen Mr. Patrick Gore.«

»Nun gut«, sagte Farnleigh. »Dann führen Sie Mr. Gore und Mr. Welkyn herein.«

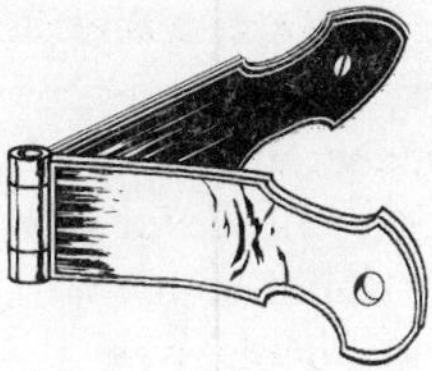

Kapitel 3

Der Herausforderer erhob sich von seinem Stuhl. Auch wenn die eine Wand der Bibliothek fast ganz aus Fenstern bestand, aus ener Vielzahl von schmalen, hohen Scheiben, wurde es nun doch allmählich dunkel, und die Bäume warfen lange Schatten. Nur wenige Teppiche bedeckten die Steinfliesen des Bodens. Die gewaltigen Bücherregale waren gebaut wie die Gewölbe einer Kirche und an der oberen Kante mit Schnitzereien verziert. Ein grünlicher Schatten, ein Gitter aus hundert Scheiben, erstreckte sich bis fast zu dem Mann, der nun am Tisch aufgestanden war.

Molly sagte tags darauf, das Herz habe ihr bis zum Halse geschlagen, als die Tür sich öffnete und sie sich fragte, ob ihr wohl gleich ein Zwilling ihres Mannes entgegentreten werde wie aus einem Spiegelbild. Doch die beiden ähnelten sich kaum.

Der Mann, der sich nun erhob, war nicht kräftiger als Farnleigh, auch wenn er in Armen und Schultern sehr muskulös war. Sein feines dunkles Haar zeigte noch keine Spur von Grau, obwohl es sich allmählich ein wenig lichtete. Sein Teint war dunkel, und das glattrasierte Gesicht zeigte noch kaum Falten, und was an Furchen zu sehen war, waren wohl eher Lach- als Sorgenfalten. Denn das ganze Wesen des Herausforderers, die dunkelgrauen Augen und die an den äußeren Enden ein wenig hochstehenden Augenbrauen strahlten Entspannung, Ironie und Heiterkeit aus. Er war gut gekleidet, im Geschäftsanzug im Gegensatz zu Farnleighs altem Tweed.

»Ich muß um Verzeihung bitten«, sagte er.

Selbst seine Stimme war tief und sonor, ganz anders als Farnleighs hohe, heisere Stimme. Seinen Gang konnte man nicht eben schleppend nennen, aber er wirkte ein wenig ungeschickt.

»Ich muß um Verzeihung bitten«, sagte er mit strenger Höflichkeit, aber doch mit einem Anflug von Humor, »daß ich so sehr auf meiner Rückkehr in mein altes Heim beharre. Aber Sie werden, hoffe ich, meine Motive verstehen. Ähm – lassen Sie mich Ihnen meinen Rechtsbeistand vorstellen, Mr. Welkyn.«

Ein dicker Mann mit ein wenig vorstehenden Augen erhob sich von seinem Stuhl am anderen Ende des Tisches. Aber sie sahen ihn kaum an. Der Herausforderer studierte die anderen voller Interesse; er sah sich im Zimmer um, als nehme er jede Einzelheit in sich auf und erkenne alles wieder.

»Lassen wir die Vorreden«, sagte Farnleigh abrupt. »Burrows kennen Sie, soviel ich weiß. Das ist Mr. Page. Dies hier meine Frau.«

»Ihre Frau«, erwiderte der Herausforderer zögernd, dann blickte er Molly ins Gesicht, »kenne ich bereits. Sie müssen mir verzeihen, daß ich nicht recht weiß, wie ich sie anreden soll. Ich kann sie nicht Lady Farnleigh nennen; und ich kann sie auch nicht Molly nennen, wie ich es getan habe, als sie noch Schleifen im Haar trug.«

Keiner der beiden Farnleighs erwiderte etwas darauf. Molly war gefaßt, doch ihr Gesicht war gerötet, und um die Augen schien es angeschwollen.

»Ich möchte Ihnen auch«, fuhr der Herausforderer fort, »dafür danken, daß Sie die ganze peinliche und unerfreuliche Angelegenheit mit solcher Gelassenheit ...«

»Ich bin nicht im mindesten gelassen«, schnauzte Farnleigh ihn an, »und das können Sie sich hinter die Ohren schreiben. Ich schmeiße Sie nur aus dem einen Grunde nicht vor die Tür, daß mein eigener Anwalt meint, wir sollten taktvoll sein. Also heraus damit. Was haben Sie zu sagen?«

Mr. Welkyn kam vom Tisch herüber und räusperte sich.

»Mein Klient, Mr. Farnleigh ...« hob er an.

»Einen Moment bitte«, unterbrach Burrows, nicht minder förmlich. Page war es fast, als könne er das leise Sausen hören, als die Juristenbeile geschwungen wurden; die forensischen Hemdsärmel wurden hochgekrempelt, und das Gespräch schien sich in jenes Tempo zu finden, das die beiden Herren für angemessen hielten. »Darf ich vorschlagen, daß wir um der Klarheit willen Ihren Klienten bei einem anderen Namen nennen? Er selbst hat uns den Namen ›Patrick Gore‹ vorgegeben.«

»Ich würde es vorziehen«, erwiderte Welkyn, »ihn einfach nur ›meinen Klienten‹ zu nennen. Wäre das zu Ihrer Zufriedenheit?«

»Vollkommen.«

»Ich danke Ihnen. Ich habe hier«, fuhr Welkyn fort und öffnete seinen Aktenkoffer, »einen Vorschlag, den mein Klient Ihnen unterbreiten möchte. Mein Klient möchte fair zu Ihnen sein. Zwar müssen wir darauf hinweisen, daß der gegenwärtige Träger keinerlei Anspruch auf Titel und Besitz hat, doch meinem Klienten sind die Umstände noch gut im Gedächtnis, unter denen die gegenwärtigen Verwicklungen ihren Anfang nahmen. Darüber hinaus möchte er anerkennen, daß der gegenwärtige Träger seinen Besitz wohlbehütet und dem Namen der Familie Ehre erwiesen hat.

Deshalb wird mein Klient von jeder Strafverfolgung absehen, sofern der gegenwärtige Träger sich unverzüglich von Titel und Besitz zurückzieht, ohne daß es erforderlich wird, die Angelegenheit vor Gericht zu bringen. Im Gegenteil, mein Klient ist bereit, dem gegenwärtigen Träger eine gewisse finanzielle Entschädigung zukommen zu lassen; wir dachten an eine lebenslange Rente von eintausend Pfund pro Jahr. Mein Klient hat in Erfahrung gebracht, daß die Ehefrau des gegenwärtigen Trägers – die geborene Miss Mary Sutton – Erbin eines eigenen Vermögens ist, so daß keinerlei materielle Not zu befürchten ist. Obwohl natürlich, sollte die Ehefrau des gegenwärtigen Trägers die Gültigkeit der Ehe anzweifeln, weil sie durch Vorspiegelung falscher Tatsachen …«

Wieder zeigten sich die roten Flecken unter Farnleighs Augen.

»Gott!« rief er. »Was soll ich mir denn noch alles an schamlosen, unverfrorenen …«

Nathaniel Burrows stieß einen Laut aus, der zu höflich war, als daß man ihn als Zischen bezeichnen konnte, aber er genügte doch, um Farnleigh zum Verstummen zu bringen.

»Darf ich vorschlagen, Mr. Welkyn«, erwiderte Burrows, »daß wir zunächst einmal klären, ob überhaupt ein Anspruch Ihres Klienten vorliegt? Bevor das nicht bewiesen ist, braucht uns Ihr Vorschlag nicht zu beschäftigen.«

»Wie Sie wünschen. Mein Klient«, sagte Welkyn mit einem verächtlichen Schulterzucken, »wollte Ihnen nur Unannehmlichkeiten ersparen. Mr. Kennet Murray sollte jeden Moment hier eintreffen. Danach dürfte die Sachlage nicht mehr länger in Zweifel stehen. Sollte der gegenwärtige Träger dann noch weiter auf seiner jetzigen Einstellung beharren, wird es, fürchte ich, unvermeidlich sein ...«

»Können wir nicht das Geschwätz lassen«, fuhr Farnleigh wiederum dazwischen, »und endlich die Pferde vor den Karren spannen?«

Der Herausforderer lächelte, und es schien, als sei sein Blick nach innen gewandt, mit einem ganz privaten Scherz beschäftigt. »Sehen Sie?« sagte er. »Seine vornehme Art ist so aufgesetzt, daß er es nicht fertigbringt, vor seinen Karren Gäule zu spannen.«

»Na, jedenfalls ist er vornehm genug, andere nicht mit Spitzfindigkeiten zu beleidigen«, sagte Molly, und nun war es der Herausforderer, der leicht errötete.

»Ich bitte um Verzeihung. Das war kleinlich von mir. Aber man darf nicht vergessen«, sagte der Herausforderer, und sein Tonfall änderte sich wieder ein wenig, »daß ich ja ein lasterhafter Bursche war und meine Jugend nicht gerade in elysischen Gefilden verbracht habe. Wird es mir erlaubt sein, mein Anliegen mit eigenen Worten vorzubringen?«

»Jawohl«, sagte Farnleigh. »Und Sie halten den Mund«, fügte er, an beide Anwälte gerichtet, hinzu. »Was jetzt kommt, ist eine persönliche Angelegenheit.«

Als hätten sie es abgesprochen, begaben sich alle an den Tisch und nahmen Platz. Der Herausforderer saß mit dem Rücken zum großen Fenster. Eine Weile saß er nur nachdenklich da und fuhr sich gedankenverloren mit der Hand über den Hinterkopf, da wo sein dunkles Haar sich schon lichtete. Dann blickte er auf, spöttische Fältchen in den Augenwinkeln.

»Ich bin John Farnleigh«, hob er mit einfachen Worten und allem Anschein der Aufrichtigkeit an. »Bitte, halten Sie Ihre juristischen Einwände zurück; ich will meine Geschichte erzählen, und wenn mir danach zumute ist, kann ich auch sagen, ich sei Dschingis Khan. Aber ich bin nun einmal tatsächlich John Farnleigh, und ich will Ihnen erzählen, wie es mir ergangen ist.

Als Junge bin ich schon unerträglich gewesen; auch wenn ich bis heute manchmal das Gefühl habe, genau das Richtige getan zu haben. Wäre mein Vater, Dudley Farnleigh, noch am Leben, so würden sich mir bei seinem Anblick heute noch genauso die Nackenhaare sträuben wie damals. Nein, ich kann nicht sagen, daß es falsch war, was ich getan habe; nur ein wenig geschickter hätte ich es tun sollen. Ich habe mich mit meinen Eltern angelegt, nur weil sie mir vor Augen führten, wie jung ich noch war, und ich habe es mir mit meinen Lehrern verdorben, nur weil ich stets alles verachtete, was mich in jenem Augenblick nicht interessierte.

Aber lassen Sie uns zum Thema kommen. Sie wissen, warum ich dies Haus verlassen habe. Ich nahm die *Titanic*, zusammen mit Murray. Und von Anfang an war ich, sooft es sich einrichten ließ, bei den Passagieren im Unterdeck. Nicht daß ich sie besonders gemocht hätte, das nicht, aber ich konnte einfach meine eigenen Leute in der ersten Klasse nicht ertragen. Ich halte ja hier keine Verteidigungsrede; es ist ein psychologischer Bericht, und ich denke, Sie werden ihn überzeugend finden.

Im Unterdeck lernte ich einen Jungen kennen, etwa mein Alter, rumänisch-englischer Abstammung, der allein in die Staaten fuhr. Er interessierte mich. Sein Vater – der unauffindbar blieb –, sei ein englischer Gentleman gewesen, erzählte er mir. Seine Mutter, ein Mädchen aus Rumänien, war Schlangentänzerin in einem Wanderzirkus in England gewesen – zumindest, wenn sie gerade nicht trank. Es kam eine Zeit, wo sie die echten Schlangen und die eingebildeten nicht mehr auseinanderhalten konnte, und sie endete als Küchenhilfe im Kantinenzelt. Der Junge war ihr nur lästig. Ein alter Verehrer von ihr hatte es mit einem Zirkus in Amerika zu einem gewissen Wohlstand gebracht, und nun schickte sie den Jungen zu ihm in die Neue Welt.

Er sollte Hochseilartist werden, er sollte lernen, mit dem Fahrrad über das Seil zu fahren – und was beneidete ich ihn darum! Herr der Heiligen und der Schlangen, was beneidete ich ihn! Und welcher echte Junge oder Mann würde mich dafür tadeln?«

Der Herausforderer ruckte ein wenig auf seinem Stuhl. Die Art, wie er seinen Rückblick vortrug, war zynisch genug, aber er tat es doch auch mit einer gewissen Befriedigung, und alle anderen lauschten gebannt. Der windige Mr. Welkyn, der offenbar im Begriff war, mit einem Vorschlag oder einer Bemerkung zu unterbrechen, blickte rasch in die Runde, und als er die Gesichter sah, blieb er still.

»Doch dieser Junge, so seltsam das war«, fuhr der Herausforderer fort und betrachtete dabei seine Fingernägel, »beneidete seinerseits *mich*. Seinen Namen (den niemand aussprechen konnte) hatte er in ›Patrick Gore‹ geändert, einfach nur, weil er fand, daß das schön klang. Er wollte nicht zum Zirkus. Ihm gefielen das Umherziehen und die ständigen Veränderungen und die Unruhe und der Lärm nicht, ihm gefiel es nicht, wenn sie die Zeltstangen am Abend einschlugen und am nächsten Morgen schon wieder herauszogen, und ihn störte die Enge, wenn sie um ihr Essen anstehen mußten. Ich weiß nicht, wo er das herhatte, aber er war ein kühler, reservierter, wohlerzogener kleiner Bursche. Das erstemal, daß wir uns sahen, bekamen wir uns so in die Haare, daß das halbe Unterdeck hinzukommen mußte, um uns zu trennen. Ich fürchte, ich war so in Rage, daß ich selbst da noch mit meinem Taschenmesser auf ihn losgehen wollte. Er verneigte sich nur und ging davon; ich sehe es noch vor mir. – Und ich spreche, mein Freund, von Ihnen.«

Sein Blick ruhte auf Farnleigh.

»Das kann doch alles nicht wahr sein«, stieß Farnleigh heftig hervor und fuhr sich mit der Hand über die Stirn. »Ich glaube es einfach nicht. Ein Alptraum ist das. Wollen Sie allen Ernstes behaupten …?«

»O ja«, bestätigte der andere mit heftigem Ton. »Wir haben uns ausgemalt, wie schön es wäre, wenn wir einfach unsere Leben tauschen könnten. Natürlich war es nichts weiter als ein verrückter Traum – in jenem Augenblick jedenfalls. Sie haben gesagt, es würde niemals funktionieren, auch wenn Sie ein Gesicht dazu machten, als könnten Sie mich dafür umbringen, an Ihr Ziel zu kommen. Ich selber habe damals gewiß nicht vorgehabt, es wirklich zu versuchen; Sie schon, und das ist das Interessante daran. Ich habe Ihnen alles über mich erzählt. Alles, was Sie brauchten. ›Wenn du meine Tante So-und-so und meinen Vetter Dies-und-das triffst, das mußt du ihm dann erzählen‹, ich habe alles ausgeplaudert, denn ich konnte ja nicht ahnen, daß ich es einmal bereuen müßte. Damals habe ich Sie für einen Feigling gehalten, und das tue ich bis heute. Sogar mein Tagebuch habe ich Ihnen gezeigt. Ich habe immer ein Tagebuch geführt, aus dem einfachen Grunde, daß es keinen Menschen auf der Welt gab, mit dem ich reden konnte. Ich tue es bis heute.« Der Herausforderer blickte beinahe drollig auf. »Denkst du noch an mich, Patrick? Erinnerst du dich an die Nacht, als die *Titanic* unterging?«

Eine Pause trat ein.

Farnleighs Gesicht zeigte keinerlei Wut – nur schiere Verblüffung.

»Ich kann es nur wiederholen«, sagte er. »Sie sind verrückt.«

»Ich will«, fuhr der andere bedachtsam fort, »Ihnen genau berichten, was ich tat, als wir auf den Eisberg aufliefen. Ich saß in der Kabine, die ich mit dem alten Murray teilte; Murray war im Rauchsalon und spielte Bridge. In seiner Manteltasche hatte er ein Fläschchen Brandy, und ich hatte mir gerade einen Schluck genehmigt, weil mir an der Bar keiner ausgeschenkt wurde.

Von dem Aufprall habe ich kaum etwas gespürt; ich würde vermuten, daß es den meisten so gegangen ist. Es gab einen leichten Ruck, kaum soviel, daß ein volles Cocktailglas übergeschwappt wäre, und dann stoppten die Maschinen. Ich bin überhaupt nur nach draußen gegangen, weil ich wissen wollte, warum die Maschinen gestoppt hatten. Meine erste Ahnung, was geschehen war, bekam ich, als Stimmen näher kamen und lauter wurden, und dann lief schreiend eine Frau vorbei, eine blaue Steppdecke um die Schultern gewickelt.«

Zum erstenmal zögerte der Herausforderer.

»Davon nichts weiter«, sagte er, breitete die Hände und faltete sie wieder. »Ich will keine alten Geschichten aufwärmen. Nur eines, und das möge Gott mir verzeihen, auch wenn ich damals noch ein Kind war: Ich habe es genossen. Ich fürchtete mich nicht im mindesten. Ich war begeistert. Es war etwas ganz Besonderes, etwas, was einem das tägliche Einerlei des Lebens vertrieb, und das waren ja die Dinge, nach denen ich stets auf der Suche war. Und meine Begeisterung war so groß, daß ich mich bereit erklärte, mit Patrick Gore die Identität zu tauschen. Der Entschluß schien plötzlich zu kommen, obwohl ich mir denken könnte, daß ich in meinem Innersten schon länger dazu bereit war.

Ich ging zu Gore – zu Ihnen«, verbesserte sich der Sprecher und betrachtete seinen Gastgeber mit fester Miene, »auf das B-Deck. Sie hatten all Ihre Besitztümer in einem kleinen Weidenkoffer bei sich. Sie erklärten mir mit ruhigen Worten, daß das Schiff untergehe, und es werde rasend schnell gehen; wenn ich wirklich mit Ihnen tauschen wolle, könne es in dem Durcheinander geschehen, oder der Überlebende von uns beiden könne es auch allein tun. Was ist mit Murray? fragte ich. Sie haben gelogen; Sie sagten, Murray sei über Bord gegangen und nicht mehr am Leben. Ich träumte davon, ein großer Zirkusartist zu werden, und so vollzogen wir den Tausch. Kleider, Papiere, Ringe, alles. Ich habe Ihnen sogar mein Tagebuch gegeben.«

Farnleigh blieb stumm.

»Danach«, fügte der Herausforderer ohne jeden Wechsel im Tonfall hinzu, »haben Sie gute Arbeit geleistet. Wir waren beide soweit, daß wir zu den Rettungsbooten laufen konnten. Sie warteten, bis ich Ihnen den Rücken zudrehte, dann holten Sie den Holzhammer hervor, den Sie dem Steward gestohlen hatten, und versetzten mir einen Hieb auf den Hinterkopf, und mit drei Schlägen wollten Sie die Sache zu Ende bringen.«

Noch immer blieb Farnleigh stumm. Molly war von ihrem Stuhl aufgesprungen, doch auf eine Handbewegung von ihm setzte sie sich wieder.

»Verstehen Sie mich nicht falsch«, fuhr der Herausforderer mit einer Geste fort, als wische er Staub vom Tisch, »ich will Ihnen das nicht vorhalten. Das ist fünfundzwanzig Jahre her, und Sie waren damals noch ein Junge – auch wenn ich mich frage, was für eine Art Mann aus dem Jungen wohl geworden ist. Ich galt ja selbst als übler Bursche. Durchaus denkbar, daß Sie mich verachteten und glaubten, Sie hätten allen Grund dazu. Sie hätten sich gar nicht die Mühe machen müssen, denn ich war willig genug, in Ihre Haut zu schlüpfen. Aber auch wenn ich das schwarze Schaf der Familie war – so schwarz war ich nicht.

Den Rest können Sie sich zusammenreimen. Es war – wie ich schon sagen muß – großes Glück, daß man mich fand, verletzt, aber doch am Leben, und mich in das letzte Boot steckte, das noch davonkam. Für lange Zeit herrschte Unklarheit, wer zu den Opfern zählte, Amerika ist ein großes Land, und ich verbrachte eine ganze Weile in der Welt der Schatten. John Farnleigh und Patrick Gore standen zunächst beide auf der Liste der Vermißten. Sie hielten mich für tot, ich Sie. Ich langte bei Mr. Boris Yeldritch an, dem Zirkusdirektor – der Sie nie gesehen hatte –, und als Besitz und Papiere genügten, mich als Patrick Gore zu identifizieren, war ich rundum zufrieden.

Wenn mir mein neues Leben nicht gefällt, dachte ich, konnte ich mich ja jederzeit zu erkennen geben. Vielleicht, malte ich mir aus, würde ich besser aufgenommen, wenn ich wie durch ein Wunder von den Toten wiederkehrte. Die Aussicht machte mir Spaß; es war ein dramatischer Trumpf, den ich im Ärmel hatte, und glauben Sie mir, er hat manche Nacht dafür gesorgt, daß ich ruhig schlafen konnte.«

»Und«, fragte Molly mit gespieltem Interesse, »sind Sie tatsächlich Hochseilartist geworden?«

Der Herausforderer wandte den Kopf ins Profil. Sein dunkelgraues Auge leuchtete von solch innerer Freude, daß man an einen kleinen Jungen denken mußte, der sich einen ganz besonderen Schabernack ausgedacht hatte. Wieder hob er die Hand und rieb sich den Fleck am Hinterkopf, wo das Haar schon dünn wurde.

»Nein. Auch wenn ich meine ersten sensationellen Erfolge im Zirkus feierte, wurde doch etwas anderes aus mir. Im Augenblick möchte ich Ihnen lieber noch nicht sagen, was es war. Es ist ein ausgezeichnetes Geheimnis, und ich will Sie ja auch nicht mit den Einzelheiten meiner Lebensgeschichte langweilen.

Glauben Sie mir, von Anfang an hatte ich vorgehabt, zu meinem alten Zuhause zurückzukehren und allen mit dem Blöken eines schwarzen Schafs von jenseits des Grabes einen gehörigen Schrecken einzujagen. Denn ich habe tatsächlich mein Glück gemacht, mehr als je ein Prophet es mir prophezeit hätte – und ich stellte mir vor, wie Bruder Dudley sich bei dem Gedanken winden würde. Aber diesen dramatischen Höhepunkt hob ich mir noch auf. Ich war sogar in England, ohne daß ich groß in Versuchung geriet. Denn vergessen Sie nicht, ich hatte ja keinen Grund zu vermuten, daß ›John Farnleigh‹ am Leben war. Ich ging davon aus, daß er tot war, doch in Wirklichkeit freute er sich in Colorado seines Lebens.

Sie werden sich deshalb meine Überraschung ausmalen können, als ich vor etwa sechs Monaten zufällig eine Illustrierte in die Hand bekam und ein Bild von Sir John und Lady Farnleigh sah. Mein Bruder Dudley, erfuhr ich, war an einer Salmonellenvergiftung gestorben. Sein ›jüngerer Bruder‹ hatte den Besitz geerbt. Zuerst dachte ich, es sei ein Versehen der Zeitung und es müsse wohl ein entfernterer Verwandter gewesen sein. Aber ein paar Nachforschungen bestätigten mir, daß es die Wahrheit war; und schließlich *bin* ich der Erbe, nicht wahr? Noch ein junger Mann – kräftig genug –, aber nicht auf Rache aus.

Die Erinnerung verblaßt. Eine ganze Generation ist großgeworden; es liegen tausend neue Eindrücke zwischen mir und dem Pinscher, der die Erbfolge mit dem Seemannshammer bestimmen wollte und der, wie ich höre, heute ein braver Bürger geworden ist. Die Bäume sehen noch genauso aus wie damals, aber meine Augen sind nicht mehr dieselben. Es kommt mir fremd und ungemütlich vor in meinem eigenen Heim. Ich weiß wirklich nicht, ob ich tatsächlich der beste Vorsitzende für den hiesigen Cricketclub oder den Pfadfinderverband bin. Aber ich habe (das merken Sie schon) eine starke Vorliebe für Festreden, und ich werde schon zurechtkommen. Nun, Patrick Gore, Sie haben gehört, was ich vorschlage; es ist großzügig genug. Ich warne Sie: Wenn ich Sie vor Gericht bringe, werde ich keine Gnade kennen. In der Zwischenzeit, meine Herren, will ich gern jedem, der mich gekannt hat, seine Fragen beantworten. Ein paar habe ich selbst zu stellen, und ich bin gespannt, was Gore darauf antwortet.«

Eine ganze Weile, nachdem er mit seiner Rede zu Ende war, blieb es still in dem immer dunkler werdenden Raum. Seine Stimme war geradezu hypnotisch. Doch aller Augen waren auf Farnleigh gerichtet, der aufgestanden war, die Hände auf den Tisch gestützt. Farnleighs dunkles Gesicht war ruhig, etwas wie Erleichterung lag in seinen Zügen, und er betrachtete seinen Gast mit einer gewissen Neugier. Er fuhr sich mit der Hand über den kurzgeschnittenen Schnurrbart, und beinahe lächelte er.

Molly sah dieses Lächeln und atmete tief durch.

»Möchtest du etwas sagen, John?« machte sie ihm Mut.

»Ja. Ich habe keine Ahnung, warum er mit dieser Geschichte hergekommen ist oder was er sich davon verspricht. Aber was der Mann sagt, ist der reine Unsinn, vom ersten bis zum letzten Wort.«

»Sie wollen also kämpfen?« fragte der Herausforderer mit interessierter Miene.

»Natürlich will ich das, Sie Esel. Oder genauer gesagt werde ich mir ansehen, wie Sie kämpfen.«

Mr. Welkyn, offenbar im Begriff einzuschreiten, räusperte sich geräuschvoll, doch der Herausforderer gebot ihm Einhalt.

»Nicht doch«, sagte er entspannt. »Sie halten sich bitte zurück, Welkyn. Sie Juristenbrüder haben ja immer ein Andererseits oder Gebe ich zu bedenken, aber in einer kleinen privaten Auseinandersetzung wie dieser hier haben Sie nichts zu suchen. Ehrlich gesagt, es wird mir sogar Spaß machen. Also, lassen Sie uns einmal ein paar Versuche machen. Ob Sie wohl so freundlich sein könnten und Ihren Butler hereinrufen?«

Farnleigh runzelte die Stirn. »Aber Knowles war doch damals ...«

»Warum tust du ihm denn nicht den Gefallen, John?« fragte Molly sanft.

Farnleigh sah ihren Blick, und wenn es so etwas gibt wie Humor ohne Heiterkeit, dann zeigte er sich nun auf seinen klaren Zügen. Er läutete nach Knowles, der unschlüssig eintrat wie zuvor. Der Herausforderer betrachtete ihn nachdenklich.

»Als ich hier ankam, hatte ich das Gefühl, daß ich Sie kenne«, sagte der Herausforderer. »Sie waren schon zu meines Vaters Zeiten hier, nicht wahr?«

»Sir?«

»Sie waren schon zu Zeiten meines Vaters hier, Sir Dudley Farnleigh. Oder täusche ich mich?«

Farnleigh sah ihn mit angewiderter Miene an.

»Damit werden Sie sich wohl kaum Glaubwürdigkeit verschaffen«, schaltete Nathaniel Burrows sich mit scharfer Stimme ein. »Der Butler zu Sir Dudley Farnleighs Zeiten war Stenson, und der ist schon seit Jahren tot.«

»Das war mir bewußt«, erwiderte der Herausforderer und warf einen Blick zur Seite. Dann betrachtete er den Butler, lehnte sich zurück und schlug, was ihm ein wenig Mühe zu bereiten schien, die Beine übereinander. »Sie heißen Knowles. Zu meines Vaters Zeiten waren Sie Butler drüben in Frettenden, beim alten Colonel Mardale. Sie hielten sich zwei Kaninchen, von denen der Colonel nichts wußte. Sie hatten sie im Wagenschuppen, in der Ecke beim Obstgarten. Einer von den beiden hieß Billy.« Er blickte auf. »Fragen Sie den Herrn hier, wie der andere hieß.«

Knowles war ein wenig rot angelaufen.

»Nun machen Sie schon, fragen Sie ihn!«

»Unverschämtheit!« schnaubte Farnleigh, doch gleich darauf hatte er sich wieder unter Kontrolle.

»Oh«, sagte der Herausforderer. »Soll das heißen, Sie wissen die Antwort nicht?«

»Das soll heißen, daß ich nicht daran denke, Ihr Spiel mitzuspielen.« Doch sechs Augenpaare waren auf ihn gerichtet, und offenbar spürte er den Druck; er wurde unruhig und stotterte beinahe. »Kann man denn erwarten, daß jemand nach fünfundzwanzig Jahren noch den Namen eines Kaninchens weiß? Aber warten Sie, warten Sie, vielleicht fällt es mir doch wieder ein! Ich weiß noch, daß es zwei alberne Namen waren, die sich reimten. Lassen Sie mich nachdenken. Billy und W… Nein, das war es nicht. Billy und Tilly, kann das sein? Oder täusche ich mich? Ich weiß es wirklich nicht mehr.«

»Das ist korrekt, Sir«, teilte Knowles ihm mit erleichterter Miene mit.

Aber der Herausforderer ließ sich nicht aus der Fassung bringen.

»Nun, dann versuchen wir es noch einmal. Also, Knowles. Eines Sommerabends – es war im Jahr, bevor ich fortging –, da gingen Sie durch besagten Obstgarten, um einem gewissen Nachbarn eine Nachricht zu überbringen. Sie waren überrascht und recht schockiert, als Sie mich dort in einer verfänglichen Lage mit einer jungen Dame von zwölf oder dreizehn Jahren fanden. Fragen Sie Ihren Dienstherrn, wie die junge Dame hieß.«

Farnleigh biß die Zähne zusammen, sein Gesicht war rot.

»Von einem solchen Vorfall weiß ich nichts.«

»Wollen Sie uns damit zu verstehen geben«, erwiderte der Herausforderer, »daß Ihnen die Ritterlichkeit die Antwort verbietet? Nein, mein Freund, damit kommen Sie nicht durch. Es ist lange her, und ich gebe Ihnen mein feierliches Wort, daß nichts Kompromittierendes geschah. Knowles, *Sie* wissen ja noch, was damals im Obstgarten geschah, nicht wahr?«

»Sir«, erwiderte der geplagte Butler, »ich …«

»Sie erinnern sich. Aber ich dachte mir schon, daß der Mann hier es nicht weiß, denn meinem geschätzten Tagebuch werde ich es kaum anvertraut haben. Wie hieß die junge Dame?«

Farnleigh nickte. »Schon gut«, sagte er und versuchte, seiner Antwort einen leichten Ton zu geben. »Es war Miss Dane. Madeline Dane.«

»Madeline Dane …« hob Molly an.

Zum erstenmal schien der Herausforderer ein wenig überrascht. Blitzschnell studierte er die Gesichter, und ebenso blitzschnell gingen offenbar seine Gedanken.

»Anscheinend hat sie Ihnen nach Amerika geschrieben«, sagte der Herausforderer. »Da müssen wir mehr ins Detail gehen. Aber ich bitte um Verzeihung – es ist doch hoffentlich kein Fauxpas, den ich begehe? Womöglich lebt die junge Dame noch heute in der Gegend, nun in ein wenig vorgerückterem Alter? Ich habe doch hoffentlich keine Wunden aufgerissen?«

»Verdammt noch mal!« rief Farnleigh plötzlich, »jetzt habe ich aber genug! Würden Sie bitte das Haus verlassen, ehe ich mich vergesse?«

»Das werde ich nicht«, erwiderte der andere. »Ich bin hier, um Ihren Betrug aufzudecken. Denn Betrug ist es, mein Junge, das wissen Sie genau. Außerdem waren wir uns doch, glaube ich, einig, daß wir auf Kennet Murray warten.«

»Und was geschieht, wenn Murray kommt?« Farnleigh rang sich die Worte ab. »Wie bringt er uns weiter? Was wird er uns sagen können, was über das alberne Fragespiel hinausgeht, bei dem wir, wie es scheint, beide die Antworten wissen? Nicht daß Sie sie wirklich wissen, denn schließlich sind Sie der Hochstapler hier. Ich könnte selbst welche stellen, und die wären genauso albern wie Ihre. Aber darum geht es nicht. Was haben Sie vorgehabt, wie wollten Sie so etwas beweisen? Wie wollen Sie es mir selbst jetzt noch beweisen?«

Der Herausforderer lehnte sich zurück und genoß das Spiel sichtlich.

»Durch das unwiderlegbare Beweismittel des Fingerabdrucks«, sagte er.

Kapitel 4

Es war, als habe der Mann das in der Hinterhand gehalten und nur auf den richtigen Augenblick gewartet, es vorzubringen, und habe sich schon die ganze Zeit über in der Vorstellung dieses Triumphes gesonnt. Er schien sogar ein wenig enttäuscht, daß er die Karte schon so früh ausspielen mußte und vielleicht unter weniger dramatischen Umständen, als er erhofft hatte. Aber die anderen sahen ja nicht das Schauspiel darin.

Brian Page hörte, wie Burrows mit einem gewissen Röcheln die Luft einsog. Dann erhob Burrows sich.

»Das ist mir nicht mitgeteilt worden«, erklärte der Anwalt mit Vehemenz.

»Aber gewiß hatten Sie es erraten?« Der fette Mr. Welkyn grinste.

»Ich bin nicht zum Raten hier«, erwiderte Burrows. »Ich sage es noch einmal, Sir, das ist mir nicht mitgeteilt worden. Es war nicht von Fingerabdrücken die Rede.«

»Auch wir haben es nicht erfahren, nicht offiziell. Mr. Murray zog es vor, es für sich zu behalten. Aber«, fuhr Welkyn voller Selbstgefälligkeit fort, »*muß* man es dem gegenwärtigen Träger denn sagen? Wenn er der echte Sir John Farnleigh ist, wird er sich doch gewiß erinnern, daß Mr. Murray vor vielen Jahren die Fingerabdrücke des Jungen nahm? 1910 oder 1911 muß es gewesen sein.«

»Ich sage noch einmal, Sir …«

»Und ich sage noch einmal, Mr. Burrows: Mußte man es Ihnen denn mitteilen? Was hat der gegenwärtige Träger dazu zu sagen?«

Farnleighs Gesichtszüge waren wie versteinert, so als halte er seine Gefühle unter Verschluß. Wie stets, wenn er mit seinen Gedanken in die Dornen geriet, tat er zwei Dinge. Er ging mit kurzen, raschen Schritten im Zimmer auf und ab, und er holte einen Schlüsselbund aus der Tasche und ließ ihn um seinen Zeigefinger kreisen.

»Sir John!«

»Hm?«

»Erinnern Sie sich«, fragte Burrows, »an die Umstände, von denen Mr. Welkyn spricht? Hat Mr. Murray je Fingerabdrücke von Ihnen genommen?«

»Ach, das«, sagte Farnleigh, als spiele es keinerlei Rolle. »Doch, das weiß ich jetzt wieder. Ich hatte es vergessen. Aber vorhin, als ich mit Ihnen und meiner Frau gesprochen habe – Sie wissen schon –, da fiel es mir wieder ein. Ich hatte überlegt, ob es darauf hinauslaufen würde, und mir wurde gleich viel leichter ums Herz. Jawohl, der alte Murray hat seinerzeit meine Fingerabdrücke genommen.«

Der Herausforderer wandte sich um. Auf seinen Zügen spielte nicht nur leise Verblüffung, sondern ein plötzliches, erstauntes Mißtrauen.

»Damit kommen Sie nicht durch«, sagte er. »Sie wollen doch nicht sagen, daß Sie sich allen Ernstes dem Vergleich der Fingerabdrücke stellen?«

»Ob ich mich ihm stelle?« wiederholte Farnleigh mit grimmigem Vergnügen. »Besser hätte es doch gar nicht kommen können. Sie sind der Hochstapler, das wissen Sie genau. Murrays altes Fingerabdruckspiel – und jetzt, wo ich daran denke, sehe ich es wieder haargenau vor mir! –, das wird die Sache klären. Und dann kann ich Sie vor die Tür werfen.«

Die zwei Rivalen sahen sich an.

Seit einer ganzen Weile versuchte Brian Page nun schon, Gewichte in die beiden Waagschalen zu werfen, die einfach nicht stillstehen wollten. Er hatte versucht, ohne jeden Einfluß von Freundschaft und Vorurteil herauszufinden, wer die Wahrheit sprach und wer nicht. Die Frage war ja nicht schwer. Wenn Patrick Gore (um ihn bei dem Namen zu nennen, mit dem er eingetreten war) der Hochstapler war, so mußte er zu den glattesten und kaltschnäuzigsten Lügnern zählen, die je in eines Mannes Haus gekommen waren. Wenn der gegenwärtige John Farnleigh der Hochstapler war, dann war er nicht nur ein gerissener Gauner hinter der Maske des naiven und aufrechten Mannes, sondern dazu einer, der selbst vor Mord nicht zurückschreckte.

Es folgte eine Pause.

»Wissen Sie, mein Freund«, sagte der Herausforderer wie mit neu erwachtem Interesse, »ich bewundere Ihre Unverfrorenheit. Warten Sie. Ich will mich nicht mit Ihnen streiten, es ist nicht als Herausforderung gemeint. Ich stelle ganz sachlich fest, daß ich die himmelschreiende Unverfrorenheit bewundere, die selbst einen Casanova vor Neid erbleichen ließe. Es wundert mich überhaupt nicht, daß Sie die Fingerabdrücke ›vergessen‹ haben. Damals habe ich mein Tagebuch noch nicht geführt. Aber daß Sie sagen, Sie hätten sie vergessen – daß Sie es wirklich *wagen* zu sagen, Sie hätten sie vergessen ...«

»Was soll denn daran Besonderes sein?«

»John Farnleigh hätte das nicht vergessen; er hätte es unmöglich vergessen können. Ich, und ich bin John Farnleigh, habe es jedenfalls nicht vergessen. Das waren doch gerade die Dinge, derentwegen Kennet Murray der einzige Mensch auf der Welt war, von dem ich mir etwas sagen ließ. Murray hat mir beigebracht, wie man Fußspuren liest. Murray hat mir beigebracht, wie man Verkleidungen erkennt. Was Mörder mit ihren Leichen anstellen. Puh! Und was hat Murray alles von Fingerabdrücken erzählt, die damals in der Wissenschaft der letzte Schrei waren. Selbstverständlich weiß ich« – er unterbrach sich selbst, hob die Stimme und sah sich unter den Anwesenden um –, »daß Sir William Herschel den kriminologischen Wert von Fingerabdrücken schon in den 1850er Jahren entdeckte, und Ende der Siebziger entdeckte Dr. Faulds ihn noch einmal. Aber als Beweismaterial vor einem englischen Gericht wurden sie erst im Jahr 1905 anerkannt, und selbst da hatte der Richter noch seine Zweifel. Es blieb jahrelang ein heiß diskutiertes Thema, bis sie sich endlich durchgesetzt hatten. Und trotzdem sagen Sie, Sie seien nicht auf den Gedanken gekommen, daß es sich bei dem Beweis, den Murray vorlegen wollte, um Fingerabdrücke handeln könnte.«

»Sie reden eine ganze Menge«, sagte Farnleigh, der wiederum rot angelaufen war.

»Aber ja. Nie im Leben haben Sie an Fingerabdrücke gedacht, und plötzlich erinnern Sie sich. Dann verraten Sie mir doch, wie Murray die Abdrücke damals genommen hat.«

»Wie er sie genommen hat?«

»Nach welchem Verfahren.«

Farnleigh dachte nach. »Auf einer Glasplatte«, sagte er.

»Unsinn. Sie wurden auf Papier gemacht, das es in speziellen Heftchen gab – damals ein beliebtes Kinderspiel. Kleine graue Heftchen. Murray hatte eine große Sammlung von solchen Abdrücken, auch von meinen Eltern und überhaupt von allen, die bereit waren, sie ihm zu geben.«

»Warten Sie! Stimmt, jetzt sehe ich das Heft wieder vor mir – wir saßen drüben am Fenster ...«

»Jetzt wollen Sie tun, als wüßten Sie es plötzlich.«

»Hören Sie«, sagte Farnleigh beherrscht, »für wen halten Sie mich eigentlich? Glauben Sie, ich bin einer von diesen Burschen im Varieté, denen die Leute Fragen stellen können, und sie wissen auf Anhieb, wie viele Paragraphen die Magna Carta hat oder welches Pferd beim Derby von 1882 als zweites ins Ziel kam? Genau wie einer von denen klingen Sie nämlich. Niemand merkt sich die kleinen Einzelheiten jedes Tages. Menschen verändern sich, das wissen Sie genausogut wie ich.«

»Aber doch nicht in ihrem innersten Wesen, so wie Sie sich geändert haben wollen. Darum geht es doch letzten Endes. Kein Mensch kann seine Seele in ihr Gegenteil verkehren.«

Während dieser ganzen Unterhaltung hatte Mr. Welkyn mit hochwichtiger Miene dabeigesessen, und seine vorstehenden blauen Augen strahlten Selbstgefälligkeit aus. Nun hob er die Hand.

»Meine Herren, meine Herren! Ist denn all diese Feindseligkeit wirklich – gehörig, wenn ich mir erlauben darf, das zu sagen? Die Angelegenheit läßt sich doch mit einigen wenigen Schritten regeln ...«

»Ich bestehe darauf«, beharrte Nathaniel Burrows, »daß ich nicht davon in Kenntnis gesetzt wurde, daß Fingerabdrücke als Beweismittel vorgelegt werden sollten, und muß im Interesse von Sir John Farnleigh …«

»Mr. Burrows«, sagte der Herausforderer ruhig, »Sie müssen es doch erraten haben, auch wenn wir vorzogen, es Ihnen nicht mitzuteilen. Sie müssen es vom ersten Tag an erraten haben, denn warum hätten Sie sonst auf unseren Anspruch eingehen sollen? Sie wollen nach beiden Seiten taktieren, damit Sie in jedem Falle fein dastehen, ganz gleich, ob sich Ihr Mann nun als Gauner entpuppt oder nicht. Nun, ich glaube, es wird allmählich Zeit, daß Sie sich zu unserer Seite bekennen.«

Farnleigh hielt in seinen Schritten inne.

Er warf den Schlüsselbund in die Luft, fing ihn mit einem dumpfen Platschen seiner Handfläche auf und schloß seine langen Finger darum.

»Ist das wahr?« fragte er Burrows.

»Wenn es wahr wäre, Sir John, dann hätte ich andere Schritte ergreifen müssen. Aber es ist meine Pflicht, mich zu vergewissern …«

»Schon gut«, sagte Farnleigh. »Ich wollte nur wissen, wo meine Freunde stehen. Ich sage ja nicht viel. Meine Erinnerungen, die guten wie die schlechten – und manche davon rauben mir nachts den Schlaf – behalte ich für mich. Legen Sie Ihre Fingerabdrücke vor, und dann werden wir sehen. Wo bleibt denn Murray? Wieso ist er nicht längst hier?«

Der Herausforderer strahlte vor mephistophelischer Freude und setzte dabei doch zugleich ein sinistres Stirnrunzeln auf.

»Wenn alles ginge, wie man es erwarten könnte«, sagte er mit Gusto, »dann wäre Murray längst ermordet, und seine Leiche läge im Gartenteich. Der Teich ist doch noch da, nicht wahr? (Hätte mich auch gewundert.) Aber in Wirklichkeit ist er wohl auf dem Weg zu uns. Und ich will niemanden auf dumme Gedanken bringen.«

»Dumme Gedanken?« fragte Farnleigh.

»Na, wie es bei Ihnen damals war. Ein schneller Schlag und ein feines Leben.«

Diese Worte schienen den ganzen Raum mit einer Kälte zu überziehen. Farnleighs Stimme war hoch und heiser. Er hob die Hand, dann streifte er sie über die Seite seiner Tweedjacke, wie in einer nervösen Geste, mit der er sich beschwichtigen wollte. Das Geschick, mit dem sein Gegner immer wieder genau die Sätze vorzubringen wußte, die ihm einen Stich versetzten, war geradezu unheimlich. Farnleigh hatte einen recht langen Hals, und um so deutlicher sah man nun, wie er ihm schwoll.

»Glaubt ihm das jemand?« preßte er hervor. »Molly – Page – Burrows – glaubt einer von euch ihm das?«

»Niemand glaubt das«, antwortete Molly mit festem Blick. »Es ist dumm von dir, daß du dich aus der Fassung bringen läßt, denn genau darauf legt er es ja an.«

Der Herausforderer betrachtete sie mit interessiertem Blick.

»Sie ebenfalls, Madam?«

»Ebenfalls was?« fragte Molly und schien schon im nächsten Augenblick wütend, daß sie darauf eingegangen war. »Sie müssen wohl jeden vor den Kopf stoßen?«

»Glauben Sie ebenfalls, daß Ihr Mann John Farnleigh ist?«

»Ich weiß es.«

»Wie das?«

»Wenn Sie es wissen wollen – es ist meine weibliche Intuition«, erwiderte Molly kühl. »Das ist nicht so albern, wie es klingt – es ist etwas, das auf seine Weise und innerhalb seiner Grenzen immer recht hat. Ich wußte, daß er es war, im Augenblick, in dem ich ihn wiedersah. Natürlich werde ich mir die Argumente anhören, die Sie vorzubringen haben, aber es müssen schon gute Argumente sein.«

»Lieben Sie ihn – wenn ich mir erlauben darf, das zu fragen?«

Diesmal errötete Molly unter ihrem sonnengebräunten Teint, aber sie antwortete nach ihrer üblichen Manier. »Nun, sagen wir, ich habe ihn sehr gern, wenn Ihnen das lieber ist.«

»Sie sagen es. Sie-sagen-es. Sie ›haben ihn gern‹, und Sie

werden ihn immer gern haben. Sie kommen mit ihm aus, und Sie werden stets gut miteinander auskommen. Aber Sie lieben ihn nicht und Sie haben sich nicht in ihn verliebt, als Sie ihn sahen. Verliebt sind Sie in *mich* – genauer gesagt in eine Projektion aus Ihrer Kindheit, die Sie auf den Hochstapler übertrugen, als ›ich‹ nach Hause zurückkehrte …«

»Meine Herren, meine Herren!« rief Mr. Welkyn wie ein Zeremonienmeister bei einem stürmischen Bankett. Er schien recht schockiert.

Brian Page meldete sich nun zu Wort, mit betont guter Laune, um seinem Gastgeber Mut zu machen.

»Jetzt wird es aber doch arg psychologisch«, sagte Page. »Burrows, was machen wir nur mit dieser Blüte von Ich-weiß-nicht-woher?«

»Ich fürchte, wir werden noch eine halbe Stunde an ihr schnuppern müssen«, erwiderte Burrows kalt. »Außerdem kommen wir wieder vom Thema ab.«

»Aber nicht im geringsten«, versicherte der Herausforderer ihm. Nun schien ihm tatsächlich an Freundlichkeit gelegen. »Ich hoffe nur, ich habe nicht schon wieder mit einer Bemerkung Anstoß erregt? Sie sollten selbst einmal einige Zeit beim Zirkus verbringen, dann bekämen Sie eine dickere Haut. Aber ich frage Sie, Sir.« Er blickte Page an. »War es denn nicht vernünftig, was ich zu der Dame gesagt habe? Sagen Sie es nur, wenn Sie es anders sehen. Sie könnten zum Beispiel einwenden, daß sie, wenn sie ihre Zuneigung schon als Kind auf mich fixiert hätte, ein wenig älter hätte sein müssen – sagen wir, im Alter von Miss Madeline Dane. War es das, was Sie einwenden wollten?«

Molly lachte.

»Nein«, antwortete Page. »Ich wollte überhaupt nichts einwenden. Ich habe überlegt, mit was Sie wohl Ihre ersten Erfolge im Zirkus gefeiert haben.«

»Meine Erfolge?«

»Sie haben uns nicht gesagt, mit welcher Nummer Sie im Zirkus so groß herausgekommen sind. Ich kann mich nicht entscheiden, ob Sie (1) ein Wahrsager waren oder (2) ein Psychologe oder (3) der Mann, der nie etwas vergißt, oder (4) ein Zauberkünstler oder womöglich eine Mischung aus allen vieren. Von all dem hat Ihr Benehmen etwas, und noch von manch anderem dazu. Sie kommen mir ein wenig zu sehr vor wie Mephistopheles, den es nach Kent verschlagen hat. Sie gehören nicht hierher. Sie bringen das Leben hier durcheinander, und das ärgert mich.«

Das schien dem Herausforderer zu gefallen.

»Tatsächlich? Wird ja auch Zeit, daß hier ein wenig Leben in die Bude kommt«, meinte er. »Was meinen Beruf angeht, bin ich vielleicht ein wenig von allem. Aber eines bin ich auf alle Fälle: Ich bin John Farnleigh.«

Am anderen Ende des Zimmers öffnete sich die Tür, und Knowles trat ein.

»Mr. Kennet Murray wünscht Sie zu sprechen, Sir«, verkündete er.

Ein paar Augenblicke lang herrschte Schweigen. Ein letzter feuriger Strahl des Abendlichts fiel durch die Bäume und die hohen Fensterscheiben. Er tauchte den ganzen Raum in Rot, dann verglomm er, und zurück blieb ein gleichmäßiges warmes Zwielicht, gerade noch genug, daß Gesichter und Gestalten gut zu erkennen blieben.

Auch Kennet Murray waren bei diesem mitsommerlichen Sonnenuntergang mancherlei Dinge durch den Kopf gegangen. Er war ein großer, hagerer, recht gebückt gehender Mann, der trotz seiner großen Intelligenz nie wirklich Erfolg im Leben gehabt hatte. Obwohl er kaum fünfzig war, waren sein blonder Schnurrbart und der blonde Bart so kurz geschnitten, daß cs schon beinahe wie Stoppeln aussah, fast grau. Er war alt geworden, wie Burrows schon gesagt hatte; er war streng geworden und grimmig, wo er früher gutmütig gewesen war. Doch war von dieser gutmütigen Natur noch viel geblieben, und sie sprach aus seinen Augen, als er nun die Bibliothek betrat. Seine Augen hatten das leicht Zusammengekniffene eines Mannes, der in sonnigen Gegenden lebt.

Er blieb stehen, blickte musternd die Szene an, wie man in ein Buch blicken mag, und richtete sich auf. Für einen der beiden Rivalen um den Besitz mußte nun die Erinnerung an alte Zeiten wiederkehren, ein unbändiger Haß auf Menschen, die längst tot waren, und er mußte Murray sehen, wie er damals gewesen war.

Murray stand da und studierte die Versammlung. Er runzelte die Stirn, dann blickt er fragend – stets der Lehrer –, schließlich grimmig. Er richtete den Blick auf einen Punkt, der zwischen dem Herausforderer und dem gegenwärtigen Träger lag.

»Nun, kleiner Johnny?« sagte er.

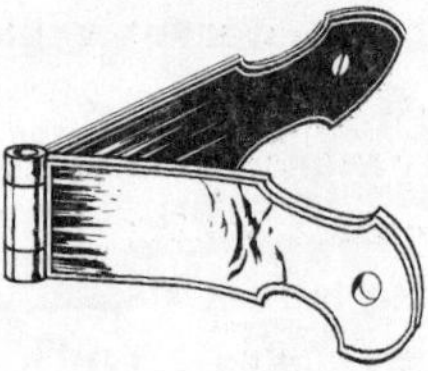

Kapitel 5

Ein oder zwei Sekunden lang regte keiner der beiden Rivalen sich, und keiner sprach ein Wort. Zunächst sah es aus, als warte jeder ab, was der andere tun würde; dann reagierte jeder auf seine eigene Weise. Farnleigh nahm die Schultern ein wenig zurück, als wolle er damit sagen, daß er sich weigerte, auf die Auseinandersetzung einzugehen, aber zu einem Nicken und einer Handbewegung und sogar einem beklommenen Lächeln war er doch bereit. Murrays Stimme hatte energisch geklungen. Der Herausforderer hingegen, der zuerst gezögert hatte, zeigte nichts von solchem Verhalten. Sein Ton war ruhig und freundlich.

»Guten Abend, Murray«, sagte er; und Brian Page, der wußte, wie ein Schüler sich gegenüber einem ehemaligen Lehrer fühlt, spürte, wie sich mit einem Schlag die Waagschale zugunsten Farnleighs senkte.

Murray blickte in die Runde.

»Ich – ähm – glaube, es sollte mich wohl besser jemand bekannt machen«, sagte er mit freundlicher Stimme.

Farnleigh, aus seiner Lethargie gerissen, übernahm den Part. Für alle war Murray der »Alte« in dieser Gruppe, obwohl er ein gutes Stück jünger war als Welkyn; er hatte etwas von einem alten Mann, das Unwirsche und Bestimmte, doch Unkonzentrierte. Er nahm am Kopf des Tisches Platz, mit dem Rücken zum Licht. Dann setzte er bedächtig eine große Hornbrille auf, die ihm etwas von einer Eule gab, und musterte noch einmal die ganze Gesellschaft.

»Miss Sutton oder Mr. Burrows hätte ich niemals wiedererkannt«, sagte er dann. »Mr. Welkyn kenne ich flüchtig. Seiner Großzügigkeit habe ich meinen ersten echten Urlaub seit ewigen Jahren zu verdanken.«

Welkyn, sichtlich zufrieden, nahm das offenbar als Zeichen, daß die Zeit gekommen war, zur Tat zu schreiten.

»Sie sagen es. Also, Mr. Murray, mein Klient ...«

»Immer mit der Ruhe«, erwiderte Murray recht brummig. »Lassen Sie uns erst einmal Atem holen und ein Schwätzchen halten, wie der alte Sir Dudley immer sagte.« Sein Atem schien tatsächlich knapp, und er holte einige Male tief Luft; dann sah er sich im Zimmer um, und anschließend betrachtete er die beiden Rivalen. »Ich muß schon sagen, das ist ja ein schönes Kuddelmuddel, das Sie da angerichtet haben. Die Sache ist doch noch nicht an die Öffentlichkeit gekommen, oder?«

»Nein«, sagte Burrows. »Und Sie haben ja gewiß ebenfalls mit niemandem gesprochen?«

Murray runzelte die Stirn.

»Da muß ich mich schuldig bekennen. Einen gibt es, dem ich davon erzählt habe. Aber wenn Sie hören, wer es ist, werden Sie es mir, glaube ich, nicht übelnehmen. Es ist mein alter Freund Dr. Gideon Fell, von dessen Detektivarbeit Sie vielleicht gehört haben. Früher war er ein Schulmeister wie ich, und als ich in London Station machte, habe ich ihn besucht. Ich – ähm – möchte Sie in diesem Punkte warnen.« Bei allem Wohlwollen blickten Murrays zusammengekniffene graue Augen nun hart und klar und aufmerksam drein. »Es kann gut sein, daß Dr. Fell demnächst höchstpersönlich hier auftauchen wird. Sie wissen, daß außer mir noch jemand im Bull and Butcher abgestiegen ist, ein Mann, der gern die Leute ausfragt?«

»Der Privatdetektiv?« fragte Farnleigh streng, und der Herausforderer wirkte verblüfft.

»Sie sind also darauf hereingefallen?« sagte Murray. »Das war Dr. Fells Idee. Der Mann ist ein Detektiv und ermittelt offiziell für Scotland Yard. Dr. Fell meinte, niemand werde darauf kommen, daß er Kriminalbeamter ist, wenn er sich benimmt wie ein Privatdetektiv.« Murray amüsierte sich sichtlich darüber, doch seine Augen blieben streng. »Die Grafschaftspolizei hat jemanden angefordert, der die Umstände aufklären soll, unter denen im letzten Sommer Miss Victoria Daly zu Tode gekommen ist.«

Alle waren verblüfft.

Nathaniel Burrows machte eine ärgerliche Handbewegung.

»Miss Daly wurde von einem Landstreicher umgebracht, der später seinerseits auf der Flucht vor der Polizei sein Ende fand.«

»Wir wollen es hoffen. Ich habe es nur im Vorbeigehen gehört, als ich mit Dr. Fell über mein eigenes kleines Rätsel der vertauschten Identitäten sprach. Die Sache interessierte ihn.« Wieder wurde Murrays Stimme streng und, wenn man das von einer Stimme sagen kann, undurchschaubar. »Nun, junger Johnny ...«

Selbst die Luft im Zimmer schien unbewegt. Der Herausforderer nickte. Dann nickte auch der Gastgeber, doch Page hatte den Eindruck, daß seine Stirn ein wenig glänzte, als stünde ihm der Schweiß darauf.

»Können wir die Sache denn nicht hinter uns bringen?« fragte Farnleigh. »Was haben wir denn davon, wenn wir Katz und Maus spielen, Mr. ... Was haben wir davon, wenn wir Katz und Maus spielen, Murray? Das ist kindisch, und es ist gar nicht Ihre Art. Wenn Sie die Fingerabdrücke haben, zeigen Sie sie her, und dann sehen wir weiter.«

Murray hob die Augenbrauen, dann kniff er die Augen wieder zusammen. Er schien verärgert.

»Davon wissen Sie also. Das hatte ich mir aufgehoben. Und darf ich fragen« – er sagte es sarkastisch und zugleich mit der Sachlichkeit des Profis –, »welcher von Ihnen beiden auf die Idee kam, daß der letzte Beweis die Fingerabdrücke sein würden?«

»Ich glaube, diese Ehre kann ich für mich beanspruchen«, antwortete der Herausforderer und sah sich mit fragender Miene um. »Mein Freund Patrick Gore sagt, später sei es ihm ebenfalls wieder eingefallen. Allerdings war er offenbar im Glauben, Sie hätten die Abdrücke auf einer Glasplatte genommen.«

»Genauso war es«, erwiderte Murray.

»Das ist gelogen«, sagte der Herausforderer.

Der Wandel in seinem Tonfall kam unerwartet. Plötzlich ging es Brian Page auf, daß hinter der glatten mephistophelischen Art des Herausforderers ein gefährliches Temperament lauerte.

»Sir«, erwiderte Murray und sah ihn von oben bis unten an, »es ist nicht meine Art ...«

Sogleich war es, als stünde der Schüler wieder vor dem Lehrer und werde unwillkürlich um Verzeihung bitten. Aber er zwang den Impuls nieder. Sein Gesicht entspannte sich, und der gewohnte spöttische Eindruck kehrte zurück.

»Dann lassen Sie mich sagen, ich habe es anders in Erinnerung. Sie haben meine Fingerabdrücke in einem grauen Heftchen genommen. Sie hatten mehrere solche Hefte – Sie haben sie in Tunbridge Wells gekauft. Sie nahmen meine und die meines Bruders Dudley am selben Tag.«

»Das«, sagte Murray, »ist die Wahrheit. Ich habe das Heft mit den Abdrücken hier.« Er fuhr sich mit der Hand über die Innentasche seiner Sportjacke.

»Ich rieche Blut!« rief der Herausforderer.

Tatsächlich hatte sich eine gänzlich neue Stimmung des Grüppchens am Tisch bemächtigt.

»Zugleich«, fuhr Murray fort, als habe er den Einwurf gar nicht gehört, »ist es aber auch die Wahrheit, daß ich meine ersten Experimente mit Fingerabdrücken auf Glasplättchen machte.« Sein Ton wurde noch sachlicher und strenger. »Sie, Sir, als Herausforderer oder Kläger in diesem Falle, müssen bereit sein, mir einige Auskünfte zu geben. Wenn Sie wirklich Sir John Farnleigh sind, dann werde ich bestimmte Dinge über Sie wissen, die niemand sonst weiß. Sie haben damals Bücher geradezu verschlungen. Sir Dudley, der, wie Sie zugeben werden, ein aufgeklärter Mann war, hatte eine Liste von Werken zusammengestellt, die Sie lesen durften. Welche davon Sie mochten und welche nicht, haben Sie nie jemandem verraten – Sir Dudley hatte einmal einen harmlosen Scherz über Ihre Vorlieben gemacht, und danach hätte man die Auskunft nicht einmal auf der Folterbank aus Ihnen herausbekommen. Mir gegenüber haben Sie allerdings von Ihren Vorlieben gesprochen, und das eindeutig genug. Erinnern Sie sich daran?«

»Daran erinnere ich mich gut«, erwiderte der Herausforderer.

»Dann seien Sie doch so freundlich und sagen Sie mir, welche dieser Bücher Sie am meisten mochten und welche den größten Eindruck auf Sie machten.«

»Mit Freuden«, erwiderte der Herausforderer und hob den Blick. »Sherlock Holmes, alles was es gab. Desgleichen Poe. Charles Reade. *Der Graf von Monte Cristo. Entführt. Die Geschichte zweier Städte.* Alles, was ich an Gespenstergeschichten fand. Alles, was mit Piraten zu tun hatte, mit Mördern, verfallenen Burgen ...«

»Das genügt«, sagte Murray mit neutraler Stimme. »Und die Bücher, die Sie am wenigsten mochten?«

»Jede bleierne Zeile von Jane Austen und George Eliot. Alle verlogenen Schulgeschichten, wo es um ›die Ehre der Schule‹ und dergleichen ging. Alle ›nützlichen‹ Bücher, aus denen man lernen konnte, wie Maschinen funktionierten und wie man damit umging. Alle Tiergeschichten. Das sind, wenn ich das hinzufügen darf, im großen und ganzen bis heute meine Vorlieben geblieben.«

Brian Page fand allmählich, daß der Herausforderer doch gar kein so unsympathischer Bursche war.

»Nehmen wir uns die jüngeren Kinder vor, die es hier gab«, fuhr Murray fort. »Die heutige Lady Farnleigh zum Beispiel, die ich als kleine Molly Sutton kannte. Wenn Sie John Farnleigh sind, werden Sie mir sagen können, welchen Spitznamen Sie für sie hatten.«

»Ich habe sie ›die Zigeunerin‹ genannt«, erwiderte der Herausforderer, ohne zu zögern.

»Weshalb?«

»Weil sie immer braune Haut hatte und weil sie immer mit den Kindern der Zigeunerfamilie gespielt hat, die früher jenseits des Wäldchens kampierte.«

Er warf der wütenden Molly einen Blick zu, mit dem Anflug eines Lächelns.

»Und Mr. Burrows dort drüben, wie haben Sie den immer genannt?«

»Uncas.«

»Der Grund dafür?«

»Wenn wir Spion oder so etwas spielten, konnte er lautlos durchs Gebüsch schleichen.«

»Ich danke Ihnen. Und nun zu Ihnen, Sir.« Murray wandte sich Farnleigh zu und sah ihn an, als werde er ihn gleich ermahnen, seine Krawatte richtig zu binden. »Ich habe nicht die Absicht, Katz und Maus zu spielen. Deshalb nur eine einzige Frage an Sie, bevor ich Ihnen beiden dann die Fingerabdrücke abnehme. Von der Antwort auf diese Frage wird mein eigenes privates Urteil abhängen, bevor ich dann den Beweis in den Abdrücken finde. Die Frage lautet: Was ist das Rote Buch von Appin?«

Inzwischen war es fast dunkel in der Bibliothek. Der Abend war noch immer warm, doch mit Sonnenuntergang war ein leichter Wind aufgekommen; man spürte ihn durch die geöffneten Fensterflügel und hörte das Rauschen draußen in den Bäumen. Ein grimmiges – und recht unschönes – Lächeln zeigte sich in Farnleighs Zügen. Er nickte, zog ein Notizbuch und einen kleinen Goldbleistift hervor, riß ein Blatt heraus und schrieb einige Worte darauf. Er faltete den Zettel und schob ihn zu Murray hinüber.

»So leicht führen Sie mich nicht hinters Licht«, sagte Farnleigh. Und dann: »Ist die Antwort korrekt?«

»Die Antwort ist korrekt«, bestätigte Murray. Er sah den Herausforderer an. »Sie, Sir: Können Sie die Frage ebenfalls beantworten?«

Zum erstenmal schien der Herausforderer unschlüssig. Sein Blick schoß von Farnleigh zu Murray mit einem Ausdruck, den Page nicht deuten konnte. Wortlos, mit einer knappen Bewegung, bat er um Notizbuch und Stift, und Farnleigh reichte sie ihm. Der Herausforderer schrieb nur zwei oder drei Worte, dann riß er das Blatt heraus und gab es Murray.

»Und nun, meine Herren«, sagte Murray und erhob sich, »ist es, glaube ich, so weit, daß wir die Abdrücke nehmen können. Hier habe ich das Heft mit den originalen Abdrücken: Man sieht ihm sein Alter an. Hier ist ein Stempelkissen, hier sind zwei weiße Karten. Wenn Sie nun so freundlich – aber könnte ich ein wenig Licht dazu haben?«

Molly ging hinüber zur Tür und schaltete die elektrische Lampe ein. In der Bibliothek hing ein Kronleuchter, dessen schmiedeeiserne Ringe einst mehrere Reihen von Kerzen gehalten hatten; nun steckten kleine elektrische Glühbirnen darin, von denen einige durchgebrannt waren, so daß die Beleuchtung nicht allzu hell war. Aber sie verscheuchte doch die Sommernacht; hundertfach spiegelten sich die Birnen in den Fensterscheiben, und die Bücher auf den hohen Regalen sahen verstaubter denn je aus. Murray hatte sein Arbeitsgerät auf dem Tisch ausgebreitet. Das Heft, auf das sich aller Augen zuerst richteten, war zerfleddert und abgegriffen; den grauen Umschlag zierte ein großer roter Fingerabdruck.

»Ein alter Freund«, sagte Murray und tätschelte es. »Also, meine Herren. ›Gerollte‹ Fingerabdrücke sind zwar besser als flache, aber ich habe mit Absicht keine Rolle mitgebracht, denn ich wollte die Bedingungen nachahmen, unter denen der originale Abdruck entstand. Ich brauche nur Ihren linken Daumen; es gibt nur den einen Abdruck zum Vergleich. Hier habe ich ein Taschentuch, einen Zipfel in Benzol getaucht; das beseitigt das Fett auf Ihrem Finger. Wischen Sie jetzt Ihre linken Daumen ab. Als nächstes ...«

Die Prozedur wurde vollzogen.

Page schlug dabei das Herz bis zum Halse – er hätte nicht sagen können, weshalb. Doch alle waren äußerst erregt. Aus irgendeinem Grunde bestand Farnleigh darauf, daß er zuvor den Ärmel hochrollte, so als ginge es um eine Blutübertragung. Beide Anwälte standen, wie Page zu seiner Erheiterung sah, mit offenen Mündern da. Selbst der Herausforderer machte ausgiebig Gebrauch von dem Taschentuch, bevor er den Daumen aufs Papier drückte. Doch was Page am meisten beeindruckte, war die Gewißheit beider Rivalen. Der verrückte Gedanke kam ihm in den Kopf: Was, wenn die beiden Abdrücke vollkommen identisch waren?

Die Chance, daß so etwas geschah, das wußte er, stand eins zu Milliarden. Doch keiner wurde schwach, keiner gab vor dem Test auf. Keiner ...

Murray hatte einen schlechten Füllfederhalter. Die Feder quietschte, als er Namen und Kommentare am unteren Ende der weißen Karten aus saugfähigem Papier vermerkte. Er tupfte alles sorgfältig mit Löschpapier ab, und die beiden Kandidaten wischten sich die Finger.

»Nun?« fragte Farnleigh.

»Tja. Nun werden Sie so freundlich sein und mich für eine Viertelstunde meinen Studien überlassen, dann werde ich sehen, was ich tun kann. Verzeihen Sie, wenn ich ungesellig bin – aber ich weiß ja, wie wichtig Ihnen die Sache ist.«

Burrows machte große Augen. »Aber können Sie denn nicht – soll das heißen, Sie können uns nicht sagen …«

»Mein lieber Herr«, erwiderte Murray, dessen eigene Nerven die Belastung zu spüren schienen, »meinen Sie wirklich, ein einziger Blick auf diese Abdrücke werde genügen, sie zu vergleichen? Dazu noch, wo einer der verblaßte Abdruck eines Kindes ist, vor fünfundzwanzig Jahren genommen? Es muß schon viele Übereinstimmungen geben, bevor man ein Urteil wagen kann. Es ist zu machen, aber eine Viertelstunde ist eine schon geradezu unvernünftig optimistische Prognose. Rechnen Sie mit dem Doppelten, dann werden Sie eher hinkommen. Kann ich mich dann jetzt meiner Aufgabe widmen?«

Der Herausforderer gluckste nur leise.

»Das hatte ich nicht anders erwartet. Aber lassen Sie es sich gesagt sein, Sie riskieren viel. Ich rieche Blut. Der Mord an Ihnen ist unausweichlich. Nun machen Sie doch nicht so ein Gesicht; vor fünfundzwanzig Jahren wären Sie begeistert gewesen, Sie hätten es genossen, daß alles von Ihnen abhängt.«

»Ich kann nicht sagen, daß ich das lustig finde.«

»Nichts könnte weniger lustig sein. Hier sitzen Sie unter der Lampe, eine ganze Wand von Fenstern weist hinaus zum dunklen Garten, jeder Baum bietet Deckung, und hinter jedem hört man den Teufel rascheln. Seien Sie auf der Hut.«

»Nun«, erwiderte Murray, und der Anflug eines Lächelns breitete sich um Schnurrbart und Bart aus, »dann sollte ich mich wohl wirklich in acht nehmen. Die ängstlicheren Gemüter unter Ihnen können draußen vor dem Fenster Wache stehen. Aber nun müssen Sie mich entschuldigen.«

Sie gingen hinaus in den Saal, und er schloß die Tür hinter ihnen. Sie standen da, alle sechs, und sahen sich an. In der langen, freundlichen Eingangshalle brannten die Lichter schon, und Knowles stand an der Tür zum Eßzimmer im »neuen« Flügel des Hauses, der sich von der Mitte zum Garten hin erstreckte wie der Längsstrich des Buchstabens T. Molly Farnleigh, auch wenn sie angespannt war, das Gesicht gerötet, versuchte doch, mit ruhiger Stimme zu sprechen.

»Sollen wir nicht eine Kleinigkeit essen?« fragte sie. »Ich habe ein kaltes Büfett vorbereiten lassen. Es gibt schließlich keinen Grund, warum das Leben nicht weitergehen sollte.«

»Gern«, sagte Welkyn erleichtert, »ich nähme mit Freuden ein Sandwich.«

»Nein danke«, sagte Burrows, »ich habe keinen Hunger.«

»Nein danke«, reihte der Herausforderer sich in den Chor ein. »Ob ich nun annehme oder ablehne, beides wirkte gleich schlecht. Ich gehe nach draußen und werde eine lange, starke, schwarze Zigarre rauchen; außerdem kann ich dann aufpassen, daß Murray nichts geschieht.«

Farnleigh blieb stumm. Er stand an einer verglasten Tür, die vom Saal hinaus in den Garten führte, in jenen Teil, auf den man von den Bibliotheksfenstern hinausblickte. Er studierte seine Gäste mit einem langen, nachdenklichen Blick; dann öffnete er die Tür und ging hinaus in den Garten.

Binnen kurzem stand Page allein. Der einzige in Sichtweite war Welkyn, der im Eßzimmer ein Fischpastetensandwich nach dem anderen verzehrte. Page konsultierte seine Uhr; es war zwanzig Minuten nach neun. Er zögerte, doch dann folgte er Farnleigh in die Kühle des Gartens.

Dieser Teil des Gartens, ein Rechteck von etwa zwölf mal vierundzwanzig Metern, schien abgeschieden von aller Welt. Auf einer Längsseite bildete der neue Flügel den Abschluß, auf der anderen eine hohe Eibenhecke. Durch die Buchen warfen die Fenster der Bibliothek ein schwaches, durchbrochenes Lichtfeld von der Schmalseite her. Im neuen Teil führten auch vom Speisezimmer aus Glastüren hinaus, und vor den Schlafzimmerfenstern im ersten Stock verlief ein Balkon.

Ein Farnleigh des siebzehnten Jahrhunderts hatte sich von William III. und Hampton Court inspirieren lassen und den Garten in streng symmetrischen Bögen und Schnörkeln aus Eibe angelegt, mit breiten, sandbestreuten Wegen dazwischen. Jemandem, der zwischen den Hecken ging, reichten sie bis zur Taille, und das Ganze hatte viel vom Fundament eines Irrgartens. Auch wenn man sich gut genug zurechtfand, war es doch (hatte Page schon oft gedacht) ein guter Ort zum Versteckspielen, wenn man hinter die Hecken geduckt blieb. Den Mittelpunkt bildete eine große, runde offene Fläche, eingefaßt von Rosenstöcken, und wiederum in deren Mitte fand sich ein Teich von etwa drei Metern Durchmesser mit einer sehr niedrigen Einfassung. In dem diffusen Licht, mit einem schwachen Schimmer vom Hause her und einem letzten Glimmen des Abendrots am westlichen Himmel war es ein verwunschener Ort, von Düften durchdrungen. Aber Page hatte sich in diesem Garten noch nie wohl gefühlt – er hätte nicht sagen können, warum.

Mit diesem Gedanken stellte sich ein anderer, unerfreulicherer ein. Es konnte nicht der Garten selbst sein – nichts als eine Handvoll Hecken, Büsche, Blumen, Sand –, der ihm solche Unruhe eingab. Vielleicht lag es daran, daß die Gedanken aller mit solcher Vehemenz auf die Bibliothek konzentriert waren und in dem schummrigen Rechteck ihre Bahn zogen wie Motten im Licht. Gewiß, die Idee, Murray könne etwas zustoßen, war absurd. So einfach, so folgerichtig war das Leben nicht; es war nur die hypnotische Persönlichkeit des Herausforderers, die ihnen diese Vorstellung in den Kopf gesetzt hatte.

»Aber«, sagte Page beinahe laut, »ich kann ja doch einmal zum Fenster gehen und nachsehen, ob alles in Ordnung ist.«

Er ging hinüber und schreckte mit einem unterdrückten Fluch

zurück, denn es war schon jemand anderes da, der ebenfalls einen Blick werfen wollte. Er konnte nicht sehen, wer es war, denn er oder sie verschwand hinter den schützenden Buchen; aber Page sah Kennet Murray drinnen sitzen, mit dem Rücken zum Fenster, ein gräuliches Heft in der Hand, das er eben aufschlug.

Unsinn.

Page machte kehrt und ging mit raschen Schritten zurück in den kühlen Garten. Er ging am Teich vorüber und blickte zu dem einzelnen Stern auf (Madeline Dane hatte einen poetischen Namen dafür), der hell am Himmel stand, knapp über einer Ansammlung von Schornsteinen des neuen Flügels. Er ging zwischen dem Labyrinth der Hecken hindurch zum anderen Ende, ganz in seine nicht minder labyrinthischen Gedanken vertieft.

Wer war nun der Hochstapler, Farnleigh oder der andere? Page wußte es nicht, und er hatte in den letzten zwei Stunden so oft zuerst auf den einen, dann auf den anderen gesetzt, daß er nun nicht einmal mehr etwas vermuten konnte. Was ihn noch weiter verwirrte, war die Art, wic immer wieder und scheinbar ohne jeden Grund der Name Madeline Dane aufkam …

Die zweite Schmalseite des Gartens faßte eine Lorbeerhecke ein, und dahinter, vom Haus abgeschirmt, stand eine steinerne Bank. Hier setzte er sich und zündete sich eine Zigarette an. Er verfolgte seine Gedanken zurück, so gut er konnte, und wenn er ehrlich war, mußte er sich eingestehen, daß ein Gutteil seines Grolls gegen die ganze Welt daher kam, daß immer wieder Madeline Danes Name aufkam. Madeline Dane, deren blonde und schlankc und gutaussehende Gestalt das Skandinavische ihres Nachnamens noch unterstrich, brachte ihm nicht nur die Biographien der Lordrichter durcheinander, sondern auch alles andere, was Page durch den Kopf ging. Er dachte mehr an sie als gut für ihn war. Denn hier saß er nun, auf dem besten Wege, ein verknöcherter Hagestolz zu werden …

Doch plötzlich sprang Brian Page von seiner Steinbank auf und dachte weder an Madeline noch an Hochzeitsglocken: nur an die Laute, die aus dem Garten hinter seinem Rücken herüberdrangen. Sie waren eher leise, doch sie kamen mit einer entsetzlichen Deutlichkeit durch die düsteren halbhohen Hecken. Das Schlimmste war der erstickte Schrei – dann das Schleifen, das Scharren – dann das Platschen und ein schlagendes Geräusch.

Einen Moment lang brachte er es nicht über sich, sich umzudrehen.

Nicht daß er wirklich geglaubt hätte, daß etwas geschehen war. Das konnte er nicht glauben. Doch er ließ seine Zigarette ins Gras fallen, trat sie aus und ging in einem Tempo in den Garten zurück, das schon fast ein Laufschritt war, und zweimal nahm er im Labyrinth den falschen Abzweig. Zuerst schien es, als sei der Garten von allen verlassen; dann sah er Burrows' hoch aufragende Gestalt in großen Sprüngen auf sich zukommen, und der Strahl einer Taschenlampe leuchtete ihm über die Hecken ins Gesicht. Als er nahe genug herankam und Burrows' Gesicht hinter der Lampe sehen konnte, waren alle Kühle und aller Duft des Abends verflogen.

»Da wäre es also geschehen«, sagte Burrows.

Page spürte, wie ihm ein wenig schwindelig wurde.

»Ich weiß nicht, was du meinst«, log er. »Was soll geschehen sein?«

»Du kannst es mir schon glauben«, erwiderte Burrows, bleich wie er war, geduldig und mit Nachdruck. »Komm und hilf mir, ihn herauszuholen. Ich kann noch nicht sagen, ob er tot ist, aber ich glaube schon. Er liegt im Teich, mit dem Gesicht nach unten.«

Page starrte in die Richtung, die Burrows ihm wies. Er konnte den Teich nicht sehen – die Hecken verbargen ihn –, doch von wo er stand, hatte er einen guten Blick auf die Rückseite des Hauses. Aus einem Fenster eines erleuchteten Zimmers über der Bibliothek blickte Knowles, der alte Butler, hinunter, und Molly Farnleigh stand auf dem Balkon vor den Schlafzimmerfenstern.

»Glaube mir«, beharrte Page, »niemand hätte gewagt, sich an Murray zu vergreifen! Unmöglich. Undenkbar – und was hätte Murray denn am Teich zu suchen gehabt?«

»Murray?« fragte sein Gegenüber und starrte ihn an. »Wie

kommst du auf Murray? Wer hat denn gesagt, daß es Murray ist? Das ist Farnleigh, Mann. John Farnleigh. Noch bevor ich herkommen konnte, war es bereits geschehen. Und ich glaube nicht, daß ihm noch zu helfen ist.«

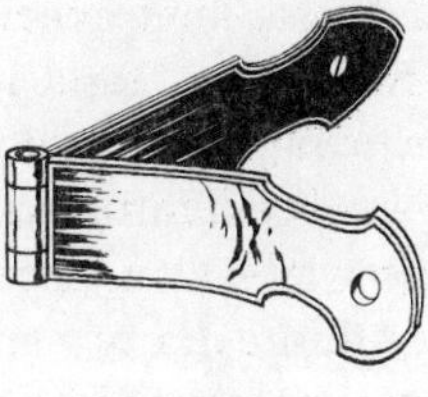

Kapitel 6

»Aber wer, zum Teufel«, fragte Page, »sollte denn Farnleigh umbringen?«

Er mußte seine Gedanken vollkommen neu ordnen. Später wurde ihm klar, daß die Vorstellung, es sei Mord gewesen, in diesem Augenblick reine Suggestion war. Und auch als eine andere Vorstellung an ihre Stelle trat, blieb sie doch gegenwärtig: Wenn es Mord wäre, dann wäre es ein raffiniert ausgedachter. Wie bei einem Zauberkunststück waren aller Augen und Ohren auf Kennet Murray gerichtet. Alle im Haus waren in ihren Gedanken ganz bei Murray. Keiner würde sagen können, wo die anderen zur Tatzeit gewesen waren, weil ja alle nur auf Murray geachtet hatten. Ein Täter, der in diesem Vakuum zuschlug, konnte es unbemerkt tun, solange das Opfer nicht Murray war.

»Farnleigh umbringen?« wiederholte Burrows mit gepreßter Stimme. »Was redest du denn da? Wach auf, Junge! Nimm dich zusammen! Und jetzt komm.«

Noch immer mit einem Tonfall, als gebe er jemandem Anweisungen zum Einparken, eilte er mit großen Schritten voraus. Der Strahl der Taschenlampe zitterte nicht. Dennoch schaltete er sie aus, kurz bevor sie am Teich anlangten – wohl, weil er das Licht des Himmels noch hell genug fand, vielleicht aber auch, weil auch er in diesem Moment die Dinge nicht allzu deutlich sehen wollte.

Der Teich war von einem Weg aus gestampftem Sand umgeben, etwa anderthalb Meter breit. Umrisse, sogar Gesichter, zeichneten sich noch ab. Farnleigh lag bäuchlings im Wasser, ein wenig nach rechts gedreht, wenn man vom Haus zum Hinterende des Gartens hin blickte. Der Teich war eben tief genug, daß sein Körper sich im Wasser wiegte, das noch immer hin und her und über die gerundete Einfassung schwappte und über den Boden lief. Auch eine dunklere Färbung im Wasser war zu erkennen, die immer weiter nach oben kam und ihn zusehends umgab; doch welche Farbe es war, sahen sie erst, als sie die weißen Seerosen nahe beim Körper erreichte.

Das Wasser schwappte von neuem, als Page sich daranmachte, ihn herauszuziehen; Farnleighs Absatz hing an der Kante der niedrigen Einfassung. Doch nach ein paar Augenblicken, die er später gern aus seinem Gedächtnis gelöscht hätte, erhob Page sich wieder.

»Wir können nichts mehr für ihn tun«, sagte er. »Seine Kehle ist durchschnitten.«

Beide standen noch unter dem Einfluß des Schocks und sprachen wie in Trance.

»Ja. Ich hatte es schon befürchtet. Es ist …«

»Es ist Mord. Oder«, fügte Page abrupt hinzu, »Selbstmord.«

Sie sahen sich im Dunkel an.

»So oder so«, sagte Burrows und versuchte, sachlich und milde zugleich zu klingen, »wir müssen versuchen, ihn herauszubekommen. Daß man nichts anrühren soll, bis die Polizei kommt, ist schön gesagt, aber wir können ihn doch nicht so liegenlassen. Das wäre nicht anständig. Außerdem haben wir seine Lage ohnehin schon verändert. Sollen wir …?«

»Ja.«

Es war, als habe der Tweedanzug, jetzt schwarz und dick, eine ganze Tonne Wasser aufgesogen. Unter großen Mühen rollten sie Farnleigh über die Kante, wobei eine kleinere Flutwelle über sie schwappte. Die friedliche Abendstimmung des Gartens, allem voran der Rosenduft, waren nie unwirklicher und romantischer gewesen als inmitten dieser Realität. Page dachte nur immer wieder: Das ist John Farnleigh, und er ist tot. Das ist unmöglich. Und es wäre ja auch unmöglich gewesen, wäre ihnen nicht eines von Sekunde zu Sekunde klarer geworden.

»Es war Selbstmord«, sagte Burrows und wischte sich die Hände ab. »Den Mord haben wir uns einreden lassen; aber schöner ist das, was wir hier haben, ja nicht. Du siehst, worauf es hinausläuft, nicht wahr? Darauf, daß er der Hochstapler war. Er spielte sein Spiel bis zuletzt und hoffte wider alle Vernunft, daß

Murray doch ohne Fingerabdrücke käme. Als die Abdrücke genommen waren, konnte er den Gedanken an die Folgen nicht ertragen. Also kam er hier heraus, stellte sich an den Rand des Teiches und ...« Burrows fuhr sich mit der Hand über den Hals.

Alles paßte zusammen.

»Ich fürchte, du hast recht«, gab Page zu. Er fürchtete es? Ja. War das denn nicht das Schlimmste, dessen man einen toten Freund beschuldigen konnte? Alles ihm zur Last legen, nun, wo er sich nicht mehr verteidigen konnte? Widerstand regte sich wie ein dumpfer Schmerz, denn John Farnleigh war sein Freund gewesen. »Aber was soll man anderes glauben? Was, um Himmels willen, ist hier geschehen? Hast du gesehen, wie er es tat? Womit hat er es getan?«

»Nein, gesehen habe ich es nicht. Jedenfalls nicht genau. Ich kam gerade durch die Tür aus der Eingangshalle. Ich hatte mir diese Lampe« – Burrows schaltete sie ein und aus und hielt sie in die Höhe – »aus der Schublade dort geholt. Du weißt ja, ich sehe im Dunkeln nicht gut. Als ich die Tür öffnete, sah ich Farnleigh dort stehen – nur die Umrisse natürlich –, am Rand des Teiches, den Rücken zu mir. Dann schien er etwas zu tun, bewegte sich hin und her – ich konnte es nicht erkennen. Die Laute wirst du selbst gehört haben. Als ich das Platschen hörte – und das schlagende Geräusch, das war ja noch schlimmer. Hat man je etwas Entsetzlicheres erlebt?«

»Aber es war niemand in der Nähe?«

»Nein«, sagte Burrows und preßte sich die Spitzen der ausgestreckten Finger an die Schläfen. »Jedenfalls nicht – wirklich. Diese Hecken reichen einem bis zur Taille, und ...«

Page kam nicht dazu nachzuforschen, was es zu bedeuten hatte, wenn für den notorisch peniblen Nathaniel Burrows etwas »nicht wirklich« war. Stimmen und Schritte drangen vom Haus herüber, und er sprach hastig.

»Du hast Autorität hier. Sie kommen alle herüber. Molly darf das nicht sehen. Du mußt ihr entgegentreten und sie aufhalten.«

Burrows räusperte sich ein paarmal, wie ein nervöser Redner, der zu einer Ansprache ansetzt, und nahm die Schultern zurück. Mit eingeschalteter Taschenlampe ging er in Richtung Haus. Der Strahl traf auf Molly und Kennet Murray, der ihr nachfolgte; er leuchtete ihnen jedoch nicht ins Gesicht.

»Es tut mir leid«, sagte Burrows in hohen, unnatürlich schneidenden Tönen. »Aber Sir John ist etwas zugestoßen, und Sie sollten besser nicht dort hinübergehen ...«

»Reden Sie keinen Unsinn«, sagte Molly mit harscher Stimme. Energisch stapfte sie hinüber zum Teich. In dem Dunkel konnte sie zum Glück das ganze Ausmaß der Tat nicht erkennen. Sie gab sich ruhig, doch Page konnte hören, wie sie den Absatz in den Sand bohrte. Er legte ihr tröstend den Arm um die Schulter; sie lehnte sich dagegen, und er spürte, wie sie in heftigen Stößen atmete. Doch was sie mit einem Schluchzen hervorstieß, blieb rätselhaft. Molly sagte:

»Zum Teufel mit ihm, er hat es *gewußt*!«

Der Ton verriet Page, daß sie damit nicht ihren Mann meinen konnte. Doch der Satz verwirrte ihn so, daß ihm nichts darauf einfiel. Dann verbarg sie ihr Gesicht selbst vor dem Dunkel und ging mit schnellen Schritten zum Haus.

»Lassen Sie sie gehen«, sagte Murray. »Das ist besser für sie.«

Doch Murray schien bei der Bewältigung einer solchen Aufgabe nicht so fähig, wie man gedacht hätte. Er zögerte. Er nahm Burrows die Taschenlampe aus der Hand und richtete den Lichtstrahl auf den Toten am Teich. Dann stieß er einen Pfiff aus, und Zähne blitzten zwischen gestutztem Schnurrbart und Bart.

»Haben Sie belegen können«, fragte Page, »daß Sir John Farnleigh nicht Sir John Farnleigh war?«

»Wie bitte?«

Page wiederholte die Frage.

»Ich habe«, antwortete Murray mit großem Nachdruck, »nicht das geringste belegt. Mein Vergleich der Abdrücke war noch nicht abgeschlossen; ich hatte ja kaum wirklich begonnen.«

»Wie es scheint« – Burrows sagte es matt –, »wird es nun nicht mehr nötig sein, ihn zu Ende zu bringen.«

Und so schien es ja wirklich. Niemand konnte ernsthaft daran zweifeln, daß Farnleigh sich selbst das Leben genommen hatte. Page sah, daß Murray in seiner manchmal zerstreuten Art nickte – nickte, als sei er in Gedanken mit etwas ganz anderem beschäftigt, und dazu fuhr er sich mit der Hand über den Bart wie ein Mann, der versucht, sich an etwas zu erinnern. Er rang zwar nicht physisch mit seiner Erinnerung, aber den Eindruck vermittelte er doch.

»Große Zweifel können Sie doch nicht haben, oder?« hakte Page noch einmal nach. »Was würden Sie sagen, welcher von beiden war der Falsche?«

»Wie ich Ihnen bereits gesagt habe …« hob Murray ärgerlich an.

»Ja, ich weiß, aber ich wollte doch nur wissen, welchen von beiden Sie für den Hochstapler *gehalten* haben. Sie haben doch sicher ein Gefühl gehabt, nachdem Sie mit beiden gesprochen hatten. Darauf kam es doch letzten Endes an, bei der Erbschaftssache und auch bei dem, was wir jetzt hier haben, und ich kann mir nicht vorstellen, daß Sie wirklich noch Beweise brauchten. Wenn Farnleigh der Hochstapler war, dann hatte er guten Grund, sich umzubringen, und dann können wir davon ausgehen, daß es Selbstmord war. Aber wenn es denkbar ist, daß er derjenige war …«

»Sie vermuten …«

»Nein, nein, ich frage nur. Wenn er der echte Sir John Farnleigh gewesen wäre, hätte er keinen Grund gehabt, sich die Kehle durchzuschneiden. Also muß er der Hochstapler gewesen sein, oder?«

»Die Tendenz zu gedanklichen Kurzschlüssen ohne jede Berücksichtigung der Sachlage«, hob Murray in einem Ton zwischen Tadel und gemütlicher Plauderei an, »ist bei nicht-akademischen Geistern weit verbreite…«

»Gut, ich ziehe die Frage zurück«, sagte Page.

»Aber nicht doch, da verstehen Sie mich miß.« Murray hob beschwörend die Hand wie ein Hypnotiseur; anscheinend irritierte ihn die Verwirrung, die in das Gespräch geraten war. »Sie suggerieren, daß es sich um Mord handeln könne, weil – ähm – der unglückliche Gentleman, der hier vor uns liegt, sich nicht selbst umgebracht hätte, wenn er der echte John Farnleigh wäre. Aber ganz gleich, ob er nun der echte Johnny war oder nicht, warum hätte ihn denn jemand anderes töten sollen? Wenn er ein Betrüger war, warum ihn umbringen? Das Gesetz hätte sich schon um ihn gekümmert. Und wenn er der echte war, warum ihn umbringen? Er hatte niemandem etwas getan. Sie sehen, ich versuche nur, die Sache von beiden Seiten zu sehen.«

»Daran ist dieses ganze Gerede über Scotland Yard und die arme Victoria Daly schuld«, sagte Burrows finster. »Ich habe mich ja immer für einen halbwegs vernünftigen Menschen gehalten, aber das hat mir die abstrusesten Gedanken eingegeben, die ich schnellstens wieder aus dem Kopf verbannen muß. Und diesen verfluchten Garten habe ich noch nie ausstehen können.«

»Geht dir das genauso?« fragte Page.

Murray beobachtete die beiden aufmerksam.

»Einen Moment«, sagte er. »Dieser Garten – warum mögen Sie ihn nicht, Mr. Burrows? Gibt es Erinnerungen, die Sie damit verbinden?«

»Erinnerungen kann man nicht sagen.« Burrows überlegte; es schien ihm peinlich. »Aber wenn uns jemand eine Gespenstergeschichte erzählt hat, dann war sie hier draußen immer doppelt so gruselig wie anderswo. Eine ist mir noch im Gedächtnis geblieben – aber das tut nichts zur Sache. Ich hatte immer das Gefühl, daß hier die bösen Geister hinter den Hecken lauern, und ich meine das wörtlich. Aber auch dafür ist jetzt keine Zeit. Wir haben zu tun. Wir können nicht einfach hier stehen ...«

Murray riß sich aus seinen Gedanken; nun schien er beinahe erregt. »Ah, ja. Die Polizei«, sagte er. »Ja, da ist eine ganze Menge zu tun, in der – ähm – praktischen Welt. Ich nehme an, Sie werden nichts dagegen haben, wenn ich das übernehme. Würden Sie wohl mitkommen, Mr. Burrows? Und Sie, Mr. Page, wenn Sie so freundlich sein wollen und bei der – ähm – Leiche bleiben, bis wir zurück sind?«

»Warum?« fragte Page mit seinem praktischen Sinn.

»Es ist das Übliche. O ja. Es ist sogar unbedingt erforderlich. Überlassen Sie Mr. Page Ihre Taschenlampe, mein Lieber. Und nun hier entlang. Als ich noch hier lebte, gab es kein Telefon im Haus, aber ich nehme an, inzwischen wird eins installiert sein? Gut, gut, gut. Einen Arzt brauchen wir auch.«

Er eilte geschäftig davon und schob Burrows vor sich her, und Page blieb allein am Teich zurück mit dem, was von John Farnleigh geblieben war.

Nun, wo der Schrecken nachließ, stand Page im Dunkeln und dachte darüber nach, wie die ganze Geschichte immer komplizierter und zugleich immer sinnloser wurde. Andererseits lag ja durchaus nahe, daß ein Hochstapler sich umbrachte. Besonders verwirrte ihn, daß er nicht wußte, woran er bei Murray war. Wie leicht wäre es für Murray gewesen zu sagen: »Ja, dieser hier ist der Hochstapler, ich habe es von Anfang an gewußt«, und Murrays ganze Art hatte ja den Eindruck erweckt, daß er genau das dachte. Aber er hatte geschwiegen. War es nichts weiter als sein Hang zum Geheimnis, oder steckte mehr dahinter?

»Farnleigh!« sagte Page laut. »Farnleigh!«

»Haben Sie mich gerufen?« fragte eine Stimme in nächster Nähe.

Page trat im Schreck einen Schritt zurück, so daß er beinahe über den Toten gestolpert wäre. Inzwischen war es so dunkel, daß nicht einmal Formen und Umrisse mehr zu erkennen waren. Man hörte einen Schritt auf dem Sandboden, dann das Geräusch eines Streichholzes, das angerissen wurde. Die Flamme des Streichholzes loderte über der Schachtel, von zwei Händen beschirmt, und in ihrem Licht zeigte sich in einem Durchlaß der Eibenhecke das Antlitz des Herausforderers – Patrick Gore, John Farnleigh –, den Blick auf die Fläche neben dem Teich gerichtet. Er kam mit seinem ein wenig schleppenden Gang heran.

Der Herausforderer hatte eine dünne schwarze Zigarre in der Hand, die ihm halb aufgeraucht ausgegangen war. Nun zündete er sie bedachtsam neu an, dann blickte er auf.

»Haben Sie mich gerufen?« fragte er noch einmal.

»Nein«, erwiderte Page grimmig. »Aber trotzdem gut, daß Sie antworten. Sie wissen, was geschehen ist?«

»Ja.«

»Wo sind Sie gewesen?«

»Spazieren.«

Das Streichholz verlosch, doch Page konnte ihn noch leise atmen hören. Dem Mann war anzumerken, daß er erregt war. Er kam näher, die Arme in die Seiten gestemmt, die glimmende Zigarre im Mundwinkel.

»Der arme Gauner«, sagte der Herausforderer und blickte zu Boden. »Und eine Tat, vor der man Achtung haben muß. Ich bedaure wirklich sehr, daß ich es herbeigeführt habe. Gewiß ist er zum puritanischen Glauben seiner Vorväter zurückgekehrt, hat Jahre der Reue verbracht und doch an dem Besitz festgehalten. Er hätte ja weiterposieren und ein besserer Gutsherr sein können, als ich je sein werde. Doch die Beweise waren erdrückend, und so griff er zum letzten Mittel.«

»Selbstmord.«

»Ohne jeden Zweifel.« Der Herausforderer nahm die Zigarre aus dem Mund, und der Rauch, den er ausstieß, kräuselte sich in der Dunkelheit wie ein Geist, der Gestalt annimmt.

»Ich nehme an, inzwischen hat Murray die Abdrücke verglichen. Sie waren ja bei der kleinen Befragung dabei. Sagen Sie mir: Ist Ihnen aufgefallen, an welchem Punkt unser – verstorbener Freund sich vertan und uns verraten hat, daß er nicht John Farnleigh war?«

»Nein.«

Plötzlich ging es Page auf, daß die Erregtheit des Herausforderers vor allem seiner Erleichterung zuzuschreiben war.

»Murray wäre nicht Murray«, sagte er mit einer gewissen Trockenheit, »wenn unter den Fragen nicht eine gewesen wäre, bei der ein Trick war. So war er schon immer. Ich hatte schon darauf gewartet, ja es sogar befürchtet: für den Fall, daß es keine Fangfrage war, sondern etwas, das ich wirklich vergessen hatte.

Aber dann war es doch recht offensichtlich. Sie werden sich erinnern. ›Was ist das Rote Buch von Appin?‹«

»Ja. Sie haben beide etwas niedergeschrieben ...«

»Natürlich gibt es nichts dergleichen. Es würde mich interessieren, welchen Unsinn mein verstorbener Rivale als Antwort hingekritzelt hatte. Und um so spannender, als Murray, das Gesicht finster wie eine Eule, ihm ja versicherte, die Antwort sei korrekt. Es wird Ihnen aufgefallen sein, daß gerade diese Bestätigung meinen Rivalen beinahe aus der Fassung gebracht hätte. Ach, sei's drum«, sagte er und machte mit der brennenden Zigarre eine Handbewegung in der Luft, die wie ein kurioses Fragezeichen aussah. »Lassen Sie uns einmal sehen, was der arme Teufel mit sich angestellt hat. Darf ich die Taschenlampe haben?«

Page reichte sie ihm und trat einen Schritt zurück, während der andere sich mit der Lampe niederbeugte. Es herrschte lange Schweigen, nur ab und zu ein Brummen. Dann erhob der Herausforderer sich wieder. Er bewegte sich mühsam, und er schaltete dabei die Lampe ein und aus.

»Mein Freund«, sagte er mit neuer Stimme, »so geht das nicht.«

»Was geht nicht?«

»Das hier. Ich sage es nicht gern, was ich jetzt sagen muß. Aber ich würde schwören, daß dieser Mann sich nicht selbst umgebracht hat.«

(Ein Punkt für Suggestion, Intuition oder den Einfluß eines gewissen Gartens im Zwielicht.)

»Wieso das?« fragte Page.

»Haben Sie ihn sich näher angesehen? Dann kommen Sie her und tun Sie es. Schneidet ein Mann sich die Kehle mit drei vollständigen Schnitten durch, von denen jeder einzelne die Drosselader durchtrennt hat, jeder einzelne tödlich? Wäre das überhaupt möglich? Das kann ich nicht sagen, aber ich würde es bezweifeln. Vergessen Sie nicht, meine Karriere hat im Zirkus begonnen. Und so etwas habe ich nicht mehr gesehen, seit ein Leopard Barney Poole zerfetzte, den besten Dompteur westlich des Mississippi.«

Ein nächtlicher Wind strich durch den Irrgarten und ließ die Rosen rascheln.

»Wo mag wohl die Waffe geblieben sein?« redete er weiter. Er ließ den Strahl der Lampe über das trübe Wasser wandern. »Wahrscheinlich in dem Teich hier, aber da sollten wir sie wohl auch besser lassen. Das ist womöglich viel eher ein Fall für die Polizei, als wir gedacht haben. Es wirft ein – neues Licht auf die Sache. Ein Licht, das mir Sorgen macht«, sagte der Herausforderer, als müsse er etwas eingestehen. »Warum sollte jemand einen Hochstapler umbringen?«

»Oder, wenn man das überlegt, einen echten Erben«, fügte Page hinzu.

Page spürte, daß der andere ihn daraufhin aufmerksam beobachtete. »Sie glauben doch nicht etwa immer noch ...«

Sie wurden von Schritten unterbrochen, die rasch und aufgeregt aus der Richtung des Hauses kamen. Der Herausforderer lenkte den Strahl der Lampe auf Welkyn, den Anwalt, den Page zuletzt bei den Fischpastetensandwiches im Eßzimmer gesehen hatte. Welkyn, jetzt offensichtlich von größter Angst gepackt, hielt die Hände an den Ausschnitt seiner Weste geklammert, als wolle er eine Rede halten. Doch dann überlegte er es sich anders.

»Sie sollten besser zum Haus zurückgehen, meine Herren«, sagte er. »Mr. Murray möchte Sie sprechen. Ich *hoffe* nur« – er sagte es mit einem sinistren Unterton und blickte den Herausforderer eindringlich an –, »ich hoffe nur, daß keiner von Ihnen beiden im Haus gewesen ist, seit diese Dinge sich hier ereignet haben.«

Patrick Gore fuhr herum. »Sagen Sie nicht, es ist schon wieder etwas geschehen.«

»O doch«, erwiderte Welkyn barsch. »Offenbar hat jemand sich unsere Verwirrung zunutze gemacht. Während Mr. Murray hier draußen war, ist jemand in die Bibliothek eingedrungen und hat das Heft mit den Fingerabdrücken entwendet – unseren einzigen Beweis.«

ZWEITER TEIL

Donnerstag, 30. Juli

Das Leben eines Automaten

Dann war alles still, und gleich darauf erschien Moxon wieder und sagte mit einem recht verlegenen Lächeln:
»Verzeihen Sie, daß ich Sie so plötzlich verlassen habe. Ich habe eine Maschine da drinnen, die plötzlich die Beherrschung verloren hat und über die Stränge schlug.«
Ich betrachtete seine linke Wange, auf der sich nebeneinander vier blutige Striemen fanden, und sagte:
»Wie wäre es, wenn Sie ihr einmal die Nägel schneiden würden?«

AMBROSE BIERCE, *Moxons Herr und Meister.*

Kapitel 7

Am frühen Nachmittag des folgenden Tages, an dem ein grauer, warmer Regen das Land verfinsterte, saß Page von neuem am Schreibtisch in seinem Arbeitszimmer; doch die Gedanken, die ihm nun durch den Kopf gingen, waren ganz anderer Art als am Tage zuvor.

Auf und ab im Zimmer, so gleichmäßig wie der Regen selbst, schritt Detective-Inspector Elliot.

Und im größten Sessel saß wie auf einem Thron Dr. Gideon Fell.

Das donnernde Lachen des Doktors klang heute gedämpft. Er war am Morgen in Mallingford angekommen, und was er vorfand, schien ihm nicht zu behagen. Er hatte sich in dem großen Sessel zurückgelehnt und schnaufte leise vor sich hin. Seinen Zwicker an dem langen schwarzen Band hatte er auf der Nase, und seine Augen waren voller Konzentration auf eine Ecke des Tisches gerichtet. Sein Banditenschnurrbart sträubte sich, als sei er zu jedem Streit bereit, und das wirre, grau melierte Haar war ihm auf der einen Seite über das Ohr gefallen. Auf einem Stuhl neben ihm lagen sein Schlapphut und der Krückstock mit dem Elfenbeingriff. Er hatte einen großen Krug Bier neben sich stehen, doch nicht einmal das schien seine Laune zu heben. Und auch wenn sein rotes Gesicht in der Julihitze röter war denn je, suchte man seine übliche joviale Art vergebens. Page fand, daß er in Körpergröße und -umfang noch mächtiger war, als man ihn ihm beschrieben hatte; als er in seinem weiten Umhang in das Häuschen getreten war, füllte er es ganz aus und schien selbst die Möbel noch zu verdecken.

Aber auch sonst gab es in der Gegend von Mallingford und Soane niemanden, der bei diesem Vorfall kein grimmiges Gesicht gemacht hätte. Das ganze Dorf wirkte verschlossen, und es war nicht einmal ein beredtes Schweigen. Inzwischen wußten alle, daß der Fremde, der als »Folkloreforscher« im Bull and

Butcher abgestiegen war, Inspektor bei der Kriminalpolizei war. Doch kein Wort fiel darüber. Im Schankraum sprachen diejenigen, die zu ihrem Morgentrunk kamen, ein wenig leiser als sonst und waren schneller wieder fort; das war alles. Dr. Fell war nicht mehr im Gasthaus untergekommen – beide Zimmer waren belegt –, und Page hatte ihm mit Freuden die Gastfreundschaft seines Hauses angeboten.

Auch Inspektor Elliot war, fand Page, ein sympathischer Mann. Andrew MacAndrew Elliot hätte man den Folkloreexperten ebensogut abgenommen wie den Inspektor bei Scotland Yard. Er war noch eher jung, kräftig gebaut, strohblond und schr ernst. Er stritt sich gern, und auf eine raffinierte Art, mit der er sich Superintendent Hadley nicht zum Freund gemacht hatte. Er hatte eine durch und durch schottische Erziehung genossen, die in puncto Gründlichkeit keine Kompromisse kennt. Nun ging er in Pages Arbeitszimmer auf und ab, während draußen der graue Regen fiel, und versuchte zu resümieren.

»Hmpf, gewiß«, brummte Dr. Fell. »Aber was haben Sie denn überhaupt bisher unternommen?«

Elliot überlegte. »Captain Marchbanks, der hiesige Polizeichef, übergab die Sache heute morgen dem Yard und wusch seine Hände in Unschuld«, sagte er. »Normalerweise hätten sie natürlich einen Chefinspektor hergeschickt. Aber da ich nun einmal zufällig schon hier war und in einer Sache ermittelte, die womöglich mit dieser zusammenhängt …«

(Der Mord an Victoria Daly, dachte Page. Aber wo ist der Zusammenhang?)

»Hat man Ihnen die Chance gegeben«, sagte Dr. Fell. »Wunderbar.«

»Jawohl, Sir«, bestätigte Elliot, »ich habe meine Chance bekommen.« Nachdenklich stützte er sich mit sommersprossiger Hand auf den Tisch. »Und diese Chance will ich nutzen, so gut es geht. So etwas bekommt man nicht alle Tage geboten. Es ist – aber das wissen Sie ja.« Er seufzte. »Und Sie können sich vorstellen, wie schwierig es wird. Die Leute hier sind verschlossener als ihre Fenster. Man versucht hineinzusehen, aber sie ziehen den Vorhang zu. Sie trinken ihr Glas Bier, sie reden wie zuvor, aber sobald man etwas wissen will, sind sie fort. Beim hiesigen Landadel« – er sprach das Wort ein wenig verächtlich aus – »ist es sogar noch schwerer – war es schon, bevor das hier geschah.«

»Als Sie noch wegen der anderen Sache ermittelten, meinen Sie?« fragte Dr. Fell und öffnete ein Auge.

»Wegen der anderen Sache. Die einzige, die mir überhaupt geholfen hat, ist eine Miss Dane, Madeline Dane. Das«, erklärte Inspektor Elliot mit Nachdruck und als wäge er jedes Wort ab, »ist eine Frau. Ein Vergnügen, sich mit ihr zu unterhalten. Keines von diesen eiskalten Weibern, die einem Rauch ins Gesicht blasen und schon ihren Anwalt rufen, wenn man auch nur seine Visitenkarte abgibt. Nein. Eine echte Frau ist das; erinnert mich an ein Mädel, das ich früher bei uns zu Hause gekannt habe.«

Dr. Fell öffnete beide Augen, und bei Inspektor Elliot fingen (wenn man so sagen konnte) die Sommersprossen an zu tanzen vor Verlegenheit darüber, daß er das gesagt hatte. Doch Brian Page verstand ihn gut und war ganz seiner Meinung. Er spürte sogar, so absurd das war, einen Anflug von Eifersucht.

»Aber Sie werden wissen wollen«, fuhr der Inspektor fort, »wie es auf Farnleigh Close aussieht. Ich habe von allen, die gestern abend dort waren, die Aussagen aufgenommen. Von der Dienerschaft bisher nicht. Kurze Aussagen. Einige der Anwesenden mußte ich erst ausfindig machen. Mr. Burrows ist über Nacht im Herrenhaus geblieben, damit er uns heute zur Verfügung stehen kann. Aber der Herausforderer, dieser Mr. Patrick Gore, und sein Anwalt (ein gewisser Welkyn) sind nach Maidstone zurückgekehrt.« Er blickte sich zu Page um. »Ich nehme an, Sir, es flogen die Fetzen – oder sagen wir, es herrschte eine gewisse Anspannung, nachdem das Heft mit den Fingerabdrücken gestohlen worden war?«

Page bestätigte es mit einigem Nachdruck.

»Da erst recht«, erwiderte er. »Das Merkwürdige war, daß alle außer Molly sich mehr um den verschwundenen Beweis sorgten als darum, daß John Farnleigh ermordet worden war – wenn es Mord war.«

Ein Funken Interesse glomm in Dr. Fells Blick. »Wie war denn die Stimmung bei dieser Frage nach Mord oder Selbstmord?«

»Sehr zurückhaltend. Ich fand es seltsam, daß keiner sich festlegen wollte. Die einzige, die eindeutig sagte (brüllte, besser gesagt), es sei Mord gewesen, war Molly – Lady Farnleigh, meine ich. Ansonsten gingen die Anschuldigungen, daß falsch gespielt werde, kreuz und quer – auf eine Weise, an die sich heute hoffentlich keiner mehr erinnert. Ich selbst weiß auch nicht mehr alles, und da bin ich froh. Wahrscheinlich war es ja nur natürlich. Vorher waren wir alle so verbissen höflich zueinander gewesen, daß das Pendel nun ein wenig zu sehr in die andere Richtung ausschlug. Offenbar sind selbst Anwälte doch Menschen. Murray rief zur Ordnung, aber er wurde niedergeschrieen. Und dem Sergeant von der hiesigen Polizeiwache erging es nicht viel besser.«

»Ich mühe mich«, sagte Dr. Fell und schnitt dazu eine gräßliche Grimasse, »eine Bresche für die Frage zu schlagen, um die es eigentlich geht. Sie sagen, Inspektor, im Grunde zweifeln Sie nicht daran, daß es Mord war?«

Da war sich Elliot sicher.

»So ist es, Sir. Wir haben drei Schnitte quer über den Hals, und bisher hat sich nirgends eine Waffe gefunden, weder im Teich noch in der näheren Umgebung. Zugegeben«, fügte er vorsichtiger hinzu, »der Bericht des Arztes steht noch aus. Ich will nicht behaupten, daß es unmöglich wäre, daß jemand sich solche Wunden selbst beibringt. Aber wenn keine Waffe da ist, wäre die Sache doch eindeutig genug.«

Einen Moment lang hörten sie nur den Regen und den schweren Atem von Dr. Fell, der nicht überzeugt schien.

»Sie halten es nicht für möglich«, sagte der Doktor, »ich – ahemm – will das nur zu bedenken geben: Sie halten es nicht für möglich, daß er sich umbrachte und mit der letzten Zuckung die Waffe so weit von sich warf, daß Sie sie nicht gefunden haben? So etwas ist, glaube ich, schon vorgekommen.«

»Ganz unmöglich ist es nicht. Aber er kann sie nicht ganz aus dem Garten geschleudert haben, und wenn sie irgendwo dort ist, dann wird Sergeant Burton sie finden.« Elliot sah den Doktor fragend an. »Glauben *Sie* denn, daß es Selbstmord war, Sir?«

»Aber nein, nein«, erwiderte Dr. Fell mit Nachdruck, als schockiere ihn der Gedanke. »Doch selbst wenn ich davon ausgehe, daß es Mord ist, muß ich doch wissen, welche Frage sich uns jetzt überhaupt stellt.«

»Die Frage, wer Sir John Farnleigh umgebracht hat.«

»Gewiß. Aber Sie sehen immer noch nicht, in was für ein Dornendickicht wir da geraten. Ich sorge mich, weil der Täter gegen alle Spielregeln verstößt. Nichts stimmt, denn er hat sich den Falschen als Opfer ausgesucht. Wenn es doch nur Murray gewesen wäre! (Verstehen Sie mich nicht falsch – das ist rein akademisch gesprochen.) Teufel noch mal, *das* wäre vernünftig gewesen! Wäre es ein Mörder, wie man ihn erwarten konnte, dann hätte Murray das Opfer sein müssen. Daß Murray hier ist, schreit doch geradezu nach einer solchen Tat. Er kommt her mit dem Beweismaterial in der Tasche, mit dem sich die entscheidende Frage auf Anhieb beantworten läßt; ja, er könnte wahrscheinlich sogar *ohne* Beweismittel bestimmen, welcher von beiden Kandidaten der echte ist: Das ist doch der Mann, der in einem solchen Falle geradezu zwingend umgebracht werden muß. Trotzdem krümmt der Mörder ihm kein Haar, und die Frage nach der Identität der beiden Männer ist rätselhafter denn je, nun wo der eine tot ist. Stimmen Sie mir soweit zu?«

»Ja«, sagte Inspektor Elliot grimmig.

»Dann lassen Sie uns ein wenig mehr von dem Dickicht roden«, drängte Dr. Fell. »Ist es zum Beispiel denkbar, daß die ganze Sache ein Irrtum des Mörders ist? Sollte Sir John Farnleigh (wenn wir bei diesem Namen bleiben wollen) gar nicht das Opfer sein? Hat der Mörder ihn für jemand anderen gehalten?«

»Das kann ich mir nicht vorstellen«, meinte Elliot und blickte Page an.

»Unmöglich«, sagte Page. »Ich habe es mir auch schon durch

den Kopf gehen lassen. Aber glauben Sie mir: Das wäre undenkbar gewesen. Dazu war das Licht noch zu gut. Farnleigh sah keinem der anderen ähnlich, und er war auch nicht wie die anderen angezogen. Selbst aus der Ferne hätte man ihn nicht verwechseln können, und schon gar nicht, wenn man so nahe an ihn herankam, wie man muß, wenn man ihm die Kehle durchschneiden will. Es war dies seltsam verwaschene Zwielicht, bei dem alle Details schon undeutlich sind, aber alle Umrisse noch klar.«

»Das heißt, er hatte es eindeutig auf Farnleigh abgesehen«, sagte Dr. Fell mit einem geräuschvollen Räuspern. »Nun gut. Was können wir sonst noch an Gestrüpp beseitigen, an dummem Gerede? Ist es zum Beispiel denkbar, daß der Mord überhaupt nichts mit der Auseinandersetzung um Titel und Besitz zu tun hat? Schlich sich jemand, den die Debatte überhaupt nicht interessierte – jemand, dem es egal war, ob der Mann John Farnleigh war oder Patrick Gore –, in diesem Augenblick in den Garten und brachte ihn aus einem ganz anderen Grunde um, den wir nicht kennen? Möglich. Möglich ist es, wenn die Götter ihre Launen haben. Aber ich für meinen Teil werde mir darum nicht groß Gedanken machen. Diese Dinge hängen zusammen; eines ist auf das andere angewiesen. Denn Ihnen wird nicht entgangen sein, daß das Heft mit den Fingerabdrücken in dem Augenblick entwendet wurde, in dem Farnleigh den Tod fand.

Nun gut. Farnleigh wurde also ermordet, und das mit Bedacht und aus einem Grunde, der mit der Frage nach dem rechtmäßigen Erben von Titel und Besitz zusammenhängt. Aber noch immer haben wir nicht wirklich bestimmt, was von uns überhaupt gefordert ist. Unsere Aufgabe hat nach wie vor zwei Seiten, geradezu janusköpfig, könnte man sagen. Wenn der Ermordete ein Hochstapler war, dann kann es zwei oder auch drei verschiedene Gründe für den Mord an ihm geben. Sie werden sie sich selbst zusammenreimen können. Wenn er aber der echte Erbe war, dann werden die zwei oder drei Motive, die in Frage kommen, gänzlich anderer Art sein. Auch auf diese werden Sie selbst kommen. Von da gelangt man auf verschiedene Seiten, zu verschiedenen

Blickwinkeln, verschiedenen Hintergründen. Welcher von beiden ist also der Hochstapler? Bevor wir das nicht wissen, können wir auch nicht sagen, welchen Weg wir überhaupt einschlagen sollen. Ahemm.«

Die Züge von Inspektor Elliot verhärteten sich.

»Sie meinen, der Schlüssel ist dieser Mr. Murray?«

»Das meine ich. Mein alter Freund Kennet Murray, undurchschaubar wie eh und je.«

»Und Sie meinen, er kann den echten vom falschen unterscheiden?«

»Da habe ich keinen Zweifel«, brummte Dr. Fell.

»Ich auch nicht«, sagte der Inspektor nur. »Lassen Sie uns überlegen.« Er holte sein Notizbuch hervor und schlug es auf. »Alle scheinen sich einig – und es ist ja auffällig, wie oft sich alle einig sind –, daß sie Mr. Murray gegen zwanzig nach neun allein in der Bibliothek zurückließen. Korrekt, Mr. Page?«

»Korrekt.«

»Der Mord (lassen Sie es uns so nennen) geschah gegen halb zehn. Zwei der Anwesenden machen genaue Zeitangaben: Murray und der Anwalt Harold Welkyn. Nun sind zehn Minuten keine lange Zeit. Aber ein paar Fingerabdrücke zu vergleichen ist, auch wenn man sich vor voreiligen Schlüssen hüten muß, nicht ganz die abendfüllende Beschäftigung, als die Murray sie Ihnen hingestellt hat. Keiner kann mir weismachen, daß er nicht wenigstens wußte, in welche Richtung es ging. – Meinen Sie, er macht uns etwas vor, Sir?«

»Nein«, sagte Dr. Fell und betrachtete mit gerunzelter Stirn den Krug Bier. »Ich glaube, er möchte nur gern ein wenig den Meisterdetektiv spielen. Und in ein paar Minuten werde ich Ihnen sagen, worum es für meine Begriffe bei dieser Sache geht. Sie sagen, Sie haben Aussagen von allen, aus denen wir erfahren, was sie in jenen zehn Minuten getan haben?«

»Von jedem nur ein paar Zeilen«, sagte Elliot, plötzlich ärgerlich. »Keine Meinungen. Alle erklärten, sie wüßten nicht, was sie dazu sagen sollten. Nun, ich werde weiterfragen, und ich werde auch hören, was für eine Meinung sie zu der Sache haben. Merkwürdige Leute sind das. Natürlich klingt es immer ziemlich karg, wenn die Polizei eine Aussage zusammenfaßt, denn man reiht die Fakten auf, wie man sie aus ihnen herausbekommt, ohne den ganzen Leerlauf dazwischen; und man muß ja dankbar für alles sein, was man überhaupt bekommt. Hören Sie sich das an. Gerade ist einer von ihnen ermordet worden, und das haben sie dazu zu sagen.«

Er wandte sich dem Notizbuch zu.

»*Aussage von Lady Farnleigh:* ›Als wir die Bibliothek verließen, war ich erregt und ging hinauf auf mein Zimmer. Mein Mann und ich haben unsere Schlafzimmer im ersten Stock des neuen Flügels, über dem Eßzimmer. Ich wusch mir Gesicht und Hände. Ich ließ mir von meiner Kammerzofe ein neues Kleid herauslegen, mir war, als hätte ich geschwitzt. Ich legte mich aufs Bett. Nur eine schwache Nachttischlampe brannte. Die Fenster meines Zimmers zum Balkon mit Blick zum Garten standen offen. Ich hörte ein Geräusch, als rängen Leute miteinander, dann ein Schlurfen und eine Art Schrei, danach ein Platschen. Ich lief hinaus auf den Balkon und sah meinen Mann. Er lag, wie es schien, im Teich und schlug um sich. Zu dem Zeitpunkt war niemand mehr bei ihm. Das konnte ich deutlich sehen. Ich lief die Haupttreppe hinab und nach draußen zu ihm hin. Im Garten habe ich nichts Verdächtiges gesehen oder gehört.‹

Als nächstes hätten wir:

Aussage von Kennet Murray: ›Ich blieb von neun Uhr zwanzig bis neun Uhr dreißig in der Bibliothek. Niemand kam herein, und ich habe niemand anderen gesehen. Ich saß mit dem Rücken zum Fenster. Ich hörte die Geräusche (ähnliche Beschreibung). Ich kam nicht auf den Gedanken, daß etwas Schlimmes geschehen sein könnte, bis ich jemanden die Treppe herunterlaufen hörte. Ich hörte, wie Lady Farnleigh nach dem Butler rief; sie fürchte,

Sir John sei etwas zugestoßen. Ich warf einen Blick auf meine Uhr; es war genau neun Uhr dreißig. Ich ging hinaus und schloß mich in der Halle Lady Farnleigh an; wir gingen hinaus in den Garten und fanden ihren Mann, die Kehle durchschnitten. Zum Thema der Fingerabdrücke und meines Vergleichs dieser Abdrücke habe ich zum gegenwärtigen Zeitpunkt nichts zu sagen.‹

Freundlich und hilfreich, finden Sie nicht auch? Dann kommt:

Aussage von Patrick Gore, Herausforderer: ›Ich bin im Park spazierengegangen. Zuerst war ich auf dem vorderen Rasen und rauchte. Dann ging ich an der Südseite des Hauses entlang zum Garten hier. Ich habe keine Laute gehört außer dem Platschen, und auch das nur sehr leise. Ich glaube, es war, als ich gerade um die Hausecke kam. Ich habe mir nichts dabei gedacht. Als ich in den Garten kam, hörte ich laute Stimmen. Mir war nicht nach Gesellschaft zumute, und so blieb ich auf dem Pfad, der entlang der hohen Eibenhecke rund um den Garten verläuft. Dann hörte ich, was die Stimmen sagten. Ich horchte. Ich ging erst zu dem Teich, als alle mit Ausnahme eines Mannes namens Page ins Haus zurückgekehrt waren.‹

Und schließlich noch:

Aussage von Harold Welkyn: ›Ich blieb im Speisezimmer und verließ es zu keiner Zeit. Ich verzehrte fünf kleine Sandwiches und trank ein Glas Portwein. Es ist mir bewußt, daß vom Speisezimmer verglaste Türen hinaus in den Garten führen und daß man durch eine dieser Türen geradewegs zum Teich blicken kann, der nicht weit entfernt liegt. Aber im Eßzimmer waren sämtliche Lichter eingeschaltet, und der Kontrast war so groß, daß ich draußen nichts sehen konnte …‹

Es geschieht vor seiner Nase. Erdgeschoß, die Hecken nur hüfthoch, keine zehn Meter zu der Stelle, an der ein Mann umgebracht wird.« Elliot schnippte nach seinem Notizbuch. »Aber er sieht nicht das geringste, ›der Kontrast war zu groß‹. Und es geht noch weiter:

›Als die Standuhr im Speisezimmer halb zehn schlug, hörte ich Laute, als ob Leute miteinander rängen, und einen unterdrückten Schrei. Dann mehrere laute Platscher. Ich vernahm auch ein Rascheln im Gebüsch oder in der Hecke, und ich hatte das Gefühl, als sähe mich durch eine der Glasscheiben etwas an, und zwar durch eine der untersten gleich über dem Boden. Ich fürchtete, daß draußen gewisse Dinge im Gange waren, aber es waren Dinge, die mich nichts angingen. Ich blieb sitzen und wartete ab, und dann kam Mr. Burrows und berichtete, der Mann, der sich als Sir John Farnleigh ausgegeben hatte, habe Selbstmord begangen. In dieser Zeit habe ich nichts weiter getan, außer daß ich noch ein Sandwich aß.‹«

Dr. Fell brachte sich schnaufend in eine aufrechtere Haltung, griff nach dem Bierkrug und nahm einen großen Schluck. Die Augen funkelten hinter den Brillengläsern, eine Art verblüffter Freude.

»O Bacchus!« seufzte er andächtig. »›Karg‹, sagen Sie? Finden Sie das wirklich? Also, mir läuft es bei der Aussage unseres Mr. Welkyn kalt den Rücken herunter. Aber warten Sie. Welkyn! Welkyn! Wo habe ich den Namen schon einmal gehört? Ich bin sicher, daß ich ihn schon gehört habe, und er fordert einen ja geradezu heraus, seine Witze damit zu machen, und deshalb würde er mir auch im Gedächtnis bleiben. Aber was ist schon ein Name? Nichts als Schall und Rauch. Und was sind Schall und Rauch? Nichts als Namen. Ich bitte um Verzeihung, ich schweife ab. Haben Sie noch etwas?«

»Es waren noch zwei weitere Gäste da, Mr. Page hier und Mr. Burrows. Was Mr. Page weiß, hat er Ihnen schon selbst erzählt, und im Grunde auch alles, was in Mr. Burrows' Aussage steht.«

»Lassen Sie sie uns trotzdem noch einmal hören.«

Inspektor Elliot runzelte die Stirn.

»*Aussage von Nathaniel Burrows:* ›Ich hätte gern etwas gegessen, aber Welkyn war im Eßzimmer, und ich hätte es nicht angebracht gefunden, zu jenem Zeitpunkt mit ihm zu sprechen. Ich ging zum Salon am anderen Ende des Hauses und wartete dort. Dann fand ich aber doch, daß es sich gehörte, Sir John Farnleigh Gesellschaft zu leisten, der in den Südgarten gegangen war. Ich nahm mir aus der Schublade des Tisches in der Eingangshalle eine elektrische Taschenlampe. Ich tat dies, weil ich im Dunkeln nicht gut sehe. Ich war im Begriff, die Tür zum Garten zu öffnen, da sah ich Sir John. Er stand neben dem Teich. Er schien mit etwas beschäftigt, bewegte sich ein wenig hin und her. Von der Tür bis zum ihr zugewandten Ufer des Teiches sind es etwa zwölf Meter. Ich hörte das Schlurfen, die Laute, dann das Platschen und das Schlagen im Wasser. Ich lief hin und fand ihn dort. Ob eine zweite Person draußen gewesen war, das kann ich nicht sagen. Ich wüßte nicht, wie ich die Bewegung beschreiben sollte, die er machte. Es war, als hätte ihn etwas an den Füßen gepackt.‹

Und das ist alles, Sir. Ein paar Sachen werden Ihnen aufgefallen sein. Mr. Burrows war der einzige, der das Opfer wirklich sah, bevor es angegriffen wurde und in den Teich fiel oder hineingezogen wurde; Mr. Gore, Mr. Murray, Mr. Welkyn und Mr. Page sahen ihn alle erst danach – so steht es zumindest in ihrer Aussage. Und es werden Ihnen noch andere Dinge aufgefallen sein?« stocherte er.

»Hm?« fragte Dr. Fell gedankenverloren.

»Ich wollte wissen, was Sie davon halten.«

»Nun, ich will Ihnen sagen, was mir durch den Kopf ging. ›Ein Garten ist ein köstlich Ding, fürwahr‹«, sagte Dr. Fell. »Und wie war es mit dem Nachspiel? Nach dem Mord wurde, nehme ich an, das Heft mit den Abdrücken aus der Bibliothek entwendet, als Murray nach draußen ging, um zu sehen, was geschehen war. Haben Sie darüber von den Anwesenden Aussagen bekommen – was sie taten, wer der Dieb gewesen sein könnte?«

»Aussagen habe ich«, erwiderte Elliot, »aber ich werde sie Ihnen nicht vorlesen, Sir. Und warum nicht? Weil nichts drinsteht, nicht das Geringste. Kurz zusammengefaßt lauten die Aussagen: Jeder könnte das Heft gestohlen haben, und in der Aufregung hat keiner gesehen, wer es war.«

»O je!« stöhnte Dr. Fell, nachdem er noch einen Moment lang überlegt hatte. »Dann wäre es also tatsächlich so.«

»Was wäre tatsächlich so?«

»Das, was ich schon die ganze Zeit habe kommen sehen – daß wir es mit einem rein psychologischen Rätsel zu tun haben. Es gibt nicht die geringsten Widersprüche, bei denen wir ansetzen könnten, weder in den Aussagen noch in den Zeitangaben, nicht einmal in den Deutungsmöglichkeiten, die uns zur Verfügung stehen. Die einzige echte Ungereimtheit ist die eine große psychologische Frage: nämlich, warum mit solcher Sorgfalt der Falsche umgebracht wurde. Führen Sie sich doch nur vor Augen, wie wenig materielle Indizien wir haben – keine Manschettenknöpfe, Zigarettenstummel, Theaterkarten, keine Feder, keine Tinte, kein Papier. Hmpf. Wenn wir nicht noch etwas Handfesteres finden, an das wir uns halten können, bleibt uns nur, mit vereinten Kräften nach dem flüchtigen Schmetterling zu haschen, der die menschliche Psyche nun einmal ist. Bei wem könnte man sich am ehesten vorstellen, daß er den, der ermordet wurde, ermordet hätte? Und aus welchem Grund? Und wer paßt, psychologisch gesehen, am besten in jenes Netz finsterer Machenschaften, das Sie um den Mord an Victoria Daly gesponnen haben?«

Elliot pfiff durch die Zähne. Dann fragte er: »Hätten Sie da Kandidaten, Sir?«

»Lassen Sie mich überlegen, ob ich die entscheidenden Fakten im Fall Victoria Daly noch im Kopf habe«, murmelte Dr. Fell. »Alter fünfunddreißig, unverheiratet, stets freundlich, nicht gerade intelligent, lebte allein. Hmpf. Ha. Ja. Ermordet gegen elf

Uhr fünfundvierzig abends am 31. Juli letzten Jahres. Stimmt's, mein Junge?«

»Stimmt.«

»Ein Bauer, der auf dem Heimweg an ihrem Häuschen vorbeikommt, schlägt Alarm. Hört Schreie aus dem Haus. Fahrradpolizist, ebenfalls noch nächtens unterwegs, folgt ihm nach. Beide sehen einen Mann – in der Gegend bekannten Landstreicher – auf der Rückseite aus einem Erdgeschoßfenster klettern. Viertelmeile Verfolgungsjagd. Landstreicher versucht seinen Verfolgern zu entkommen, springt über Schranke, um Bahnschienen noch vor herannahendem Güterzug der Southern Railway zu überqueren, schnelles, wenn auch unschönes Ende. Alles richtig?«

»Richtig.«

»Miss Daly lag im hinteren Zimmer des Erdgeschosses – ihrem Schlafzimmer. Mit Schuhriemen erdrosselt. Als der Eindringling kam, war sie im Begriff, sich zur Ruhe zu begeben, aber noch nicht im Bett. Nachthemd, gesteppter Morgenmantel, Pantoffeln. Anscheinend ein eindeutiger Fall – Geld und Wertsachen beim Landstreicher gefunden –, bis auf eine Kleinigkeit. Arzt findet bei der Untersuchung des Leichnams den Körper eingerieben mit dunkler rußiger Substanz; selbe Substanz auch unter allen Fingernägeln. Hm? Erweist sich im Labor der Kriminalpolizei als Mischung aus Rübensaft, Eisenhut, Fingerkraut, Tollkirsche und Ruß.«

Page setzte sich mit einem Ruck auf. Was Dr. Fell resümierte, war in der Gegend alles bekannt genug – alles bis auf den letzten Punkt.

»Moment!« hakte er nach. »Das höre ich aber nun wirklich zum erstenmal. Die Leiche war mit einem Mittel eingerieben, das zwei tödliche Gifte enthielt?«

»Glauben Sie es uns ruhig«, meinte Elliot mit einem breiten Grinsen. »Natürlich war es nicht der hiesige Arzt, der das Zeug zur Analyse gab. Bei der gerichtlichen Untersuchung fand der Vorsitzende, daß es nichts zu bedeuten habe, und brachte es nicht einmal bei der Verhandlung auf. Wahrscheinlich hielt er es für eine Art Schönheitssalbe und fand es ungehörig, das zu erwähnen. Aber später gab der Arzt doch einen dezenten Hinweis, und ...«

Page konnte es nicht glauben. »Eisenhut und Tollkirsche! Aber sie hatte das Mittel ja nicht geschluckt, oder? Nur vom Einreiben hätte es sie nicht umgebracht, nicht wahr?«

»Das nicht. Trotzdem ein recht eindeutiger Fall. Oder was meinen Sie, Sir?«

»Leider nur zu eindeutig«, bestätigte Dr. Fell.

Durch das Geräusch des Regens hindurch hörte Page ein Klopfen an der Haustür. In Gedanken noch bei dem, was er da gerade erfahren hatte, ging er hinaus auf den kleinen Flur und öffnete die Tür. Es war Sergeant Burton von der örtlichen Wache in Regenmantel und Kapuze, und unter dem Mantel hatte er etwas, das in Zeitungspapier geschlagen war. Seine Begrüßung brachte Pages Gedanken von Victoria Daly wieder zurück zu dem dringenderen Fall Farnleigh.

»Kann ich Inspektor Elliot und Dr. Fell sprechen, Sir?« fragte Burton. »Ich habe die Tatwaffe. Und ... «

Er machte eine Kopfbewegung. Jenseits des Vorgartens, in dem schon die Pfützen standen, sah er einen bekannten Wagen am Tor warten. Es war ein alter Morris, und im Inneren konnte er zwei Fahrgäste ausmachen. Inspektor Elliot kam mit raschen Schritten zur Tür.

»Was höre ich da?«

»Ich habe die Waffe, mit der Sir John umgebracht wurde, Inspektor. Und noch etwas.« Wieder wies Sergeant Burton mit dem Kopf in Richtung Wagen. »Das sind Miss Madeline Dane und der alte Mr. Knowles, der drüben im Herrenhaus arbeitet. Früher war er beim besten Freund von Miss Danes Vater angestellt. Er wußte nicht, was er tun sollte, und hat Miss Dane um Rat gefragt; und die hat ihn zu mir geschickt. Er hat Ihnen etwas zu erzählen, das wahrscheinlich die ganze Sache aufklären wird.«

Kapitel 8

Sie legten das Päckchen auf Pages Schreibtisch und schlugen es auf, und darin kam die Tatwaffe hervor. Es war ein Taschenmesser; ein altmodisches Taschenmesser, wie es die Jungen früher gehabt hatten, auch wenn es unter den jetzigen Umständen groß und gefährlich aussah.

Neben der Hauptklinge – die ausgeklappt war – enthielt der hölzerne Griff noch zwei kleinere, einen Korkenzieher sowie ein Werkzeug, das früher als nützlich galt, um Steine aus Pferdehufen zu entfernen. In Pages Erinnerung brachte es die Tage zurück, als der Besitz eines so prachtvollen Messers das sichere Zeichen gewesen war, daß man schon fast ein Mann war – ein Abenteurer, beinahe ein Indianer auf dem Kriegspfad. Das Messer war alt. Die Hauptklinge, etwa zwölf Zentimeter lang, hatte zwei große zackige Scharten, und der Stahl war stellenweise rauh, aber die Schneide war nicht verrostet, und sie war scharf wie ein Rasiermesser. Doch nun konnte niemand dabei mehr an Indianerspielen denken. Von der Spitze bis zum Heft war die Klinge vom Blut befleckt, das noch kaum getrocknet war.

Keinem war wohl zumute, als sie es betrachteten. Inspektor Elliot richtete sich auf.

»Wo haben Sie es gefunden?«

»Tief in einer der Hecken; ich würde sagen« – Sergeant Burton schloß ein Auge halb, als ob er dann besser schätzen könnte – »etwa drei Meter von dem Seerosenteich.«

»In welcher Richtung?«

»Nach links hin, wenn man mit dem Rücken zum Haus steht. Zu der hohen Hecke, die den Garten nach Süden abschließt. Vom Teich aus ein wenig zurück in Richtung Haus. Sie müssen wissen, Sir«, erklärte der Sergeant bedächtig, »es war das reine Glück, daß ich es gefunden habe. Wir hätten einen ganzen Monat suchen können und hätten es nicht gesehen. Da hätten wir schon die Hecken auseinandernehmen müssen. Diese Eiben, die sind so dicht, da sieht keiner, was drin ist. Aber der Regen hat uns geholfen. Ich stand an der Hecke und bin mit der Hand obendrüber gefahren – einfach so, verstehen Sie, weil ich überlegt habe, wo ich anfangen soll. Die Hecke war naß, und plötzlich hatte ich einen kleinen rötlichbraunen Fleck auf der Hand. Oben auf der glattgeschnittenen Hecke hatte es ein kleines bißchen Blut hinterlassen, da wo es hineingefallen war. Von oben hat man keine Lücke gesehen. Ich hab's rausgeholt, und wie Sie sehen, war es innen in der Hecke noch trocken.«

»Sie meinen, jemand hat es von oben in die Hecke gesteckt?«

Sergeant Burton zögerte.

»Ja, wahrscheinlich schon. Es steckte gerade drin, die Spitze nach unten. Andererseits – das ist ein schönes, schweres Messer, Sir. Die Klinge ist genauso schwer wie der Griff. Wenn jemand es fortgeworfen hätte oder hoch in die Luft, dann wäre es genau so heruntergekommen, mit der Klinge nach unten.«

Alle sahen, mit welcher Miene Sergeant Burton das sagte. Dr. Fell, der mit eigenen Gedanken beschäftigt schien, blickte auf und reckte auf eine herausfordernde Weise seine dicke Unterlippe vor.

»Hm«, sagte er. »›Wenn jemand es fortgeworfen hätte.‹ Ein Selbstmörder, meinen Sie?«

Die Runzeln auf Burtons Stirn änderten sich ein wenig, aber er blieb stumm.

»Auf alle Fälle ist es mit Sicherheit das Messer, das wir gesucht haben«, sagte Inspektor Elliot. »Zwei von den drei Wunden, die der Bursche hatte, gefielen mir ganz und gar nicht. Es sah aus, als habe jemand es darauf angelegt, ihn übel zuzurichten. Aber wenn man sich das hier ansieht – diese Scharten sind die Erklärung, darauf würde ich Gift nehmen. Wollten Sie etwas sagen?«

»Wegen Miss Dane und dem alten Mr. Knowles, Sir …«

»Stimmt, lassen Sie sie hereinkommen. Gute Arbeit, Sergeant; verdammt gute Arbeit. Als nächstes können Sie nachhören, ob der Doktor schon Neuigkeiten für mich hat.«

Dr. Fell und der Inspektor erörterten diesen neuen Fund, doch

Page nahm sich im Flur einen Regenschirm und ging nach draußen, um Madeline ins Haus zu holen.

Weder Regen noch Schlamm konnten Madeline etwas anhaben, und ebensowenig ihrer stillvergnügten Art. Sie hatte eine Nylon-Regenhaut mit Kapuze an und sah aus wie in Zellophan verpackt. Ihr blondes Haar hatte sie an den Seiten zu einer Art Locken eingedreht. Ihr Teint war hell, doch frisch, Nase und Mund waren ein wenig breit, die Augen ein wenig schmal; und doch war die Erscheinung die einer Schönheit, und das um so mehr, je länger man sie ansah. Denn man hatte nie das Gefühl, daß sie es darauf anlegte, bemerkt zu werden; eher schien sie wie jemand, der zum guten Zuhörer geboren war. Aus tiefblauen Augen blickte sie ernsthaft in die Welt. Sie hatte ihre Rundungen – Page schämte sich immer, wie sehr er darauf achtete –, doch trotzdem machte sie einen zerbrechlichen Eindruck. Sie nahm den Arm, den er ihr reichte, und lächelte ihm unsicher zu, als er ihr, in der anderen Hand den Regenschirm, aus dem Wagen half.

»Ich bin wirklich froh, daß es bei dir zu Hause ist«, sagte sie mit ihrer sanften Stimme. »Irgendwie macht das die Sache leichter. Aber ich wußte wirklich nicht, was ich machen sollte, und es schien mir das Beste …«

Sie warf einen Blick zurück auf den wackeren Knowles, der eben aus dem Wagen stieg. Selbst im Regen hatte Knowles seinen Bowlerhut unter dem Arm und stapfte durch den Schlamm wie ein Pinguin.

Page führte Madeline ins Arbeitszimmer und stellte sie stolz den anderen vor. Er war gespannt, was Dr. Fell zu ihr sagen würde. Und die Reaktion des Doktors war so erfreut, wie man sich das nur wünschen konnte. Er verneigte sich dermaßen vor ihr, daß man fürchten mußte, daß gleich mehrere Westenknöpfe absprängen, und es war, als seien hinter den Brillengläsern zwei Lichter angegangen. Mit einem Glucksen richtete er sich auf und nahm höchstpersönlich ihren Regenmantel entgegen, als sie sich setzte.

Inspektor Elliot war dafür um so geschäftsmäßiger und knapper. Er sprach wie ein Verkäufer hinter seinem Tresen.

»Nun, Miss Dane? Was kann ich für Sie tun?«

Madeline betrachtete ihre gefalteten Hände, dann blickte sie mit freundlich gerunzelter Stirn in die Runde, und zuletzt sah sie den Inspektor mit aller Offenheit an.

»Das ist nicht leicht zu erklären«, sagte sie. »Ich weiß, daß ich herkommen mußte. Jemand mußte es tun, nach den schrecklichen Ereignissen von gestern abend. Aber ich möchte nicht, daß Knowles in Schwierigkeiten kommt. Das müssen Sie mir versprechen, Mr. Elliot …«

»Wenn Sie etwas auf dem Herzen haben, Miss Dane, dann sagen Sie es mir einfach«, entgegnete Elliot munter, »und niemand wird einen Nachteil davon haben.«

Sie quittierte es mit einem dankbaren Blick.

»Dann – dann sollten Sie es besser sagen, Knowles. Das, was Sie mir gesagt haben.«

»Hä-hä-hä«, sagte Dr. Fell. »Setzen Sie sich, guter Mann!«

»Nein danke, Sir, ich werde lieber …«

»Setzen Sie sich!« donnerte Dr. Fell.

Bevor er sich, womit der Doktor zu drohen schien, mit Gewalt auf einen Stuhl drücken ließ, gehorchte Knowles lieber. Knowles war ein aufrechter Mann: manchmal geradezu gefährlich aufrecht. Er hatte eins jener Gesichter, die in Augenblicken innerer Belastung rot und beinahe durchsichtig werden, als könne man ins Innere hineinsehen. Er setzte sich auf die Kante eines Stuhls und drehte den Hut in seinen Händen. Dr. Fell wollte ihn zu einer Zigarre überreden, aber diesmal lehnte er wirklich ab.

»Ob ich wohl offen sprechen darf, Sir?«

»Ich würde es dringend empfehlen«, erwiderte Elliot trocken. »Also?«

»Natürlich hätte ich gleich zu Lady Farnleigh gehen sollen, Sir. Aber das konnte ich nicht. Ich meine es wörtlich – ich brachte es einfach nicht über mich. Denn sehen Sie, Lady Farnleigh habe ich es zu verdanken, daß ich nach Colonel Mardales Tod nach Farnleigh Close kam. Ich glaube, ich kann ohne Übertreibung sagen, daß sie mir mehr bedeutet als jeder andere Mensch auf der Welt.

Das schwöre ich bei Gott«, fügte Knowles mit einem plötzlichen Ausflug ins Pathetische hinzu, bei dem er sich leicht von seinem Stuhl erhob. Dann kehrte er zu seiner üblichen Manier zurück. »Ich kannte sie schon, als sie noch Miss Molly war, die Tochter des Doktors aus Sutton Chart. Ich wußte ...«

Elliot nahm sich zusammen.

»Das können wir uns vorstellen. Aber weswegen sind Sie jetzt hierhergekommen?«

»Es geht um den verstorbenen Sir John Farnleigh, Sir«, sagte Knowles. »Es war Selbstmord. Ich habe es gesehen.«

In dem langen Schweigen war nur der nachlassende Regen zu hören. Page hörte seinen Ärmel rascheln, als er sich umblickte, um sich zu vergewissern, daß sie das blutbefleckte Taschenmesser verborgen hatten; er wollte nicht, daß Madeline es sah. Aber die Zeitung verdeckte es nun wieder. Inspektor Elliot, der schroffer wirkte denn je, blickte den Butler unverwandt an. Aus Dr. Fells Richtung kam der Anflug von Lauten, ein Summen oder Pfeifen mit geschlossenem Mund; er hatte eine Art, manchmal die Melodie von »Auprès de ma blonde« vor sich hinzubrummen – auch wenn es den Anschein hatte, als schlafe er halb.

»Sie haben *gesehen*, wie er sich umbrachte?«

»Ja, Sir. Ich hätte es Ihnen heute morgen sagen können, aber Sie haben mich ja nicht vernommen; und, um ehrlich zu sein, ich weiß bis jetzt nicht, ob es richtig gewesen wäre, wenn ich es Ihnen gesagt hätte. Es war so. Ich stand gestern abend am Fenster des Grünen Zimmers – das ist der Raum unmittelbar über der Bibliothek – und blickte hinaus in den Garten, als es geschah. Ich habe alles mit angesehen.«

(Das, fiel Page wieder ein, war die Wahrheit. Als er mit Burrows zu dem Toten hinübergegangen war, hatte er Knowles an einem Fenster oberhalb der Bibliothek stehen sehen.)

»Jeder wird Ihnen bestätigen, daß ich gute Augen habe«, erklärte Knowles stolz. Selbst seine Schuhe knarrten dabei vor Vehemenz. »Ich bin vierundsiebzig Jahre alt, und ich kann das Nummernschild an einem Automobil noch auf zwanzig Schritt

Entfernung lesen. Gehen Sie ruhig einmal hinaus in den Garten und nehmen Sie einen Karton oder ein Schild oder sonst etwas mit kleinen Buchstaben ...« Er nahm sich zusammen und lehnte sich wieder zurück.

»Sie haben gesehen, wie Sir John Farnleigh sich die Kehle durchschnitt?«

»Jawohl, Sir. So gut wie gesehen.«

»›So gut wie‹? Wie meinen Sie das?«

»Es war so, Sir. Ich konnte nicht wirklich sehen, wie er das – wie er es ansetzte –, denn er stand mit dem Rücken zu mir. Aber ich sah, wie er die Hände hob. Und es war keine Menschenseele in der Nähe. Denn bedenken Sie, ich sah ihn direkt von oben und konnte weit in den Garten blicken. Ich sah die freie Fläche rund um den Teich, gut anderthalb Meter Sandfläche zwischen dem Wasser und der nächsten Hecke. Niemand hätte in seine Nähe kommen können, ohne daß ich es bemerkt hätte. Er stand allein in dieser Fläche, das können Sie mir glauben, und wenn es das letzte ist, was ich sage.«

Noch immer kam aus Dr. Fells Richtung nur das träge, tonlose Pfeifen oder Brummen.

»›Tous les oiseaux du monde‹«, murmelte der Doktor, »›viennent y faire leurs nids ...‹« Dann sprach er laut. »Warum sollte Sir John Farnleigh sich umbringen?«

Knowles holte tief Luft.

»Weil er nicht Sir John Farnleigh war, Sir. Der andere Herr ist es. Ich wußte es in dem Augenblick, in dem ich ihn gestern abend erblickte.«

Inspektor Elliot ließ sich nicht aus der Ruhe bringen.

»Welche Gründe können Sie dafür anführen?«

»Es ist schwer, das so auszudrücken, daß Sie es verstehen, Sir«, erwiderte Knowles mit klagendem Ton. (Und es mußte die erste Impertinenz sein, die ihm je über die Lippen gekommen war.) »Ich bin vierundsiebzig Jahre alt. Ich war kein junger Spund mehr, wenn ich so sagen darf, als der junge Johnny im Jahr 1912 von hier fortging. Und wenn man erst einmal ein gewisses Alter hat, dann kommen einem die Jungen immer gleich vor, auch wenn sie älter werden – ob sie nun fünfzehn oder dreißig oder fünfundvierzig sind. Lieber Himmel, meinen Sie denn, ich hätte Mr. Johnny nicht wiedererkannt, als ich ihn sah? Obwohl!« Wieder vergaß Knowles sich und hob den Finger. »Das soll nicht heißen, daß ich, als der verstorbene Herr herkam und sich als Sir John ausgab, es gleich bemerkt hätte. Nein. Das nicht. Er hat sich verändert, dachte ich. Er ist in Amerika gewesen, und wer von dort zurückkehrt, den erkennt man nicht wieder. Das ist nur natürlich, und ich bin eben nicht mehr der Jüngste. Ich bin nie auf den Gedanken gekommen, daß er nicht der echte Herr sein könnte, obwohl er bisweilen Dinge gesagt hat …«

»Aber …«

»Sie werden vielleicht sagen«, fuhr Knowles mit größtem Ernst fort, »daß ich früher ja nicht im Herrenhaus gearbeitet habe. Das ist wahr. Ich bin erst seit zehn Jahren hier, seit Miss Molly den verstorbenen Sir Dudley bat, mir diese Ehre zu gewähren. Doch als ich noch in Diensten von Colonel Mardale war, war der junge Mr. Johnny oft in dem großen Obstgarten, der zwischen dem Anwesen des Colonels und des Majors lag …«

»Welcher Major?«

»Major Dane, Sir, Miss Madelines Vater; er und der Colonel waren gute Freunde. Nun, der junge Mr. Johnny hatte diesen Obstgarten gern, und den Wald dahinter. Der Garten ist gleich am Hanging Chart – geht in ihn über, könnte man sagen. Er hat gespielt, er sei ein Zauberer, ein Ritter und was es sonst noch alles gewesen sein mag; manchmal tat er Dinge, die ich nicht gern sah. Jedenfalls wußte ich gestern abend, lange bevor er nach Kaninchen und dergleichen fragte, daß dieser Herr der wahre Mr. Johnny war. Und er hatte gespürt, daß ich es wußte. Deshalb rief er mich ins Zimmer. Aber was sollte ich sagen?«

Page erinnerte sich an die Befragung nur zu gut. Aber es gab auch anderes, was ihm im Gedächtnis geblieben war, und er fragte sich, ob Elliot diese Dinge wohl erfahren hatte. Er warf einen Blick hinüber zu Madeline.

Inspektor Elliot schlug sein Notizbuch auf.

»Er hat sich also umgebracht. Hm?«

»Ja, Sir.«

»Haben Sie gesehen, mit welcher Waffe er es tat?«

»Nicht wirklich, muß ich sagen.«

»Erzählen Sie mir bitte genau, was Sie gesehen haben. Sie sagen zum Beispiel, Sie seien im Grünen Zimmer gewesen, als es geschah. Wann sind Sie dorthin gegangen, und warum?«

Knowles überlegte.

»Das können zwei oder drei Minuten gewesen sein, bevor es geschah ...«

»Neun Uhr siebenundzwanzig oder neun Uhr achtundzwanzig? Welches von beiden?« fragte Inspektor Elliot mit einer Leidenschaft für das exakte Detail.

»Das kann ich Ihnen nicht sagen, Sir. Ich habe nicht auf die Uhrzeit geachtet. Ich war in der Eingangshalle in der Nähe des Speisezimmers geblieben, für den Fall, daß ich gebraucht wurde, obwohl ja niemand dort war außer Mr. Welkyn. Dann kam Mr. Nathaniel Burrows aus dem Wohnzimmer und fragte, wo er eine Taschenlampe finden könne. Ich erinnerte mich, daß der verstorbene Herr eine solche Lampe im Grünen Zimmer aufbewahrte, das er als eine Art Arbeitszimmer nutzte, und machte mich auf den Weg. Ich habe seither erfahren« – der Tonfall verriet, daß Knowles seine Auskunft nun als Zeugenaussage verstand –, »daß Mr. Burrows eine Lampe in der Schublade des Tisches in der Halle fand; ich wußte allerdings nicht, daß sie dort war.«

»Erzählen Sie weiter.«

»Ich bin nach oben und in das Grüne Zimmer gegangen ...«

»Haben Sie das Licht eingeschaltet?«

»Nicht gleich«, antwortete Knowles ein wenig überrascht. »Nicht sofort. Es gibt in dem Zimmer keinen Schalter an der Tür. Das Licht wird an der Lampe angeschaltet. Der Tisch, in dem ich die Taschenlampe vermutete, steht zwischen den Fenstern. Dorthin begab ich mich, und auf dem Weg warf ich einen Blick nach draußen.«

»Durch welches Fenster?«

»Das rechte, zum Garten hin.«

»Stand das Fenster offen?«

»Jawohl, Sir. Es war folgendermaßen. Ihnen wird sicher aufgefallen sein, daß an der Rückseite der Bibliothek Bäume stehen; aber sie sind beschnitten, damit sie nicht die Sicht aus den Fenstern des oberen Stockwerks nehmen. Die meisten Räume im Herrenhaus sind fünfeinhalb Meter hoch – außer im neuen Flügel, der ja kaum mehr als ein Puppenhaus ist –, und damit hat man für die Bäume schon eine gute Höhe, ohne daß sie noch vor die Fenster des Grünen Zimmers wachsen. Deshalb heißt es überhaupt das Grüne Zimmer, weil man von dort über die Baumkronen blickt. Mit anderen Worten, ich war ein gutes Stück oberhalb des Gartens und sah von oben herab.«

Hier erhob Knowles sich von seinem Stuhl und beugte sich weit vor. Es war eine Bewegung, die ihm ungewohnt war, und bereitete ihm sichtlich Schmerzen, doch seine Stimmung war so grimmig, daß er die Haltung auch bei den folgenden Worten beibehielt.

»Da stand ich also. Vor mir das Laub der Bäume, das von unten von den Lichtern der Bibliothek beleuchtet wurde.« Er machte eine ausholende Handbewegung. »Dann der Garten, jede Hecke und jeder Pfad deutlich zu erkennen, mit dem Teich im Mittelpunkt. Das Licht war nicht schlecht, Sir. Ich habe Leute schon bei weniger Licht Tennis spielen sehen. Unten stand Sir John – oder der Herr, der sich so nannte –; er stand am Teich, die Hände in den Taschen.«

Hier beendete Knowles seine dramatische Einlage und setzte sich wieder.

»Das ist alles«, sagte er, ein wenig außer Atem.

»Das ist *alles*?« fragte Inspektor Elliot.

»Ja, Sir.«

Elliot, von diesem unerwarteten Schluß verblüfft, starrte ihn an.

»Aber was ist dann geschehen? Deswegen sind Sie doch hier – um mir das zu erzählen!«

»Es war so. Ich dachte, ich hätte eine Bewegung unten in den Bäumen gehört und sah hinunter. Als ich den Blick wieder hob …«

»Wollen Sie damit etwa sagen«, sagte Elliot sehr ruhig und beherrscht, »daß auch *Sie* nicht gesehen haben, was wirklich geschah?«

»Nein, Sir. Ich habe nur gesehen, wie er vornüber in den Teich fiel.«

»Ja doch; aber was sonst noch?«

»Nun, Sir, mit Sicherheit hätte die Zeit nicht gereicht, daß jemand – Sie wissen, was ich meine, Sir –, daß jemand ihm dreimal die Kehle durchschnitten hätte und dann davongelaufen wäre. Unmöglich. Er war allein, vor der Tat und auch danach. Und deshalb muß es Selbstmord gewesen sein.«

»Womit hat er sich umgebracht?«

»Mit einer Art Messer, würde ich vermuten.«

»Würden Sie vermuten. Haben Sie das Messer gesehen?«

»Nein, nicht wirklich.«

»Haben Sie es in seiner Hand gesehen?«

»Nicht wirklich. Dazu war es dann doch zu weit fort. – Sir«, entgegnete Knowles, als ermahne er sich selbst, daß er schließlich ein Mann von Würde war, und richtete sich auf, »ich versuche Ihnen so wahrheitsgetreu wie nur irgend möglich zu schildern, was ich gesehen habe …«

»Dann sagen Sie mir, was er anschließend mit dem Messer gemacht hat. Hat er es fallenlassen? Oder was sonst?«

»Ich habe es nicht bemerkt, Sir. Glauben Sie mir. Ich habe nur auf ihn geachtet, und an seiner Vorderseite schien etwas zu geschehen.«

»Könnte er das Messer fortgeworfen haben?«

»Das wäre möglich. Ich weiß es nicht.«

»Wenn er es geworfen hätte – hätten Sie es gesehen?«

Knowles überlegte lange. »Das käme darauf an, wie groß das Messer war. Und es gibt Fledermäuse in dem Garten. Und manchmal, Sir, erkennt man einen Tennisball erst, wenn er …« Nun sah man ihm an, wie alt er war. Sein Gesicht verfinsterte sich, und einen Augenblick lang fürchteten sie, er werde in Tränen ausbrechen. Doch als er wieder die Stimme erhob, sprach er mit Würde. »Ich bitte um Verzeihung, Sir. Wenn Sie mir nicht glauben, habe ich dann Ihre Erlaubnis zu gehen?«

»Ach, verdammt noch mal, darum geht es doch nicht!« rief Elliot mit der Ungezwungenheit der Jugend, und seine Ohren röteten sich ein wenig. Madeline Dane, die während der ganzen Zeit kein Wort gesagt hatte, betrachtete ihn mit dem Anflug eines Lächelns.

»Nur noch eine weitere Frage, zumindest vorerst«, fuhr Elliot nun wieder sachlich fort. »Wenn Sie einen guten Überblick über den gesamten Garten hatten, haben Sie dann noch jemand anderen dort gesehen, im Augenblick des – Angriffs?«

»Als es geschah, Sir? Nein. Unmittelbar darauf habe ich allerdings das Licht im Grünen Zimmer eingeschaltet, und bis dahin waren schon mehrere Personen hinaus in den Garten gekommen. Aber vorher, als die Tat – doch, Sir, doch; ich bitte um Verzeihung. Da war jemand!« Wieder erhob Knowles den Zeigefinger und legte die Stirn in Falten. »Es war jemand draußen, als es geschah. Ich habe ihn gesehen! Erinnern Sie sich, daß ich gesagt habe, ich hätte ein Geräusch unten in den Bäumen gehört, vor den Bibliotheksfenstern?«

»Und was war damit?«

»Ich blickte hinunter. Das war es ja, was mich ablenkte. Ein Herr stand dort unten und sah durch das Fenster in die Bibliothek hinein. Ich konnte es deutlich sehen, denn die Zweige der Bäume reichen natürlich nicht bis ganz an das Fenster heran. Er stand dort und spähte hinein.«

»Wer war es?«

»Der neu hinzugekommene Gentleman, Sir. Der echte Mr. Johnny, den ich von früher kannte. Der Herr, der sich jetzt Mr. Patrick Gore nennt.«

Keiner sagte ein Wort.

Elliot legte nachdenklich seinen Bleistift ab und blickte hinüber zu Dr. Fell. Der Doktor hatte sich nicht gerührt; man hätte denken können, er schliefe, wäre nicht das Funkeln des einen halb geöffneten Auges gewesen.

»Habe ich das recht verstanden?« fragte Elliot. »Zum Zeitpunkt des Angriffs oder Mords oder Selbstmords oder wie wir es nennen wollen, konnten Sie Mr. Patrick Gore vor den Fenstern der Bibliothek stehen sehen?«

»Jawohl, Sir. Eher auf der linken Seite, nach Süden hin. Deswegen konnte ich ja sehen, wer es war.«

»Würden Sie das beschwören?«

»Aber gewiß, Sir«, antwortete Knowles mit großen Augen.

»Das war derselbe Zeitpunkt, zu dem man die Geräusche hörte, das Schlurfen, das Platschen und so weiter?«

»Jawohl, Sir.«

Elliot nickte auf eine nüchterne Art und blätterte in seinem Notizbuch. »Ich möchte Ihnen ein paar Sätze aus Mr. Gores Aussage vorlesen. Er spricht vom selben Augenblick. Hören Sie gut zu. *›Zuerst war ich auf dem vorderen Rasen und rauchte. Dann ging ich an der Südseite des Hauses entlang zum Garten hier. Ich habe keine Laute gehört außer dem Platschen, und auch das nur sehr leise. Ich glaube, es war, als ich gerade um die Hausecke kam.‹* Weiter sagt er noch, daß er sich an die abgelegenen Pfade am Südende des Gartens gehalten habe. – Nun sagen Sie uns, daß er in dem Moment, in dem das Platschen zu hören war, direkt unter Ihnen gestanden und zum Bibliotheksfenster hineingesehen habe. Seine Aussage widerspricht dem.«

»Ich kann nichts für das, was er Ihnen gesagt hat, Sir«, antwortete Knowles hilflos. »Es tut mir leid, aber so ist es. Ich habe ihn gesehen.«

»Und was tat er, nachdem Sie Sir John in den Teich fallen sahen?«

»Das kann ich nicht sagen. In dem Augenblick blickte ich ja zum Teich hinüber.«

Elliot zögerte, murmelte etwas vor sich hin, dann sah er Dr. Fell an. »Haben Sie noch Fragen, Doktor?«

»Die habe ich«, sagte Dr. Fell.

Er richtete sich auf und strahlte Madeline an. Sie lächelte zurück. Dann hob er an, wobei er auch Knowles mit einem wohlwollenden Blick bedachte.

»Es gibt da eine Reihe von kniffligen kleinen Fragen, die Ihre Theorie aufwirft, mein Lieber. Nicht zuletzt die Frage danach, wer das Heft mit den Fingerabdrücken stahl, wenn Patrick Gore der wahre Erbe ist, und warum. Aber lassen Sie uns zuerst bei dem lästigen Thema Mord kontra Selbstmord bleiben.« Er überlegte. »Sir John Farnleigh – der Tote, meine ich – war Rechtshänder, nicht wahr?«

»Rechtshänder? Ja, Sir.«

»Sie hatten den Eindruck, daß er das Messer in der rechten Hand hielt, als er sich die Kehle durchschnitt?«

»Unbedingt, Sir.«

»Ah ja. Hmpf. Jetzt möchte ich gern wissen, was er mit seinen Händen tat, nach jenem seltsamen Anfall am Teich. Machen Sie sich keine Gedanken um das Messer! Das Messer war nicht gut genug zu sehen, da kann man nichts machen. Sagen Sie mir nur, was er mit den Händen tat.«

»Nun, Sir, er hielt sie sich an den Hals – etwa so.« Knowles führte es vor. »Dann bewegte er sie ein wenig, und danach riß er sie bis hoch über den Kopf und breitete sie aus.« Auch das illustrierte Knowles und spreizte die Arme weit. »Das war, unmittelbar bevor er in den Teich fiel und sich dort zu winden begann.«

»Er hat die Arme nicht gekreuzt? Er hob die Arme lediglich und streckte sie dann zur Seite? Verstehe ich das recht?«

»So war es, Sir.«

Dr. Fell nahm seinen Krückstock vom Tisch und hievte sich auf die Füße. Er hinkte hinüber zum Tisch, nahm das Päckchen Zeitungspapier und schlug es auf und zeigte Knowles das blutbefleckte Taschenmesser.

»Es sähe also folgendermaßen aus«, fuhr er fort, »wenn wir uns vorstellen, daß es Selbstmord war. Farnleigh hatte das Messer in der rechten Hand; er macht keine weitere Bewegung, sondern streckt nur beide Arme weit aus. Selbst wenn er mit der linken Hand die andere unterstützt hätte, hätte er den Griff in der rechten gehabt. Als er die Arme in die Höhe wirft, wirft er das Messer weit von sich. Das ist nicht unmöglich. Aber kann mir jemand erklären, wie es kommt, daß das Messer dann in der Luft seine Richtung ändert, hoch über den Teich geflogen kommt und etwa drei Meter links davon in die Hecke fällt? Und all das, nachdem er sich gerade nicht eine, sondern drei tödliche Wunden beigebracht hat? Das stimmt doch einfach nicht.«

Offenbar bemerkte er gar nicht, daß er die Zeitung mit dem gräßlichen Beweisstück Madeline fast unter die Nase hielt; er sah es nur mit gerunzelter Stirne an. Dann betrachtete er den Butler.

»Andererseits – wie können wir es wagen, dem Zeugnis eines solchen Mannes zu mißtrauen? Er sagt, Farnleigh stand allein am Teich, und es gibt einiges, was diese Aussage stützt. Nathaniel Burrows neigt zu derselben Ansicht. Lady Farnleigh, die unmittelbar nach dem Platschen auf den Balkon gelaufen kam, sah niemanden am Teich oder in der näheren Umgebung. Zwei Möglichkeiten haben wir zur Auswahl. Auf der einen Seite hätten wir einen nicht ganz glaubwürdigen Selbstmord; auf der anderen aber leider einen mehr als nur ein wenig unmöglichen Mord. Würde wohl einer von Ihnen so freundlich sein und mir einen Rat geben?«

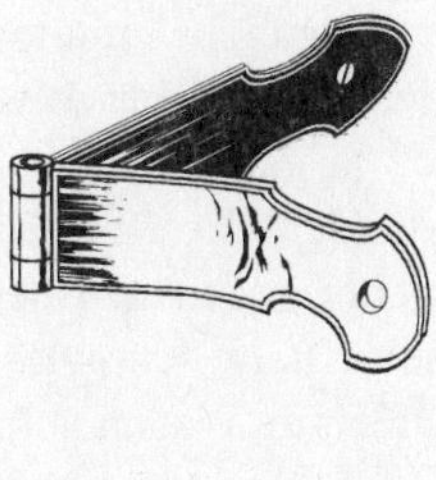

Kapitel 9

Auch wenn Dr. Fell noch so energisch, ja geradezu heftig gesprochen hatte, war es doch ein Selbstgespräch. Er erwartete keine Antwort auf seine Frage und bekam auch keine. Eine Weile lang stand er nur da und kniepte die Bücherregale an. Er erwachte offenbar erst wieder, als Knowles ein ängstliches Hüsteln wagte.

»Bitte um Verzeihung, Sir.« Er nickte in Richtung Messer. »Ist *das* die …«

»Wir vermuten es. Es fand sich in der Hecke links vom Teich. Was meinen Sie, wie verträgt sich das mit Selbstmord?«

»Das weiß ich nicht, Sir.«

»Haben Sie das Messer schon einmal gesehen?«

»Ich kann mich nicht entsinnen, Sir.«

»Oder Sie, Miss Dane?«

Madeline, auch wenn sie verblüfft und ein wenig schockiert schien, verneinte mit einem ruhigen Kopfschütteln. Dann beugte sie sich vor. Wieder fiel Page auf, wie das breite Gesicht und eine gewisse Grobheit der Nase ihre Schönheit nicht minderten, sondern gar noch steigerten. Er suchte immer nach Vergleichen oder Bildern, wenn er sie sah, und er fand etwas Mittelalterliches in ihr, etwas in den schmalen Augen oder der vollen Lippe, eine innere Ruhe, die an Rosengarten oder Turmfenster denken ließ. Das Sentimentale des Vergleichs mußte man ihm nachsehen, denn er sah es tatsächlich und glaubte daran.

»Eigentlich sollte ich ja gar nicht hier sein«, sagte Madeline mit einem geradezu bittenden Unterton, »und ich mische mich in Dinge ein, die mich nichts angehen. Aber – tja, ich fürchte, es ging nicht anders.« Sie lächelte Knowles an. »Ob Sie wohl so freundlich sein und draußen im Wagen auf mich warten würden?«

Knowles verneigte sich, ein wenig bekümmert, und war fort. Unerbittlich fiel der graue Regen.

»Ganz recht«, sagte Dr. Fell, setzte sich wieder und faltete die Hände über dem Griff seines Stockes. »*Sie* waren es, der ich einige Fragen stellen wollte, Miss Dane. Was halten Sie von Knowles' Ansichten? Was den echten Erben angeht, meine ich.«

»Nur daß es weit schwieriger ist, als man gedacht hätte.«

»Glauben Sie, was Knowles sagt?«

»Oh, es ist ihm hundertprozentig ernst damit; daran werden Sie so wenig zweifeln wie ich. Aber er ist ein alter Mann. Und keins von uns Kindern hat er so abgöttisch verehrt wie Molly (ihr Vater, müssen Sie wissen, hat Knowles' Mutter einmal das Leben gerettet), und an zweiter Stelle kam der junge John Farnleigh. Ich weiß noch, daß er einmal einen langen, spitzen Hexenhut für John gebastelt hat, aus blau lackierter Pappe mit silbernen Sternen und allem, was dazugehört. Mit dem, was er wußte und sah, hätte er sich nicht Molly anvertrauen können; das hätte er nicht fertiggebracht. Deshalb kam er zu mir. Das tun sie ja alle – zu mir kommen, meine ich. Und ich versuche immer, für alle zu tun, was ich kann.«

Dr. Fell runzelte die Stirn. »Aber ich überlege doch … hmpf … Sie kannten John Farnleigh damals recht gut, nicht wahr? Wie ich höre« – hier strahlte er –, »gab es eine Sandkastenfreundschaft zwischen Ihnen beiden?«

Sie verzog das Gesicht.

»Sie wollen mir zu verstehen geben, daß ich allmählich ins reifere Alter komme. Ich bin fünfunddreißig. Ungefähr jedenfalls; Sie dürfen mich nicht nach Einzelheiten fragen. Nein, eigentlich hat es zwischen uns nie eine Freundschaft gegeben. Nicht daß ich etwas dagegen gehabt hätte, aber er fand mich nicht interessant genug. Ein- oder zweimal hat er mich – geküßt, im Obstgarten und im Wald. Aber er hat immer gesagt, ich hätte nicht genug vom alten Adam in mir – oder war es die alte Eva? Jedenfalls war ich ihm zu brav.«

»Aber geheiratet haben Sie nie?«

»Oh, das ist unfair!« rief Madeline, bekam rote Wangen und lachte dann. »Sie sagen es, als säße ich mit trüben Augen in der Kaminecke, das Strickzeug in der Hand …«

»Miss Dane«, sagte Dr. Fell mit pompöser Feierlichkeit, »das ist nicht wahr. Ich sehe die Bewerber in Trauben vor Ihrer Tür stehen, in Schlangen so lang wie die Chinesische Mauer; ich sehe die nubischen Sklaven, wie sie sich unter der Last gewaltiger Pralinenschachteln beugen; ich sehe – ahemm. Lassen wir das.«

Schon seit langem hatte Page niemanden mehr wirklich erröten sehen; er hätte geglaubt, daß die Veranlagung dazu etwa zur gleichen Zeit wie die Dronte ausgestorben war; aber es war ihm doch nicht unangenehm, daß Madeline jetzt errötete. Denn was sie sagte, war:

»Wenn Sie glauben, ich hätte mich all die Jahre in romantischer Sehnsucht nach John Farnleigh verzehrt, dann irren Sie sich.« Ihre Augen funkelten. »Ich habe mich immer ein wenig vor ihm gefürchtet, und ich bin mir nicht einmal sicher, ob ich ihn wirklich mochte – damals.«

»Damals.«

»Ja. Später verstanden wir uns gut – aber nicht mehr als das.«

»Miss Dane«, sagte Dr. Fell, brummte es aus seiner Kaskade von Kinnen und machte eine merkwürdige Kopfbewegung dazu, »ein Vöglein in meinem Inneren zwitschert mir, daß Sie mir etwas sagen wollen. Sie haben mir meine Frage noch nicht beantwortet. Meinen Sie, Farnleigh war ein Hochstapler?«

Sie zuckte leicht mit den Händen.

»Dr. Fell, mir liegt nichts daran, in Rätseln zu sprechen, das können Sie mir glauben. Und ich denke, ich kann Ihnen auch eine Antwort geben. Aber könnten Sie – oder einer der anderen – mir vorher sagen, was sich gestern abend im Herrenhaus zugetragen hat? Bevor diese gräßliche Geschichte geschehen ist, meine ich. Was haben die beiden gesagt und getan, als sie noch beide behaupteten, sie seien Sir John Farnleigh?«

»Wir können uns Ihre Geschichte getrost noch ein weiteres Mal anhören, Mr. Page«, sagte Elliot.

Page erzählte sie, mit so vielen Feinheiten und Eindrücken, wie ihm nur einfielen. Madeline nickte ein paarmal mit dem Kopf; sie atmete schwer.

»Jetzt sage mir noch eins, Brian: Was hat dich bei der ganzen Befragung am meisten beeindruckt?«

»Die absolute Gewißheit beider Kandidaten«, antwortete Page. »Farnleigh zögerte ein- oder zweimal, aber bei Punkten, die mir nebensächlich schienen; doch als er wirklich auf die Probe gestellt wurde, war er mit Feuereifer dabei. Nur ein einziges Mal hat er gelächelt oder ein erleichtertes Gesicht gemacht. Das war, als Gore ihn anschuldigte, er habe ihn an Bord der *Titanic* mit einem Seemannshammer erschlagen wollen.«

»Noch eine Frage bitte.« Madeline atmete heftiger denn je. »Hat einer von beiden etwas über die Puppe gesagt?«

Es folgte eine Pause. Dr. Fell, Inspektor Elliot und Brian Page sahen einander verständnislos an.

»Die Puppe?« fragte Elliot und räusperte sich. »Was für eine Puppe?«

»Darüber, wie man sie zum Leben erwecken kann? Oder etwas über das ›Buch‹?« Dann war es, als verberge sich ihr Gesicht hinter einer Maske. »Oh, es tut mir leid«, sagte sie. »Ich hätte das nicht sagen sollen – aber ich hätte gedacht, es müßte das erste sein, was zur Sprache kommt. Vergessen Sie es.«

Dr. Fell neigte sein Löwenhaupt und betrachtete sie mit heiterer und munterer Miene.

»Meine liebe Miss Dane«, brummte er, »Sie erwarten ein Wunder. Sie fordern ein Wunder, das größer ist als jedes, das in jenem Garten geschehen sein mag. Führen Sie sich vor Augen, was Sie von uns verlangen. Sie sprechen von einer Puppe, davon, daß sie womöglich zum Leben erweckt werde, Sie munkeln von etwas, das Sie das ›Buch‹ nennen, und geben uns zu verstehen, daß all das mit dem Rätsel zu tun hat, das uns so sehr beschäftigt. Sie sagen, Sie hätten gedacht, es müsse das erste sein, was zur Sprache käme. Und dann fordern Sie uns auf, es zu vergessen. Denken Sie denn, ein gewöhnlicher Mensch, fiebernd vor Neugier, könnte …«

Madeline stellte sich stur.

»Aber nicht mich hätten Sie danach fragen sollen«, protestierte sie. »Im Grunde weiß ich überhaupt nichts darüber. Die anderen hätten Sie fragen müssen.«

»›Das Buch‹«, sagte Dr. Fell nachdenklich. »Das wird doch nicht das ›Rote Buch von Appin‹ sein?«

»Doch, ich glaube, ich habe später gehört, daß es so genannt wird. Ich habe etwas darüber gelesen. Es ist eigentlich kein Buch, sondern ein Manuskript; jedenfalls hat John mir das einmal erzählt.«

»Moment«, unterbrach Page. »Murray hat danach gefragt, und beide schrieben ihm Antworten auf. Gore sagte mir später, es sei eine Fangfrage gewesen, und ein ›Rotes Buch von Appin‹ gebe es nicht. Wenn es aber nun doch existiert, dann wüßten wir, daß Gore der Hochstapler ist, oder?«

Dr. Fell schien im Begriff, etwas zu sagen, und zwar mit einiger Erregung oder Vehemenz; doch dann holte er tief durch die Nase Luft und blieb still.

»Ich wünschte, ich wüßte es«, sagte Elliot. »Ich hätte es nie für möglich gehalten, daß nur zwei Menschen für dermaßen viel Zweifel und Verwirrung sorgen können. Im einen Augenblick ist man noch sicher, daß der eine der Echte ist, im nächsten genauso sicher, daß es der andere ist. Und wie Dr. Fell schon gesagt hat – solange wir in diesem Punkt keine Gewißheit haben, werden wir auch nicht weiterkommen. Ich hoffe doch, Miss Dane, Sie versuchen nicht, dieser Frage auszuweichen. Die Antwort sind Sie uns immer noch schuldig: Sind Sie der Ansicht, daß der verstorbene Farnleigh ein Hochstapler war?«

Madeline warf den Kopf in den Nacken, daß sie gegen die Lehne ihres Sessels schlug. Eine so unkontrollierte Bewegung, ein solches Zeichen von Erregtheit, hatte Page nie zuvor an ihr gesehen. Sie öffnete die rechte Hand, dann schloß sie sie wieder.

»Das kann ich Ihnen nicht sagen«, antwortete sie hilflos. »Ich kann es nicht. Jedenfalls nicht, bevor ich nicht mit Molly gesprochen habe.«

»Aber was hat Lady Farnleigh mit uns zu tun?«

»Es geht darum, daß er mir – Sachen erzählt hat. Dinge, die er nicht einmal ihr anvertraut hat. Nun machen Sie doch nicht ein so schockiertes Gesicht!« (Schockiert war Elliots Gesicht nicht; er sah sie nur gespannt an.) »Und Sie sollten auch nicht die Klatschgeschichten glauben, die Sie womöglich gehört haben. Aber zuerst muß ich mit Molly sprechen. Schließlich hat sie an ihn geglaubt. Natürlich war Molly gerade erst sieben Jahre alt, als er von hier fortging. Was sie noch von ihm wußte, waren ja nicht mehr als vage Erinnerungen an den Jungen, der sie mit ins Zigeunerlager genommen hatte, wo sie auf einem Pony reiten lernte und besser mit Steinen werfen als jeder Mann. Nebenbei gesagt, ein Streit um den Farnleigh-Titel und den Landbesitz würde sie nicht groß scheren. Dr. Sutton war ja kein einfacher Landarzt; er hat fast eine halbe Million hinterlassen, und das ist Mollys Privatvermögen. Und ich hatte oft das Gefühl, daß sie nie wirklich gern Herrin auf Farnleigh Close gewesen ist; eine solche Aufgabe liegt ihr einfach nicht. Sie hat ihn nicht wegen seines Rangs oder seines Vermögens geheiratet, und es wäre ihr gleichgültig gewesen, ob er nun Farnleigh oder Gore hieß oder sonst etwas – und jetzt allemal. Warum hätte er es ihr also sagen sollen?«

Elliot sah ein wenig benommen aus, wozu er ja auch guten Grund hatte.

»Einen Augenblick, Miss Dane. Was wollen Sie uns denn nun sagen – daß er der Hochstapler war oder daß er es *nicht* war?«

»Aber das weiß ich nicht! Ich weiß nicht, ob er es war oder nicht!«

»Von allen Seiten«, klagte Dr. Fell, »bricht dieser Mangel an Information über uns herein. Wir werden geradezu überflutet davon. Aber lassen wir es vorerst dabei. Nur in einem Punkt hätte ich meine Neugier noch gern befriedigt. Was hat es mit dieser Puppe auf sich?«

Madeline zögerte.

»Ich weiß nicht, ob sie noch da ist«, sagte sie und starrte mit fasziniertem Blick das Fenster an. »Johns Vater hielt sie in einer Dachkammer unter Verschluß, zusammen mit den – Büchern, die er nicht sehen wollte. Die Farnleighs früherer Zeiten waren ja recht üble Gesellen, das wissen Sie vielleicht, und Sir Dudley fürchtete immer, daß bei John die alte Art wieder ausbräche. Obwohl ich nicht fand, daß es an dieser Figur etwas Sinistres oder Gefährliches gab.

Einmal – nur einmal habe ich sie gesehen. John hatte seinem Vater den Schlüssel gestohlen, und wir stiegen hinauf bis ganz nach oben, mit einer Laterne, die abgedunkelt war bis auf einen schmalen Lichtstrahl. Er erzählte mir, die Tür sei schon seit Generationen nicht mehr geöffnet worden. Es heißt, früher sei die Figur wie lebendig gewesen und so schön wie eine echte Frau; sie saß auf einer gepolsterten Truhe in einem Kleid der Restaurationszeit. Doch als ich die Figur sah, war sie alt und schwarz und runzlig und jagte mir einen großen Schrecken ein. Wahrscheinlich hatte sie seit über hundert Jahren niemand mehr angerührt. Aber was das für eine Geschichte war, derentwegen die Leute sich vor ihr fürchteten, das weiß ich nicht.«

Es war etwas an ihrem Tonfall, das Page ein wenig beklommen machte, denn er wußte nicht, was er davon halten sollte: Bisher hatte er Madeline noch nie so sprechen hören. Und mit Sicherheit hatte er noch nie von dieser »Puppe« oder »Figur« gehört, was immer sie war.

»Es muß ein raffinierter Apparat gewesen sein«, fuhr Madeline fort, »aber ich verstehe bis heute nicht, warum sie ihn verteufelt haben. Haben Sie schon einmal von Kempelens oder Maelzels mechanischem Schachspieler gehört? Oder Maskylenes ›Zoe‹ oder ›Psycho‹, dem Whistspieler?«

Elliot schüttelte den Kopf, auch wenn er aufmerksam zuhörte; und Dr. Fell war so begeistert, daß ihm der Zwicker von der Nase fiel.

»Sie wollen doch nicht sagen …« hob er an. »Beim Archon von Athen, hätte man so etwas zu hoffen gewagt! Die Automaten, die Sie nennen, gehörten zu den besten in einer Reihe von beinahe lebensgroßen Figuren, die ganz Europa fast zweihundert Jahre lang in Staunen versetzten. Haben Sie nie von dem Cembalo gelesen, das von allein spielte? Ludwig XIV. hat es sich vorführen lassen. Oder von der Figur, die Kempelen baute und Maelzel vorführte, die einst im Besitz von Napoleon war und später beim Brand eines Museums in Philadelphia verlorenging? Jedem, der ihn sah, kam es vor, als sei Maelzels Apparat lebendig. Er spielte Schach mit dem Publikum, und meistens gewann er. Es gab verschiedene Spekulationen darüber, wie er funktionierte – Poe hat einen Aufsatz dazu verfaßt –, aber für meine einfältigen Begriffe gibt es bis heute keine befriedigende Erklärung. ›Psycho‹ steht heute in London im Museum. Sie wollen doch nicht sagen, daß es eine solche Figur auf Farnleigh Close gibt?«

»Doch. Deshalb hätte ich ja auch gedacht, daß dieser Mr. Murray danach gefragt hätte«, beharrte Madeline. »Wie gesagt, was für eine Geschichte dahintersteckt, weiß ich nicht. Der Automat wurde zu Zeiten Karls II. in England ausgestellt und dann von einem Farnleigh erworben. Ich weiß nicht, ob er auch Karten oder Schach spielte, aber er konnte sich bewegen und sprach. Als ich ihn sah, war er, wie gesagt, alt und schwarz und runzlig.«

»Und – ahemm – diese Sache, daß er zum Leben erweckt würde?«

»Ach, das war nur ein Unsinn, den John erzählt hat, als er noch ein dummer Junge war. Das war nicht ganz ernst gemeint. Ich habe nur überlegt, was jemandem über ihn aus den alten Zeiten im Gedächtnis geblieben sein könnte. Die Dachkammer, in der die Figur stand, war voller Bücher, und es waren – nun, böse, verruchte Bücher« – wieder errötete sie –, »und das war für John die größte Attraktion. Das Geheimnis, wie man die Puppe zum Sprechen brachte, war in Vergessenheit geraten, und ich nehme an, das war es, was er meinte.«

Auf Pages Schreibtisch klingelte das Telefon. Er war so in die Betrachtung Madelines versunken gewesen – des Winkels, in dem sie ihren Kopf hielt, der Willensstärke, die aus ihren dunkelblauen Augen sprach –, daß er im ersten Augenblick gar nicht wußte, wo das Telefon stand. Doch als er Burrows' Stimme am anderen Ende vernahm, war sein Verstand sofort wieder wach.

»Um Himmels willen«, rief Burrows, »ihr müßt sofort hier

herüber zum Haus kommen! Bring den Inspektor und Dr. Fell mit!«

»Immer mit der Ruhe!« antwortete Page, der spürte, wie ein unangenehmes Kribbeln sich auf seiner Brust ausbreitete. »Was ist los?«

»Also zunächst einmal haben wir das Heft mit den Fingerabdrücken wieder ...«

»Was? Wo?«

Nun sahen alle ihn an.

»Eins von den Dienstmädchen – Betty – weißt du, welche ich meine ...?« Burrows zögerte.

»Ja; was ist mit ihr?«

»Betty war verschwunden, und keiner wußte, was aus ihr geworden war. Sie suchten im ganzen Haus nach ihr – das heißt überall, wo sie nach ihren Vorstellungen sein konnte. Keine Betty. Es herrschte ein ziemliches Durcheinander, denn Knowles war ebenfalls nicht da – ich weiß nicht, warum. Schließlich hat Mollys Zofe sie dann im Grünen Zimmer gefunden, wo Betty eigentlich nichts zu suchen hatte. Betty lag auf dem Boden, das Heft in der Hand. Aber das ist noch nicht alles. Ihr Gesicht hatte sich dermaßen verfärbt und sie atmete so schwer, daß wir den Arzt geholt haben. Der alte Dr. King macht sich Sorgen. Betty ist noch immer nicht bei Bewußtsein, und es wird lange dauern, bis sie uns etwas sagen kann. Körperlich ist sie unverletzt, aber King sagt, es ist eindeutig genug, was ihren Zustand verursacht hat.«

»Und?«

Wieder zögerte Burrows.

»Furcht«, sagte er.

Kapitel 10

In der Bibliothek von Farnleigh Close hatte Patrick Gore sich auf der Fensterbank niedergelassen und rauchte eine schwarze Zigarre. Bei ihm saßen Burrows, Welkyn und ein schläfrig wirkender Kennet Murray. Inspektor Elliot, Dr. Fell und Brian Page hatten am Tisch Platz genommen.

Sie hatten einen verschüchterten, konfusen Haushalt vorgefunden, um so verschüchterter, da der unerwartete Schreck mitten an einem ruhigen Nachmittag gekommen war, und um so konfuser, da der Butler unauffindbar gewesen war.

Einzelheiten? Was sie denn mit Einzelheiten meinten? Die Bediensteten, die Elliot vernahm, verstanden überhaupt nicht, wonach er fragte. Sie war doch nur ein einfaches Hausmädchen, Betty Harbottle, und hatte sich nichts zuschulden kommen lassen. Seit dem Mittagessen hatte niemand sie mehr gesehen. Als die festgesetzte Zeit kam, zu der sie und Agnes, ein weiteres Hausmädchen, die Fenster zweier Schlafzimmer im Obergeschoß putzen sollten, hatte Agnes sich auf die Suche nach ihr gemacht. Erst um vier Uhr hatten sie sie gefunden. Um vier Uhr war Teresa – Lady Farnleighs Zofe – ins Grüne Zimmer gegangen, das Arbeitszimmer des verstorbenen Sir John, und hatte sie auf dem Boden liegend gefunden, an einem Fenster mit Blick über den Garten. Sie lag auf der Seite, das Heft mit dem Pappumschlag in der Hand. Sie hatten Dr. King aus Mallingford kommen lassen, und das Gesicht, das der Doktor gemacht hatte, hatte den Haushalt ebensowenig beruhigt wie Bettys eigene Miene. Dr. King war nach wie vor bei seiner Patientin.

Alle waren schockiert. Wenn es schon Schrecken gab, dann sollte es doch kein häuslicher sein. Was würde als nächstes geschehen, wenn man in seinem eigenen Zuhause vier Stunden lang verschwunden sein konnte? Das war, als ob man eine vertraute Tür öffnete und sich in einem fremden Zimmer fände, und in diesem Zimmer wartete *etwas*. Von Haushälterin, Köchin und den anderen Dienstmädchen war wenig mehr zu erfahren als ein paar Einzelheiten über die Versorgung des Haushalts; über Betty kaum mehr, als daß sie gern Äpfel aß und Briefe an Gary Cooper schrieb.

Knowles' Rückkehr hatte eine beruhigende Wirkung auf die Dienerschaft, und daß Madeline kam, war – hoffte Page – für Molly Farnleigh ein Trost. Madeline hatte sie in ihr privates Wohnzimmer begleitet, während die Männer noch in der Bibliothek standen und sich finster ansahen. Page war gespannt auf die Begegnung zwischen Madeline und Patrick Gore gewesen, doch es war wenig geschehen, was auch nur der Phantasie Nahrung gegeben hätte. Niemand stellte sie einander vor. Madeline ging mit sanften Schritten vorüber, den Arm um Molly gelegt; sie und der Herausforderer sahen einander an, und Page hatte den Eindruck, daß Gore sie mit einem amüsierten Blick betrachtete, als erkenne er sie wieder; doch keiner von beiden sprach ein Wort.

Und es war Gore, der dem Inspektor die neuesten Vorfälle im Haus erläuterte – bevor dann Dr. Fell eine Bombe von beträchtlichen Ausmaßen zum Platzen brachte.

»Es hat keinen Zweck, Inspektor«, sagte Gore und zündete seine schwarze Zigarre, die ihm immer wieder ausging, von neuem an. »Sie haben dieselbe Art von Fragen heute morgen schon gestellt, und damit kommen Sie nicht weiter, lassen Sie sich das gesagt sein. Diesmal wollen Sie wissen, wo jeder war, als das Mädchen – nun, als mit ihm geschah, was immer mit ihm geschehen sein mag – und ob jemand ihm das Heft in die Hand gedrückt hat. Ich habe Ihnen schlicht und einfach gesagt, daß ich das, Teufel noch mal, nicht weiß. Und die anderen genauso. Wir waren hier im Haus. Sie haben doch von uns verlangt, daß wir hierbleiben. Aber keiner von uns hat die Gesellschaft der anderen gesucht, das können Sie mir glauben, und wir haben allesamt keine Ahnung, was dem Mädchen widerfahren ist.«

»So geht es nicht weiter«, sagte Dr. Fell abrupt. »Ein klein wenig Klarheit muß schon sein.«

»Ich hoffe, Sie sind der Mann, der uns diese Klarheit bringt, mein Freund«, entgegnete Gore, der Dr. Fell zu mögen schien. »Aber, Inspektor, Sie haben doch unsere Aussagen mit denen der Hausangestellten aufgenommen. Wir sind sie durchgegangen, immer und …«

Inspektor Elliot ließ sich nicht aus der Ruhe bringen.

»Da haben Sie recht, Sir«, sagte er. »Und wenn es sein muß, gehen wir sie noch einmal durch. Und noch einmal.«

»Also wirklich …« hob Welkyn an.

Doch der Herausforderer fuhr ihm wieder über den Mund. »Wenn Ihnen wirklich so viel am Schicksal dieses Hefts mit den Fingerabdrücken liegt, warum fragen Sie sich dann nicht einmal, welche Fingerabdrücke in diesem Heft sind?« Er sah das abgegriffene graue Heft an, das nun zwischen Elliot und Dr. Fell auf dem Tisch lag. »Lassen Sie uns doch endlich vernünftig sein und die Sache hier und jetzt aufklären. Entscheiden Sie doch endlich, wer der wahre Erbe ist – der Tote oder ich.«

»Oh, die Frage läßt sich leicht beantworten«, meinte Dr. Fell gemütlich.

Alle waren mit einem Schlag still, nur das Kratzen, das der Herausforderer mit dem Fuß auf dem Steinboden machte, war noch zu hören. Kennet Murray, der sich die Hand über die Augen gelegt hatte, blickte auf. Ein zynischer Ausdruck blieb auf seinem nicht mehr jungen Gesicht, doch seine Augen waren nun hell und wach und aufmerksam, und er kraulte sich mit einem Finger am Bart, so als höre er gespannt einem Vortrag zu.

»Nun, Doktor?« forderte er ihn auf, in jenem Tonfall, den man ausschließlich bei Schulmeistern findet.

»Außerdem«, fuhr Dr. Fell fort und tippte mit dem Finger auf das Heft, das auf dem Tisch lag, »wird es uns nichts helfen, wenn wir dieses Heft zur Grundlage nehmen. Das ist das falsche. Nein, nein, ich will nicht sagen, daß Sie den Beweis gar nicht haben. Ich sage nur, daß DIESES Heft, dasjenige, das gestohlen wurde, das falsche ist. Mr. Gore wies, wie ich höre, gestern abend darauf hin, daß Sie seinerzeit mehrere solche Hefte hatten.« Er strahlte Mr. Murray an. »Mein Junge, Sie sind immer noch der Melodramatiker von damals, und ich sehe es mit Vergnügen. Sie waren darauf gefaßt, daß womöglich jemand versuchen würde, das Heft zu stehlen. Deshalb hatten Sie, als Sie gestern abend hier ankamen, zwei davon in der Tasche ...«

»Ist das wahr?« fragte Gore.

Murray schien erfreut und verärgert zugleich, doch er nickte wie jemand, der sorgfältig der Darlegung eines Argumentes folgt.

»... und das Exemplar, das Sie hier in der Bibliothek zeigten«, fuhr Dr. Fell fort, »war das falsche. Deshalb brauchten Sie auch so lange für Ihren Vergleich. Nicht wahr? Nachdem Sie die ganze Gesellschaft aus der Bibliothek bugsiert hatten, mußten Sie das echte Exemplar (ein empfindliches, zerbrechliches Buch) hervorholen und das wertlose verschwinden lassen. Aber die anderen hatten angekündigt, daß sie ein Auge auf Sie haben würden. Und mit einer ganzen Fensterwand, durch die man von draußen hineinsehen konnte, fürchteten Sie, daß jemand Sie beim Austausch beobachten und Sie beschuldigen würde, Sie manipulierten das Beweismaterial. Sie mußten also sichergehen, daß niemand Sie sah ...«

»Ich sah mich gezwungen«, sagte Murray mit ernster Miene, »in den Schrank dort zu steigen.« Er wies mit einem Kopfnicken auf einen alten Bücherschrank, der auf der Fensterseite in die Wand eingelassen war. »Ich sollte ja über das Alter hinaus sein, aber es war ein Gefühl, als mogelte ich bei einer Prüfung.«

Inspektor Elliot sagte kein Wort. Er blickte zuerst den einen, dann den anderen forschend an, dann schrieb er etwas in sein Notizbuch.

»Hmpf, ja. Sie wurden aufgehalten«, sagte Dr. Fell. »Mr. Page hier, der nur ein paar Minuten vor dem Mord auf seinem Weg zum hinteren Teil des Gartens am Fenster vorüberkam, sagt, Sie hätten das Heft eben erst aufgeschlagen, als er hineinsah. Sie werden also mit Ihrer Arbeit nicht mehr weit gekommen sein ...«

»Drei oder vier Minuten«, präzisierte Murray.

»Eben. Es blieb praktisch keine Zeit, noch etwas zu bestimmen, bevor draußen Mordio gerufen wurde.« Dr. Fell machte eine gequälte Miene. »Nun sind Sie, mein lieber junger Murray, kein Dummkopf. Ein solcher Alarm konnte ein Trick sein. Aber ein Trick, von dem jemand wie Sie sich nicht täuschen ließ. Nie im Leben wären Sie nach draußen gestürmt und hätten das Heft mit dem entscheidenden Abdruck auf dem Tisch liegenlassen, wo jeder es holen konnte. Das konnte ich einfach nicht glauben, als ich das hörte. Nein, nein, nein. Das echte wanderte wieder in Ihre Tasche, und das wertlose kam als hübscher Köder auf den Tisch. Nicht wahr?«

»Zum Teufel mit Ihnen«, sagte Murray, doch ohne Wut.

»Sie hielten also den Mund, als das falsche Heft gestohlen wurde, und machten sich im stillen Kämmerlein an die Detektivarbeit. Wahrscheinlich haben Sie die ganze Nacht an Ihrer Expertise über die Fingerabdrücke gearbeitet, das echte Buch aufgeschlagen vor Ihnen, und haben längst schriftlich niedergelegt, welcher nach Ihrem Urteil der echte Erbe …«

»Und welcher ist es?« fragte Patrick Gore kühl.

»Na, Sie natürlich«, brummte Dr. Fell.

Dann sah er Murray an.

»Zum Donnerwetter«, fügte er grimmig hinzu, »das müssen Sie doch auf Anhieb gewußt haben! Er war Ihr Schüler. Da merkt man so etwas doch. Mir war es klar, als er zum erstenmal den Mund aufmachte …«

Der Herausforderer, der aufgesprungen war, setzte sich nun recht mühsam wieder. Sein Gesicht hatte etwas geradezu Äffisches vor Freude, die hellgrauen Augen und selbst der kahle Fleck am Kopf schienen zu funkeln.

»Dr. Fell, ich danke Ihnen«, sagte Gore und legte die Hand aufs Herz. »Aber ich muß doch darauf hinweisen, daß Sie mir keine einzige Frage gestellt haben.«

»Also, meine Herren«, sagte Dr. Fell. »Sie alle hatten gestern abend Gelegenheit, ihm zuzuhören. Sehen Sie ihn sich an. Hören Sie, wie er spricht. Erinnert er Sie an jemanden? Ich meine nicht das Äußere; ich meine seine Art zu reden, die Art von Gedanken, die ihm durch den Kopf gehen, die Art, wie er sie ausdrückt. Also, an wen erinnert er Sie? Hm?«

Der Doktor zwinkerte in die Runde, und endlich verstand Page das Gefühl, mit dem er sich von Anfang an herumgeschlagen hatte – das Gefühl, daß ihm Gore vage bekannt vorgekommen war.

»An Murray«, sagte Page in das Schweigen hinein.

»An Murray. Da haben Sie es auf den Punkt gebracht. Natürlich im Laufe der Zeit ein wenig uneindeutiger geworden, beeinflußt vom eigenen Charakter – aber doch immer noch deutlich und offensichtlich genug. An Murray, der in den entscheidenden Jahren seines Lebens fast der einzige war, der ihn prägte. Sehen Sie sich doch seine Körperhaltung an, hören Sie doch, wie er mit homerischem Atem seine Sätze baut. Die Ähnlichkeit ist nur oberflächlich, das gebe ich gerne zu; in ihrer Natur sind die beiden sich nicht ähnlicher, als ich meinen Kollegen Elliot oder Hadley ähnlich bin. Aber das Echo ist noch zu hören. Glauben Sie mir, die einzig wichtige unter den Fragen, die Murray gestern abend gestellt hat, war jene nach der Lektüre des Jungen, danach, welche Bücher der echte John Farnleigh mochte und welche nicht. Sehen Sie sich den Burschen an!« Er zeigte mit dem Finger auf Gore. »Haben Sie mir nicht erzählt, wie seine Augen leuchteten, als er vom *Grafen von Monte Cristo* sprach, von Stevenson? Und von den Büchern, die er damals nicht ausstehen konnte und bis heute verachtet? Kein Hochstapler würde es wagen, so vor jemandem zu sprechen, der die Vorlieben und Ansichten des Echten so gut kennen mußte. In so einem Fall haben Fakten nicht die geringste Bedeutung. Jeder kann Fakten büffeln. Entscheidend ist, wo sich das Innere des Jungen zeigt. Glauben Sie mir, Murray: Es wird Zeit, daß Sie Ihr Spiel aufgeben und Farbe bekennen. Ich kann ja verstehen, daß Sie gern den Meisterdetektiv spielen, aber inzwischen geht es zu weit.«

Ein roter Streifen zeigte sich auf Murrays Stirn. Er sah ärgerlich aus, auch ein wenig verlegen. Doch sein Verstand fand etwas, woran er sich festhalten konnte.

»Fakten bedeuten sehr wohl etwas«, sagte Murray.

»Glauben Sie mir«, donnerte Dr. Fell, »Fakte…« Er riß sich

zusammen. »Ahemm. Nun gut. Vielleicht übertreibe ich. Ein wenig. Aber stimmt es, was ich sage?«

»Er kannte das ›Rote Buch von Appin‹ nicht. Er hat mir aufgeschrieben, so etwas gebe es nicht.«

»Weil es für ihn nur ein Manuskript war. Aber mir liegt nichts daran, mich für ihn einzusetzen. Ich möchte nur wissen, ob meine Analyse korrekt ist.«

»Verdammt noch mal, Fell, Sie können einem aber auch wirklich den Spaß verderben«, klagte Murray, nun in etwas anderem Ton. Er sah Gore an. »Jawohl, das ist der echte Johnny Farnleigh. Hallo, Johnny.«

»Hallo«, sagte Gore. Und zum erstenmal, seit Page ihn kennengelernt hatte, wirkte sein Gesicht nicht hart.

Es herrschte Stille in dem Raum, doch eine, die sich zusehends verflüchtigte, als fände alles den Platz wieder, an den es gehörte, und ein verschwommenes Bild werde nach und nach scharf. Gore und Murray blickten beide zu Boden, doch auf eine unbestimmte, unbequeme Art schienen sie froh. Welkyns Stimme erhob sich in all ihrer Fülle und all ihrer Autorität.

»Sie sind in der Lage, Beweise beizubringen, Sir?« fragte er geschäftsmäßig.

»Und schon ist es mit meinem Urlaub vorbei«, sagte Murray. Er faßte in die Innentasche seiner Jacke, die sich vor Papieren beulte, und seine Miene wurde wieder ernst.

»Jawohl, das bin ich. Hier haben wir das Heft mit dem originalen Fingerabdruck – mit Datum und einer Unterschrift des jungen John Newnham Farnleigh. Für den Fall, daß Sie die Echtheit des Heftes anzweifeln, habe ich Fotografien anfertigen lassen und auf der Polizeipräfektur in Hamilton hinterlegt. Zwei Briefe, die John Farnleigh mir im Jahr 1911 schrieb – vergleichen Sie die Unterschrift mit jener unter dem Abdruck. Ein aktueller Abdruck, gestern abend abgenommen, und meine Analyse ihrer Übereinstimmungen ...«

»Gut. Gut«, sagte Welkyn, »sehr gut.«

Page blickte Burrows an, und er sah, wie bleich Burrows im

Gesicht war. Page hatte sich nicht ausgemalt, welche Wirkung das Ende der langen Anspannung auf ihre Nerven haben würde.

Doch nun sah er es, als er in die Runde blickte – zu der auch Molly Farnleigh getreten war.

Sie war unbemerkt ins Zimmer gekommen, und Madeline Dane stand hinter ihr; sie mußte alles gehört haben. Die anderen erhoben sich in einem kuriosen Chor aus kratzenden Stühlen.

»Es heißt, Sie sind ein ehrlicher Mann«, sagte sie zu Murray. »Sie sind also überzeugt?«

Murray verneigte sich. »Madam, es tut mir leid.«

»Er war ein Betrüger?«

»Er war ein Betrüger, der niemanden hinters Licht geführt hätte, der ihn wirklich kannte.«

»Da wäre es wohl an der Zeit«, fügte Welkyn in schönsten Tönen hinzu, »daß Mr. Burrows und ich uns ein wenig unterhalten – ohne Vorurteil natürlich …«

»Wir sollten es nicht überstürzen«, erwiderte Burrows, nicht minder galant. »Noch ist vieles unklar, und ich darf auch darauf hinweisen, daß ich bisher keinen Beweis gesehen habe. Würden Sie gestatten, daß ich die Dokumente prüfe? Ich danke Ihnen. Als nächstes, Lady Farnleigh, möchte ich gern mit Ihnen unter vier Augen sprechen.«

Molly blickte starr, angespannt und verwirrt drein.

»Ja, das wäre das beste«, stimmte sie zu. »Madeline hat mir einiges erzählt.«

Madeline legte ihr tröstend die Hand auf den Arm, aber sie schüttelte ihn mit einem Ruck ihres kräftigen Körpers ab. Madelines stille blonde Schönheit strahlte im Kontrast zu der Wut, die Molly wie eine Wolke umgab, um so heller, so daß alles in ihrer Umgebung glanzlos schien. Dann verließ Molly, von Madeline und Burrows flankiert, das Zimmer. Sie hörten, wie Burrows' Schuhe knarrten.

»Gott!« sagte Patrick Gore. »Und wie geht es nun weiter?«

»Nur Geduld, Sir«, antwortete Elliot grimmig. »Nur ein kleinwenig Geduld, dann verrate ich Ihnen, wie es weitergeht.« Gore und Welkyn blickten ihn an, überrascht von dem Tonfall. »Wir haben immer noch einen falschen Farnleigh, der an dem Teich umgebracht wurde. Wie oder warum oder von wem, das wissen wir nicht. Wir haben immer noch jemanden, der ein wertloses Heft stahl« – er hielt das falsche Büchlein in die Höhe – »und es später wieder auftauchen ließ. Wahrscheinlich hat der Betreffende erkannt, daß es wertlos ist. Wir haben ein Hausmädchen, Betty, das seit dem Mittag verschwunden war und um vier Uhr in dem Raum oberhalb dieser Bibliothek aufgefunden wurde, halbtot vor Angst. Wer oder was ihr den Schrecken einjagte, wissen wir nicht, und ebensowenig, wie das Heft mit den Fingerabdrücken in ihre Hände gelangte. Wo ist eigentlich Dr. King jetzt?«

»Immer noch bei der unglücklichen Betty, glaube ich«, sagte Gore. »Und was haben wir noch?«

»Was wir noch haben, ist neues Beweismaterial«, erwiderte Elliot. Er machte eine Pause. »Wie Sie ganz richtig sagen, haben Sie alle geduldig die Geschichten wiederholt, die Sie schon gestern abend zu Protokoll gegeben haben. Nun, Mr. Gore. In dem Bericht, den Sie von Ihren Bewegungen zum Zeitpunkt des Mordes gegeben haben – haben Sie da die Wahrheit gesprochen? Überlegen Sie, bevor Sie antworten. Es gibt jemanden, der Ihrer Aussage widerspricht.«

Page hatte schon darauf gewartet; er hatte sich gefragt, wie lange Elliots Geduld wohl reichen würde, bis er es aufbrachte.

»Meiner Aussage widerspricht?« fragte Gore scharf und nahm die kalte Zigarre aus dem Mund. »Wer widerspricht ihr?«

»Lassen wir den Namen aus dem Spiel. Wo waren Sie, als Sie hörten, wie das Opfer in den Teich stürzte?«

Gore betrachtete sein Gegenüber mit Erheiterung. »Na, da haben Sie ja anscheinend einen Zeugen. Ich habe den alten Herrn hier« – er wies auf Murray – »durchs Fenster beobachtet. Mir geht gerade erst auf, daß ich ja jetzt keinen Grund mehr habe, es zu leugnen. Wer hat mich gesehen?«

»Ist Ihnen klar, Sir, daß das, was Sie da sagen, Ihnen, wenn es wahr ist, ein Alibi verschafft?«

»So daß ich dann leider nicht mehr als Tatverdächtiger in Frage käme.«

»Leider?« fragte Elliot eisig.

»Ein dummer Witz, Inspektor. Ich bitte um Verzeihung.«

»Darf ich fragen, warum Sie mir den Sachverhalt bisher verschwiegen haben?«

»Das dürfen Sie. Und fragen Sie auch gleich, was ich durch das Fenster gesehen habe.«

»Das verstehe ich nicht.«

Elliot achtete stets darauf, daß sein Scharfsinn nicht zu offensichtlich wurde. Auf Gores Gesicht zeigte sich eine Spur Überdruß. »Um es mit einfachen Worten zu sagen, Inspektor: Seit ich gestern abend dieses Haus betreten habe, hatte ich das Gefühl, daß hier nicht ehrlich gespielt wird. Dieser Herr hier trat ins Zimmer.« Er betrachtete Murray und schien nicht zu wissen, wie er sich ihm gegenüber verhalten sollte. »Er erkannte mich. Das habe ich gespürt. Aber mit keinem Wort hat er es bestätigt.«

»Und?«

»Nun, was tat ich? Ich kam – wie Sie so scharfsinnig herausgefunden haben – um die Hausecke, vielleicht eine Minute bevor der Mord geschah.« Er hielt inne. »Nebenbei, haben Sie eigentlich inzwischen entschieden, ob es Mord war?«

»Darüber können wir gleich sprechen. Erzählen Sie weiter.«

»Ich blickte hier hinein und sah Murray mit dem Rücken zu mir sitzen wie eine Puppe; er regte sich nicht. Unmittelbar darauf hörte ich all die Geräusche, die wir schon so oft beschrieben bekommen haben, zuerst das Würgen, zuletzt das Platschen im Wasser. Ich zog mich vom Fenster zurück, nach links hin, und wandte mich um, weil ich sehen wollte, was im Garten vor sich ging. Aber ich blieb, wo ich war. Zu diesem Zeitpunkt kam Burrows schon aus dem Haus gelaufen, zum Teich hin. Ich zog mich zurück, wieder hin zu den Bibliotheksfenstern. Inzwischen schrillten offensichtlich auch im Haus die Alarmglocken. Und was sah ich nun? Ich sah diesen vornehmen, vertrauenswürdig wirkenden Herrn« – wieder nickte er kurz in Richtung Murray –, »wie er mit *zwei* Heften hantierte, wobei er eines sorgsam in seiner Tasche verstaute, das andere in aller Eile auf den Tisch legte ...«

Murray hatte kritisch, doch interessiert zugehört.

»So, so?« sagte er in beinahe teutonischem Tonfall. »Sie glaubten also, ich arbeitete gegen Sie?« Das schien ihm zu gefallen.

»Natürlich. Sie arbeiteten gegen mich ... Und wie üblich stellen Sie es harmloser hin, als es war«, erwiderte Gore. Seine Miene verfinsterte sich. »Deshalb zog ich es vor, nicht zu verraten, wo ich gewesen war. Ich wollte mir dieses Wissen aufheben, damit ich etwas in Reserve hatte, für den Fall, daß jemand mit üblen Tricks kam.«

»Haben Sie noch etwas hinzuzufügen?«

»Nein, Inspektor, ich glaube nicht. Der Rest meiner Aussage war die Wahrheit. Darf ich denn fragen, wer mich gesehen hat?«

»Knowles stand am Fenster des Grünen Zimmers«, sagte Elliot, und Gore stieß einen Pfiff durch die Zähne aus. Elliot ließ seinen Blick von Gore zu Murray und weiter zu Welkyn wandern. »Hat einer von Ihnen das hier schon einmal gesehen?«

Er zog einen kleineren Bogen Zeitungspapier aus der Tasche, in den er das blutbefleckte Taschenmesser sorgfältig gewickelt hatte. Er schlug das Papier zurück und zeigte ihnen die Waffe.

Auf den Gesichtern von Gore und Welkyn zeigte sich keinerlei Regung. Doch Murray sog die bärtigen Wangen ein, sah das Beweisstück mit zusammengekniffenen Augen an und rückte seinen Stuhl näher heran.

»Wo haben Sie das gefunden?« fragte Murray eifrig.

»In der Nähe des Tatorts. Kennen Sie es?«

»Hm. Haben Sie es auf Fingerabdrücke untersucht? Nein? Ein Jammer«, sagte Murray, und sein Eifer wurde immer größer. »Würden Sie mir gestatten, es näher anzusehen, wenn ich es mit der gebotenen Vorsicht behandle? Sagen Sie es mir, wenn ich mich täusche. Aber haben nicht Sie, junger Johnny« – er sah Gore an –, »früher ein Messer gehabt, das ganz genauso aussah? Haben Sie es nicht sogar von mir geschenkt bekommen? Und jahrelang immer in der Tasche gehabt?«

»Und ob ich das hatte. Ich habe immer ein Messer in der Tasche«, bestätigte Gore, faßte hinein und holte ein altes Messer hervor, das nur um ein weniges kleiner und leichter war als jenes, das sie vor sich liegen hatten. »Aber ...«

»Nun muß ich aber doch«, schaltete Welkyn sich ein und schlug mit der flachen Hand auf den Tisch, »nun muß ich aber doch einmal von den Rechten Gebrauch machen, mit denen Sie mich ausgestattet haben, Sir. Solche Fragen sind abwegig und ungehörig, und als Ihr Rechtsbeistand rate ich Ihnen dringend, nicht darauf zu antworten. Solche Messer gibt es wie Sand am Meer. Ich hatte selbst einmal eines.«

»Aber was ist denn Schlimmes an der Frage?« fragte Gore verblüfft. »Ich habe ein solches Messer gehabt. Es ist mit meinen Kleidern und meinem anderen Besitz mit der *Titanic* untergegangen. Da ist doch die Vorstellung absurd, dieses Exemplar hier könnte ...«

Bevor jemand ihn davon abhalten konnte, hatte Murray ein Taschentuch hervorgezogen, es mit den Lippen angefeuchtet (ein Taschentuch im Mund war eines der Dinge, bei denen sich Page unweigerlich die Zähne zusammenzogen) und einen kleinen Bereich freigewischt, etwa in der Mitte der Klinge. Hervor kamen grob in den Stahl geritzte Buchstaben, und zusammen ergaben sie das Wort

Madeline.

»Das ist Ihres, Johnny«, sagte Murray mit Gusto. »Sie haben den Namen hineingeritzt, als wir einmal eine Steinmetzwerkstatt in Ilford besichtigt haben.«

»Madeline«, sagte Gore noch einmal.

Er öffnete einen Fensterflügel und warf die Zigarre hinaus unter die nassen Bäume. Doch Page konnte für einen Augenblick sein Gesicht sehen, das sich in dem trüben Glas spiegelte: Es war ein seltsames, starres, unergründliches Gesicht, ganz anders als der spöttische Ausdruck, mit dem Gore sonst gern zeigte, um wieviel größer seine Gelassenheit war als diejenige aller, die ihn umgaben. Er wandte sich um.

»Aber was ist denn nun mit dem Messer? Soll das heißen, daß dieser arme, gequälte Gauner, der so gerne anständig geworden wäre, es all die Jahre mit sich herumtrug und sich schließlich am Teich die Kehle damit durchschnitt? Sie scheinen ja überzeugt, daß es sich um Mord handelt, und doch – und doch ...«

Er schlug sich nachdenklich mit der flachen Hand aufs Knie.

»Ich will Ihnen verraten, was es ist, meine Herren«, sagte Elliot, »es ist ein absolut unmögliches Verbrechen.«

Er gab ihnen Knowles' Aussage in allen Einzelheiten wieder. Das Interesse, das Gore und Murray an den Tag legten, stand in krassem Gegensatz zur offensichtlichen Abscheu und der Verwirrung Welkyns. Als Elliot beschrieb, wie das Messer sich gefunden hatte, kam eine spürbare Unruhe in die Gruppe.

»Kein Mensch in der Nähe und doch ermordet«, sagte Gore nachdenklich. Er sah Murray an. »Meister, das ist doch ein Fall ganz nach Ihrem Geschmack. Ich erkenne Sie gar nicht wieder. Vielleicht haben wir uns doch zu lange nicht gesehen; aber früher, da hätten Sie Luftsprünge um den Inspektor gemacht, die kuriosesten Theorien zum besten gegeben, Ihr Bart hätte geknistert vor Energie ...«

»Ich bin eben jetzt kein Dummkopf mehr, Johnny.«

»Aber lassen Sie uns doch eine von Ihren Theorien hören. Irgendeine. Sie sind der einzige, der bisher noch überhaupt nichts zu der Sache gesagt hat.«

»Ich unterstütze den Antrag«, sagte Dr. Fell.

Murray machte es sich bequemer und hob warnend den Zeigefinger.

»Wenn man sich der puren Logik verschreibt«, hob er an, »ist das oft vergleichbar mit einer gewaltigen Rechenaufgabe, bei der wir irgendwann feststellen, daß wir vergessen haben, ›eins im Sinn‹ zu behalten oder mit zwei zu multiplizieren. Jede unter tausend Zahlen kann dann korrekt sein, nur die eine nicht, und die Abweichung im Ergebnis ist enorm. Deshalb will ich es nicht als

Logik verstanden wissen, was ich sage. Es ist nur ein Vorschlag. – Sie wissen, Inspektor, daß das Urteil der gerichtlichen Untersuchung fast mit Sicherheit auf Selbstmord lauten wird?«

»Da bin ich mir nicht so sicher, Sir. Nicht unbedingt«, erklärte Elliot. »Ein Heft wurde gestohlen und zurückerstattet, ein Mädchen beinahe zu Tode erschreckt …«

»Sie wissen ebensogut wie ich«, sagte Murray und sah ihn eindringlich an, »zu welchem Urteil die Geschworenen kommen werden. Es ist zumindest halbwegs vorstellbar, daß der Tote Selbstmord beging und das Messer fortwarf, und es ist unmöglich, daß er ermordet wurde. Ich persönlich gehe allerdings davon aus, daß es Mord war.«

»Hä«, sagte Dr. Fell und rieb sich die Hände. »Hä-hä-hä. Und Ihre Theorie?«

»Immer vorausgesetzt, es war Mord«, sagte Murray, »würde ich sagen, daß das Opfer nicht mit dem Messer umgebracht wurde, das wir hier vor uns haben. Für meine Begriffe sind die Verletzungen an seiner Kehle eher wie die Male von Reißzähnen oder Krallen.«

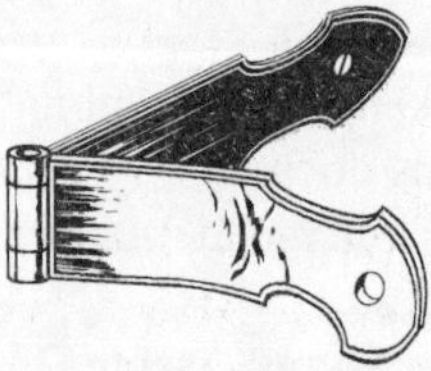

Kapitel 11

»Krallen?« fragte Elliot.

»Ich hatte mir erlaubt, den Ausdruck etwas freier zu gebrauchen«, sagte Murray, nun so schulmeisterlich, daß Page ihn am liebsten vors Schienbein getreten hätte. »Es müssen nicht unbedingt die Krallen eines Tiers gewesen sein. Soll ich Ihnen erläutern, was mir durch den Kopf geht?«

Elliot lächelte. »Nur zu. Mir soll's recht sein. Und ich könnte mir vorstellen, daß Sie noch eine Menge zu erläutern haben.«

»Dann stellen Sie sich einmal folgendes vor«, sagte Murray, nun plötzlich wieder im Plauderton. »Wenn wir davon ausgehen, daß es Mord war, und wenn wir uns vorstellen, daß das Messer die Tatwaffe war, dann ergibt sich dabei eine Frage, die mich sehr beschäftigt. Und zwar diese: *Warum hat der Mörder das Messer nicht anschließend in den Teich geworfen*?«

Doch auch weiterhin sah der Inspektor ihn nur fragend an.

»Überlegen Sie doch, wie es war. Derjenige, der diesen Mann umgebracht hat, hatte sich ein fast perfektes – äh ...«

»Arrangement?« schlug Gore vor, als der andere zögerte.

»Ein gräßliches Wort, Johnny, aber es wird reichen. Also. Der Mörder hatte sich ein fast perfektes Arrangement ausgedacht, bei dem alles auf Selbstmord verweisen würde. Stellen Sie sich vor, er hätte seinem Opfer die Kehle durchschnitten und das Messer in den Teich geworfen. Kein Mensch hätte anschließend daran gezweifelt, daß es Selbstmord war. Das Opfer war ein Hochstapler, dessen Entlarvung bevorstand – der Selbstmord schien sein einziger Ausweg. Selbst so wie die Dinge jetzt stehen, haben Sie ja Mühe zu glauben, daß er sich nicht selbst umgebracht hat. Hätte das Messer im Teich gelegen, wäre es ein eindeutiger Fall gewesen. Das hätte sogar als Erklärung gereicht, daß der Tote keine Fingerabdrücke auf dem Messer hinterlassen hatte.

Nun lasse ich mir, meine Herren, nicht erzählen, daß der Mörder nicht *wollte,* daß es aussah wie Selbstmord. Jeder Mörder wünscht sich das. Wenn es sich einrichten läßt, ist ein falscher Selbstmord für ihn der beste Schutz. Warum ist also das Messer nicht im Teich gelandet? Es hätte niemanden belastet außer den Toten: ein weiteres Indiz dafür, daß er sich umgebracht hatte – und vermutlich der Grund dafür, daß der Täter dieses Mittel wählte. Doch statt dessen nimmt der Mörder es und steckt es (wenn ich mich Ihrer Deutung anschließe) in eine Hecke drei Meter vom Teich fort.«

»Und was beweist das?« fragte Elliot.

»Das beweist überhaupt nichts.« Murray hob den Finger. »Aber es deutet eine ganze Menge an. Überlegen Sie nun, wie dieses Verhalten zu dem Verbrechen paßt. Glauben Sie dem alten Knowles seine Geschichte?«

»Im Augenblick sind wir bei *Ihren* Theorien, Sir.«

»Das ist eine legitime Frage«, erwiderte Murray recht streng, und Page hatte das Gefühl, daß er nur mit Mühe ein »Nicht so zimperlich, junger Herr« unterdrückte. »Wenn wir so weitermachen, kommen wir zu nichts.«

»Genausowenig kommen wir weiter, wenn wir sagen, daß ich an etwas Unmögliches glaube, Mr. Murray.«

»Dann glauben Sie also, es war Selbstmord?«

»Das habe ich nicht gesagt.«

»An was glauben Sie dann?«

Elliot unterdrückte ein Grinsen. »So wie Sie zubeißen, Sir, sollte ich wohl besser antworten. Es gibt – sagen wir – Indizien, die Knowles' Darstellung stützen. Lassen Sie uns der Einfachheit halber davon ausgehen, daß ich ihm seine Geschichte abnehme oder zumindest überzeugt bin, daß er sie für die Wahrheit hält. Wie geht es dann weiter?«

»Nun, wir können folgern, daß er nichts gesehen hat, weil es nichts zu sehen *gab.* Das läßt sich kaum bezweifeln. Der Mann am Teich stand allein, umgeben von einer Fläche aus Sand. Folglich ist kein Mörder zu ihm getreten. Folglich geschah der Mord nicht mit dem schartigen und dramatisch blutbefleckten Messer, das wir hier vor uns liegen haben; das Messer wurde später in die

Hecke gesteckt, damit Sie glauben sollten, es sei die Tatwaffe. Stimmen Sie mir soweit zu? Da das Messer nicht durch die Luft geflogen sein, ihm dreimal die Kehle durchschnitten und dann einen Satz in die Hecke gemacht haben kann, können wir folgern, daß es nicht die Tatwaffe war. Das ist doch überzeugend, oder?«

»Also ich weiß nicht«, wandte der Inspektor ein. »Sie sagen, es war eine andere Waffe. Kam denn dann diese andere Waffe durch die Luft geflogen, fügte ihm drei Schnitte durch die Kehle zu und flog wieder davon? Nein, Sir. Das glaube ich erst recht nicht. Da bin ich ja noch besser dran, wenn ich mich an das Messer halte.«

»Lassen Sie uns fragen, was Dr. Fell davon hält«, entgegnete Murray, offensichtlich gekränkt. »Was meinen Sie, Doktor?«

Dr. Fell schnaufte. Ein geheimnisvolles Brodeln und Rumpeln in seinem Inneren ließ Widerspruch erwarten, doch seine Worte waren milde.

»Ich bleibe beim Messer. Außerdem hat sich mit Sicherheit etwas in dem Garten bewegt, und zwar etwas, das mir alles andere als geheuer ist. Inspektor, Sie haben die Zeugenaussagen aufgenommen. Haben Sie etwas dagegen, wenn ich noch ein wenig darin stochere? Ich würde gern dem interessantesten Mann hier im Raum ein paar Fragen stellen.«

»Dem interessantesten Mann?« fragte Gore und setzte sich in Positur.

»Hmpf. Ich meine natürlich«, sagte Dr. Fell, hob seinen Stock und zeigte auf ihn, »Mr. Welkyn.«

Superintendent Hadley hatte sich schon oft über diese Angewohnheit beklagt. Dr. Fell, pflegte er zu sagen, ist ein wenig zu überzeugt davon, daß das Wahre immer das Falsche ist oder doch das Unerwartete, und mit beiden Händen schwingt er seine Fahnen auf den Trümmern der Logik. Page wäre nie auf die Idee gekommen, Harold Welkyn als den interessantesten Mann im Raum anzusehen. Der fette Anwalt mit seinem langen griesgrämigen Kinn schien nicht minder überrascht. Aber Hadley mußte auch immer wieder zugeben, daß der alte Gauner ja leider oft genug recht hatte.

»Mich meinen Sie, Sir?« fragte Welkyn.

»Vor einer Weile habe ich zum Inspektor gesagt, daß Ihr Name mir äußerst bekannt vorkam«, sagte Dr. Fell. »Ich weiß jetzt wieder, woher. Interessieren Sie sich ganz allgemein für das Okkulte? Oder sammeln Sie kuriose Klienten? Ich könnte mir vorstellen, daß Sie unseren Freund hier« – er nickte in Richtung Gore – »ebenso für Ihre Sammlung requiriert haben wie seinerzeit den Ägypter.«

»Ägypter?« fragte Elliot. »Welchen Ägypter?«

»Denken Sie einmal nach. Ich bin sicher, es fällt Ihnen wieder ein. Ledwidge gegen Ahriman, verhandelt vor Richter Rankin. Verleumdung. Unser Mr. Welkyn war der Verteidiger.«

»Diese Sache mit dem Geisterseher oder was er war?«

»Genau«, bestätigte Dr. Fell hocherfreut. »Ein schmächtiger Bursche, fast schon ein Zwerg. Aber er war kein Geisterseher. Er konnte Gedanken lesen, oder zumindest behauptete er das. Er war eine Sensation; die Frauen von ganz London lagen ihm zu Füßen. Natürlich hätte man ihn nach alten Gesetzen, die nie aufgehoben worden sind, als Hexer anklagen können ...«

»Ein Skandal, daß so etwas möglich ist!« rief Welkyn mit einem Schlag auf den Tisch.

»... doch der Prozeß wurde ihm wegen Verleumdung gemacht, und dank Mr. Welkyns inspirierter Verteidigung und dank Gordon-Bates als Staatsanwalt fiel das Urteil zu seinen Gunsten aus. Dann gab es da den Fall von Madame Duquesne, Spiritistin, die des Totschlags angeklagt war, weil ein Séanceteilnehmer in ihrem Haus vor Schreck tot umgefallen war. (Juristisch hochinteressant, nicht wahr?) Auch dort übernahm Mr. Welkyn die Verteidigung. Der Prozeß war, wenn ich mich recht entsinne, nichts für schwache Nerven. O ja! Und noch ein Fall: eine gutaussehende Blondine, das weiß ich noch. Die Sache kam nie bis zur Anklageerhebung, denn Mr. Welkyn ...«

Patrick Gore betrachtete seinen Anwalt mit gänzlich neuen Augen. »Ist das wahr?« fragte er. »Glauben Sie mir, meine Herren, das habe ich nicht gewußt.«

»Aber es stimmt, nicht wahr?« beharrte Dr. Fell. »Sie sind der Mann.«

Welkyn gab sich beherrscht, doch ein Staunen war ihm anzumerken.

»Aber gewiß bin ich das«, antwortete er. »Was ist denn dabei? Und was hat es mit dem gegenwärtigen Fall zu tun?«

Page konnte nicht sagen, warum es ihm so unpassend vorkam. Harold Welkyn, wie er seine rosa Fingernägel studierte und dann mit wachen kleinen Äuglein aufblickte, war das Muster eines braven Mannes; aber warum sollte er nicht trotzdem seine Vorlieben haben? Die gut geschnittene Weste, die schimmernden Kragenspitzen hatten nichts damit zu tun, welche Klienten er sich aussuchte und welchen Überzeugungen er anhing.

»Es gibt da noch einen Grund, dessentwegen ich Sie frage, Mr. Welkyn«, brummte Dr. Fell. »Sie sind der einzige, der gestern abend im Garten etwas Auffälliges gesehen oder gehört hat. Würden Sie die betreffende Stelle aus Mr. Welkyns Aussage noch einmal vorlesen, Inspektor?«

Elliot nickte und ließ den Blick nicht von Welkyn, bis er sein Notizbuch aufgeschlagen hatte.

»Ich vernahm ein Rascheln im Gebüsch oder in der Hecke, und ich hatte das Gefühl, als sähe mich durch eine der Glasscheiben etwas an, und zwar durch eine der untersten gleich über dem Boden. Ich fürchtete, daß draußen gewisse Dinge im Gange waren, aber es waren Dinge, die mich nichts angingen.«

»Genau die Stelle meinte ich«, sagte Dr. Fell, die Augen geschlossen.

Elliot schien unschlüssig, als schwanke er zwischen zwei möglichen Ansätzen, doch Page hatte den Eindruck, daß nicht nur Dr. Fell, sondern auch dem Inspektor viel daran lag, daß die Sache zur Sprache kam. Elliot reckte das strenge, strohblonde Haupt ein wenig vor.

»Also, Sir«, sagte er. »Heute morgen wollte ich nicht näher nachfragen, weil ich warten wollte, bis wir – mehr wußten. Was hat diese Aussage zu bedeuten?«

»Genau das, was Sie vorgelesen haben.«

»Sie waren im Speisezimmer, nur an die fünf Meter vom Teich, und Sie haben nicht ein einziges Mal eine von den Glastüren dort geöffnet und einen Blick hinausgeworfen? Selbst als Sie die Laute hörten, von denen Sie sprechen?«

»Nein.«

»›Ich fürchtete, daß draußen gewisse Dinge im Gange waren, aber es waren Dinge, die mich nichts angingen‹«, las Elliot. »Bezieht sich das auf den Mord? Hatten Sie in dem Augenblick das Gefühl, daß ein Mord geschieht?«

»Nein, das mit Sicherheit nicht«, sagte Welkyn und machte dabei einen kleinen Hüpfer auf seinem Stuhl. »Und bis jetzt habe ich keinen Grund zu der Annahme, daß einer geschehen ist. Haben Sie denn den Verstand verloren, Inspektor? Sie haben eindeutige Beweise für einen Selbstmord vor Augen, und trotzdem wollen Sie allesamt in den Sternen lesen und etwas anderes finden ...«

»Hatten Sie denn dann gestern abend das Gefühl, daß gerade ein Selbstmord geschieht?«

»Nein, zu einer solchen Annahme hatte ich keinen Grund.«

»Worauf spielen Sie dann in Ihrer Aussage an?« fragte Elliot unbeirrt.

Welkyn hatte die Handflächen flach auf die Tischplatte gelegt. Indem er die Finger leicht hob, erzielte er den Effekt eines Schulterzuckens; doch mehr teilte seine rundliche, glatte Gestalt nicht mit.

»Lassen Sie es mich mit einem anderen Ansatz versuchen, Mr. Welkyn. Glauben Sie an das Übernatürliche?«

»Ja«, antwortete Welkyn nur.

»Haben Sie den Eindruck, daß jemand es in diesem Falle darauf anlegt, den Eindruck des Übernatürlichen zu wecken?«

Welkyn sah ihn an. »Und Sie kommen von Scotland Yard! *Sie* sagen das!«

»Oh, so schlimm ist es nicht«, erwiderte Elliot und machte ein seltsam grimmiges Gesicht dabei, das seine Landsleute schon seit Jahrhunderten zu lesen verstehen. »Ich habe gefragt, ob jemand es darauf anlegen könnte, und das zu tun gäbe es mehrere

Möglichkeiten. Übernatürliche und nicht so übernatürliche. Glauben Sie mir, Sir, es gehen in der Tat seltsame Dinge hier vor – jemand hat dafür gesorgt, daß sie vorgehen –, seltsamer, als Sie glauben. Ich bin hergekommen, um dem Mord an Miss Daly nachzugehen, und auch da könnte mehr dahinterstecken als ein Landstreicher, der einen Geldbeutel stiehlt. Aber nicht ich war es, der den Gedanken aufgebracht hat, es könnte etwas Übernatürliches im Gange sein. Das waren Sie.«

»Ich?«

»Ja. ›Ich hatte das Gefühl, als sähe mich durch eine der Glasscheiben etwas an, und zwar durch eine der untersten gleich über dem Boden‹. ›Etwas‹, sagen Sie. Nicht ›jemand‹.«

Ein kleiner Schweißtropfen erschien auf Welkyns Stirn, nicht weit von der großen Schläfenader. Es war der einzige Wechsel in seinem Ausdruck, wenn man es denn so nennen konnte; und mit Sicherheit war es das einzige, was sich auf seinem Gesicht bewegte.

»Ich habe die Person draußen nicht erkannt. Hätte ich gewußt, wer es war, hätte ich ›jemand‹ gesagt. Ich wollte nur präzise sein.«

»Es war also ein Mensch? Ein ›Jemand‹?«

Der andere nickte.

»Aber um Sie durch eine der unteren Scheiben anzusehen, müßte dieser Jemand sich sehr tief hinuntergekauert oder sogar am Boden gelegen haben?«

»Nicht unbedingt.«

»Nicht unbedingt? Wie meinen Sie das, Sir?«

»Es bewegte sich zu rasch – und sprunghaft. Ich weiß wirklich nicht, wie ich es ausdrücken soll.«

»Können Sie es beschreiben?«

»Nein. Aber ich hatte den Eindruck, daß es tot war.«

Etwas wie Entsetzen hatte sich in Brian Page breitgemacht; er spürte es bis in die Knochen, doch wie oder auch nur wann es gekommen war, hätte er nicht sagen können. Beinahe unmerklich war ihr Gespräch in neue Bereiche vorgedrungen – obwohl er das Gefühl hatte, daß diese Dinge von Anfang an im Hintergrund gelauert hatten und nur auf den Anstoß warteten, der sie zum Leben erweckte. Harold Welkyn machte eine abrupte Bewegung. Er holte ein Taschentuch aus seiner Brusttasche hervor, wischte sich eilig die Handflächen daran ab und steckte es wieder zurück. Als er wieder die Stimme erhob, hatte er fast schon zu seiner üblichen feierlichen und umständlichen Art zurückgefunden.

»Einen Augenblick noch, Inspektor«, sagte er, als Elliot zu einer Erwiderung anhob. »Ich habe versucht, Ihnen so deutlich und wahrheitsgemäß wie möglich zu beschreiben, was ich gesehen und gespürt habe. Sie fragen mich, ob ich an – solche Dinge glaube. Jawohl, das tue ich. Ich will es Ihnen ehrlich verraten: Nicht für tausend Pfund würde ich im Dunkeln hinaus in diesen Garten gehen. Es scheint Sie zu überraschen, daß ein Mann meines Berufes solche Ansichten hegt.«

Elliot überlegte. »Ehrlich gesagt, das tut es irgendwie. Ich weiß auch nicht, warum. Schließlich hat doch auch ein Jurist ein Recht, an das Übernatürliche zu glauben.«

Welkyn schien erheitert.

»Selbst ein Jurist«, stimmte er zu, »und muß deswegen noch lange kein schlechter Anwalt sein.«

Madeline war eingetreten. Nur Page hatte sie bemerkt, denn die anderen waren zu sehr mit Welkyn beschäftigt; sie ging auf Zehenspitzen, und er überlegte, wieviel von dem vorangegangenen Gespräch sie wohl gehört hatte. Er wollte ihr seinen Sessel anbieten, doch sie setzte sich auf die Lehne. Er konnte ihr Gesicht nicht mehr sehen, nur noch die sanfte Rundung von Kinn und Wange, doch er sah, daß ihre Brust sich unter der weißen Seidenbluse in raschem Rhythmus hob und senkte.

Kennet Murray hatte die Stirn in Falten gelegt. Er war durchaus höflich, aber er wirkte doch wie ein Zollbeamter, der im Begriff ist, ein Gepäckstück zu durchsuchen.

»Ich gehe davon aus, Mr. Welkyn«, sagte er, »daß Sie uns – nun – die Wahrheit erzählen. Es ist außerordentlich, das steht fest. Dieser Garten steht in keinem guten Ruf. Und das seit Jahrhunderten. Die Hoffnung, durch neue Ansichten die bösen Schatten zu verjagen, trieb schon im späten siebzehnten Jahrhundert jene an, die ihn neu anlegten. Wissen Sie noch, junger Johnny, wie Sie, als Sie noch Ihre Hexenstudien trieben, versuchten, dort die Geister erscheinen zu lassen?«

»O ja«, bestätigte Gore. Er war im Begriff, noch etwas hinzuzufügen, überlegte es sich dann jedoch anders.

»Und nun, wo Sie zurückkehren«, fuhr Murray fort, »begrüßt Sie ein beinloses Etwas, das durch den Garten gekrochen kommt, und ein Hausmädchen verliert vor Furcht den Verstand. Hören Sie, junger Johnny: Sie haben doch nicht wieder mit Ihren alten Spielchen angefangen und wollen die Leute erschrecken, oder?«

Zu Pages Überraschung war Gores gebräuntes Gesicht bleich geworden. Offensichtlich war Murray der einzige, der ihn aus der Fassung bringen konnte, so daß die weltmännische Maske von ihm abfiel.

»Nein«, sagte Gore. »Sie wissen, wo ich war. Ich habe Sie in der Bibliothek im Auge behalten. Und noch eines. Wer, zum Teufel, glauben Sie eigentlich, wer Sie sind, daß Sie mit mir sprechen können, als hätten Sie noch immer den fünfzehnjährigen Jungen vor sich? Sie haben vor meinem Vater gekuscht, und bei Gott, Sie werden auch mir Respekt zollen, sonst werde ich ihn in Sie hineinprügeln, so wie Sie es mit mir getan haben.«

Der Ausbruch war so unerwartet, daß selbst Dr. Fell brummte. Murray erhob sich.

»Steigt es Ihnen also schon zu Kopfe?« sagte er. »Nun, wie Sie wünschen. Ich habe hier nichts mehr zu suchen. Sie haben Ihre Beweisstücke. Wenn Sie mich noch brauchen, Inspektor, finden Sie mich im Gasthaus.«

»Das war wirklich hundsgemein von dir, John«, sagte Madeline sanft, »findest du nicht auch? Aber ich bitte um Verzeihung, daß ich unterbreche.«

Zum erstenmal sahen Murray und Gore sie wirklich an, und sie studierte die beiden. Gore lächelte.

»Sie sind Madeline«, sagte er.

»Ich bin Madeline.«

»Die alte Flamme meiner Liebe, längst erkaltet«, sagte Gore. Die Grübchen um seine Augen wurden tiefer. Er faßte Murray am Arm, und in seinen Worten schwang Entschuldigung mit. »Es geht nicht, Schulmeister. Wir können nicht da weitermachen, wo wir vor ewigen Zeiten aufgehört haben; und ich für meinen Teil bin mir jetzt auch sicher, daß ich das gar nicht will. Es kommt mir vor, als hätte ich mich fünfundzwanzig Jahre lang in meinem Bewußtsein fortentwickelt, und Sie seien geblieben, wo Sie waren. Ich habe versucht, mir auszumalen, was ich wohl empfinden werde, wenn ich zum – wie der Dichter sagt – Hort meiner Vorväter zurückkehre. Ich habe mir vorgestellt, wie ein Bild an der Wand mich rühren würde, oder Buchstaben, mit dem Messer in die Lehne einer Bank geritzt. Doch was ich nun finde, sind Mauern, die mir nicht fremder sein könnten, und ich wünschte, ich hätte sie in Frieden gelassen. – Aber eigentlich waren wir ja etwas anderem auf der Spur. Wir sind vom Thema abgekommen. Inspektor Elliot! Haben Sie nicht eben gesagt, ursprünglich seien Sie hergekommen, weil eine Miss Daly ermordet wurde?«

»Ganz recht, Sir.«

Murray hatte sich wieder gesetzt, sichtlich neugierig, und Gore wandte sich an den Inspektor.

»Victoria Daly. Das wird doch nicht das kleine Mädchen sein, das mit seiner Tante – Ernestine Daly hieß sie, glaube ich – in einem Häuschen namens Rose Bower auf der anderen Seite des Hanging Chart wohnte?«

»Von der Tante weiß ich nichts«, erwiderte Elliot, »aber die Adresse stimmt. Sie wurde erdrosselt, am Abend des 31. Juli letzten Jahres.«

Der Herausforderer blickte grimmig. »Dann kann ich zumindest dafür mit einem Alibi aufwarten. Vor einem Jahr war ich glücklich in Amerika. Aber kann vielleicht trotzdem jemand so freundlich sein und ein wenig Licht in dieses Dunkel bringen? Was hat der Mord an Victoria Daly mit unserer Sache zu tun?«

Elliot warf Dr. Fell einen fragenden Blick zu. Der Doktor nickte schläfrig, doch mit Nachdruck; sein gewaltiger Körper schien vollkommen still, und er saß nur da und beobachtete. Elliot griff zu einem Aktenkoffer, den er neben sich stehen hatte, öffnete ihn und holte ein Buch hervor. Es war ein Quartband in dunklem Kalbsleder, der Einband vergleichsweise jungen Datums (etwa ein Jahrhundert alt), auf dem Rücken den nicht gerade einladenden Titel *Bemerkenswerte Geschichte*. Der Inspektor schob das Buch zu Dr. Fell hinüber, der es aufschlug. Jetzt sah Page, daß es weitaus älter war – die Übersetzung eines französischen Werkes von Sébastien Michaëlis, 1613 in London erschienen. Das Papier war vergilbt und wellig, und gegenüber der Titelseite war ein merkwürdiges Exlibris eingeklebt.

»Hmpf«, sagte Dr. Fell. »Hat jemand hier im Zimmer dieses Buch schon einmal gesehen?«

»Ja«, sagte Gore ruhig.

»Und das Exlibris?«

»Das auch. Seit dem achtzehnten Jahrhundert benutzen wir es in der Familie nicht mehr.«

Dr. Fell zeichnete mit dem Finger das Motto nach. *»Sanguis eius super nos et super filios nostros,* Thos. Farnleigh, 1675. Sein Blut komme über uns und über unsere Kinder. – Hat dieses Buch je in der Bibliothek hier im Herrenhaus gestanden?«

Gores Augen funkelten und erwachten zum Leben, als er das Buch sah, aber er schien nach wie vor überrascht. Seine Worte klangen spöttisch.

»Nein, hier unten mit Sicherheit nicht. Das ist eines jener Hexenbücher, die mein Vater und vor ihm mein Großvater in der Dachkammer verborgen hielten. Ich habe ihm einmal den Schlüssel gestohlen und Duplikate anfertigen lassen, damit ich hinaufgehen und dort lesen konnte. Ach, wieviel Zeit habe ich dort oben verbracht – unter dem Vorwand, falls jemand mich fand, ich hätte mir einen Apfel vom Boden nebenan holen wollen.« Er blickte in die Runde. »Weißt du das noch, Madeline? Einmal habe ich dich mit hinaufgenommen, damit du dir die Goldhexe ansehen kannst. Ich habe dir sogar einen Schlüssel geschenkt. Aber leider konntest du dich nie für diese Dinge erwärmen. – Doktor, woher haben Sie das Buch? Was hat es aus seiner Gefangenschaft befreit?«

Inspektor Elliot erhob sich und läutete nach Knowles.

»Könnten Sie«, wandte er sich an den verschüchterten Butler, »Lady Farnleigh bitten, uns Gesellschaft zu leisten?«

In aller Ruhe holte Dr. Fell Pfeife und Tabaksbeutel hervor. Er stopfte die Pfeife, zündete sie an und sog tief befriedigt den Rauch ein; erst dann sprach er. Mit einer weit ausholenden Bewegung wies er auf das Buch.

»Das Buch? Seinerzeit hat keiner einen Blick hineingeworfen oder sich überhaupt damit beschäftigt – wahrscheinlich, weil der Titel so nichtssagend war. In Wirklichkeit ist es eines der unglaublichsten Dokumente, die man überhaupt in Archiven finden kann: das Geständnis einer gewissen Madeleine de la Palud, aufgezeichnet 1611 in Aix, in dem sie von ihrer Teilnahme an Hexensabbat und Satanskulten berichtet. Es fand sich auf Miss Dalys Nachttisch. Noch kurz bevor der Mörder kam, hatte sie darin gelesen.«

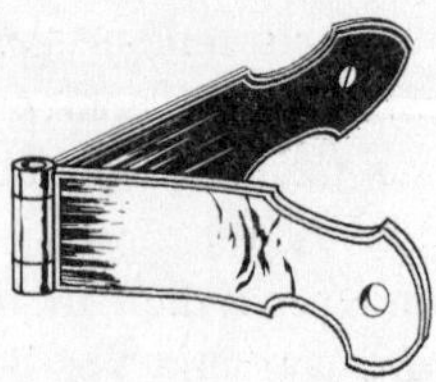

Kapitel 12

Es war so still in der Bibliothek, daß Page deutlich die Schritte von Molly Farnleigh und Burrows hören konnte, als sie eintraten.

Murray räusperte sich. »Und das bedeutet ...?« ermunterte er. »Habe ich denn nicht gehört, daß Miss Daly von einem Landstreicher ermordet wurde?«

»Das ist gut denkbar.«

»Und weiter?«

Doch nun ergriff Molly Farnleigh das Wort. »Ich bin gekommen, um Ihnen zu sagen«, hob sie an, »daß ich mich gegen diesen lächerlichen Anspruch wehren werde, *Ihren* Anspruch« – sie legte ihren ganzen Kampfgeist in den einen verächtlichen Blick, mit dem sie Gore ansah –, »und zwar bis zum Äußersten. Nat Burrows sagt, es wird sich über Jahre hinziehen und uns alle das letzte Hemd kosten, aber ich kann mir das leisten. Aber jetzt kommt alles darauf an, Johns Mörder zu finden. Dafür bin ich bereit, einen Waffenstillstand zu erklären, wenn Sie es Ihrerseits tun. Wovon habe ich da reden gehört, als ich hereinkam?«

»Denken Sie denn, Sie haben etwas gegen unseren Anspruch in der Hand, Lady Farnleigh?« fragte Welkyn, nun wieder ganz Anwalt. »Ich muß Sie warnen ...«

»Ich habe mehr in der Hand, als Sie sich vorstellen können«, schoß Molly zurück, mit einem seltsam bedeutungsschwangeren Blick auf Madeline. »Wovon habe ich da reden gehört, als ich hereinkam?«

Dr. Fell, jetzt wieder mit Feuer und Flamme bei der Sache, sprach mit Donnerstimme.

»Wir sind einer hochinteressanten Angelegenheit auf der Spur, Ma'am«, sagte er, »und wir wären Ihnen sehr dankbar, wenn Sie uns helfen könnten. Gibt es auf dem Dachspeicher dieses Hauses nach wie vor eine Kammer, in der sich eine Sammlung von Büchern über Hexerei und dergleichen Themen befindet? Ja?«

»Natürlich gibt es die noch. Aber was hat das mit unserem Fall zu tun?«

»Sehen Sie sich dieses Buch an, Ma'am. Können Sie uns mit Bestimmtheit sagen, ob es aus dieser Sammlung kommt?«

Molly trat zum Tisch herüber. Alle erhoben sich, aber sie tat die Höflichkeit mit einer ungeduldigen Handbewegung ab.

»Ich glaube schon. Ich bin mir sogar ziemlich sicher. Sie hatten alle dieses Exlibris, und das gibt es in keinem der Bücher hier unten – daran kann man sie erkennen. Wie sind Sie daran gekommen?«

Dr. Fell erzählte es ihr.

»Aber das ist unmöglich!«

»Wieso?«

»Weil um diese Bücher immer ein furchtbares Aufhebens gemacht wurde. Gerade von meinem Mann – ich habe nie verstanden, warum. Wir waren ja eben erst ein Jahr verheiratet.« Die ruhigen braunen Augen blickten in die Vergangenheit. Sie nahm auf dem Stuhl Platz, den Burrows ihr heranrückte. »Als ich herkam als – Braut, da gab er mir alle Schlüssel zum Haushalt mit Ausnahme dessen zu jener Kammer. Natürlich habe ich sie gleich an Mrs. Apps, die Haushälterin, weitergegeben; aber daß der eine fehlte, machte mich neugierig.«

»Wie bei Blaubart?« schlug Gore vor.

»Keine Provokation bitte«, brummte Dr. Fell, als sie sich mit wütender Miene dem Herausforderer zuwandte.

»Nun gut«, sagte Molly. »Ich habe natürlich doch erfahren, was in der Kammer war. Mein Mann wollte sie alle verbrennen – die ganze Sammlung, meine ich. Bevor er das Erbe antrat, wurde der Wert geschätzt, und es war eigens ein Mann aus London da, der sich die Bücher ansah. Die kleine Sammlung auf dem Dachboden sei Tausende und Abertausende von Pfund wert, erklärte er und hüpfte beinahe vor Freude, der dumme Kerl. Es seien Raritäten aller Arten darunter, eines davon sogar einmalig. Ich weiß noch, was es war. Ein gebundenes Manuskript, das seit dem frühen neunzehnten Jahrhundert als verloren galt. Keiner wußte, wo es geblieben war, und dabei lag es dort oben auf unserem

Dachboden. Das ›Rote Buch von Appin‹ hieß es. Angeblich enthielt es die geheimsten Geheimnisse der Schwarzen Magie, und jeder, der es gelesen habe – hieß es –, müsse von da an einen eisernen Ring um den Kopf tragen, damit er ihm nicht platzte. Daran erinnere ich mich noch gut, denn gestern abend haben Sie ja alle darüber geredet, und dieser Mann hier« – sie sah Gore an – »wußte nicht einmal, was es war.«

»Wie Dr. Fell schon sagt, keine Provokationen bitte«, erwiderte Gore mit freundlichster Stimme. Doch dann wandte er sich Murray zu. »Wo bleibt Ihr Sinn für Fairneß, Schulmeister? Sie wußten, daß ich das Zauberbuch nie unter diesem Namen gekannt habe. Aber ich kann Ihnen sagen, was es damit auf sich hat, und ich kann Ihnen auch zeigen, welches von den Büchern es ist, wenn es noch oben ist. Lassen Sie mich ein Beispiel für seine Wirkung geben. Es heißt, jeder der es kennt, könne voraussehen, welche Frage man ihm als nächstes stellen wird, noch bevor der Frager den Mund öffnet.«

»Das muß Ihnen ja gestern abend sehr gelegen gekommen sein«, spottete Molly.

»Ein schöner Beweis, daß ich das Buch gelesen habe. Außerdem soll es die Fähigkeit verleihen, unbelebte Dinge zu beleben, was ja beinahe vermuten läßt, Lady Farnleigh habe es ebenfalls gelesen.«

Dr. Fell pochte mit seinem Stock auf den Fußboden, um sich Gehör zu verschaffen. Als der Sturm, der loszubrechen drohte, gebannt war, sah er Molly wohlwollend an.

»Hä«, sagte Dr. Fell. »Hä-hä-hä. Wenn ich es recht verstehe, Ma'am, glauben Sie nicht an die magischen Fähigkeiten des ›Roten Buchs von Appin‹ oder überhaupt an dergleichen Dinge?«

»Ach, dieser ...« tat Molly es mit einem Wort ab, das Madeline erröten ließ.

»Hmpf, ja. Sie sagen es. Aber nun weiter.«

»Jedenfalls machte mein Mann sich furchtbar viele Gedanken um diese Bücher, sie beunruhigten ihn. Er hätte sie am liebsten verbrannt. Ich wollte ihm klarmachen, wie dumm das war; wenn er sie unbedingt loswerden wollte, konnten wir sie ja verkaufen, und was richteten sie denn schon für einen Schaden an, wenn wir sie ließen, wo sie waren? Sie seien voller Wollust und Sünde, erklärte er.« Molly zögerte, doch dann fuhr sie in ihrer offenen Art fort. »Da spitzte ich, wenn Sie es unbedingt wissen wollen, die Ohren. Als er mir die Kammer zeigte, blätterte ich in ein oder zweien davon, aber ich fand nichts Wollüstiges darin. Einen langweiligeren Kram kann man sich überhaupt nicht vorstellen. Nichts für die niederen Triebe. Ein Haufen weitschweifiger Unsinn über Lebenslinien oder solche Sachen, und alles in Fraktur mit den ulkigen ›f‹ und ›s‹, die immer aussehen, als ob der Schreiber gelispelt hätte. Ich konnte gar nicht verstehen, daß sich irgendwo ein Mensch dafür interessieren sollte. Und als mein Mann darauf bestand, daß die Kammer verschlossen blieb, habe ich mich nicht mehr darum gekümmert, und ich denke nicht, daß seither noch einmal jemand oben war.«

»Aber dieses Buch hier« – Dr. Fell tippte mit dem Finger darauf – »kommt von dort?«

»Ja – ja, da bin ich mir sicher.«

»Und Ihr Mann hatte den Schlüssel zu dem verschlossenen Zimmer immer bei sich. Doch trotzdem kam es irgendwie aus dieser Kammer heraus und gelangte in den Besitz von Miss Daly. Tja.« Dr. Fell paffte kleine Rauchwölkchen; nun nahm er die Pfeife aus dem Mund und holte tief Luft. »Und das wäre eben die Verbindung, der Faden, der von Miss Dalys Tod zum Tod Ihres Mannes läuft. Nicht wahr?«

»Und was für eine Verbindung soll das sein?«

»Wäre es zum Beispiel denkbar, Ma'am, daß er Miss Daly das Buch selbst gab?«

»Aber ich habe Ihnen doch schon gesagt, was er von diesen Büchern hielt!«

»Das, Ma'am«, erwiderte Dr. Fell beschwichtigend, »war nicht die Frage. Wäre es denkbar? Schließlich haben wir gehört, daß er als Junge – und Sie bleiben ja dabei, daß er der echte John Farnleigh war – ganz anders über diese Bücher dachte.«

Molly ließ sich nicht unterkriegen.

»Da haben Sie mich in der Zwickmühle. Wenn ich sage, daß er diese Dinge geradezu maßlos haßte, können Sie mir entgegenhalten, ein so vollkommener Sinneswandel sei unmöglich und das sei der beste Beweis, daß er nicht John Farnleigh war. Wenn ich sage, es könne schon sein, daß er Victoria das Buch gegeben hat – na, ich weiß nicht, was Sie dann sagen werden.«

»Wir wollen nichts weiter als eine ehrliche Antwort, Ma'am«, beharrte Dr. Fell. »Oder sagen wir: Ihren ehrlichen Eindruck. Der Himmel stehe dem Menschen bei, der versuchen will, die ganze Wahrheit zu sagen. Aber wie war das – kannten Sie Victoria Daly gut?«

»Recht gut. Die arme Victoria hat sich immer bei guten Werken engagiert.«

»Würden Sie sagen« – Dr. Fell gestikulierte mit seiner Pfeife –, »würden Sie sagen, sie war auch jemand, bei dem Sie sich ein tiefergehendes Interesse am Thema Hexerei vorstellen könnten?«

Molly ballte die Fäuste.

»Können Sie mir bitte verraten, was dieses Hexengerede mit unserer Sache zu tun haben soll? Wenn es wirklich ein Buch über Hexerei ist – und wenn es aus der Dachkammer kommt, wird es das wohl sein –, beweist das denn etwas, nur weil sie darin gelesen hat?«

»Es gibt noch andere Indizien, glauben Sie mir«, sagte Dr. Fell sanft. »Wenn Sie nur ein wenig nachdenken, Ma'am, werden Sie darauf kommen, daß das Entscheidende die Verbindung aus Miss Daly *und* einer verschlossenen Bibliothek *und* diesem Buch ist. Zum Beispiel: Kannte Ihr Mann sie gut?«

»Hm. Das weiß ich nicht. Aber ich glaube kaum.«

Dr. Fell runzelte die Stirn. »Bedenken Sie aber nun sein Benehmen am gestrigen Abend, so wie man es mir beschrieben hat. Wenn ich es recht verstehe, war es doch so: Ein Mann, der Anspruch auf seinen Besitz erhebt, erscheint. Dieser Besitz, ob er ihn nun zu Recht hält oder nicht, ist die wichtigste Triebfeder in seinem Leben. Und nun steht seine Festung unter Beschuß. Mr.

Gore und Mr. Welkyn mit ihren glaubwürdigen Geschichten und dem tödlichen Beweis der Fingerabdrücke stehen bereit zum Sturm. Gewiß, er geht nervös im Zimmer auf und ab – aber in dem Augenblick, in dem der Gegner zum Angriff bläst, scheint ihn eher die Tatsache zu beschäftigen, daß ein Detektiv im Dorf ist, der im Mordfall Victoria Daly ermittelt. Stimmt das nicht?«

Doch, es stimmte. Page erinnerte sich nur zu gut. Und Molly konnte es nicht leugnen.

»Sie sehen, unser Faden wird immer länger. Lassen Sie uns ihm folgen und sehen, wohin er uns führt. Diese versperrte Dachkammer kommt mir immer verlockender vor. Ist eigentlich noch etwas anderes oben außer Büchern?«

Molly zögerte.

»Nur diese künstliche Figur. Ich habe sie einmal gesehen, als ich noch ein kleines Mädchen war, und mochte sie sehr. Ich habe meinem Mann vorgeschlagen, daß wir sie doch herunterholen könnten und sehen, ob wir sie nicht zum Laufen brächten – ich mag solche mechanischen Sachen –, aber auch davon wollte er nichts hören.«

»Ah, die künstliche Figur«, wiederholte Dr. Fell und setzte sich mit einem Schnaufen aufrechter. »Können Sie uns davon mehr erzählen?«

Molly schüttelte den Kopf, und Kennet Murray sprang ein.

»Das wäre ein Thema für Sie, Doktor«, sagte Murray schwungvoll und machte es sich in seinem Sessel wieder bequemer, »da würde es sich lohnen, genauer nachzuforschen. Ich selbst habe vor Jahren mein Glück versucht, und der junge Johnny ebenfalls.«

»Und?«

»Die *Fakten,* die ich herausfinden konnte, sind folgende.« Murray legte besonderes Gewicht auf das Wort. »Sir Dudley hat mir nie gestattet, die Figur anzusehen, und ich mußte rein detektivisch vorgehen. Erbauer war Monsieur Raisin, der Organist in Troyes, der auch für Ludwig XIV. das von selbst spielende Cembalo baute, und in den Jahren 1676 und 1677 wurde die Figur mit großem Erfolg am Hof Karls II. gezeigt. Sie war beinahe lebensgroß, saß auf einer Art Sofa und war, heißt es, in ihrem Äußeren einer der Hofdamen nachgebildet, auch wenn Unklarheit darüber besteht, welcher. Was sie tat, versetzte die Leute damals in Begeisterung. Sie spielte zwei oder drei Melodien auf einer Cittern (dem Vorfahren unserer heutigen Zither), und sie drehte den Zuschauern eine lange Nase und hatte noch eine Reihe weiterer Gesten im Repertoire, einige davon höchst ungehörig.«

Sein Publikum lauschte gebannt.

»Sir Thomas Farnleigh, dessen Exlibris Sie in diesem Buch sehen, erwarb den Automaten«, sagte Murray. »Ob es das unanständige Betragen der Puppe war oder etwas anderes, was später dafür sorgte, daß sie in Ungnade fiel, habe ich nicht ermitteln können. Aber etwas fiel vor – und alle schweigen sich darüber aus, was es war. Der Grund scheint nicht schwerwiegend genug für das Entsetzen, das die Figur im achtzehnten Jahrhundert offenbar hervorrief, auch wenn man verstehen kann, daß ein solcher Apparat nicht gerade das Wohlwollen von Sir Dudley oder das seines Vaters oder Großvaters weckte. Man darf davon ausgehen, daß der alte Thomas wußte, wie sie in Gang zu setzen war, aber anscheinend wurde das Geheimnis nicht weitergegeben. Stimmt's, junger Jo… – bitte um Verzeihung – Sir John?«

Gore war sichtlich verärgert über diese dick aufgetragene Höflichkeit, doch sein Interesse an anderen Dingen war zu groß.

»Sie haben recht«, bestätigte Gore, »das Geheimnis ging verloren. Und niemand wird es je wiederfinden. Das weiß ich, meine Herren. In jungen Jahren habe ich mir das Hirn zermartert, um hinter das Geheimnis der Goldhexe zu kommen. Ich könnte Ihnen leicht vorführen, daß keine der naheliegenden Erklärungen zutrifft. Wenn wir …« Er machte ein verblüfftes Gesicht. »Bei allen Göttern, warum gehen wir nicht einfach nach oben und sehen sie uns an? Daß ich darauf nicht früher gekommen bin. Ich weiß gar nicht, wo ich mit meinen Gedanken bin. Die ganze Zeit habe ich überlegt, unter welchem Vorwand ich nach oben kommen oder wie ich mich heimlich hinaufschleichen könnte, wie ich es früher immer getan habe. Aber warum nicht? Warum nicht ganz offen, im schönsten Tageslicht?«

Er schlug mit der Faust auf seine Sessellehne und blinzelte leicht, als sei auch er eben erst ans Licht des Tages gekommen. Inspektor Elliot fuhr mit schneidender Stimme dazwischen.

»Einen Moment, Sir«, sagte Elliot. »Das ist alles hochinteressant, und zu einem anderen Zeitpunkt können wir uns gern damit beschäftigen, aber ich wüßte nicht, was es mit unserem Fall zu tun …«

»Sind Sie sicher?« fragte Dr. Fell.

»Sir?«

»Sind Sie sicher?« wiederholte der Doktor mit großem Nachdruck. »Kann mir jemand beschreiben, wie dieser Automat aussieht?«

»Er ist natürlich inzwischen ziemlich unansehnlich geworden; jedenfalls war er das vor fünfundzwanzig Jahren …«

»Das ist wahr«, stimmte Madeline Dane mit einem Schaudern zu. »Bitte gehen Sie nicht dort hinauf. Ich flehe Sie an!«

»Aber warum denn nicht?« rief Molly.

»Ich weiß nicht. Ich habe Angst.«

Gore weidete sich an ihrem Anblick.

»Ja, vage erinnere ich mich noch, daß es dich seinerzeit beeindruckt hat. Aber Sie wollten wissen, wie die Figur aussieht, Doktor. Sie muß verblüffend lebensecht gewesen sein, als sie neu war. Der Körper ist natürlich aus Eisenteilen zusammengesetzt, aber das ›Fleisch‹ ist Wachs, mit Glasaugen – eines fehlte – und echtem Haar. Im Alter ist sie nicht schöner geworden; sie ist recht dick, und wenn man in der richtigen Stimmung war, konnte sie einem schon ziemlich angsteinflößend vorkommen. Sie trägt oder trug seinerzeit ein Brokatkleid. Hände und Finger sind aus lackiertem Eisen. Damit sie die Zither spielen und ihre Gesten machen konnte, sind die Hände lang und gelenkig und spitz, fast wie … Früher hat sie gelächelt, aber als ich sie zuletzt sah, war sie so verfallen, daß man es nicht mehr erkennen konnte.«

»Und Betty Harbottle«, sagte Dr. Fell unvermittelt, »Betty Harbottle hat, wie einst Eva, eine Schwäche für Äpfel.«

»Wie bitte?«

»Doch, erinnern Sie sich«, drängte Dr. Fell. »Betty Harbottle, das verängstigte Hausmädchen, ißt gerne Äpfel. Das war das erste, was wir erfahren haben, als wir das Personal befragten. Ich würde vermuten, die wackere Haushälterin, Mrs. Apps, wollte uns damit etwas zu verstehen geben. Bei den Mysterien von Eleusis, das ist die Lösung! Und Sie« – das rote Gesicht des Doktors glänzte vor Konzentration, als er zu Gore hinüberblickte –, »Sie haben mir eben gesagt, daß Sie einen Vorwand hatten, wenn Sie hinauf zu den Büchern und der Goldhexe wollten. Sie gingen sich einen Apfel holen, auf dem Dachboden gleich nebenan. Möchte jemand eine Wette mit mir eingehen, wo Betty Harbottle war, als sie sich so gräßlich erschrak, und wo das Heft mit den Fingerabdrücken die Nacht über verborgen war?«

Harold Welkyn erhob sich und machte eine Runde um den Tisch, doch kein anderer rührte sich. Page hatte es später genau vor Augen, den Kreis dieser Gesichter in der düsteren Bibliothek und den Ausdruck, bei dem er eines davon überraschte.

Murray brach das Schweigen und strich sich dabei den Schnurrbart glatt.

»Ah. Ja. Ja, das ist zweifellos interessant. Wenn mir der Aufbau des Hauses noch richtig im Gedächtnis ist, gelangt man zur Dachbodentreppe über den Flur, der auch zum Grünen Zimmer führt. Sie meinen, man hat das Mädchen nach unten getragen und dorthin gebracht?«

Dr. Fell wiegte den Kopf hin und her. »Ich will nur sagen, daß wir entweder unseren Grips zusammennehmen müssen oder getrost zu Bett gehen können. Jede Spur führt zu jener Dachkammer. Das ist der Mittelpunkt des Labyrinths, das Herz all dessen, was geschehen ist, wie das kleine Schälchen Flüssigkeit in *Das Haus und das Hirn* – was ein passenderer Titel ist, als wir vielleicht denken. Wir sollten uns diese Kammer einmal ansehen.«

Inspektor Elliot sprach nachdenklich.

»Ich glaube auch. Und zwar jetzt. Hätten Sie etwas dagegen, Lady Farnleigh?«

»Nein, ganz und gar nicht; nur daß ich nicht weiß, wo der Schlüssel ist. Aber was soll's! Brechen Sie das Schloß auf. Mein Mann hat ein neues Vorhängeschloß anbringen lassen, aber wenn Sie Hoffnung haben, daß uns das hilft, dann reißen Sie es – reißen Sie es …« Molly fuhr sich mit der Hand über die Augen und behielt ihre Gefühle für sich, und sogleich hatte sie sich wieder in der Gewalt. »Soll ich vorangehen?«

»Ich bitte darum.« Elliot zauderte nicht. »Wer von den anderen ist schon einmal in der Kammer gewesen? Nur Miss Dane und Mr. Gore? Würden Sie beide dann bitte mit Dr. Fell und mir mitkommen? Und Mr. Page. Die anderen möchte ich bitten hierzubleiben.«

Elliot und der Doktor gingen als erste hinaus und unterhielten sich leise miteinander. Dann setzte Molly, die dezent weghörte, sich an die Spitze, so daß sie die beiden zwischen sich und dem Herausforderer hatte. Page und Madeline bildeten den Abschluß.

»Wenn du lieber unten bleiben magst …« sagte er zu Madeline.

Sie drückte seinen Arm. »Nein, bitte. Ich *will* nach oben. Ich will endlich begreifen, was hier vorgeht. Weißt du, ich fürchte, ich habe Molly etwas gestanden, was sie mir sehr übelnimmt – aber ich konnte nicht anders, es war der einzige Ausweg. Brian. Du glaubst doch nicht, daß ich ein Biest bin, oder?«

Er war verblüfft. Zwar lächelte sie halb dabei, als wolle sie sich über den Gedanken gleich wieder lustig machen, doch die schmalen Augen blickten ihn forschend an.

»Liebe Güte, nein! Wie kommst du denn auf so eine Idee?«

»Ach, nur so. Aber in Wirklichkeit hat sie ihn nicht geliebt. Sie macht das alles nur, weil sie meint, es wird von ihr erwartet. Glaube mir, auch wenn es noch so anders aussah: Die beiden haben eigentlich nicht zueinander gepaßt. Er war ein Idealist, sie ist praktisch veranlagt. Warte. Ich weiß, er hat sich als jemand ausgegeben, der er nicht war, aber du kennst die Umstände nicht alle, sonst würdest du verstehen …«

»Dann doch lieber das Praktische«, erwiderte Page grimmig.

»Brian!«

»Das ist mein Ernst. Idealisten wie er können mir gestohlen bleiben. Wenn er wirklich all das getan hat, was sie sagen – und was du ja auch schon zugegeben hast –, dann war unser verstorbener Freund ein hundertkarätiges Schwein, und das weißt du auch. Du warst doch nicht etwa selbst in ihn verliebt?«

»Brian! So etwas darfst du nicht sagen!«

»Ich weiß; aber habe ich recht?«

»Nein, hast du nicht«, sagte Madeline gefaßt und blickte zu Boden. »Und wenn du Augen im Kopf hättest oder einmal deinen Verstand gebrauchen würdest, dann müßtest du so etwas nicht fragen.« Sie zögerte; es war offensichtlich, daß sie nicht weiter darüber sprechen wollte. »Was halten denn Dr. Fell und der Inspektor von – der ganzen Sache?«

Er öffnete den Mund zur Antwort, und erst da ging ihm auf, daß er keine Ahnung hatte.

Nicht die leiseste Ahnung. Inzwischen waren sie über die breite, ausgetretene Eichentreppe ins obere Stockwerk gekommen, hatten die Galerie durchquert und bogen nun in einen Gang nach links. Zur Linken kam das Grüne Zimmer, dessen Tür offenstand und den Blick auf schwere Büromöbel des vergangenen Jahrhunderts und Wände in bedrückenden Farben freigab. Zwei Türen zur Rechten führten in Schlafzimmer. Der Gang endete an einem Fenster mit Blick auf den Garten. Die Treppe zum Dachboden – erinnerte Page sich dunkel – befand sich in der Außenmauer, und man erreichte sie durch eine Tür in der linken Wand.

Doch im Augenblick beschäftigte ihn etwas anderes. So umgänglich Dr. Fell auf seine polternde Art auch war, so offen Inspektor Elliot sich gab, hatte er doch, wie ihm erst jetzt aufging, nicht das mindeste von ihnen erfahren. Sicher, beide würden weiterreden bis zum Jüngsten Tag. Aber wie sah es mit den eigentlichen Ermittlungen aus? Ein Fingerabdruck hier, eine Fußspur dort, Elliots Suche im Garten, ein Indiz, das in einen verschlossenen Umschlag kommt? Gewiß, vom Fund des Messers hatte er erfahren, doch auch das wohl nur deshalb, weil es unter den Umständen unvermeidbar war. Aber sonst – hatte er auch nur Vermutungen gehört? Aussagen waren aufgenommen worden; was war von diesen Aussagen nun zu halten?

Natürlich taten sie nur ihre Arbeit, aber trotzdem beunruhigte es ihn. Sie pflügten in einem Boden, von dem er gedacht hätte, er sei längst gründlich umstochen, und brachten neue Erkenntnisse zutage, so wie in Blenheim noch immer Totenschädel aus der Erde kamen, und man ahnte nichts, bis plötzlich der Schädel über den Tisch gerollt kam. Aber das war kein schönes Bild. Der gewaltige Rücken von Dr. Fell, der vor ihm ging, schien die ganze Breite des Ganges zu füllen.

»In welchem Zimmer ist sie?« fragte Elliot leise.

Molly wies auf die hintere der beiden Türen, gegenüber dem Zugang zum Dachboden. Elliot klopfte sanft an die Tür, doch aus dem Inneren drang ein unterdrückter Schrei.

»Betty«, flüsterte Madeline.

»Da drin?«

»Ja. Sie haben sie ins erste Schlafzimmer gebracht, das zur Hand war. Ihr Zustand«, fügte Madeline hinzu, »ist ernst.«

Was man sich darunter vorzustellen hatte, wurde Page erst allmählich klar. Dr. King öffnete die Zimmertür, warf einen Blick über die Schulter, schlüpfte hinaus auf den Gang und schloß sie leise hinter sich.

»Nein«, sagte er. »Sie können noch nicht zu ihr herein. Heute abend vielleicht; aber eher morgen oder erst übermorgen. Ich wünschte, die Beruhigungsmittel wirkten, aber sie schlagen nicht an.«

Elliot blickte ratlos und verwirrt drein. »Sicher, Doktor, aber es ist doch nicht – nicht …«

»Gefährlich, meinen Sie?« fragte Dr. King und senkte seinen grauen Bart, als wolle er damit zustoßen. »Lieber Himmel! Entschuldigen Sie mich.«

Nach einer Weile kam er wieder heraus.

»Hat sie etwas gesagt?«

»Nichts für Ihr Notizbuch, Inspektor. Delirium, die meiste Zeit. Ich wünschte, ich könnte aus ihr herausbekommen, was geschehen ist.«

Seine Zuhörer waren mäuschenstill. Molly, nun mit ganz anderer Miene, wandte sich offen an den Arzt. Dr. King und ihr Vater waren lebenslange Freunde gewesen, und der Doktor gehörte für sie fast zur Familie.

»Onkel Ned, sag mir die Wahrheit. Ich würde alles für Betty tun, das weißt du. Aber ich hatte nicht geglaubt, daß es – es steht doch nicht wirklich *ernst* um sie? Man verliert doch nicht wirklich den Verstand vor Schrecken? Oder doch?«

»Oh, so schlimm ist es nicht«, erwiderte der andere. »Ein gesundes, kräftiges Mädchen wie du mit Energie im Überfluß und Nerven wie Drahtseilen – wenn dir einer dumm kommt, dann schlägst du zu. So bist du nun einmal. Aber andere sind anders. Vielleicht war es nur eine Maus oder der Wind im Kamin. Doch was immer es war – ich hoffe, daß ich ihm nie begegne.« Sein Ton wurde milder. »Nein, sie kommt schon wieder in Ordnung. Ich brauche auch keine Hilfe, danke; Mrs. Apps und ich kommen zurecht. Eine Kanne Tee könnte nicht schaden.«

Die Tür schloß sich wieder hinter ihm.

»Tja, meine Freunde«, meinte Patrick Gore, die Hände tief in den Taschen vergraben, »etwas ist hier geschehen, da gibt es keinen Zweifel. Sollen wir jetzt hinaufgehen?«

Er öffnete die Tür gegenüber.

Die Treppe war steil, und es herrschte jener säuerliche Geruch, den man bei altem Stein findet, wenn die Luft nicht herankommt. Es war, als sähe man die Rippen und Knochen im Inneren des Hauses, noch nicht durch die Kunstfertigkeit späterer Zeiten gemildert. Die Dienstbotenkammern, das wußte Page, befanden sich am anderen Ende des Hauses. Im Aufgang gab es keine Fenster, und Elliot, der voranging, hatte eine elektrische Taschenlampe eingeschaltet. Dr. Fell folgte ihm, dann kam Molly, dann Madeline und Page, und Gore bildete die Nachhut.

Nichts an diesem Dachboden war verändert worden, seit Inigo Jones seine kleinen Fenster skizziert hatte und seinen Stein mit Backstein verkleidet. Oben kam der gewölbte Fußboden dermaßen schräg auf die Treppe zu, daß jeder falsche Schritt den Unachtsamen hinunterkatapultieren mußte. Die Eichenbalken waren von gewaltigen Ausmaßen, zu dick, als daß sie malerisch gewirkt hätten, nur ein Bild gewaltiger Macht, die stützen oder auch zermalmen konnte. Ein fahlgraues Licht drang herein, und die Luft war abgestanden, feucht und heiß.

Die Tür, nach der sie suchten, fanden sie am anderen Ende des Ganges. Es war eine schwere, schwarze Tür, die man eher in einem Keller als auf dem Dachboden vermutet hätte. Die Scharniere stammten aus dem achtzehnten Jahrhundert; der Knauf war fort, ein nicht ganz so altes Schloß unverschlossen, und statt dessen sicherte sie nun eine starke Kette mit einem Vorhängeschloß. Doch nicht auf das Schloß richtete Elliot zunächst den Strahl seiner Lampe.

Etwas war zu Boden geworfen und beim Schließen der Tür halb zerdrückt worden.

Es war ein angebissener Apfel.

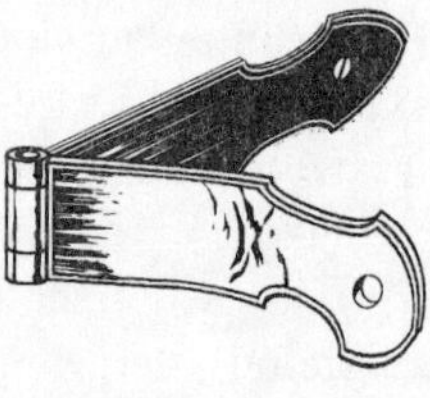

Kapitel 13

Mit der Kante eines Sixpence als Schraubenzieher schraubte Elliot vorsichtig die Öse ab, an der die Kette befestigt war. Es war eine mühselige Arbeit, doch der Inspektor arbeitete unbeirrt wie ein Zimmermann. Als die Kette fiel, öffnete die Tür sich von selbst.

»Die Höhle der Goldhexe«, sagte Gore mit Gusto und stieß den angebissenen Apfel mit dem Fuß beiseite.

»Lassen Sie das, Sir«, sagte Elliot streng.

»Was? Wollen Sie den Apfel etwa als Beweismaterial mitnehmen?«

»So etwas weiß man nie. Wenn wir hineingehen, rühren Sie bitte nur an, was ich Ihnen gestatte.«

Das »Wenn wir hineingehen« erwies sich als optimistische Wendung. Page hatte ein Zimmer erwartet. Was er fand, war eine Art Bücherschrank von kaum zwei mal zwei Metern, mit einem schrägen Dach, in dem eine dick verkrustete Fensterscheibe wie Milchglas schimmerte. Auf den Regalbrettern, wo rissiges Kalbsleder sich mit neueren Einbänden mischte, gab es viele Lücken. Alles war von einer dünnen Staubschicht überzogen, doch war es der dünne, dunkle, rußige Staub der Dachspeicher, in dem kaum Spuren zurückbleiben. Ein frühviktorianischer Lehnstuhl war hineingezwängt – und die Hexe schien sie beinahe anzuspringen, als der Strahl von Elliots Taschenlampe sie traf.

Selbst Elliot zuckte ein wenig zurück. Die Alte war keine Schönheit. Früher mochte sie etwas Verführerisches gehabt haben, doch nun blickte das eine verbliebene Auge sie aus einem halben Gesicht an; die andere Seite des Kopfes war schwer beschädigt, das ehemals gelbe Kleid ganz zergangen. Und die Risse in dem, was vom Gesicht blieb, machten sie nicht attraktiver.

Aufgerichtet wäre sie knapp lebensgroß gewesen. Sie saß auf einer länglichen Kiste, einst bemalt und vergoldet, daß sie wie ein Sofa wirken sollte, aber nicht viel tiefer und breiter als die Figur selbst, und der ganze Automat stand auf Rädern, die offensichtlich später hinzugefügt waren. Mit einer groben und ganz und gar grauenerregenden Koketterie streckte sie die Hände dem Betrachter halb entgegen. Die wuchtige, gedrungene Maschine mußte gut ihre zwei oder drei Zentner wiegen.

Madeline stieß eine Art Kichern aus, nervös oder erleichtert. Elliot brummte, Dr. Fell fluchte.

»Bei den Schatten von *Udolpho*!« rief der Doktor. »Ist das eine Enttäuschung?«

»Sir?«

»Sie wissen doch, was ich meine. Kann man sich denn vorstellen, daß das Mädel, das neugierig war, was in Blaubarts Kammer war, das Ding hier zum erstenmal sah und ...« Er pustete, daß die Schnurrbartspitzen flogen. »Nein. Nein, das reicht nicht.«

»Ich fürchte auch«, stimmte Elliot nüchtern zu. »Falls überhaupt etwas hier drin geschehen ist. Wie soll sie denn überhaupt hier hereingekommen sein? Wer hat sie nach unten gebracht? Wo bekam sie das Heft mit den Fingerabdrücken her? Aber so oder so – keiner kann mir erzählen, daß der bloße Anblick von dem Ding hier sie so mitgenommen hat, wie es ja anscheinend der Fall ist. Sie hätte vielleicht geschrien oder so etwas. Es hätte ihr einen ordentlichen Schrecken eingejagt. Aber nichts in dieser Größe, wenn sie nicht vorher schon hysterisch war. Lady Farnleigh, wußte die Dienerschaft, daß die Puppe hier drin war?«

»Aber ja«, antwortete Molly. »Keiner hat sie gesehen, außer Knowles und vielleicht Mrs. Apps, aber alle wissen, daß sie hier ist.«

»Es hätte sie also nicht einmal überrascht?«

»Nein.«

»Wenn, sage ich, etwas in dieser engen Kammer sie erschreckt hätte – wofür wir nicht den geringsten Beweis haben ...«

»Wie wäre es hiermit?« sagte Dr. Fell und zeigte mit seinem Stock darauf.

Der Lichtstrahl fuhr den Sockel des Automaten entlang. Er fand ein Wäschebündel, das sich, als Elliot es aufhob, als eine zerknüllte rüschenbesetzte Hausmädchenschürze erwies. Obwohl sie frisch gewaschen war, waren Staub- und Schmutzflecken darauf, und sie war mit zwei kurzen, zackigen Rissen eingerissen. Dr. Fell nahm sie dem Inspektor aus der Hand und reichte sie Molly.

»Bettys?« fragte er.

Molly untersuchte ein winziges Schildchen am Saum der Schürze, auf dem ein noch winzigerer Name geschrieben stand, und nickte.

»Warten Sie einen Moment«, bat Dr. Fell und schloß die Augen. Er ging vor der Tür auf und ab und preßte sich den Zwicker auf die Nase, als fürchte er, daß er herunterfiele. Als er die Hand wieder fortnahm, blickte er finster und streng. »Nun denn. Ich will es Ihnen verraten, mein Junge. Ich kann es nicht beweisen, genausowenig wie ich die Sache mit dem Apfel und dem Dachboden nebenan beweisen könnte. Aber ich kann Ihnen sagen, was in diesem Bücherkabinett geschehen ist; ich sehe es so deutlich vor mir, als sei ich dabeigewesen. Was wir hier machen, ist längst keine Routinearbeit mehr – es ist jetzt das Wichtigste überhaupt, daß wir genau bestimmen, wann genau zwischen Mittag und vier Uhr nachmittags dies Mädchen sich so sehr erschrak und was alle anderen zu jenem Zeitpunkt getan haben.

Denn der Mörder, mein Junge, war hier drin – hier in dieser Bücherkammer. Betty Harbottle ist ihm hier begegnet. Ich weiß nicht, was der Mörder hier tat; aber ihm lag alles daran, daß keiner erfuhr, daß er hier war. Etwas geschah. Später nahm er die Schürze des Mädchens und wischte damit Fuß- oder Fingerabdrücke fort, oder was es sonst an Spuren hier in dem Staub gegeben haben mag. Er trug oder zerrte sie nach unten. Er drückte ihr das nutzlose Heft in die Hand, das er am Abend zuvor gestohlen hatte. Und dann machte er sich davon, wie Mörder es eben tun, und ließ die Schürze hübsch am Boden liegen. Hm?«

Elliot hob die Hand.

»Langsam, Sir. Nicht so schnell.« Er dachte darüber nach. »Da gibt es zwei schwere Argumente dagegen, fürchte ich.«

»Und die wären?«

»Erstens. Wenn es für den Täter so wichtig war zu verbergen, daß er in dieser Kammer war – wobei wir uns immer noch fragen müssen, was er hier getan hat –, wie wollte er dann seine Spuren verwischen, indem er einfach nur das bewußtlose Mädchen von einem Raum zum anderen trug? Damit verhinderte er die Entlarvung ja nicht, sondern verschob sie nur. Das Mädchen lebt. Sie wird sich erholen. Und dann wird sie sagen, wer hier war und was er tat – wenn er etwas tat.«

»Anscheinend ein kapitaler Brocken«, gab Dr. Fell zu. »Allem Anschein nach ein Stolperstein, über den keiner von uns heilen Fußes hinwegkommt. Und es würde mich gar nicht wundern«, fügte er mit einiger Heftigkeit hinzu, »wenn die Erklärung dieses Widerspruchs zugleich auch die Lösung unseres Falles wäre. Und der andere Einwand?«

»Betty Harbottle ist unverletzt. Körperlich ist sie nicht angerührt worden. In die Verfassung, in der sie jetzt ist, ist sie durch ganz gewöhnlichen Schrecken gekommen, Schrecken über etwas, das sie sah. Aber was konnte sie denn anderes sehen als einen ebenso gewöhnlichen Menschen, der etwas tat, was er nicht tun sollte? Das hätte nicht ausgereicht, Sir; die Mädels sind heutzutage ziemlich zäh. – Was könnte also einen solchen Schock verursacht haben?«

Dr. Fell sah ihn an.

»Etwas, was der Automat getan hat«, antwortete er. »Stellen Sie sich doch vor, die Figur regte sich nun und nähme Ihre Hand.«

So groß ist die Kraft der Suggestion, daß alle im Raum ein Stück zurückwichen. Sechs Augenpaare waren auf den halbzerstörten Kopf und die kuriosen Hände der Puppe gerichtet. Es wäre kein angenehmes Gefühl, sie zu berühren. Nichts an dieser Figur, von dem mottenzerfressenen Kleid bis zu dem schrundigen Wachsgesicht, wäre angenehm zu berühren gewesen.

Elliot räusperte sich.

»Sie meinen, er hat die Puppe wieder in Gang gebracht?«

»Nein, das hat er nicht«, widersprach Gore. »Ich habe es vor

Jahren versucht. Es sei denn, jemand hat seither etwas Elektrisches oder sonst einen neuen Mechanismus hineinpraktiziert. Zum Teufel, meine Herren, neun Generationen von Farnleighs haben vergebens versucht dahinterzukommen, wie das Ding funktioniert. Ich mache Ihnen ein Angebot. Tausend Pfund dem Mann, der diesen Apparat zum Laufen bringt.«

»Kann es nicht auch eine Frau sein?« fragte Madeline. Page sah ihr an, daß es nur ein Scherz sein sollte, aber Gore nahm es bitterernst.

»Mann, Frau, Kind oder was es sonst sein mag. Tausend Pfund dem Mann oder der Frau, dem ersten, der ohne modernen Hokuspokus, zu den Bedingungen, unter denen er vor zweihundertfünfzig Jahren zur Schau gestellt wurde, diesen Automaten in Gang setzt.«

»Das Angebot ist großzügig genug«, meinte Dr. Fell munter. »Dann lassen Sie uns die Figur nach draußen fahren, damit wir sie genauer ansehen können.«

Mit einiger Mühe zerrten Elliot und Page die eiserne Kiste, auf der die Puppe saß, über die Schwelle und aus dem Bücherkabinett hinaus auf den Flur. Die Figur bebte und machte einen Ruck mit dem Kopf; Page wartete, daß die Perücke herunterfiel. Doch die Räder drehten sich bemerkenswert leicht. Unter schwerem Knarren und einem leisen Rasseln schoben sie sie ans Ende des Ganges unter das Fenster am Treppenabsatz.

»Zeigen Sie uns, wie sie aufgebaut ist«, bat Dr. Fell.

Gore musterte sie genau. »Sie werden feststellen, daß der Körper des Dings voller Uhrwerke ist. Ich bin kein Mechaniker und kann Ihnen nicht sagen, ob all diese Räder und Hebel wirklich zu etwas nütze sind oder ob es Augenwischerei ist. Ich würde vermuten, viele sind nur Schau, aber vielleicht nicht alle. Entscheidend ist, daß der Körper ganz damit ausgefüllt ist. Auf der Rückseite gibt es ein großes Fenster. Es läßt sich nach wie vor öffnen; stecken Sie ruhig einmal die Hand hinein und – was, du willst mich kratzen?«

Gores Miene verfinsterte sich, als er seine eigene Hand mit einem Ruck zurückzog. In seiner Begeisterung war er beim Gestikulieren den scharfen Fingern des Automaten zu nahe gekommen, und aus einem schartigen Riß auf dem Handrücken kam das Blut. Er steckte die Hand in den Mund.

»Meine alte Freundin mit dem Uhrwerk im Bauch!« brummte er. »Eine schöne Freundin bist du! Ich sollte dir auch noch die andere Hälfte vom Gesicht abschlagen.«

»Nicht!« rief Madeline.

Das amüsierte ihn. »Wie du willst, mein Schatz. Trotzdem, Inspektor – würden Sie so nett sein und die Mechanik prüfen? Was ich zeigen will, ist, daß der Körper voll davon ist und daß sich niemand darin versteckt haben kann.«

Elliot war gewissenhaft wie immer. Die Scheibe, mit der die Öffnung im Rücken verdeckt gewesen war, existierte schon lange nicht mehr. Mit Hilfe seiner Taschenlampe studierte er den Mechanismus und fühlte hinein. Einmal schien er zu stutzen, doch er sagte nur:

»Das stimmt schon, Sir. Da würde keiner hineinpassen. Haben die Leute das früher behauptet – daß jemand drinsteckt und die Puppe bewegt?«

»Die einzige Erklärung, die überhaupt jemand anbieten konnte. Nun gut. Damit hätten wir die eigentliche Figur untersucht. Der einzige andere Teil, das sehen Sie selbst, ist das Sofa, auf dem sie sitzt. Sehen Sie her.«

Diesmal mußte er sich mehr mühen. Links vom Fuß des Sofas gab es einen kleinen Knopf; Page sah, daß die ganze Vorderseite sich an einem Scharnier aufklappen ließ wie eine kleine Tür. Unter einigem Zerren gelang es ihm, die Tür zu öffnen. Das Innere der Truhe, reines Eisen und inzwischen schwer verrostet, war einen knappen Meter breit und noch nicht einmal einen halben hoch.

Gore strahlte vor Vergnügen.

»Sie erinnern sich«, fragte er, »welche Erklärung für Maelzels schachspielenden Automaten gegeben wurde? Die Figur saß auf mehreren großen Kisten, jede mit ihrer eigenen kleinen Tür. Vor jeder Vorführung öffnete der Operateur diese Türen, damit das Publikum sich überzeugen konnte, daß alles mit rechten Dingen zuging. Doch manche mutmaßten, im Inneren verberge sich ein kleines Kind, das sich bald in die eine, bald in die andere Abteilung drücke und dessen Bewegungen so mit dem Öffnen und Schließen der Türen abgestimmt seien, daß die Zuschauer glaubten, sie hätten sich vergewissert, daß das gesamte Innere leer sei.

Etwas in dieser Art vermutete man auch bei unserer Hexe hier. Aber es gibt Berichte von Zeitgenossen, die schreiben, so etwas sei unmöglich gewesen. Ich brauche nicht zu sagen, daß das Kind in diesem Falle zum einen schon wirklich sehr klein gewesen sein müßte und daß zum zweiten kein Schausteller mit einem solchen Kind durch ganz Europa gereist sein könnte, ohne daß es jemandem aufgefallen wäre.

Bei der Hexe hier gibt es nur einen einzigen leeren Raum und eine einzige Tür. Die Zuschauer wurden aufgefordert nachzufühlen, daß nichts darin verborgen war, und die meisten taten es auch. Die Figur stand für sich, gut über dem Boden und auf einem Teppich, den der Hausherr zur Verfügung stellte. Und auch wenn es nichts gab, wodurch es sich erklären ließ, erwachte unsere muntere Lady auf Kommando zum Leben, ließ sich eine Cittern geben – spielte jede Melodie, die ein Zuschauer sich wünschte – reichte die Cittern zurück – unterhielt sich mit dem Publikum per Zeichensprache und machte allerlei Scherze nach dem damaligen Geschmack. Wundert es Sie da, daß mein ehrwürdiger Vorfahr begeistert war? Was ich nur immer gern gewußt hätte, das ist, warum er es sich so gründlich anders überlegte, als er das Geheimnis erst einmal erfahren hatte.«

Gore wechselte den Tonfall.

»Und jetzt«, sagte er nur noch, »verraten Sie mir, wie sie funktioniert.«

»Sie – Äffchen Sie!« rief Molly Farnleigh. Sie sagte es im schönsten Ton, doch die Hände hatte sie zu Fäusten geballt. »Können Sie denn immer nur den Clown spielen, ganz egal, was geschieht? Sind Sie denn immer noch nicht zufrieden? Möchten

Sie eine Modelleisenbahn oder Spielzeugsoldaten? Liebe Güte, Brian, helfen Sie mir; ich kann nicht mehr. Und Sie lassen sich anstecken – und Sie auch, ein Polizeibeamter –, spielen mit einer Puppe, machen ein Aufhebens wie eine Horde Kinder, dabei – begreifen Sie denn nicht, daß gestern abend ein Mensch ermordet wurde?«

»Gut«, sagte Gore, »Themenwechsel. Dann fragen wir doch etwas anderes: Verraten Sie mir, wie *das* funktioniert hat.«

»Sie werden natürlich sagen, es war Selbstmord, das versteht sich.«

»Madam«, sagte Gore mit einer verzweifelten Geste, »ich habe keine Chance. Ich kann sagen, was ich will, und es wird immer einer da sein, der mir deswegen an die Gurgel geht. Wenn ich sage, es war Selbstmord, stürzen A, B und C sich auf mich; wenn ich sage, es war Mord, habe ich D, E und F zum Feind. Wenn ich bisher noch nicht vorgeschlagen habe, daß es ein Unfall war, dann nur deswegen, weil ich mir nicht den Zorn von G, H und I zuziehen wollte.«

»Sehr geistreich, keine Frage. Was sagen Sie, Mr. Elliot?«

Elliot antwortete mit großem Ernst.

»Lady Farnleigh, ich versuche nur, meine Arbeit so gut wie möglich zu machen, im schwierigsten Fall, der mir je untergekommen ist, und ich kann nicht sagen, daß Sie es mir leichtmachen, keiner von Ihnen. Das wissen Sie wohl auch. Wenn Sie auch nur einen Augenblick lang überlegen, werden Sie darauf kommen, daß diese Maschine sehr wohl etwas mit unserem Fall zu tun hat. Ich erwarte ja nicht mehr von Ihnen, als daß Sie mir nicht mit solcher Leichtfertigkeit das Leben schwermachen. Ich habe nämlich auch noch etwas zu dieser Maschine zu sagen.«

Er legte der Figur die Hand auf die Schulter.

»Ich weiß nicht, ob das Uhrwerk in ihrem Inneren Attrappe ist, wie Mr. Gore vermutet. Ich würde sie gern einmal in meine Werkstatt holen und der Sache auf den Grund gehen. Ich weiß nicht, ob man erwarten kann, daß so ein Mechanismus nach zweihundert Jahren noch funktioniert, aber wenn eine alte Uhr nach so langer Zeit noch läuft, warum nicht auch ein Automat? Aber eines kann ich Ihnen verraten, eines habe ich herausgefunden, als ich durch das Fenster im Rücken hineinsah. Dieser Mechanismus ist vor kurzem geölt worden.«

Molly runzelte die Stirn.

»Und?«

»Es würde mich interessieren, Dr. Fell, was Sie …« Elliot wandte sich um. »He! Wo sind Sie, Sir?«

Die Vorstellung, daß eine so beträchtliche Masse wie die des Doktors plötzlich verschwinden könnte, bestätigte Page nur sein Gefühl, daß bei dieser Sache wirklich alles geschehen konnte. Er kannte Dr. Fells Trick noch nicht, sich unbemerkt zu entfernen und dann an einer ganz unerwarteten Stelle wieder aufzutauchen, meist mit etwas beschäftigt, dessen Sinn keiner verstand. Diesmal antwortete Elliot ein Lichtschein aus dem Bücherkabinett. Dr. Fell hatte eine Reihe von Streichhölzern angezündet und war ganz in die Durchsicht der unteren Regalbretter versunken.

»Hm? Ich bitte um Verzeihung.«

»Haben Sie uns denn gar nicht zugehört?«

»Ach, das. Ahemm – doch. Sie werden nicht erwarten, daß ich auf Anhieb ein Rätsel löse, an dem schon so viele Generationen der Familie gescheitert sind. Mich würde viel mehr interessieren, wie der Schausteller seinerzeit gekleidet war.«

»Gekleidet?«

»Ja. In ein traditionelles Magierkostüm, würde ich vermuten, das ich persönlich schon immer eher unattraktiv fand, wenn auch suggestiv. Aber ich habe ein wenig in diesem Schrank gestochert und weiß noch nicht recht, ob ich etwas gefunden habe …«

»Bei den Büchern?«

»Die Bücher sind die übliche orthodoxe Sammlung des Unorthodoxen, obwohl einige Berichte von Hexenprozessen dabei sind, die mir neu sind. Was ich anscheinend gefunden habe, ist ein Bericht über die Vorführung dieses Automaten, den ich mir hoffentlich ausleihen darf? Ich danke Ihnen. Aber vor allem haben wir dies hier.«

Unter den amüsierten Blicken Gores, dessen Augen boshaft funkelten, kam er aus dem Kabinett gehinkt und brachte eine halb zergangene Holzschachtel mit. Page hatte das Gefühl, daß sich plötzlich auf dem Dachboden die Neugierigen um sie drängten.

Aber es waren nur Kennet Murray und Nathaniel Burrows, die offenbar unten unruhig geworden waren und ihnen nun doch nach oben gefolgt waren. Burrows' Brillengesicht und Murrays gelassene Züge erschienen am Treppenabsatz, als kämen sie aus einer Falltür herauf. Zunächst blieben sie dort stehen. Dr. Fell schüttelte die hölzerne Schachtel. Er stellte sie, so gut es ging, auf dem Rand des Sofas neben der Figur ab.

»Halten Sie die Maschine fest!« kommandierte der Doktor. »Der Boden hier ist verflucht abschüssig, und wir wollen ja nicht, daß das Ding uns die Treppe hinunterfällt. Und was haben wir hier? Immer wieder verblüffend, was sich im Laufe der Jahre so ansammelt, finden Sie nicht auch?«

In der Schachtel fanden sie einige gläserne Murmeln, ein rostiges Messer mit bemaltem Griff, ein paar Fliegen zum Fischen, eine kleine, schwere Bleikugel, an die vier große Haken montiert waren, daß es aussah wie ein Sträußchen, und (seltsam in solcher Gesellschaft) ein Strumpfband aus längst vergangenen Zeiten. Doch nicht diese Dinge sahen sie an. Aller Augen waren auf das gerichtet, was zuoberst lag: eine doppelte Maske aus Pergament auf Draht, die einen Kopf mit zwei Gesichtern bildete, wie die Darstellungen des Janus. Sie war schwärzlich, verschrumpelt, die Einzelheiten nicht mehr zu erkennen. Dr. Fell rührte ihn nicht an.

»Ein gräßliches Ding«, flüsterte Madeline. »Aber was um Himmels willen ist das?«

»Die Maske des Gottes«, sagte Dr. Fell.

»Die was?«

»Die Maske, die der Zeremonienmeister bei einem Hexensabbat trug. Die meisten, die davon lesen, und sogar manche, die darüber schreiben, haben keine Vorstellung davon, was das Hexenwesen wirklich war. Glauben Sie mir, ich will Ihnen keinen Vortrag halten. Aber was Sie hier sehen, ist ein schönes Beispiel.

Der Satanskult war eine perverse Umkehr christlicher Rituale, aber die Wurzeln reichen in ältere, heidnische Zeit zurück. Zu den Göttern, die sie verehrten, zählten der doppelköpfige Janus, Hüter der Fruchtbarkeit und der Wegkreuzungen, und Diana, die Göttin der Fruchtbarkeit und Jungfräulichkeit. Der Hexenmeister (oder die oberste Hexe) trug entweder eine Maske mit dem Bocksgesicht Satans oder eine Maske in der Art, wie wir sie hier vor uns haben. Bah!«

Er schnippte mit dem Finger nach der Maske.

»Solche Andeutungen machen Sie ja jetzt schon eine ganze Weile«, sagte Madeline mit ruhiger Stimme. »Vielleicht bereue ich es, aber könnten Sie mir eine einfache Frage beantworten? Obwohl ich mir lächerlich vorkomme, daß ich sie stelle. Wollen Sie sagen, daß irgendwo hier bei uns Satanisten ihr Unwesen treiben?«

»Das ist ja der Witz«, erklärte Dr. Fell und machte eine Miene, als seien damit alle Rätsel gelöst. »Die Antwort lautet: NEIN.«

Zunächst herrschte Schweigen. Inspektor Elliot wandte sich um. Vor Verblüffung vergaß er ganz, daß er vor Zeugen sprach.

»Also wirklich, Sir! Das kann doch nicht Ihr Ernst sein. Wir haben Beweise …«

»Das ist mein Ernst. Unsere Beweise sind keinen Pfifferling wert.«

»Aber …«

»Himmel, warum bin ich darauf nicht schon früher gekommen!« rief Dr. Fell. »Ein Fall ganz nach meinem Geschmack, und trotzdem hätte ich die Lösung beinahe nicht gesehen. Elliot, mein Junge: Hier hat es keine Hexenversammlungen am Hanging Chart gegeben. Keine Panflöten, keine nächtlichen Orgien. Es ist nicht wahr, daß das hiesige Landvolk sich zu solchen Absonderlichkeiten hat hinreißen lassen. Mir hat es gleich nicht geschmeckt, schon als Sie anfingen, Ihr Beweismaterial zu sammeln, und jetzt dämmert mir die ganze gräßliche Wahrheit. Elliot, ein einziger verderbter Verstand steckt hinter allem, was hier geschehen ist, und nur der eine. Alles, von der seelischen

Grausamkeit bis zum Mord, ist das Werk eines einzigen Menschen. Und das ist die ganze Wahrheit.«

Mit knarrenden Schritten traten Murray und Burrows hinzu.

»Sie wirken erregt«, meinte Murray nur.

Der Doktor blickte verlegen.

»Nun, das bin ich auch ein wenig. Noch tappe ich im dunkeln. Aber ich sehe das Licht am Ende des Tunnels, und bald werde ich Ihnen mehr sagen können. Es ist – ähm – eine Frage des Motivs.« Sein Blick war in die Ferne gerichtet, und seine Augen funkelten leise. »Außerdem ist es recht ungewöhnlich. Ein Spaß, von dem ich noch nie gehört hatte. Lassen Sie sich das gesagt sein – selbst der Satanismus ist ein ehrliches und geradliniges Geschäft im Vergleich zu dem Vergnügen, das sich hier jemand für seinen Verstand ersonnen hat. Und jetzt entschuldigen Sie mich, meine Herren – und Damen. Es gibt etwas im Garten, das ich mir näher ansehen möchte. Sie machen hier weiter, Inspektor.«

Er war schon am Treppenabsatz, bis Elliot erwachte. Unbeeindruckt nahm der Inspektor den Faden wieder auf.

»Nun denn. Sie wollten etwas fragen, Mr. Murray?«

»Ich wollte den Automaten sehen«, erwiderte dieser eifrig. »Es ist mir nicht entgangen, daß Sie mich ein wenig außen vor lassen, seit ich den wahren Erben bestimmt habe und nicht mehr weiter nützlich bin. Das ist also die Hexe. Und die Sachen hier – erlauben Sie, daß ich sie ansehe?«

Er griff nach der Schachtel, schüttelte sie und hielt sie näher unter das vom Staub graue Licht des Fensters. Elliot studierte ihn.

»Haben Sie etwas von diesen Sachen schon einmal gesehen, Sir?«

Murray schüttelte den Kopf. »Von dieser pergamentenen Maske hatte ich gehört. Aber gesehen hatte ich sie nie. Ich frage mich ...«

Und das war der Augenblick, in dem der Automat sich bewegte.

Bis heute schwört Page, daß niemand ihn anstieß. Das mag die Wahrheit sein, vielleicht täuscht er sich aber auch. Sieben Leute drängten sich auf einem engen Gang, dessen abschüssiger Fußboden zur Treppe führte. Doch das Licht war trübe, und Murray, der mit dem Rücken zu der Figur stand, zog ihre Aufmerksamkeit mit dem Stück auf sich, das er in seiner Rechten hielt. Wenn eine Hand sich regte, wenn ein Fuß oder eine Schulter nachhalf, dann bemerkte es keiner. Keiner sah, wie die verrottete Puppe auf ihrem eisernen Sofa sich mit der verstohlenen Plötzlichkeit eines Automobils in Bewegung setzte, dessen Bremse sich löst. Was sie sahen, waren drei Zentner scheppernden Eisens, die davonschossen wie ein Geschützwagen, direkt auf die oberste Treppenstufe zu. Was sie hörten, war das Kreischen der Räder, das Pochen von Dr. Fells Stock auf der Treppe und Elliots Schrei:

»Um Himmels willen, sehen Sie sich vor da unten!«

Dann der Schlag, als die Maschine über die Kante ging.

Page bekam sie zu fassen. Er umklammerte die Eisenkiste, und er hätte ebensogut versuchen können, eine Kanonenkugel aufzuhalten; aber es gelang ihm, sie aufrecht zu halten, und damit verhinderte er, daß sie Hals über Kopf die Treppe hinunterging und alles zermalmte, was ihr in den Weg kam. Die mörderische Masse blieb auf ihren Rädern. Sie flogen über die ersten Stufen, und Page sah Dr. Fell, der sich eben umblickte – auf halbem Wege. Er sah das Tageslicht in der offenen Tür am Ende der Treppe. Er sah, wie Dr. Fell, der sich in dieser Enge keinen Zentimeter regen konnte, einen Arm hob, als wolle er einen Schlag abwehren. Er sah, wie in dem infernalischen Poltern die schwarze Gestalt um Haaresbreite vorüberflog.

Doch er sah mehr als das, er sah Dinge, die niemand voraussehen konnte. Er sah, wie der Automat durch die offene Tür donnerte und auf dem Gang davor landete. Von dem Aufschlag flog ein Rad davon, doch der Schwung war zu groß. Mit einem Ruck warf sich die Maschine an die Tür gegenüber, und die Tür sprang auf.

Page stolperte die Treppe hinunter. Er brauchte den Schrei aus dem Raum gegenüber nicht zu hören. Er wußte, wer in diesem Zimmer lag und warum Betty Harbottle dort lag und was da gerade hineingekommen war, um ihr einen Besuch abzustatten. Als der Automat endlich stillstand und der Lärm vorüber war, kamen die leiseren Töne wieder hervor. Einen Augenblick lang war alles still, dann hörte er deutlich die Angeln quietschen, als Dr. King die Schlafzimmertür öffnete, die wieder zugeflogen war. Das Gesicht des Arztes war weiß wie ein Laken.

»Du Teufel da oben, was hast du getan?«

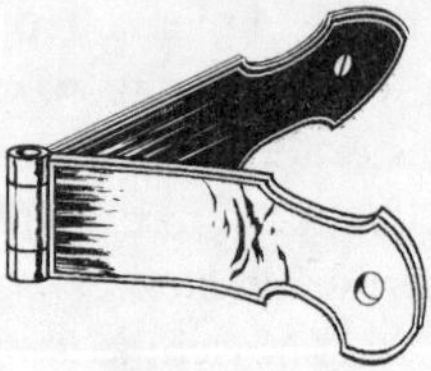

DRITTER TEIL

Freitag, 31. Juli

Ein Hexensabbat

Denn das, sprach er zu sich selbst, ist letztlich der Satanskult; die Frage der äußeren Manifestationen, die seit Beginn der Welt immer wieder aufgeworfen wird, ist zweitrangig, wenn man es recht bedenkt; der Dämon hat es nicht nötig, sich in menschlicher oder tierischer Gestalt zu zeigen, um seine Gegenwart zu beweisen; es genügt, daß er seine Präsenz manifestiert, indem er Seelen zu seinem Wohnsitz wählt, die er verdirbt und zu unsäglichen Verbrechen anstachelt.

J. K. HUYSMANS, *Là-Bas*.

Kapitel 14

Die gerichtliche Untersuchung zum Tode von Sir John Farnleigh fand am folgenden Tag statt und endete mit einer solchen Sensation, daß die Presse in ganz Großbritannien kopfstand.

Inspektor Elliot ist, wie die meisten Polizisten, kein Freund solcher Untersuchungen, und dies aus praktischen Gründen. Brian Pages Abneigung ist eher ästhetischer Art: Man erfährt nie etwas, was man nicht vorher schon wußte, nur selten schlagen die Gefühle hoch, und das Urteil, ganz gleich, wie es ausfällt, trägt in der Regel nichts dazu bei, das Rätsel zu lösen.

Aber in diesem Falle, das mußte er zugeben, folgte die Untersuchung – die am Vormittag des 31. Juli, eines Freitags, stattfand – nicht dem üblichen Muster. Es schien von vornherein festzustehen, daß das Urteil auf Selbstmord lauten würde. Und doch war die Anspannung so groß, daß ein ausgewachsener Streit im Gange war, bevor der erste Zeuge noch zehn Worte gesagt hatte, und als das Urteil schließlich gefällt wurde, konnte Inspektor Elliot nur noch fassungslos dabeisitzen.

Page begann den Tag mit sehr schwarzem Kaffee und einem Stoßseufzer darüber, daß es nach den Ereignissen des Vortags nicht noch eine zweite solche Untersuchung gab. Betty Harbottle hatte den Schreck überstanden. Doch für eine Weile, nachdem sie der Hexe zum zweitenmal ins Auge geblickt hatte, hatte man um ihr Leben fürchten müssen, und nun war sie erst recht nicht mehr in der Lage, eine Aussage zu machen. Nach dem Sturz hatte Elliot alle Anwesenden unerbittlich verhört, doch alles drehte sich im Kreise. »Haben Sie ihm den Stoß gegeben?« – »Nein, das schwöre ich; ich weiß nicht, wer es war; wir standen auf dem schiefen Fußboden, und vielleicht ist es ja von selbst losgegangen.«

Elliot und Dr. Fell saßen bis spätabends bei Pfeife und Bier beisammen, und Elliot hielt Resümee. Page hatte Madeline nach Hause gebracht, darauf bestanden, daß sie etwas aß, einen hysterischen Anfall im Keime erstickt, und bei allem waren ihm tausend Dinge zugleich durch den Kopf gegangen. Als er wieder eintrat, war der Inspektor eben beim Fazit angelangt.

»Wir stecken fest«, sagte er. »Wir können nicht das mindeste beweisen, und das bei allem, was geschehen ist! Victoria Daly wird ermordet – vielleicht von einem Landstreicher, vielleicht auch nicht; andere finstere Machenschaften sind anscheinend im Spiel, auf die wir jetzt nicht eingehen müssen. Das war vor einem Jahr. Sir John Farnleigh wird mit durchschnittener Kehle gefunden. Betty Harbottle wird auf eine Weise, über die wir nichts wissen, ›angegriffen‹ und vom Dachboden nach unten geschafft; ihre zerrissene Schürze findet sich oben in der Bücherkammer. Ein Heft mit Fingerabdrücken verschwindet und kommt zurück. Schließlich versucht noch jemand, Sie zu ermorden, indem er diese Maschine die Treppe hinunterstößt – ein Versuch, dem Sie nur um Haaresbreite und mit der Gnade Gottes entgangen sind.«

»Und ich weiß es zu schätzen, das können Sie mir glauben«, versicherte Dr. Fell ihm grimmig. »Es war einer der schlimmsten Augenblicke meines Lebens, als ich mich umblickte und dieses Monstrum auf mich zukommen sah. Ich war selbst schuld daran. Ich habe zuviel geredet. Und doch ...«

Elliot sah ihn aufmerksam an.

»Immerhin ist es ein Beweis, Sir, daß Sie auf der richtigen Spur waren. Der Mörder begriff, daß Sie zuviel wußten. Worum es sich bei dieser Spur handelt ... Sir, wenn Sie Vermutungen haben, wäre es an der Zeit, es mir zu sagen. Wenn sich nicht bald etwas Neues ergibt, werde ich nach London zurückbeordert.«

»Oh, Sie werden es bald erfahren«, brummte Dr. Fell. »Ich will ja kein Geheimnis daraus machen. Aber selbst wenn ich Ihnen sage, was ich vermute, und selbst wenn es sich als richtig herausstellt, hätten wir immer noch keinen Beweis. Und in einer Beziehung weiß ich nicht, ob Sie sich nicht täuschen. Es schmeichelt mir, gewiß. Aber ich bin mir nicht sicher, ob der Automat wirklich die Treppe hinuntergestoßen wurde, um mir, wie es so schön heißt, das Lebenslicht auszublasen.«

»Weswegen denn sonst? Der Täter konnte nicht damit rechnen, daß er das Mädchen noch einmal erschrecken konnte, Sir. Es war nicht abzusehen, daß die Maschine zur Tür ihres Zimmers hereinkommen würde.«

»Ich weiß«, sagte Dr. Fell stur und fuhr sich mit den Fingern durch den üppigen graumelierten Haarschopf. »Und doch – und doch – welchen Beweis ...«

»Das meine ich ja gerade. Wir haben eine ganze Kette von Ereignissen, die alle miteinander zusammenhängen, und nicht ein einziges darunter, bei dem ich etwas beweisen kann! Ich habe nichts in der Hand, womit ich zu meinen Vorgesetzten gehen kann: ›Hier, bitte sehr‹. Kein Indiz, das sich nur so und nicht auch anders deuten ließe. Ich kann nicht einmal beweisen, daß die Sachen überhaupt miteinander zusammenhängen – und das ärgert mich besonders. Nehmen Sie die gerichtliche Untersuchung morgen. Selbst das, was wir selbst vorlegen, fordert ja geradezu zum Urteil auf Selbstmord heraus ...«

»Läßt sich die Untersuchung nicht verschieben?«

»Natürlich. Normalerweise hätte ich das getan und immer wieder neu Aufschub gefordert, bis wir entweder beweisen können, daß es Mord war, oder die Sache ganz fallenlassen. Aber da haben wir den letzten und größten Haken. Was habe ich denn von weiteren Ermittlungen noch zu erhoffen, so wie die Dinge jetzt stehen? Der Superintendent ist so gut wie überzeugt, daß Sir John Farnleighs Tod ein Selbstmord war, und der Assistant Commissioner auch. Als sie nun noch hörten, daß sich auf dem Taschenmesser, das Burton in der Hecke entdeckt hat, Spuren von Fingerabdrücken des Toten fanden ...«

(Davon hatte Page noch nichts gehört, und damit schien der Urteilsspruch auf Selbstmord so gut wie besiegelt.)

»... war die Sache praktisch entschieden«, bestätigte Elliot ihm. »Worauf kann ich denn noch hoffen?«

»Betty Harbottle?« schlug Page vor.

»Gut, stellen wir uns vor, sie erholt sich und kann ihre Geschichte erzählen. Stellen wir uns vor, sie berichtet, wie sie jemanden oben in der Bücherkammer gesehen hat. Und was tat er da? Und was soll das zu bedeuten haben? Was hat das mit dem Selbstmord im Garten zu tun? Beweise, mein Junge. Das Heft mit den Fingerabdrücken, kann uns das weiterhelfen? Keiner hat je behauptet, daß es aus dem Besitz des Toten stammt; was hat es also überhaupt mit dem Fall zu tun? Nein, Sir; Sie dürfen es nicht vernünftig ansehen – sehen Sie es mit den Augen eines Juristen an. Es steht hundert zu eins, daß ich am Abend zurückgerufen werde, und der Fall kommt zu den Akten. Sie und ich, wir wissen, daß hier ein Mörder umgeht und sich so raffiniert getarnt hat, daß er tun und lassen kann, was er will, bis ihm jemand das Handwerk legt – oder ihr. Und scheinbar gibt es niemanden, der das kann.«

»Und was werden Sie jetzt tun?«

Elliot stürzte einen halben Krug Bier hinunter, bevor er antwortete.

»Für meine Begriffe gibt es nur eine Chance: die Untersuchung vor dem Coroner mit allem, was dazugehört. Die meisten unserer Verdächtigen werden als Zeugen aussagen. Eine gewisse Hoffnung besteht, daß einer von ihnen sich unter Eid verplappern wird. Keine große Hoffnung, das gebe ich zu – aber so etwas ist schon vorgekommen (erinnern Sie sich an Waddington, die Krankenschwester?), und es könnte noch einmal geschehen. Wenn nichts anderes weiterführt, bleibt uns das als letztes.«

»Wird der Coroner mitspielen?«

»Wenn ich das wüßte«, sagte Elliot nachdenklich. »Dieser Burrows führt etwas im Schilde, das weiß ich. Aber er vertraut sich mir nicht an, und ich habe nichts aus ihm herausbekommen können. Er ist beim Coroner gewesen, aber ich weiß nicht, weswegen. Wenn ich es recht verstanden habe, mögen Burrows und der Coroner sich nicht besonders, und der Mann war auch kein Freund des verstorbenen ›Farnleigh‹. Persönlich ist er anscheinend überzeugt, daß es Selbstmord war, aber er wird fair spielen, und sie werden alle gegen den Außenseiter zusammenhalten – das bin ich. Das Ironische ist, daß Burrows ja selbst gern beweisen würde, daß es Mord war, denn ein Urteil auf Selbstmord kann man mehr oder weniger auch als Urteil nehmen, daß sein Klient ein Hochstapler war. Das Ganze wird eine einzige große Boulevardkomödie um verschollene Erben werden, und wie sie ausgeht, steht schon fest: Selbstmord, ich werde abberufen, und die Geschichte ist erledigt.«

»Na, na«, sagte Dr. Fell tröstend. »Übrigens, wo ist eigentlich der Automat geblieben?«

»Sir?«

Elliot riß sich aus seinem Selbstmitleid und starrte sein Gegenüber an.

»Der Automat? Den habe ich in einen Schrank geschoben. Nach den Stößen, die er abbekommen hat, bleibt da wohl nur noch der Schrottplatz. Ich wollte ihn ja gern noch genauer untersuchen, aber ich fürchte, selbst der beste Mechaniker wird jetzt nicht mehr herausfinden können, wie er funktioniert hat.«

»So ist es«, seufzte Dr. Fell und griff nach seiner Kerze für den Nachttisch. »Deswegen hat der Mörder ihn ja die Treppe hinuntergestoßen.«

Page verbrachte eine unruhige Nacht. Außer der Untersuchung gab es noch andere Dinge am nächsten Tag, die ihm Sorgen machten. Nat Burrows, dachte er, hatte nicht das Kaliber seines Vaters; selbst Dinge wie die Vorkehrungen für das Begräbnis hatte er an Page delegiert. Anscheinend war Burrows ganz mit einem anderen Aspekt der Affäre beschäftigt. Und ihm ging die Frage durch den Kopf, ob man Molly »allein« in einem Haus von so sinistrer Atmosphäre lassen konnte, zumal die Dienerschaft fast geschlossen mit Kündigung drohte.

All diese Dinge quälten ihn, bis die Sonne zu einem heißen und strahlenden Tag aufging. Die Flut der Automobile setzte gegen neun Uhr ein. Er hatte noch nie so viele Wagen auf einmal in Mallingford gesehen; erst als er die Massen an Vertretern von Presse und Welt draußen einfallen sah, begriff er, welches Aufsehen dieser Fall jenseits ihrer Haustür erregt hatte. Es ärgerte ihn. Schließlich ging das, fand er, niemand anderen etwas an. Es fehlte nur noch, daß sie Schaukeln und Karussells aufstellten und heiße

Würstchen feilboten. Sie stürmten den Bull and Butcher, in dessen »Saal« – einem langgestreckten Schuppen, in dem sich sonst die Arbeiter vergnügten, die zur Hopfenernte kamen – die Verhandlung stattfinden sollte. An der Straße glitzerten unzählige Objektive in der Sonne. Viele der Schaulustigen waren Frauen. Der Hund des alten Mr. Rowntree jagte jemanden die ganze Straße hinunter bis zu Major Chambers; er bellte den ganzen Vormittag über wie toll, und niemand konnte ihn beruhigen.

Zwischen all dem bewegten sich die Einheimischen ohne ein Wort. Sie legten sich nicht fest. Jeder auf dem Lande ist auf die anderen angewiesen, man tauscht Dinge, hilft sich gegenseitig; in einem Fall wie diesem mußte man abwarten, was geschah, so daß alle auch nachher in Frieden miteinander leben konnten, ganz gleich, wie die Sache ausging. Von der Welt draußen hingegen kam der Tumult von DER TOTE ERBE – OPFER ODER BETRÜGER?, und um elf Uhr an jenem heißen Vormittag nahm die gerichtliche Untersuchung des Todesfalls ihren Anfang.

Der lange, niedrige, düstere Schuppen war vollgepackt mit Menschen. Es war, dachte Page, eindeutig ein Anlaß für einen gestärkten Kragen. Der Coroner, der die Untersuchung leitete – ein wackerer Jurist, der fest entschlossen war, sich keinerlei Launen der Farnleighs gefallen zu lassen –, hatte vor einem großen Stoß Papier an einem breiten Tisch Platz genommen, zu seiner Linken einen Stuhl für die Zeugen.

Zuerst wurde Lady Farnleigh aufgerufen, die als Witwe bezeugen mußte, daß es sich bei dem Toten wirklich um Sir John Farnleigh handelte. Schon hier – in der Regel nur eine Formalität – wurde Einspruch erhoben. Molly hatte kaum ein paar Worte gesprochen, als sich Mr. Harold Welkyn, im Gehrock, eine Gardenie im Knopfloch, im Namen seines Klienten erhob. Mr. Welkyn führte aus, aus formaljuristischen Gründen müsse er gegen die Identifizierung protestieren, da es sich bei dem Toten nicht um Sir John Farnleigh gehandelt habe; und da die Frage nach der Identität von entscheidender Bedeutung für das Urteil darüber sei, ob der Verstorbene sich selbst das Leben genommen habe oder ob er das Opfer eines Verbrechens geworden sei, bitte er respektvoll um Erlaubnis, diesen Punkt dem Gericht unterbreiten zu dürfen.

Es folgte eine lange Auseinandersetzung, in deren Verlauf der Coroner unter Mithilfe des eisigen und empörten Burrows Mr. Welkyn gehörig in seine Schranken wies. Doch selbst bei diesem Rückschlag glänzte Welkyns Stirn noch vor Zufriedenheit. Er hatte angebracht, was er anbringen wollte. Er hatte das Tempo vorgegeben. Er hatte das eigentliche Schlachtfeld abgesteckt, und alle wußten das.

Er sorgte damit auch dafür, daß Molly eine Reihe von Fragen des Coroners beantworten mußte, die den Geisteszustand des Verstorbenen betrafen. Der Coroner war freundlich, aber doch fest entschlossen, alle Fakten auf den Tisch zu bringen, und Molly litt Höllenqualen. Wie die Sache stand, wurde Page allmählich klar, als der Coroner als nächstes nicht nach dem Fund der Leiche fragte, sondern Kennet Murray aufrief. Die ganze Geschichte kam ans Licht, und in der sanften, eindringlichen Art, in der Murray es vorbrachte, war das falsche Spiel des Verstorbenen so offensichtlich und eindeutig wie ein Fingerabdruck. Burrows bombardierte ihn mit Einwänden, erreichte damit jedoch nur, daß er den Coroner verärgerte.

Burrows und Page beschrieben, wie sie den Toten gefunden hatten (Page mit einer Stimme, die ihm selbst fremd vorkam). Als nächstes wurde der Arzt aufgerufen. Dr. Theophilus King sagte aus, daß er am Abend des 29. Juli, eines Mittwochs, auf einen Telefonanruf von Detective-Sergeant Burton hin nach Farnleigh Close gekommen sei. Mit einer ersten Untersuchung hatte er sich vergewissert, daß der Mann tot war. Die Leiche war ins Schauhaus gebracht worden, und am folgenden Tag hatte er auf Anordnung des Coroners zur Ermittlung der Todesursache eine Obduktion vorgenommen.

Der Coroner: Würden Sie nun bitte die Wunden beschreiben, Dr. King, die Sie am Hals des Toten fanden?

Der Doktor: Ich fand drei nicht allzu tiefe Wunden, beginnend auf der linken Seite der Kehle und endend unter dem rechten Kieferknochen. Sie verliefen in einer leichten Aufwärtsbewegung, zwei davon kreuzten einander.

C: Die Waffe wurde also von links nach rechts über die Kehle geführt?

D: So ist es.

C: Wäre das der zu erwartende Verlauf, wenn ein Mann sich selbst die Kehle durchschnitt?

D: Wenn er ein Rechtshänder war, ja.

C: War der Verstorbene Rechtshänder?

D: Nach allem, was ich weiß, ja.

C: Würden Sie sagen, es wäre unmöglich, daß der Verstorbene sich diese Wunden selbst beibrachte?

D: Keineswegs.

C: Wenn Sie nach der Art der Wunden urteilen sollten, Doktor, mit was für einer Art Waffe könnten sie zugefügt worden sein?

D: Ich würde sagen, mit einer schartigen oder ungleichmäßigen Klinge von etwa zehn bis zwölf Zentimetern Länge. Das Gewebe zeigte starke Risse. Diese Dinge lassen sich nur schwer exakt beurteilen.

C: Das wissen wir, Doktor. Ich werde gleich einen Zeugen aufrufen, der bestätigen wird, daß in einer Hecke etwa drei Meter links von dem Toten ein Messer mit einer Klinge gefunden wurde, wie Sie sie beschreiben. Haben Sie das Messer, von dem ich spreche, gesehen?

D: Das habe ich.

C: Könnte Ihrer Meinung nach das fragliche Messer am Hals des Verstorbenen Wunden hinterlassen haben, wie Sie sie beschreiben?

D: Das halte ich für möglich.

C: Nun kommen wir an einen Punkt, Doktor, der ein wenig diffizil ist. Mr. Nathaniel Burrows sagt aus, daß der Verstorbene unmittelbar vor seinem Sturz am Rand des Teiches mit dem Rücken zum Haus stand. Mr. Burrows ist – auch wenn ich ihn zu einer eindeutigen Aussage gedrängt habe – nicht in der Lage, mit

Bestimmtheit zu sagen, ob der Verstorbene zu diesem Zeitpunkt allein war. Wenn – und ich sage: wenn – er allein war, könnte er eine Waffe auf eine Entfernung von etwa drei Metern von sich geworfen haben?

D: Das wäre körperlich durchaus möglich.

C: Lassen Sie uns davon ausgehen, daß er eine Waffe in der rechten Hand hatte. Könnte er diese Waffe statt nach rechts auch nach links geschleudert haben?

D: Ich habe nichts, woraus ich schließen könnte, welcher Art die letzten Zuckungen eines Sterbenden waren. Ich kann nur sagen, daß so etwas körperlich nicht unmöglich ist.

Was nach dieser beherzten Aussage noch an Zweifeln bleiben mochte, zerstreute Ernest Wilbertson Knowles. Alle kannten Knowles. Alle wußten, was er mochte, was er nicht mochte, was für ein Mensch er war. Jeder hatte sich in Jahrzehnten überzeugen können, daß dieser Mann durch und durch aufrecht war. Er berichtete, wie er vom Fenster hinuntergeblickt hatte, wie der Mann allein in dem von Hecken umstandenen Rund aus Sand gestanden hatte, wie es unmöglich gewesen war, daß ein Mörder hinzukam.

C: Sie sind sich also in Ihrem Innersten sicher, daß Sie mit angesehen haben, wie der Verstorbene sich selbst das Leben nahm?

K: Ich fürchte, ja, Sir.

C: Wie erklären Sie es sich dann, daß er ein Messer, das er in der rechten Hand hielt, nach links statt nach rechts schleuderte?

K: Ich bin mir nicht sicher, ob ich wirklich beschreiben kann, welche Bewegungen der verstorbene Herr machte, Sir. Anfangs glaubte ich, ich könne es, aber ich habe es mir durch den Kopf gehen lassen, und nun bin ich mir doch nicht mehr sicher. Es kam alles so schnell, da hätte die Bewegung in jede Richtung gehen können.

C: Aber Sie haben nicht wirklich gesehen, wie er das Messer schleuderte?

K: Doch, Sir, ich habe den Eindruck, das habe ich.

»DONNERWETTER!« kam eine Stimme aus dem Saal. Es klang ein wenig wie wenn Tony Weller in Dickens' »Pickwickiern« von der Galerie herab spricht. In Wirklichkeit war es jedoch Dr. Fell, der während der Zeugenaussagen laut schnaufend geschlafen hatte, das Gesicht rot und dampfend von der Hitze.

»Ruhe im Saal!« rief der Coroner.

Burrows unterzog Knowles als Anwalt der Witwe einem Kreuzverhör, und Knowles gestand ein, daß er nicht schwören könne, wirklich gesehen zu haben, wie der Verstorbene das Messer fortschleuderte. Er habe scharfe Augen, doch so scharfe Augen auch wieder nicht. Doch all das erklärte er mit einer solchen Ernsthaftigkeit, daß die Herzen der Geschworenen sichtlich auf seiner Seite blieben. Knowles gab zu, daß er nur über seine Eindrücke sprechen könne, und gestand auch die (entfernte) Möglichkeit eines Irrtums ein, und damit mußte Burrows sich zufriedengeben.

Alles lief auf das unvermeidliche Ende hin. Es folgten die Ermittlungsergebnisse der Polizei, eine Zusammenfassung dessen, was sich über die Schritte des Verstorbenen festhalten ließ, und noch einmal ein Resümee. In der Hitze des Schuppens, wo die Bleistifte huschten wie Spinnenbeine, war es so gut wie beschlossen, daß der Verstorbene ein Betrüger gewesen war. Blicke wurden auf Patrick Gore, den wahren Erben, geworfen. Verstohlene Blicke. Anerkennende Blicke. Mißtrauische Blicke. Auch freundliche Blicke, doch selbst die nahm er ruhig und gelassen auf.

»Meine Damen und Herren Geschworenen«, sagte der Coroner, »eine Zeugenaussage haben wir noch, für die ich um Ihre Aufmerksamkeit bitten möchte, obwohl ich nicht weiß, welchen Inhalts sie sein wird. Auf Mr. Burrows' Antrag und auf ihre eigene Bitte hin tritt die Zeugin vor, um eine wichtige Aussage zu machen, und ich vertraue darauf, daß sie Ihnen bei Ihrer schwierigen Aufgabe eine Hilfe sein wird. Ich rufe Miss Madeline Dane.«

Page fuhr zusammen.

Ein überraschtes Stimmengewirr erhob sich, und die Herzen der Reporter schlugen schneller, als sie die attraktive Zeugin sahen. Page konnte sich nicht erklären, was sie vorzubringen hatte, und das machte ihn nervös. Leute rückten zur Seite, damit sie nach vorn zum Zeugenstand kommen konnte, der Coroner reichte ihr das Buch, und sie leistete den Eid mit erregter, doch klarer Stimme. Sie kam in einem blauen Kostüm, als trage sie dezente Trauer, und das Dunkelblau des Hutes traf genau die Farbe ihrer Augen. Die angespannte Stimmung löste sich ein wenig, und auch die Geschworenen, die bisher mit hölzerner Miene dagesessen hatten, erwachten zum Leben. Man konnte nicht sagen, daß die Männer sie anlächelten, aber Page hatte doch das Gefühl, daß sie nahe daran waren. Selbst der Coroner mühte sich, es ihr auf dem Stuhl bequem zu machen. Als Liebling der männlichen Bevölkerung der Umgegend war Madeline fast konkurrenzlos, und ein anerkennendes Raunen begleitete ihren Auftritt.

»Noch einmal muß ich zur Ruhe in diesem Raum mahnen!« rief der Coroner. »Würden Sie bitte Ihren Namen nennen?«

»Madeline Elspeth Dane.«

»Ihr Alter?«

»F-fünfunddreißig.«

»Ihre Adresse, Miss Dane?«

»Monplaisir, bei Frettenden.«

»Also, Miss Dane«, sagte der Coroner knapp, aber doch sanft, »Sie haben uns noch etwas über den Verstorbenen mitzuteilen? Welcher Art ist die Aussage, die Sie machen wollen?«

»Es gibt etwas, was ich Ihnen sagen muß. Ich weiß nur nicht, wo ich anfangen soll.«

»Vielleicht kann ich Miss Dane behilflich sein«, meldete sich Burrows zu Wort, der sich mit feuchter Stirn, doch würdevoll erhoben hatte. »Miss Dane, ging es …«

»Mr. Burrows«, fuhr der Coroner, der nun vollends die Geduld verlor, ihn an, »immer wieder stören Sie diese Verhandlung mit einer Respektlosigkeit, die Ihre eigenen Rechte ebenso mißachtet wie die meinen und die ich nicht dulden kann und nicht dulden werde. Sie haben das Recht, die Zeugin zu befragen, wenn ich mit meiner Vernehmung zu Ende gekommen bin, und nicht vorher. Bis dahin verhalten Sie sich ruhig, oder Sie verlassen den Saal. Hrrrr! Ahemm. Also, Miss Dane?«

»Bitte streiten Sie nicht.«

»Wir streiten uns nicht, Madam. Ich ermahne lediglich zu dem Respekt, der diesem Gericht zu zollen ist, einem Gericht, das zusammengekommen ist, um zu ermitteln, wie der Verstorbene zu Tode kam – ein Respekt, den ich mit allen Mitteln aufrechterhalten werde, auch wenn manche« – hier wanderte sein Blick zu den Reportern – »ihn gern mit Füßen treten. Also, Miss Dane?«

»Es geht um Sir John Farnleigh«, sagte Madeline ernst, »und um die Frage, ob er Sir John Farnleigh war. Ich möchte erklären, warum er den Herausforderer und dessen Anwalt so offen aufgenommen hat; warum er sie nicht einfach aus dem Haus geworfen hat; warum er so bereitwillig seine Fingerabdrücke hat nehmen lassen – ach, all die Sachen, die Ihnen vielleicht helfen können zu entscheiden, wie er gestorben ist.«

»Miss Dane, wenn Sie lediglich Ihre Meinung dazu äußern wollen, ob der Verstorbene Sir John Farnleigh war oder nicht, dann muß ich Ihnen leider sagen …«

»Nein, nein, nein. Ich weiß nicht, ob er der echte war. Aber darum geht es ja gerade. *Er wußte es nämlich selber nicht.*«

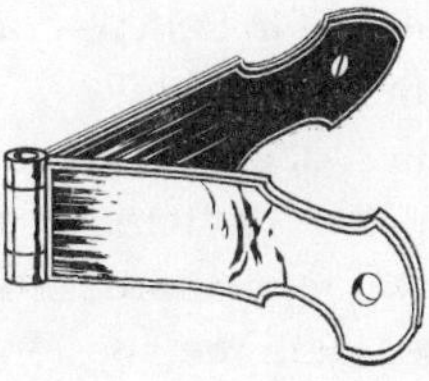

Kapitel 15

Dem Aufruhr in dem dämmrigen Schuppen nach zu urteilen, waren alle Anwesenden überzeugt, daß dies die Sensation des Tages war, auch wenn keiner wußte, was es zu bedeuten hatte. Der Coroner räusperte sich und wackelte mit dem Kopf wie eine frisch aufgezogene Marionette.

»Miss Dane, diese Verhandlung ist keine Gerichtsverhandlung, sondern lediglich eine amtliche Ermittlung der Todesursache; deshalb kann ich Ihnen gestatten, an Aussagen vorzubringen, was Sie vorzubringen haben, solange es Aufschlüsse enthält, die uns nützlich sein könnten. Würden Sie wohl so freundlich sein und uns erklären, was Sie meinen?«

Madeline atmete tief durch.

»Wenn Sie mir die Möglichkeit geben, es zu erklären, werden Sie auch verstehen, wie wichtig es ist, Mr. Whitehouse. Was mir besonders schwerfällt, das ist, hier in aller Öffentlichkeit zu erklären, wie es dazu kam, daß er es gerade mir anvertraute. Aber mit irgend jemandem mußte er ja sprechen. Er hatte Lady Farnleigh zu gern, um damit zu ihr zu kommen – das war ja gerade eine der Schwierigkeiten dabei –, und manchmal nagten die Zweifel so sehr an ihm, daß man es ihm sogar ansah; Sie werden sich erinnern, wie reizbar er manchmal war. Wahrscheinlich bin ich jemand, dem man leicht etwas anvertraut« – sie legte die Stirn halb ärgerlich, halb amüsiert in Falten –, »und so kam es eben.«

»Und, Miss Dane, und? Was kam?«

»Sie haben sich alles über die Begegnung von vorgestern abend erzählen lassen; das Treffen, bei dem es um den rechtmäßigen Erben und die Fingerabdrücke ging«, nahm Madeline den Faden auf, mit einer Heftigkeit des Tons, die wohl unbewußt war. »Ich war selbst nicht dabei, aber ein Freund, der dort war, hat mir in allen Einzelheiten davon berichtet. Er sagt, was ihn am meisten beeindruckt habe, sei die absolute Gewißheit beider Bewerber gewesen, bis hin zu dem Punkt, an dem die Fingerabdrücke genommen wurden, und auch danach noch. Er sagt, das einzige Mal, daß der arme John – bitte um Verzeihung: daß Sir John – lächelte oder erleichtert wirkte, sei gewesen, als der Herausforderer von den gräßlichen Vorgängen auf der *Titanic* sprach, von dem Seemannshammer, mit dem er niedergeschlagen worden sei.«

»Und weiter?«

»Vor Monaten hat Sir John mir folgendes anvertraut. Nach dem Untergang der *Titanic* wachte er in einem New Yorker Hospital wieder auf. Aber der Junge wußte nicht, daß er in New York war oder daß er auf der *Titanic* gewesen war. Er wußte nicht, wo er war, wie er dorthin gekommen war, ja nicht einmal, *wer* er war. Beim Untergang des Schiffes hatte er, ob Unfall oder Absicht, einige Schläge auf den Kopf erhalten, und von den Schlägen hatte er das Gedächtnis verloren – Amnesie, wie die Ärzte sagten. Verstehen Sie, was ich meine?«

»Voll und ganz, Miss Dane. Fahren Sie fort.«

»Man sagte ihm, seine Kleider und Papiere hätten ihn als John Farnleigh identifiziert. Ein Mann stand am Krankenbett, der ihm erklärte, er sei der Cousin seiner Mutter – ach, das ist alles umständlich, aber ich glaube, Sie können mir folgen –, und der Mann sagte, er solle schlafen und wieder gesund werden.

Aber Sie wissen ja, wie Jungs in solchem Alter sind. Er fürchtete sich und machte sich die schrecklichsten Sorgen. Er wußte nichts über sich. Und das schlimmste war, daß er, wie solche Jungs es eben tun, niemandem davon erzählte, denn er hatte Angst, daß er verrückt sei oder sonst etwas mit ihm nicht stimmte; er hatte Angst, daß sie ihn ins Gefängnis stecken würden.

So fühlte er sich damals. Er hatte ja keinen Grund zu glauben, daß er *nicht* John Farnleigh war. Er hatte keinen Grund zu glauben, daß sie ihm nicht bei allem, was sie ihm über ihn erzählten, die Wahrheit sagten. Ein paar wirre Erinnerungen waren gekommen, an das Durcheinander, die Rufe, Wind und Kälte; aber mehr wußte er nicht. Und deshalb sagte er darüber zu keinem Menschen ein Wort. Gegenüber seinem Vetter – einem Mr. Renwick aus Colorado – tat er, als erinnere er sich an alles. Mr. Renwick kam nie dahinter, daß er ihm etwas vormachte.

Er bewahrte sein kleines Geheimnis jahrelang. Immer wieder las er in seinem Tagebuch, weil er hoffte, das werde die Erinnerung zurückbringen. Manchmal, erzählte er mir, habe er stundenlang dagesessen, die Hände an den Kopf gepreßt, und sich konzentriert. Manchmal hatte er das Gefühl, die vage Erinnerung an ein Gesicht oder ein Ereignis komme zurück, wie etwas, das man unter Wasser sieht. Aber schon bald schien es ihm dann doch wieder, als ob er sich etwas vormache. Das einzige, was dabei je an die Oberfläche kam, und auch das eher ein Wort als ein Bild, hatte etwas mit einer Tür zu tun: mit einer krummen Türangel.«

Unter dem Wellblechdach saßen die Zuschauer wie Wachsfiguren. Kein Blatt Papier raschelte. Niemand flüsterte. Page spürte, wie sein Kragen feucht wurde, und sein Herz tickte wie eine Uhr. Diffuses Sonnenlicht kam durch das Fenster, und Madeline hatte die Augen ein wenig zusammengekniffen.

»Einer Türangel, Miss Dane?«

»Ja. Ich weiß nicht, was er damit meinte. Und er selbst wußte es auch nicht.«

»Weiter, bitte.«

»In den ersten Jahren in Colorado lebte er in der ständigen Furcht, es könne sich herausstellen, daß mit seiner Geschichte etwas nicht stimmte, und man könne ihn dafür ins Gefängnis stecken. Die Handschrift hätte ein Indiz sein können, aber bei dem Schiffsunglück waren zwei seiner Finger beinahe zerquetscht worden, und er konnte keinen Stift mehr halten. Er hatte Angst, nach Hause zu schreiben – deswegen hat er es nie getan. Er hat sich sogar gefürchtet, zu einem Arzt zu gehen und zu fragen, ob er womöglich verrückt sei, denn er fürchtete, der Arzt könne ihn verraten.

Diese Ängste haben natürlich im Laufe der Zeit nachgelassen. Er überzeugte sich davon, daß er einfach Pech gehabt hatte, daß solche Dinge schon einmal vorkommen können und so weiter. Der Weltkrieg und all das folgten. Er konsultierte einen Spezialisten, der ihm nach langen psychologischen Tests versicherte, daß er wirklich John Farnleigh sei und sich darum keine Sorgen mehr zu machen brauche. Aber den Schrecken der Jugendjahre überwand er nie wirklich, und selbst als er glaubte, nun sei es überstanden, träumte er noch davon.

Dann begann alles wieder neu, als der arme Dudley starb und er Titel und Besitz erbte. Er mußte nach England kommen. Er hatte – wie soll ich das sagen? – ein wissenschaftliches Interesse daran. Er sagte sich, wenn er dorthin zurückkam, *mußte* er sich doch erinnern. Aber er erinnerte sich nicht. Sie alle wissen, wie er umherwanderte wie ein Geist, ein armer alter Geist, der nicht einmal mehr wußte, ob er nun überhaupt ein Gespenst war oder nicht. Sie wissen, wie reizbar er war. Er war gerne hier. Er liebte jeden Flecken und jeden Winkel dieser Gegend. Verstehen Sie mich nicht falsch – er hat nicht wirklich daran gezweifelt, daß er John Farnleigh war. Aber er wollte GEWISSHEIT.«

Madeline biß sich auf die Lippe.

Mit leuchtenden Augen ließ sie ihren nun recht harten Blick über die Zuschauer schweifen.

»Ich habe mit ihm geredet und immer wieder versucht, ihn zu beschwichtigen. Er solle nicht so verzweifelt darüber nachdenken, sagte ich, dann werde ihm vielleicht eher etwas einfallen. Ich habe es so eingerichtet, daß ich ihn an etwas erinnerte, und machte ihm weis, er selbst sei es, dem es eingefallen sei. Etwa ein Grammophon, das in der Ferne eine Melodie spielte, und ihm fiel wieder ein, daß wir als Kinder danach getanzt hatten. Manchmal waren es Kleinigkeiten im Haus. In der Bibliothek gibt es eine Art Schrank – ein Bücherregal, in die Fensterwand eingebaut –, aber in Wirklichkeit ist es eine Tür, durch die man hinaus in den Garten kann. Auch heute noch, wenn man eine Feder an der richtigen Stelle drückt. Ich habe ihn so lange dirigiert, bis er sie gefunden hatte. Nächtelang, sagte er mir, habe er danach gut schlafen können.

Doch immer weiter quälte ihn die Ungewißheit. Sollte er erfahren, daß er nicht John Farnleigh sei, werde es ihm nichts ausmachen, sagte er – wenn er es nur endlich mit Sicherheit wisse. Schließlich sei er kein grüner Junge mehr – er werde es schon mit Fassung aufnehmen; und nichts auf der Welt wünsche er sich mehr, als endlich die Wahrheit zu wissen.

Er fuhr nach London und konsultierte noch zwei weitere Ärzte, das weiß ich. Wie verzweifelt er war, das können Sie daran sehen, daß er sogar einen Mann aufsuchte, dessen Name seinerzeit in aller Munde war und von dem es hieß, er habe übersinnliche Kräfte – einen gewissen Ahriman, einen gräßlichen kleinen Kerl in der Half-Moon Street. Er ist mit einigen von uns dorthin gefahren, und wir taten so, als ließen wir uns die Zukunft weissagen und machten uns darüber lustig. Aber er erzählte diesem Wahrsager seine ganze Geschichte.

Immer noch zog er ruhelos durch die Gegend. ›Nun, wenigstens hüte ich das Erbe gut‹, sagte er immer, und das werden ihm alle bestätigen. Auch in der Kirche konnte man ihn oft finden; am meisten mochte er die Kirchenlieder, und manchmal, wenn sie ›Abide with Me‹ spielten – jedenfalls, wenn er an der Kirche vorüberkam, blickte er jedesmal empor, und dann stöhnte er: Könnte ich doch nur *einmal* …«

Madeline hielt inne.

Ihre Brust hob sich mit einem tiefen Seufzer. Ihr Blick war fest auf die vordersten Sitzreihen geheftet, und ihre Hände, die Armrücken auf den Stuhllehnen, hatte sie weit geöffnet. Sie schien in diesem Augenblick ganz Leidenschaft, ganz Geheimnis, tief wie Wurzeln und ebenso stark; und doch war sie ja nur eine Frau, die sich in einem heißen, stickigen Schuppen, so gut sie konnte, für einen toten Freund einsetzte.

»Es tut mir so leid«, preßte sie hervor. »Vielleicht sollten wir über all das lieber nicht reden; es tut ja auch nichts zur Sache. Ich bitte um Verzeihung, wenn ich Ihnen Ihre Zeit mit Dingen raube, die zu nichts führen …«

»Darf ich um Ruhe bitten!« rief der Coroner und ließ den Blick über die Reihen der Zuschauer wandern, die zunehmend unruhiger wurden. »Ich bin mir gar nicht so sicher, ob das, was

Sie uns erzählen, wirklich nichts zur Sache tut. Gibt es noch etwas, was die Geschworenen wissen sollten?«

»Ja«, sagte Madeline und wandte sich zu ihnen um. »Eines noch.«

»Und das wäre?«

»Als ich hörte, daß ein Herausforderer mit seinem Anwalt kommt und daß sie Anspruch auf den Besitz erheben, da wußte ich, was in Johns Kopf vorging. Sie wissen nun, was ihn die ganze Zeit über quälte. Sie können seine Gedanken und jedes Wort, das er sprach, Schritt für Schritt verfolgen. Sie wissen nun, warum er lächelte und warum ihn die Erleichterung beinahe überwältigte, als er den Herausforderer davon sprechen hörte, wie auf der untergehenden *Titanic* die Schläge mit dem Seemannshammer fielen. *Ihn* hatten diese Schläge getroffen, *sein* Hirn hatten sie gelähmt, daß er fünfundzwanzig Jahre lang sein Gedächtnis verloren hatte.

Verstehen Sie mich nicht falsch! Ich will nicht behaupten, daß die Geschichte des Herausforderers nicht wahr ist. Das weiß ich nicht und kann ich nicht entscheiden. Doch Sir John – der Mann, den Sie immer nur den Verstorbenen nennen, als sei er nie lebendig gewesen – muß ungeheuer erleichtert gewesen sein, als er etwas hörte, was für seine Begriffe ja auf keinen Fall die Wahrheit sein konnte. Endlich schien sein Traum sich zu erfüllen, und seine Identität sollte bewiesen werden. Nun werden Sie auch verstehen, warum er mit Freuden zustimmte, als der Vorschlag kam, die Fingerabdrücke zu nehmen. Sie werden verstehen, warum er bei dieser Zusammenkunft der eifrigste von allen war. Sie werden verstehen, warum seine Nerven zum Zerreißen gespannt waren und warum er es gar nicht erwarten konnte, das Ergebnis zu hören.«

Madeline umklammerte die Lehnen ihres Stuhls.

»Bitte. Vielleicht erkläre ich es Ihnen schlecht, aber ich hoffe, daß Sie mich verstehen. Sich Gewißheit zu verschaffen, ob nun in die eine oder in die andere Richtung, war für ihn das Wichtigste im Leben. Wenn er wirklich Sir John Farnleigh war, würde er glücklich bis ans Ende seiner Tage leben. Und wenn er es nicht war, würde er auch damit zurechtkommen, wenn nur endlich die Unsicherheit vorbei war. Es war wie beim Fußballtoto. Man setzt einen Sixpence. Man malt sich aus, daß man Tausende und Abertausende gewinnt. Man ist sich so gut wie sicher, man könnte schwören, daß man gewonnen hat. Aber Gewißheit hat man erst, wenn das Telegramm kommt. Und wenn die Frist um ist und kein Telegramm ist gekommen, dann denkt man: »Na, dann eben nicht«, und die Sache ist vergessen. Und so war es bei John Farnleigh. Dies hier war sein Fußballtoto. Anstand und Ehre und jede Nacht gut schlafen können: das war sein großer Preis. Das Ende der Qual, der Anfang der Zukunft: das war die Hoffnung. Und in dem Augenblick war er sich sicher, daß er gewonnen hatte. Und da wollen die Leute uns weismachen, er hätte sich umgebracht. Glauben Sie das nicht, keine Sekunde lang. Sie wissen es besser. Wollen Sie denn wirklich glauben, wollen Sie es *wagen* zu glauben, daß er sich selbst die Kehle durchschnitt, eine halbe Stunde, bevor er das Ergebnis erfahren hätte?«

Sie legte sich die Hand vor die Augen.

Nun folgte ein regelrechter Tumult, doch der Coroner brachte die Menge zum Verstummen. Mr. Harold Welkyn hatte sich erhoben. Page sah, daß sein glänzendes Gesicht ein wenig fahl geworden war, und er sprach, als sei er außer Atem.

»Mr. Coroner. Als Plädoyer für den Verstorbenen hat dieser Vortrag gewiß seinen rhetorischen Wert«, setzte er grimmig an. »Ich werde nicht so impertinent sein, Sie an Ihre Pflichten zu erinnern. Ich werde nicht so impertinent sein, Sie darauf hinzuweisen, daß während der letzten zehn Minuten nicht eine einzige Frage mehr gestellt wurde. Aber wenn die Zeugin mit ihren bemerkenswerten Ausführungen zu Ende gekommen ist – die, wenn sie die Wahrheit sind, belegen, daß der Verstorbene ein noch größerer Hochstapler war, als wir alle glaubten –, dann bitte ich als Vertreter des wahren Sir John Farnleigh um die Erlaubnis zum Kreuzverhör.«

»Mr. Welkyn«, erwiderte der Coroner und ließ wieder den

Blick über die Reihen schweifen, »Sie werden Ihre Fragen stellen, wenn ich Sie dazu auffordere, und bis dahin werden Sie schweigen. Also, Miss Dane …«

»Aber lassen Sie ihn doch seine Fragen stellen«, sagte Madeline. »Ich weiß, daß ich ihn schon einmal im Haus dieses gräßlichen kleinen Ägypters Ahriman in der Half-Moon Street gesehen habe.«

Mr. Welkyn holte ein Taschentuch hervor und wischte sich die Stirn.

Und die Fragen wurden gestellt. Und der Coroner resümierte. Und Inspektor Elliot ging nach draußen, damit keiner sah, wie er vor Freude hüpfte, und die Geschworenen verwiesen den Fall schnurstracks zurück an die Polizei, denn das Urteil lautete auf Mord von unbekannter Hand.

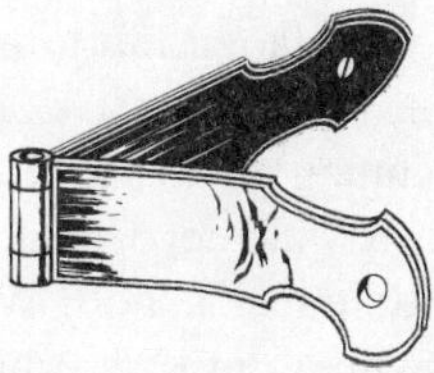

Kapitel 16

Andrew MacAndrew Elliot hob ein Glas höchst passablen Rheinweins und musterte es.

»Miss Dane«, sagte er, »Sie sind die geborene Politikerin. Oder sagen wir Diplomatin – das klingt seriöser, ich weiß auch nicht, warum. Diese Sache mit dem Fußballtoto, das war genial. Besser hätte man auch mit tausend Worten den Geschworenen nicht die Augen öffnen können. Wie sind Sie darauf gekommen?«

In der langen, warmen Abenddämmerung saßen Elliot, Dr. Fell und Page mit Madeline in Monplaisir – ein Haus von unglücklichem Namen, doch großer Gemütlichkeit – beim Abendessen zusammen. Der Tisch stand an der offenen Glastür des Eßzimmers, die hinaus in einen großen Garten voller Lorbeerbüsche führte, und daran schlossen sich zwei Morgen Obstgarten mit Apfelbäumen an. Durch diesen Obstgarten führte in die eine Richtung ein Pfad zu dem Anwesen, in dem einst Colonel Mardale residiert hatte; in die andere Richtung ging es über einen Bach hinauf zum Hanging Chart, dessen bewaldeter Hügel sich links vom Garten dunkel vor dem Abendhimmel abhob. Wenn man diesem Pfad durch den Chart folgte, über die Kuppe und wieder bergab, kam man in den Garten auf der Rückseite von Farnleigh Close.

Madeline lebte allein; nur tagsüber kam eine Frau, die kochte und alles in Ordnung hielt. Es war ein schmuckes kleines Haus, voller Messing, geschäftig tickenden Uhren und voll bunter Drucke mit militärischen Motiven, eine Hinterlassenschaft ihres Vaters. Das Haus stand recht einsam – die nächste Nachbarin war die unglückliche Victoria Daly gewesen –, doch Madeline machte die Einsamkeit nichts aus.

Nun saß sie am Kopfende des Tisches an der offenen Terrassentür, umgeben von poliertem Holz und Silber in einem Zwielicht, das noch nicht ganz dunkel genug war, um die Kerzen auf dem Eßtisch anzuzünden. Sie trug Weiß. Die schweren, niedrigen Eichenbalken des Zimmers, das Zinngeschirr und die geschäftigen Uhren, das alles war nur der Hintergrund für sie. Als sie mit ihrer Mahlzeit fertig waren, entzündete Dr. Fell eine Zigarre von gargantuesken Ausmaßen; Page hatte Madeline eben Feuer für ihre Zigarette gegeben, und im Licht des Streichholzes konnte man sie auf Elliots Frage lachen sehen.

»Das Fußballtoto?« fragte sie und errötete ein wenig. »Ehrlich gesagt, ich bin überhaupt nicht darauf gekommen. Das war Nat Burrows. Er hat es aufgeschrieben, und ich mußte es auswendig lernen wie ein Gedicht. Nicht daß es nicht die Wahrheit wäre, jedes Wort davon. Ich habe es alles tief empfunden, in meinem tiefsten Innersten. Ich fand es ausgesprochen mutig von mir, daß ich es vor all den Leuten fertiggebracht habe, das alles zu sagen, und jeden Augenblick mußte ich damit rechnen, daß der arme Mr. Whitehouse mich unterbrechen müßte; aber Nat bestand darauf – es sei die einzige Möglichkeit. Als es vorüber war, bin ich oben im Bull and Butcher in ein Zimmer gegangen und habe geheult, bis ich mich wieder beruhigt hatte. Meinen Sie, es war unanständig von mir?«

Alle starrten sie an.

»Nein«, antwortete Dr. Fell mit fester Stimme. »Es war eine bemerkenswerte Leistung. Aber lieber Himmel, Burrows hat Ihnen das eingepaukt? Alle Achtung!«

»Er war gestern die halbe Nacht hier, und wir haben geübt.«

»Burrows? Wann war er hier?« fragte Page überrascht. »Ich habe dich doch nach Hause gebracht.«

»Er kam, nachdem du wieder gegangen warst. Er hatte von Molly erfahren, was ich ihr gebeichtet hatte, und war fürchterlich aufgeregt.«

»Ich glaube, meine Herren«, brummte Dr. Fell und paffte nachdenklich seine große Zigarre, »wir sollten unseren Freund Burrows nicht unterschätzen. Page hat uns ja schon vor langem versichert, daß er ein verdammt cleverer Bursche ist. Am Anfang schien es, als könne Welkyn ihn bei diesem Zirkus in die Tasche stecken, doch in Wirklichkeit hatte er die ganze Untersuchung, psychologisch gesehen, vom ersten Augenblick an im Griff. Nur zu verständlich, daß er kämpft. Für die Kanzlei Burrows & Burrows macht es einen gewaltigen Unterschied, ob sie den Farnleigh-Besitz weiter verwaltet oder nicht. Außerdem ist er keiner, der klein beigibt. Wenn – falls – der Fall Farnleigh kontra Gore vor Gericht geht, werden die Funken fliegen.«

Elliot war mit etwas anderem beschäftigt.

»Hören Sie, Miss Dane«, sagte er steif. »Ich will nicht bestreiten, daß Sie uns einen großen Gefallen getan haben. Das war ein Triumph, wenn auch nur ein äußerlicher, einer für die Zeitungen. Jetzt können die Ermittlungen nicht eingestellt werden, selbst wenn der Assistant Commissioner sich die Haare rauft und flucht, daß die Geschworenen ein Haufen schwachköpfiger Bauerntölpel waren, die sich von einer gutaussehenden – ähm – Frau haben verzaubern lassen. Aber ich wüßte doch gern, warum Sie mit dem, was Sie an Information hatten, nicht zuerst zu *mir* gekommen sind. Ich bin schließlich kein Ungeheuer. Ich – äh – eigentlich bin ich gar kein so schlechter Kerl, wenn ich das sagen darf. Warum haben Sie es mir nicht anvertraut?«

Es war seltsam und schon beinahe komisch, dachte Page, wie persönlich er es offensichtlich nahm.

»Das wollte ich ja«, beteuerte Madeline. »Ehrlich, glauben Sie mir. Aber Molly mußte es als erste erfahren. Und dann ließ Nat Burrows mich Stein und Bein schwören, daß ich vor der amtlichen Untersuchung der Polizei kein Wort darüber sagen würde. Er traut der Polizei nicht, sagt er. Außerdem hat er eine Theorie, die er beweisen will …« Sie stockte, biß sich auf die Lippe und machte eine entschuldigende Geste mit der Zigarette. »Sie wissen doch, wie manche Leute sind.«

»Was haben wir denn nun überhaupt erreicht?« fragte Page. »Sind wir nach dem heutigen Vormittag nur wieder am Anfang unseres Kreises angekommen und fragen von neuem, welcher von beiden der echte Erbe ist? Wenn Murray beschwört, daß es Gore ist, und niemand etwas findet, die Beweiskraft seiner Fingerabdrücke zu widerlegen, scheint doch die Sache damit erledigt. Jedenfalls hätte ich das gedacht. Auch wenn mir heute vormittag ein- oder zweimal Zweifel kamen. Ein paar dezente Hinweise – und zwar von dir, Madeline – schienen ja genau auf unseren Freund Welkyn gemünzt.«

»Wirklich, Brian! Ich habe nur gesagt, was Nat mir eingetrichtert hat. Worauf willst du hinaus?«

»Nun, ich überlege, ob nicht Welkyn hinter dieser ganzen Affäre der angeblich unrechtmäßigen Erbschaft steckt. Welkyn, der Anwalt der Geisterseher, Advokat der Spiritisten. Welkyn, der eine Vorliebe für reichlich zwielichtige Freunde hat und auf Gore gekommen sein mag, wie er auf Ahriman und Madame Duquesne und all die anderen gekommen ist. (Daß Gore ein Taschenspieler ist, war mein erster Eindruck, als ich ihn sah.) Welkyn, der behauptet, zum Zeitpunkt des Mordes habe er ein Gespenst im Garten gesehen. Welkyn, der zum Zeitpunkt des Mordes gerade einmal fünf Meter vom Opfer fort war, mit nichts als einer Glasscheibe dazwischen. Welkyn ...«

»Aber Brian, du hältst doch nicht ernsthaft Mr. Welkyn für den Mörder?«

»Warum denn nicht? Dr. Fell hat gesagt ...«

»Ich habe gesagt«, schaltete sich der Doktor ein und betrachtete mit gerunzelter Stirn seine Zigarre, »daß er die interessanteste Person dieser Versammlung ist.«

»Das läuft doch in der Regel auf dasselbe hinaus«, beharrte Page finster. »Madeline, was meinst du denn nun wirklich – welcher ist der echte Erbe? Gestern hast du mir gesagt, für dich sei der tote Farnleigh der Hochstapler gewesen. Glaubst du das wirklich?«

»Ja, das glaube ich. Aber ich kann nicht verstehen, daß jemand kein Mitleid mit ihm hat. Begreifst du das denn nicht – er hat uns ja nicht mit Absicht etwas vorgemacht. Er wollte nur einfach wissen, wer er war. Und dein Mr. Welkyn kann unmöglich der Mörder gewesen sein. Er war der einzige von uns, der nicht auf dem Dachboden war, als – ach, das ist schrecklich, nach dem Essen und an einem so schönen Abend wieder davon anzufangen, aber er ist der einzige, der nicht oben war, als die Maschine die Treppe hinunterfiel.«

»Sinister«, sagte der Doktor, »höchst sinister.«

»Sie müssen ein ungeheuer tapferer Mann sein«, sagte Madeline mit der größten Ernsthaftigkeit, »daß Sie darüber lachen, wie dieses eiserne Götzenbild auf Sie zugepurzelt kam ...«

»Meine liebe junge Dame, ich bin nicht tapfer. Die See war rauh, und der Boden schwankte unter meinen Füßen. Später stieß ich wie einst Petrus Flüche und Verwünschungen aus. Dann machte ich meine Witze. Ahemm. Zum Glück lenkte mich der Gedanke an das Mädchen unten in dem Zimmer ab, das nicht so gut gepolstert war wie ich ...« Seine Faust schwebte über der Tischplatte, gewaltig im Dämmerlicht. Die anderen spürten eine gefährliche Macht, die da hinter den Scherzen und der Zerstreutheit lauerte, eine Macht, die sie alle überwältigen konnte. Aber er schlug nicht auf den Tisch. Er blickte nur hinaus in den düsterer werdenden Garten und rauchte friedlich seine Zigarre.

»Dann sagen Sie es mir, Sir«, beharrte Page. »Wo stehen wir denn nun? Finden Sie nicht, daß Sie uns mittlerweile vertrauen können?«

Seine Antwort bekam er von Elliot. Elliot nahm sich eine Zigarette aus der Dose auf dem Tisch und zündete sie mit einer bedächtigen Bewegung an. Im Licht des Streichholzes sah man, daß sein Gesicht nun wieder streng und energisch war; Page hatte den Eindruck, daß seine Miene ihm etwas zu verstehen geben wollte, aber er wußte sie nicht zu deuten.

»Wir müssen bald los«, sagte der Inspektor. »Burton fährt uns nach Paddock Wood, und von da nehmen Dr. Fell und ich den Zehnuhrzug nach London. Wir haben ein paar Worte mit Mr. Bellchester vom Yard zu reden. Dr. Fell hat eine Idee.«

»Eine Idee, was man – hier tun könnte?« fragte Madeline gespannt.

»So ist es«, bestätigte Dr. Fell. Eine Weile lang saß er nur schläfrig da und rauchte. »Ich überlege. Eigentlich spricht ja nichts dagegen, daß ich Ihnen ein paar vorsichtige Andeutungen mache. Zum Beispiel, daß die heutige gerichtliche Untersuchung zwei verschiedene Zwecke verfolgte. Wir haben darauf gehofft, daß das Urteil auf Mord lautet, und wir haben gehofft, daß einer der Zeugen sich verplappert. Das Urteil haben wir bekommen, und es hat auch jemand heute morgen mehr gesagt, als er wollte.«

»War das die Stelle, an der Sie laut ›Donnerwetter‹ gesagt haben?«

»Ich habe am laufenden Band ›Donnerwetter‹ gesagt«, raunte der Doktor. »Aber nur im stillen. Wenn wir etwas im Gegenzug bekommen, werden der Inspektor und ich Ihnen verraten oder zumindest andeuten, warum wir an dieser Stelle ›Donnerwetter‹ gesagt haben. Aber wie gesagt: Wir wollen etwas dafür. Schließlich sollten Sie nicht uns etwas verwehren, was Sie für Mr. Burrows getan haben – unter demselben Siegel der Verschwiegenheit. Vor ein paar Minuten haben Sie gesagt, er arbeite an einer Theorie, die er beweisen wolle. Was ist das für eine Theorie? Und was will er beweisen?«

Madeline regte sich, dann drückte sie ihre Zigarette aus. In dem Halbdunkel wirkte sie kühl und klar in ihrem weißen Kleid, der tiefe Ausschnitt betonte ihren reizenden Hals. Das Bild von ihr in diesem Augenblick blieb Page für immer im Gedächtnis: das blonde Haar zu einer Art Locken über den Ohren aufgedreht, das breite Gesicht noch sanfter und ätherischer im Zwielicht, die Augen, die sie nachdenklich schloß. Draußen kam ein leichter Wind auf und raschelte in den Lorbeerbüschen. Nach Westen hin färbte sich der Himmel über dem Garten in einem blassen Gelborange wie craqueliertes Glas, und über der dunklen Masse des Hanging Chart erschien ein Stern. Es war, als hätte der Raum sich zurückgezogen, so als warte er auf etwas. Madeline legte die Hände auf die Tischplatte und lehnte sich zurück.

»Ich weiß nicht«, sagte sie. »Leute kommen zu mir und erzählen mir Sachen. Sie vertrauen darauf, daß ich ein Geheimnis bewahren kann; ich sehe aus wie jemand, der das kann, und ich kann es auch wirklich. Jetzt habe ich das Gefühl, ich werde gezwungen, alle diese Geheimnisse preiszugeben, und es kommt mir sehr unanständig vor, daß ich heute so viel ausgeplaudert habe.«

»Und?« drängte Dr. Fell.

»Trotzdem sollten Sie das folgende wissen. Ich finde, ich sollte es Ihnen sagen. Nat Burrows verdächtigt jemanden, und er hat Hoffnung, daß er ihm die Tat auch nachweisen kann.«

»Und der Verdächtige ...«

»Der Verdächtige ist Kennet Murray«, sagte Madeline.

Das glimmende Ende von Elliots Zigarette hielt in der Luft inne. Dann schlug Elliot mit der flachen Hand auf den Tisch. »Murray! Murray?«

»Wieso, Mr. Elliot?« fragte Madeline und öffnete die Augen. »Überrascht Sie das?«

Die Stimme des Inspektors blieb sachlich. »Murray wäre der letzte, den man verdächtigen könnte, sowohl nach den Ergebnissen der Ermittlungen als auch nach dem, was unser Doktor die Logik des Kriminalromans nennt. Er war der eine, den alle im Auge hatten. Selbst wenn es nur im Scherz gesagt war, war er doch derjenige, der Gefahr lief, ermordet zu werden. Dieser Burrows ist ein Klugscheißer – bitte um Verzeihung, Miss Dane, ich sollte meine Zunge im Zaum halten. Nein und nochmals nein. Hat Burrows einen Grund zu der Annahme, außer daß es so geistreich klingt? Der Mann hat doch ein Alibi so groß wie ein Haus!«

»Ich verstehe es nicht ganz«, sagte Madeline und legte die Stirn in Falten, »weil er mir nicht alles verraten hat. Aber genau darum ging es – ob er überhaupt wirklich ein Alibi hat. Ich erzähle Ihnen nur weiter, was ich von Nat erfahren habe. Nat sagt, dem Beweismaterial nach war der einzige, der ihn wirklich gesehen hat, dieser Mr. Gore, der am Bibliotheksfenster stand.«

Der Inspektor und Dr. Fell tauschten einen Blick. Sie sagten nichts.

»Und weiter?«

»Erinnern Sie sich, daß ich heute bei der Untersuchung von einem Schränkchen oder Bücherkabinett in der Bibliothek gesprochen habe – ähnlich wie jenes oben auf dem Dachboden? Der

Schrank, in dem sich ein Zugang zum Garten öffnet, wenn man die richtige Feder drückt?«

»Ich entsinne mich«, bestätigte Dr. Fell recht grimmig. »Hmpf. Murray hat selbst davon gesprochen; er erzählte, er sei in diesen Schrank gestiegen, um das falsche Heft mit den Fingerabdrücken gegen das echte auszutauschen, damit ihn dabei niemand durchs Fenster sehen kann. Allmählich verstehe ich.«

»Genau. Ich habe Nat von dem Schrank erzählt, und er wollte alles ganz genau wissen. Er schärfte mir ein, daß ich das in meiner Aussage erwähnen muß, damit es ins Protokoll kommt. Soweit ich ihn verstehe, geht er davon aus, daß Sie den Falschen im Auge haben. Er sagt, die ganze Geschichte ist von Anfang an eine Intrige gegen den armen John. Weil dieser ›Patrick Gore‹ mit Worten umgehen kann und überhaupt eine interessante Erscheinung ist, haben Sie ihn für den Anführer der Gruppe gehalten, sagt Nat. Aber für seine Begriffe ist Mr. Murray der wahre – wie sagt man in den Kriminalgeschichten ...«

»Kopf der Gruppe?«

»Ganz genau. Der Bande. Einer Bande, bestehend aus Gore und Welkyn und Murray, wobei Gore und Welkyn nur Strohmänner sind, die nie den Mut zu einem echten Verbrechen hätten.«

»Erzählen Sie uns mehr«, bohrte Dr. Fell.

»Nat war furchtbar aufgeregt, als er es mir erklärte. Er sagt, während der ganzen Sache hat Mr. Murray sich auffällig benommen. Das – das wäre mir natürlich nicht aufgefallen. Ich habe ja nicht viel von ihm gesehen. Er scheint schon ein wenig anders als früher, aber das sind wir ja sicher alle.

Der arme Nat hat sogar eine Theorie, wie sie die ganze Sache organisiert haben könnten. Mr. Murray war mit einem Winkeladvokaten bekannt (Mr. Welkyn). Mr. Welkyn hatte von einem Geisterseher aus seiner Klientel erfahren, daß Sir John Farnleigh das Gedächtnis verloren hatte und Höllenqualen litt – Sie wissen weswegen. Und so kam Murray, der alte Lehrer, auf die Idee, einen Betrüger einzuschleusen, für dessen – falsche – Identität er bürgte. Er ließ Welkyn unter dessen Klienten einen Mann mit den entsprechenden Fähigkeiten suchen (Gore). Ein halbes Jahr lang trainierte Murray ihn, bis er jede Einzelheit wußte. Deswegen, sagt Nat, war Gores Art zu sprechen und sich zu betragen derjenigen Murrays so ähnlich – was Sie ja, wie ich höre, so auffällig fanden, Dr. Fell.«

Der Doktor starrte sie über den Tisch hinweg an.

Er legte die Ellenbogen auf die Tischplatte und stützte den Kopf in beide Hände, so daß Page nun nicht mehr an seinen Zügen ablesen konnte, was er dachte. Die Luft, die durch die Fenster hereinkam, war warm und duftend; und doch war es nicht zu übersehen, daß Dr. Fell am ganzen Leibe zitterte.

»Weiter«, drängte Elliot.

»Die Vorstellung, die Nat vom Abend des Mordes hat, ist – einfach grauenhaft«, erwiderte Madeline und schloß wiederum die Augen. »Ich sah es vor mir, auch wenn ich nichts weniger gewollt hätte. Der arme John, der nie einer Menschenseele etwas zuleide getan hatte, mußte umgebracht werden, damit niemand ihrem Anspruch widersprach, und zwar so, daß es aussah, als habe er sich selbst das Leben genommen. Was ja die meisten bis zu diesem Augenblick glauben.«

»Da haben Sie recht«, stimmte Inspektor Elliot gern zu. »Was die meisten bis zu diesem Augenblick glauben.«

»Welkyn und Gore, die feigen Strohmänner, hatten ihre vorgezeichneten Rollen. Die beiden bewachten die zwei Seiten des Hauses. Welkyn war im Speisezimmer. Gore sollte die Bibliothek bewachen, und zwar aus zwei Gründen: zum einen, damit er Mr. Murrays Alibi bezeugen konnte, zum zweiten, um zu verhindern, daß jemand anderes hineinblickte, während Mr. Murray nicht in der Bibliothek war.

Sie haben sich an den armen John angeschlichen wie an – na, Sie können es sich ausmalen. Er hatte nicht die geringste Chance. Als sicher war, daß er im Garten war, schlich Mr. Murray sich nach draußen. Er ist ein kräftiger Mann. Er bekam John zu fassen und tötete ihn. Er entschloß sich zu der Tat erst, als ihm nichts anderes mehr übrigblieb. Sie hatten gehofft, daß John nachgeben und erklären würde, daß er sein Gedächtnis verloren habe und nicht sicher sein könne, ob er wirklich der echte Erbe sei. Dann wäre es vielleicht nicht nötig gewesen, ihn umzubringen. Aber er sagte nichts. Und so blieb ihnen keine andere Wahl. Aber Mr. Murray mußte erklären, warum der ›Vergleich der Fingerabdrücke‹ so ungewöhnlich lange gedauert hatte. So erfand er die Geschichte von den zwei Heften, die er habe austauschen müssen, und brachte eines beiseite, das er später wieder zurücksteckte. Und Nat sagt«, brachte sie atemlos ihren Bericht zu Ende und sah dabei Dr. Fell an, »… er sagt, Sie sind genau in die Falle gegangen, die Mr. Murray für Sie aufgestellt hatte.«

Inspektor Elliot drückte nachdenklich seine Zigarette aus.

»Und das wäre die ganze Geschichte, hm? Erklärt Ihr Mr. Burrows denn auch, wie Murray ungesehen einen Mord unter den Augen von Knowles und praktisch auch unter den Augen von Burrows selbst beging?«

Sie schüttelte den Kopf.

»Das hat er mir nicht verraten. Entweder, weil er es für sich behalten wollte, oder, weil er die Sache noch nicht zu Ende gedacht hatte.«

»Er hatte die Sache noch nicht zu Ende gedacht«, sagte Dr. Fell mit hohler Stimme. »Ein leichtes Nachlassen der zerebralen Aktivitäten. Hausaufgaben nicht rechtzeitig fertiggeworden. Beim Barte meiner Großmutter. Das ist ja eine haarsträubende Geschichte.«

Zum zweitenmal an jenem Tag hatte Madeline so heftig geredet, daß sie davon außer Atem war. Es war, als werde nun auch sie, die Nerven zerrüttet, von dem warmen Wind aus dem Garten geschüttelt, von dem Gefühl der Erwartung, das offenbar das ganze Haus gepackt hatte.

»Was halten Sie davon?« fragte sie.

Dr. Fell überlegte.

»Es sind Denkfehler darin. Schwere Denkfehler.«

»Das spielt keine Rolle«, sagte sie und sah ihm ins Auge. »Ich glaube es ja selbst nicht so ganz. Aber jetzt habe ich Ihnen berichtet, was Sie wissen wollten. Und was wollten Sie uns nun noch an Hinweisen geben, über das, was wirklich geschehen ist?«

Er warf ihr einen seltsamen Blick zu, als traue er ihr nicht. »Haben Sie uns wirklich alles erzählt, Ma'am?«

»Alles, was ich – erzählen kann oder zu erzählen wage. Fragen Sie mich nicht nach mehr. Bitte nicht.«

»Eine Frage möchte ich Ihnen gern noch stellen«, beharrte Dr. Fell, »selbst wenn es den Anschein haben mag, als wollte ich alles noch mysteriöser machen. Sie kannten den verstorbenen Farnleigh sehr gut. Es ist nicht ganz eindeutig, und es geht auch wieder ins Psychologische – aber wenn wir die Antwort zu der folgenden Frage finden, sind wir der Lösung des Falles schon sehr nahe. Warum hat Farnleigh sich fünfundzwanzig Jahre lang gegrämt? Warum hat die Tatsache, daß er sich nicht erinnerte, ihn dermaßen bedrückt? Natürlich hätte es die meisten für eine Weile unglücklich gemacht, aber eine so entsetzliche Narbe hätte es nicht zurückgelassen. Hat ihn zum Beispiel das Gefühl gequält, er habe ein Verbrechen oder sonst eine Schandtat begangen?«

Sie nickte. »Ja, ich glaube, genau das war es. Er kam mir immer vor wie die alten Puritaner in den Büchern, in unsere heutige Zeit versetzt.«

»Aber er konnte sich nicht erinnern, was es gewesen war?«

»Nein – das einzige war dieses Bild von der krummen Türangel.«

Allein diese beiden Worte hatten schon etwas Beunruhigendes, Unheilvolles, fand Page. Es schien doch, daß Sie etwas bedeuten, auf etwas anderes verweisen sollten. Was war das für eine Türangel? Und warum war sie krumm?

»Vielleicht eine freundliche Formulierung für ›eine Schraube locker‹?« fragte er.

»N-nein, das glaube ich nicht. Ich meine, ich hatte nicht den Eindruck, daß es ein sprachliches Bild war. Manchmal erschien vor seinem inneren Auge wirklich eine Türangel, ein Scharnier; eine *weiße* Tür war es. Und dann bog sie sich vor seinen Augen und zerbrach oder zerbarst irgendwie. Er sagte, es sei ihm im Gedächtnis, wie einem das Muster einer Tapete im Gedächtnis bleibt, die man vom Krankenbett aus sieht.«

»Eine weiße Tür«, sagte Dr. Fell. Er blickte Elliot an. »Damit hätten wir es, mein Junge. Hm?«

»Ja, Sir.«

Der Doktor holte tief und geräuschvoll Luft.

»Nun gut. Lassen Sie uns überlegen, was an diesen Spekulationen wahr sein könnte. Ich will Ihnen ein paar Punkte nennen.

Erstens. Von Anfang an ist viel darüber geredet worden, wer einen Schlag auf den Kopf mit einem ›hölzernen Seemannshammer‹ bekommen hat und wer nicht. Alle haben sich Gedanken um diesen Schlag gemacht, aber keiner um den Hammer. Woher kam denn ein solches Werkzeug? Wieso war es überhaupt zur Hand? Ein Seemann auf einem modernen Dampfer hätte für einen solchen Hammer nicht mehr viel Verwendung. Mir fällt nur ein einziges Objekt ein, auf das dieser Ausdruck passen könnte.

Wenn Sie schon einmal über den Atlantik gefahren sind, haben Sie solche Hämmer wahrscheinlich gesehen. Einer davon hängt neben jedem Schott – jeder der Stahltüren, die man in modernen Schiffen in den Gängen unter Deck in regelmäßigen Abständen findet. Diese Stahltüren sind wasserdicht oder sollen es zumindest sein. Bei einem Unglück lassen sie sich schließen, man macht die Schotten dicht, damit eindringendes Wasser sich nicht ausbreiten kann. Der Hammer an jeder Tür – eine finstere Warnung – dient dem Steward als Waffe, falls es unter den Passagieren zur Panik kommt und sie ihn am Schließen der Tür hindern wollen. Die *Titanic*, werden Sie sich erinnern, war für ihre wasserdichten Schotten berühmt.«

»Und?« fragte Page, als der Doktor nicht weitersprach. »Was schließen wir daraus?«

»Bringt Sie das nicht auf einen Gedanken?«

»Nein.«

»Der zweite Punkt«, fuhr Dr. Fell fort. »Jener hochinteressante Automat, die Goldhexe. Finden Sie heraus, wie der Automat im siebzehnten Jahrhundert funktioniert hat, und Sie haben das Hauptrātsel dieses Falles gelöst.«

»Aber das ist doch *Unsinn*!« rief Madeline. »Ich meine – das hat überhaupt nichts mit dem zu tun, was mir durch den Kopf geht. Ich dachte, wir kommen auf dieselbe Lösung, und jetzt ...«

Inspektor Elliot warf einen Blick auf seine Uhr. »Sir«, sagte er nüchtern, »wenn wir den Zug bekommen und vorher noch im Herrenhaus vorbeisehen wollen, dann müssen wir los.«

»Gehen Sie nicht«, bat Madeline unvermittelt. »Lassen Sie mich nicht allein. Bitte. Du bleibst doch wenigstens hier, Brian, oder?«

»Auf so etwas habe ich schon gewartet, Ma'am«, entgegnete Dr. Fell mit schönster Ruhe. »Was liegt Ihnen auf der Seele?«

»Ich habe Angst«, gestand Madeline. »Ich glaube, das ist auch die Erklärung, weshalb ich soviel geredet habe.«

Als Brian Page begriff, wie ihr wirklich zumute war und was der Grund dafür war, war es für ihn wie ein Schock.

Dr. Fell legte die Zigarre auf seiner Untertasse ab. Er riß ein Streichholz an, lehnte sich vor und zündete bedächtig die Kerzen auf dem Tisch an. Vier goldene Flammen kräuselten sich zunächst und brannten dann stetig in der warmen, stillen Luft; sie schwebten wie schwerelos über den Kerzen. Das Zwielicht wurde hinausgedrängt in den Garten, und in ihrem gemütlichen Winkel am Rande des Dunkels glänzten Madelines Augen im Kerzenschein; sie blickten ruhig, doch die Pupillen waren groß. Es stand Furcht darin, doch zugleich blickten sie erwartungsvoll.

Der Doktor schien verlegen. »Ich fürchte, wir können nicht bleiben, Miss Dane. Es gibt ein paar Dinge in diesem Fall, denen wir nachgehen müssen, und das können wir nur in London tun. Trotzdem, Page, wenn Sie ...«

»Brian, du wirst mich doch nicht alleinlassen, oder? Es tut mir leid, daß ich mich so anstelle und dir Unannehmlichkeiten mache ...«

»Um nichts in der Welt lasse ich dich im Stich!« rief Page, in dem die Beschützerinstinkte mit einer Heftigkeit aufwallten, wie er sie noch nie gekannt hatte. »Sollen die Leute sich die Mäuler zerreißen. Ich werde dich nicht aus den Augen lassen bis zum Morgen. – Nicht daß es wirklich etwas gäbe, wovor man sich fürchten müßte.«

»Vergißt du nicht, was für einen Tag wir heute haben?«

»Was für einen Tag?«

»Der Jahrestag. 31. Juli. Heute vor einem Jahr ist Victoria Daly umgebracht worden.«

»Zudem ist es«, fügte Dr. Fell hinzu und sah die beiden eindringlich an, »zudem ist es Lammas Eve. Elliot als braver Schotte wird Ihnen erklären können, was es damit auf sich hat. Das alte Erntefest. Und der Abend für einen der großen Hexensabbate, wo all das Gelichter aus der Zwischenwelt sich zeigt. Hmpf. Ha. Ich weiß schon, wie man Ihnen Mut macht, was?«

Page wußte inzwischen überhaupt nicht mehr, woran er war, seine Nerven waren gespannt, und das machte ihn wütend.

»Das kann man wohl sagen!« rief er. »Was haben Sie denn davon, wenn Sie Leuten solche Flöhe ins Ohr setzen? Madeline geht es auch so schon schlecht genug! Sie hat Sachen für andere getan und sich von anderen sagen lassen, was sie tun soll, bis sie nicht mehr konnte. Was denken Sie sich denn nur dabei, daß Sie es ihr jetzt noch schwerer machen? Hier gibt es keine Gefahr. Wenn hier etwas sein dummes Gesicht hereinsteckt, dann drehe ich ihm den Hals um und frage hinterher die Polizei um Erlaubnis.«

»Ich bitte um Verzeihung«, sagte Dr. Fell nur. Einen Moment lang stand er da, zu seiner gewaltigen Größe aufgerichtet, und sah sie mit müden, freundlichen, leicht besorgten Augen an. Dann nahm er seinen Umhang, den Schlapphut und den Krückstock von dem Stuhl, auf dem er sie abgelegt hatte.

»Gute Nacht, Sir«, sagte Elliot. »Wenn ich die Lage des Landes richtig im Kopf habe, können wir den Pfad vom Garten nach links nehmen, und auf der anderen Seite des Waldes liegt Farnleigh Close. Ist das richtig?«

»Ja.«

»Nun, dann – tja – gute Nacht. Noch einmal danke für alles, Miss Dane. Es war ein sehr schöner und aufschlußreicher Abend. Und Sie, Mr. Page, Sie halten die Augen offen.«

»Das werde ich. Und nehmen Sie sich im Wald vor Kobolden in acht«, rief Page ihnen noch nach.

Er blieb in der Terrassentür stehen, bis sie zwischen den Lorbeerbüschen verschwunden waren. Es war ein warmer Abend, und der Garten strömte einen Duft aus, der ihn nervös machte. Im Osten gingen vor dem zusehends dunkler werdenden Himmel die Sterne auf, doch sie funkelten nur schwach, als flimmerte die aufsteigende Hitze davor. All das machte Page nur um so gereizter.

»Ein Haufen Waschweiber«, knurrte er. »Versuchen uns ...«

Er drehte sich um und sah den Anflug von Lächeln auf Madelines Gesicht. Sie war wieder ruhig, wenn auch noch verlegen.

»Es tut mir leid, daß ich mich so zum Narren mache, Brian«, sagte sie sanft. »Ich weiß, daß es nichts gibt, wovor ich mich fürchten müßte.« Sie erhob sich. »Kannst du mich für einen Augenblick entschuldigen? Ich möchte nach oben gehen und mir die Nase pudern. Bin gleich wieder da.«

»Ein Haufen Waschweiber. Versuchen uns ...«

Er war allein. Nachdenklich zündete er sich eine Zigarette an. Es dauerte nicht lange, bis ihm wieder besser zumute war, und binnen kurzem lachte er über seinen eigenen Ärger. Im Gegenteil, er konnte sich kaum etwas Schöneres vorstellen als einen Abend mit Madeline allein. Eine braune Motte kam durchs Fenster und flatterte in einem großen Bogen auf eine der Kerzen zu; er scheuchte sie hinaus und ging ihr aus dem Weg, als sie zu nahe an seinem Gesicht vorüberkam.

Der kleine Flecken Kerzenlicht hatte etwas sehr Freundliches und Beruhigendes, aber vielleicht war es doch besser, wenn es heller war. Er ging zum Lichtschalter. Die gedämpften Wandlampen brachten das Elegante des Raumes und das Muster der Chintzstoffe noch mehr zur Geltung. Es war seltsam, dachte er, wie klar und deutlich das Ticken einer Uhr sein konnte. Es waren zwei Uhren im Zimmer, und sie wetteiferten nicht miteinander, sondern jede füllte die Pausen, die die andere ließ, und der gemeinsame Laut war eine Art eiliges Rascheln. Eine war mit einem Pendel versehen, dessen Hin und Her den Blick des Betrachters auf sich zog.

Er ging zurück an den Tisch und goß sich von dem fast kalten Kaffee nach. Das Pochen seiner eigenen Schritte auf dem Fußboden, das Rasseln der Tasse in der Untertasse, das Klicken, als die Porzellantülle der Kaffeekanne den Rand der Tasse traf: All das waren Laute, die er ebenso klar und deutlich wahrnahm wie das Ticken der Uhren. Zum erstenmal wurde ihm klar, daß auch Leere etwas war, dessen Anwesenheit man spüren konnte. Dieser Raum ist absolut leer, dachte er – ich bin allein – aber was macht das schon?

Die Klarheit des Lichts betonte die Leere noch. Ein Thema verbannte er aus seinen Gedanken, auch wenn er an jenem Nachmittag ein gewisses Geheimnis erraten und ein Buch in seiner Bibliothek ihm bestätigt hatte, daß er recht hatte. Ein wenig Aufmunterung war angebracht – für Madeline natürlich. Dieses Haus mochte noch so hübsch sein, aber es stand zu einsam. Rundum erstreckte sich eine Mauer aus Dunkelheit, die eine halbe Meile weit reichte.

Madeline brauchte recht lange, um sich die Nase zu pudern. Wieder kam eine Motte durch das offene Fenster geflattert und landete auf dem Tisch. Vorhänge und Kerzenflammen flackerten ein wenig. Es war wohl besser, die Fenster zu schließen. Er durchquerte den hell erleuchteten Raum und trat noch einmal durch eine der verglasten Türen in den Garten hinaus, und dann stand er plötzlich mäuschenstill.

Im Garten, gerade außerhalb des erleuchteten Rechtecks, das die Lichter von drinnen durch die Fenster warfen, wartete der Automat von Farnleigh Close.

Kapitel 17

Vielleicht acht Sekunden lang stand er nur da und sah ihn an, so reglos wie der Automat selbst.

Das Licht, das durch die Fenster kam, war leicht gelblich. Es leuchtete drei oder vier Meter hinaus auf den Rasen, gerade bis an den einst lackierten Sockel der Figur. Größere Risse denn je klafften auf ihrem wächsernen Gesicht; nach ihrem Treppensturz saß sie nun ein wenig schief auf dem Sofa, und die Hälfte der Uhrwerke aus ihrem Inneren war fort. Jemand hatte versucht, das zerschlissene Kleid über die beschädigten Stellen zu ziehen. Alt und schrundig und halb blind funkelte sie ihn aus dem Schatten der Lorbeerbüsche böse an.

Zu seinem nächsten Schritt mußte er sich zwingen. Vorsichtig ging er zu der Figur hinüber, auch wenn er sich weiter vom Licht entfernte, als vernünftig war. Sie schien allein; jedenfalls kam es ihm so vor. Die Räder waren, wie ihm auffiel, repariert. Doch der Boden war so ausgedörrt von der langen Julidürre, daß sie kaum Rillen im Gras hinterlassen hatten, und nicht weit zur Rechten kam ein Kiesweg, auf dem sich jede Spur verlieren würde.

Eilig kehrte er ins Haus zurück, denn er hörte Madeline die Treppe herunterkommen.

Mit aller Sorgfalt verschloß er die Glastüren, eine nach der anderen. Dann ergriff er den schweren Eichentisch und trug ihn in die Mitte des Raumes. Zwei der Kerzenhalter kamen ins Schwingen. Als Madeline in der Tür erschien, sah sie, wie er den Tisch absetzte und sie beide auffing.

»Die Motten kommen herein«, erklärte er.

»Aber wird das nicht furchtbar stickig hier drin? Sollten wir nicht wenigstens eines …«

»Ich mache das schon.« Er öffnete die mittlere der Glastüren einen Spaltbreit.

»Brian! Ist etwas nicht in Ordnung?«

Wieder kam ihm in aller Klarheit das Ticken der Uhren zu Bewußtsein; doch am meisten spürte er nun die Gegenwart Madelines, die unwillkürliche Bitte, sie zu beschützen. Wenn Menschen nicht wohl in ihrer Haut ist, äußert sich das oft auf die seltsamste Art. Nun kam sie ihm nicht mehr so kühl und unnahbar vor. Ihre Aura – es gab kein anderes Wort dafür – erfüllte den ganzen Raum.

Er sagte:

»Aber nein, um Himmels willen; natürlich ist alles in Ordnung. Ich dachte nur einfach, Motten sind lästig. Deswegen habe ich die Fenster zugemacht.«

»Sollen wir ins andere Zimmer gehen?«

Besser das Ding nicht aus den Augen verlieren. Besser, wenn man es nicht einfach gehen ließ, wohin es wollte.

»Ach, laß uns hierbleiben und noch eine Zigarette rauchen.«

»Gern. Noch etwas Kaffee?«

»Mach dir nicht die Umstände.«

»Das sind keine Umstände. Er steht schon fertig auf dem Herd.«

Sie lächelte, das breite Lächeln eines Menschen, dessen Nerven bloßliegen, und ging hinüber in die Küche. Er zwang sich, nicht aus dem Fenster zu sehen, während sie draußen war. Es schien ihm, daß sie lange fortblieb, und er machte sich auf die Suche nach ihr. Sie kam ihm in der Tür entgegen, eine frische Kanne Kaffee in der Hand. Ihre Stimme war ruhig.

»Brian, hier *ist* etwas nicht in Ordnung. Die Hintertür war offen. Ich weiß, daß ich sie verschlossen hatte, und Maria schließt sie immer ab, wenn sie nach Hause geht.«

»Dann hat Maria es eben diesmal vergessen.«

»Ja. Da hast du wahrscheinlich recht. Es ist schon albern, wie ich mich anstelle. Wirklich. Laß uns sehen, ob wir etwas zum Aufmuntern finden.«

Es schien, als erwache sie aus einem Traum, mit einem entschuldigenden und doch trotzigen Lachen, und ihr Gesicht bekam wieder mehr Farbe. In einer Zimmerecke, so dezent wie Madeline selbst, stand ein Radio. Sie schaltete es ein. Ein paar Sekunden vergingen, bis es sich aufgewärmt hatte; dann schwoll es zu einer solchen Lautstärke an, daß sie beide zusammenfuhren.

Sie stellte es leiser, aber das Auf und Ab eines Tanzorchesters erfüllte den Raum wie die Brandung der See. Die Melodien schienen wie gewohnt, die Ansagen noch lästiger als sonst. Madeline hörte ein paar Augenblicke lang zu. Dann kehrte sie an den Tisch zurück, nahm Platz und goß für sie beide Kaffee ein. Sie setzten sich im rechten Winkel zueinander, so nahe, daß er ihre Hand hätte berühren können. Sie saß mit dem Rücken zum Fenster. Und immer hatte er das Gefühl, daß da etwas draußen war, etwas, das wartete. Er überlegte, was er tun sollte, wenn ein schrundiges Gesicht sich hinter der Glasscheibe zeigte.

Doch nicht nur seine Nerven konnte er spüren – auch sein Gehirn war nun endlich wieder in Gang gekommen. Es war, als erwache er aus einem Traum. Es war, als fasse er zum erstenmal wieder klare Gedanken, als fielen Fesseln von ihm ab und als sprengte sein Gehirn die eisernen Bänder, die es gefangenhielten.

Was wußte er über diese Puppe? Sie bestand aus leblosem Eisen und Uhrwerken und Wachs. Für sich genommen, war sie nicht gefährlicher als ein Küchenherd. Das konnte er mit Bestimmtheit sagen, denn sie hatten sie untersucht. Sie stand nur zu dem Zweck dort draußen, zu *erschrecken*; die Absicht eines Menschen steckte dahinter, eine greifbare Hand.

Sie war nicht aus eigenem Antrieb über den Pfad von Farnleigh Close herübergekommen wie eine böswillige Alte im Rollstuhl. Sie war hergebracht worden, um sie zu erschrecken, und auch das wies wiederum auf eine eindeutige Absicht, eine eindeutige Hand. Und es schien ihm, daß dieser Automat sich bestens in ein Muster fügte, das sich bei diesem Fall schon von Anfang abzeichnete und das er eigentlich auch von Anfang an hätte sehen sollen …

»Gut«, riß Madeline ihn aus seinen Gedanken, »laß uns darüber reden. Es wäre wohl wirklich besser.«

»Darüber?«

»Über alles«, sagte Madeline und ballte die Fäuste. »Ich – ich glaube, ich weiß mehr darüber, als du denkst.«

Nun galt seine Aufmerksamkeit von neuem ganz ihr. Wieder hatte sie die Hände flach auf den Tisch gelegt, als wolle sie sich davon abstoßen. Das leise, ängstliche Lächeln hielt sich noch um Augen und Mund. Doch nun war sie still, beinahe kokett, und nie war sie ihm verlockender vorgekommen.

»Ich frage mich, ob du wohl weißt, was ich erraten habe«, sagte er.

»*Das* wüßte ich auch gern.«

Er behielt den offenen Fensterspalt ständig im Auge. Er hatte den Eindruck, daß er weniger zu Madeline, sondern eher zu etwas dort draußen sprach, etwas, das dort lauerte und dessen Gegenwart das ganze Haus umfaßte.

»Wahrscheinlich geht es mir gleich besser, wenn ich das erst einmal von der Seele habe«, fuhr er fort, den Blick nach wie vor auf das Fenster geheftet. »Laß mich zuerst etwas fragen. Hast *du* je davon gehört, daß es hier in der Gegend einen – einen Hexenkult gibt?«

Sie zögerte.

»Ja. Gerüchte habe ich gehört. Warum?«

»Es geht um Victoria Daly. Die wichtigsten Fakten habe ich gestern von Dr. Fell und Inspektor Elliot erfahren; ich hatte sogar alles, was ich brauchte, um sie zu deuten – ich war nur nicht gewitzt genug, mir alles zusammenzureimen. Aber jetzt ist es mir aufgegangen. Wußtest du, daß sich nach dem Mord an Victoria herausstellte, daß ihr Körper mit einer Substanz eingerieben war, einer Mischung aus Rübensaft, Eisenhut, Fingerkraut, Tollkirsche und Ruß?«

»Warum erzählst du mir das? Was haben denn diese ganzen gräßlichen Dinge mit unserem Fall zu tun?«

»Eine ganze Menge. Diese Mischung ist ein Rezept, eines von mehreren, für die berühmte Hexensalbe – tu nicht so, als hättest du noch nie davon gehört –, mit der die Hexen sich einrieben, bevor sie auf den Sabbat gingen.[1] Eine Zutat fehlt – das Fleisch ei-

[1] Eine pharmakologische Analyse dieser Salben findet sich bei Margaret Alice Murray, *The Witch-Cult in Western Europe* (Oxford University Press,

nes Kindes –, aber ich nehme an, selbst beim sorgfältigsten Mörder hat der Realismus Grenzen.«

»Brian!«

Denn das Bild, das vor seinem inneren Auge aus dem ganzen raffinierten Gewirr von Ereignissen heraus allmählich Gestalt annahm, war weniger das eines Hexenmeisters als eher das Bild eines Mörders.

»Doch, glaube mir. Ich verstehe ein wenig von diesen Dingen, und ich weiß gar nicht, warum ich nicht gleich darauf gekommen bin. Jetzt überlege einmal, was wir daraus folgern können – was auf der Hand liegt und was Dr. Fell und der Inspektor schon vor langem daraus geschlossen haben. Und ich meine nicht die Tatsache, daß Victoria sich mit satanistischen Praktiken abgegeben oder zumindest so getan hat. Das ist offensichtlich.«

»Wieso?«

»Mal es dir doch aus. Sie reibt sich am Lammas Eve mit dieser Salbe ein, am Vorabend einer der großen Hexenversammlungen. Sie wird um Viertel vor zwölf umgebracht, und der Sabbat beginnt um Mitternacht. Da können wir doch davon ausgehen, daß sie die Salbe aufgetragen hatte, ein paar Minuten bevor der Mörder kam. Der Mord geschieht in ihrem Schlafzimmer im Erdgeschoß, und das Fenster steht weit offen: der traditionelle Weg, auf dem die Hexen das Haus zum Sabbat verließen – oder glaubten, daß sie es verließen.«

Er sah sie nicht an, aber er hatte doch das Gefühl, daß Madeline ein wenig die Stirn runzelte.

»Ich glaube, ich weiß, worauf du hinauswillst, Brian. Du sagst, die Hexen *glaubten,* daß sie das Haus verließen, weil sie ...«

»Darauf komme ich gleich noch. Aber zuerst die Frage: Was sagt uns das über ihren Mörder? Das Wichtigste ist folgendes: Ganz gleich, ob nun der Landstreicher Victoria Daly umbrachte

1921), Anhang V, S. 279 f., und J. W. Wickwar, *Witchcraft and the Black Art* (Herbert Jenkins, 1925), S. 36–40. Siehe auch Montague Summers, *History of Witchcraft and Demonology* (Kegan Paul, 1926).

oder nicht, *war auf alle Fälle eine dritte Person im Haus, entweder zur Tatzeit oder kurz darauf.*«

Madeline sprang vom Stuhl auf. Er blickte sie nicht an, doch er spürte, wie ihre großen blauen Augen auf ihn gerichtet waren.

»Wieso das, Brian? Das verstehe ich nicht.«

»Weil sie sich mit der Salbe eingerieben hatte. Hast du eine Vorstellung, was ein solches Mittel bewirken würde?«

»Ungefähr. Aber sage es mir.«

»Aus den letzten sechs Jahrhunderten«, fuhr er fort, »haben wir eine stattliche Zahl von Zeugnissen derer, die behaupten, sie hätten an Hexensabbaten teilgenommen und Satan sei ihnen erschienen. Was einen, wenn man diese Zeugnisse liest, immer wieder wundert, ist die absolute Sicherheit, die Sorgfalt im Detail, mit der Leute Dinge beschrieben haben, die unmöglich wahr sein können. Wir können, historisch gesehen, nicht leugnen, daß es vom Mittelalter bis zum siebzehnten Jahrhundert Hexenkulte tatsächlich gegeben hat und daß sie beträchtliche Macht hatten. Sie waren nicht minder gut organisiert und geführt als die christliche Kirche. Aber was soll man von den Reisen durch die Luft halten, den Wundern und Gespenstern, den Geistern und Dämonen, den Inkuben und Sukkuben? Man kann sie nicht als Tatsache ansehen (jedenfalls kann ich mit meinem praktischen Verstand das nicht), und doch werden sie von einer großen Zahl von Leuten als solche präsentiert, Leuten, die nicht schwachsinnig und nicht hysterisch waren und auch nicht unter Folter aussagten. – Nun, was würde jemanden dazu bringen, daß er das alles für bare Münze nimmt?«

»Eisenhut und Fingerkraut«, antwortete Madeline mit ruhiger Stimme. »Oder Tollkirsche.«

Sie sahen sich an.

»Ich glaube, das ist die Erklärung«, bestätigte er, noch immer den Blick auf das Fenster geheftet. »Ein Gutteil der Wissenschaft ist der Ansicht – und einer sehr vernünftigen Ansicht, finde ich –, daß viele dieser ›Hexen‹ nie ihr Haus, ja nicht einmal ihr Zimmer verlassen haben. Sie glaubten, sie seien beim Sabbat auf dem Hexenhügel gewesen. Sie glaubten, durch Zauberkraft seien sie zum entweihten Altar geflogen, zu ihrem dämonischen Geliebten. Sie glaubten es, weil die beiden Hauptzutaten zur Hexensalbe Eisenhut und Tollkirsche waren. Weißt du, wie solche Gifte wirken, wenn man sie äußerlich auf die Haut reibt?«

»Mein Vater hatte ein Buch zur Gerichtsmedizin hier«, sagte Madeline. »Ich könnte nachsehen, ob …«

»Tollkirsche oder Belladonna, durch die Poren der Haut aufgenommen – und die Haut an den Fingernägeln –, versetzt den Körper binnen kurzem in Erregung; dann folgen wilde Halluzinationen und Delirium, schließlich verliert man das Bewußtsein. Dazu kommt die Wirkung des Eisenhuts: geistige Verwirrung, Benommenheit, Bewegungsstörungen, unregelmäßiger Herzrhythmus, am Ende ebenfalls Bewußtlosigkeit. Ein Verstand, der voll ist von den Beschreibungen der Hexenfeiern (Victoria Daly hatte ein Buch mit solchen Beschreibungen auf dem Nachttisch), sorgte für den Rest. Und das ist die Erklärung. Ich denke, wir wissen, wie sie am Lammas Eve ›zum Hexensabbat flog‹.«

Madeline ließ ihre Finger die Tischkante entlangspazieren. Sie musterte sie. Dann nickte sie.

»J-ja. Aber selbst wenn das so war, Brian – wieso beweist das, daß in der Nacht, in der sie umkam, noch jemand anderes im Haus war? Ich meine, noch jemand außer Victoria und dem Landstreicher, der sie umbrachte?«

»Weißt du noch, was sie anhatte, als man den Leichnam fand?«

»Sicher. Nachthemd, Morgenrock und Pantoffeln.«

»Genau – das hatte die Tote an. Darum geht es. Ein frisch gewaschenes Nachthemd – von dem schönen Morgenmantel ganz zu schweigen – über der fettigen, rußigen Salbe? Sehr unbequem, und hinterher schwer zu waschen. Wollte sie im Morgenmantel zum Hexenhügel fahren? Zum Sabbat trugen die Hexen höchstens ein paar Lumpen, die sie nicht in ihren Bewegungen behinderten und die Salbe nicht verwischten – wenn sie überhaupt etwas anhatten.

Kannst du dir nicht ausmalen, was geschah? Die Frau lag im

Delirium, fast schon bewußtlos, in dem dunklen Haus. Ein armer Herumtreiber sieht ein Haus ohne Licht und ein offenes Fenster, denkt, da ist leicht etwas zu holen. Statt dessen trifft er auf eine Frau, die von Sinnen ist, die im Delirium schreit – und das muß ja ein ziemliches Schreckgespenst gewesen sein, das da aus dem Bett aufsprang und ihm entgegenkam. Er verlor den Kopf und brachte sie um.

Kein Mensch, der im Rausch dieser Salbe war, hätte Nachthemd, Morgenmantel und Pantoffeln angezogen. Der Mörder hätte sie ihr nicht übergestreift. Er wurde schon entdeckt, bevor er noch seine Beute zusammenhatte, und die Verfolgungsjagd begann.

Aber da war noch jemand in dem dunklen Haus. Da lag Victoria Daly, tot, den Körper mit der Salbe eingerieben, in einem seltsamen Kostüm, das für einen gewaltigen Skandal sorgen würde, wenn man sie so fand. Womöglich kam sogar ein Schlaumeier, der erriet, was vorgegangen war. Um das zu verhindern, schlich sich diese dritte Person ins Schlafzimmer, bevor sonst jemand die Tote gesehen hatte. (Erinnerst du dich? Die beiden Männer, die die Schreie hörten, sahen, wie der Mörder aus dem Fenster kletterte, und setzten ihm nach; erst eine Weile später kehrten sie zurück.) Die dritte Person streifte ab, was Victoria an ›Hexenkleidern‹ getragen haben mag, und steckte den Leichnam in ein braves Nachthemd, in Morgenrock und Pantoffeln. So war es. Das ist die Erklärung. So ist es zugegangen.«

Sein Herz schlug ihm bis zum Halse. Die Bilder vor seinem inneren Auge, die so lange verborgen gewesen waren, kamen nun mit einer solchen Klarheit hervor, daß er nicht mehr daran zweifelte, daß seine Deutung richtig war. Er nickte Madeline zu.

»Du weißt, daß das stimmt, nicht wahr?«

»Brian! Woher sollte ich so etwas wissen?«

»Nein, nein, so meine ich das nicht. Aber du bist genauso sicher wie ich, oder? Das ist die Deutung, von der Elliot von Anfang an ausgegangen ist.«

Sie schwieg eine ganze Weile, bevor sie antwortete.

»Ja«, gestand sie. »Etwas in dieser Art hatte ich mir auch zusammengereimt. Jedenfalls bis heute abend, wo Dr. Fells Andeutungen ja überhaupt nicht dazu paßten – was ich ihm auch gesagt habe. Nicht einmal zu dem, was die beiden denken, paßten sie wirklich. Weißt du noch? Gestern meinte er noch, hier in der Gegend gebe es keinen Hexenkult.«

»Und da hat er recht.«

»Aber du hast doch gerade gesagt ...«

»Ich habe nur von einer einzelnen Person gesprochen. Einer, und nur der einen. Genau wie Dr. Fell es uns gestern gesagt hat. ›Alles, von der seelischen Grausamkeit bis zum Mord, ist das Werk eines einzigen Menschen‹. Und: ›Lassen Sie sich das gesagt sein – selbst der Satanismus ist ein ehrliches und geradliniges Geschäft im Vergleich zu dem Vergnügen, das sich hier jemand für seinen Verstand ersonnen hat‹. Das müssen wir jetzt nur noch in den richtigen Zusammenhang bringen, wir müssen das Muster finden. Seelische Grausamkeit, intellektuelles Vergnügen, der Tod von Victoria Daly, vage und unbestimmte Gerüchte, daß – was hat Elliot mir erzählt? – im hiesigen Landadel Hexen ihr Unwesen trieben.

Man fragt sich, wie der Betreffende dazu kam. Schiere Langeweile? Schlicht und einfach Lebensüberdruß, weil er nicht in der Lage war, sich über die alltäglichen Dinge des Lebens zu freuen? Eine Neigung, die er oder sie schon seit Kindertagen hatte, die nun unter der Oberfläche verborgen war, aber doch weiterwuchs und sich aus geheimen Quellen nährte?«

»Wie der Betreffende *wozu* kam?« rief Madeline. »Das ist doch die Frage, die wir immer noch nicht geklärt haben. Was *tat* er denn wirklich?«

Hinter ihrem Rücken pochte eine Hand an die Glasscheibe, mit einem häßlichen kratzenden Geräusch wie von Krallen.

Madeline stieß einen Schrei aus. Das Klopfen oder der Stoß hatte die Terrassentür, die noch einen Spaltweit offengestanden hatte, fast geschlossen, und das Glas rasselte noch ein wenig im Rahmen. Page zögerte. Das Radio dudelte weiter seine Tanzmusik. Er ging zur Tür und drückte sie auf.

Kapitel 18

Dr. Fell und Inspektor Elliot kamen nicht mehr zum Bahnhof. Sie verpaßten ihren Zug, denn als sie auf Farnleigh Close anlangten, erfuhren sie, daß Betty Harbottle wieder bei Bewußtsein war und bereit war, mit ihnen zu sprechen.

Auf dem Weg durch den Obstgarten und über den bewaldeten Hügel hatten sie nur ein paar wenige Worte gewechselt. Und hätte ihnen jemand zugehört, hätte er wohl kaum verstanden, wovon sie sprachen. Doch was sie sagten, war von tödlicher Wichtigkeit für die Dinge, die sich nur ein oder zwei Stunden später ereignen sollten, als einer der gerissensten Mörder, die Dr. Fell je begegnet waren, (vielleicht vor der Zeit) mit einer List entlarvt wurde.

Im Wald war es finster und stickig. Sterne blinkten durch das dichte Geflecht der Blätter, und im Strahl, den Elliots Taschenlampe auf den blanken Erdboden des Pfades warf, sah alles Grün gespenstisch aus. Aus dem Dunkel, von dem der Lichtstrahl ausging, waren zwei Stimmen zu hören, der rauhe Tenor des Inspektors und Dr. Fells schnaufender Baß.

»Aber sind wir denn nun dem Beweis auch nur ein Stückchen nähergekommen, Sir?«

»Ich glaube schon. Ich hoffe es. Wenn ich bei einem in unserer Runde den Charakter richtig gedeutet habe, dann wird er uns alles an Beweisen liefern, was wir brauchen.«

»Und wenn Ihre Lösung des Falles wirklich aufgeht.«

»Hmpf. Wenn sie aufgeht. Nichts als Träume und Phantasiegebilde und Spekulation; aber es sollte reichen.«

»Meinen Sie, es könnte da hinten« – Elliot machte eine Bewegung, als wolle er mit dem Kopf über die Schulter in Richtung von Madelines Haus weisen – »gefährlich werden?«

Ein paar Augenblicke lang hörte man nur das Farnkraut an ihren Beinen entlangstreifen, dann antwortete Dr. Fell.

»Teufel noch mal, ich wünschte, ich wüßte es. Aber ich glaube, die Gefahr ist nicht groß. Führen Sie sich noch einmal den Charakter des Mörders vor Augen. Ein verschlagener, irrwitziger Kopf unter dem freundlichen Äußeren – wie unser Automat, der ja auch einmal hübsch war. Aber mit Sicherheit nicht der tobsüchtige Irre, dessen Weg mit Leichen gepflastert ist. Kein Ungeheuer. Ein Mörder, der sich mäßigt, mein Junge. Wenn ich mir ausmale, wer nach der klassischen Theorie, daß ein Mord den nächsten nach sich zieht, schon alles ermordet sein SOLLTE, dann sträuben sich mir die Haare.

Wir haben schon Fälle erlebt, bei denen der Mörder die ursprüngliche Tat bis ins kleinste geplant hatte, und dann packt es ihn plötzlich, und er bringt alles um, was ihm in den Weg kommt. Anscheinend ist es wie bei Oliven im Glas: Man hat unendlich viel Mühe, die erste herauszubekommen, und dann kullern einem die anderen nur so über den Tisch. Ohne daß die Leute sich groß darüber aufregen. Unser Mörder ist human, mein Junge. Verstehen Sie mich nicht falsch – ich habe nicht vor, ihn für seine vornehme Zurückhaltung zu loben, dafür, daß er so freundlich war, von weiteren Morden abzusehen. Aber liebe Güte, Elliot, überlegen Sie doch nur, wie viele da in Gefahr waren! Betty Harbottle hätte zum Schweigen gebracht werden können. Eine gewisse junge Dame hätte umgebracht werden können. Um das Leben eines gewissen Mannes habe ich von Anfang an gefürchtet. Aber keinen davon hat er angerührt. Ist das Eitelkeit? Oder was sonst?«

Schweigend kamen sie aus dem Wald und stiegen den Hügel hinab. Nur wenige Fenster von Farnleigh Close waren erleuchtet. Sie gingen durch jenen Teil des Gartens, der am weitesten vom Schauplatz des Mordes entfernt lag, und von da nach vorn zur Haustür. Knowles ließ sie ein.

»Lady Farnleigh hat sich zur Ruhe begeben, Sir«, sagte er mit gedämpfter Stimme. »Doch Dr. King bittet mich, Ihnen auszurichten, daß er die Herren nach oben bittet, wenn es Ihnen recht ist.«

»Betty Harbottle ist wieder …?« Elliot hielt inne.

»Jawohl, Sir. Nach allem, was ich höre.«

Elliot pfiff durch die Zähne, als sie die Treppe emporstiegen und den schwach erleuchteten Gang am Grünen Zimmer vorbei zu dem Raum einschlugen, in dem das Mädchen lag. Dr. King hielt sie noch einen Moment lang in der Tür fest, bevor er sie eintreten ließ.

»Also«, sagte King in seiner kurz angebundenen Art. »Fünf Minuten, höchstens zehn – nicht mehr. Ich will Sie warnen. Sie wird Ihnen so ruhig und unbekümmert vorkommen, als erzähle sie Ihnen von einem Ausflug, den sie gemacht hat. Aber lassen Sie sich nicht täuschen. Das gehört zur normalen Reaktion, und sie hat eine Dosis Morphin intus. Sie werden feststellen, daß sie ein aufgewecktes Mädel ist und einigermaßen intelligent – Neugier war schon immer Bettys auffälligster Wesenszug –; heizen Sie das nicht noch mehr an mit allzu vielen Andeutungen und Geheimnistuerei. Verstanden? Gut. Dann hinein mit Ihnen.«

Mrs. Apps, die Haushälterin, schlüpfte hinaus, als sie eintraten. Es war ein großes Zimmer, und jede Lampe in dem altmodischen Kronleuchter brannte. Sonst war der Raum eher bescheiden: An den Wänden hingen große, altväterlich wirkende Fotografien von Farnleighs, und auf der Frisierkommode stand eine Menagerie aus Porzellantieren. Das Bett war schwarz und schmucklos. Von dort betrachtete Betty sie mit einem gewissen Interesse.

Ihr Gesicht war von jenem Typ, den man »helle« nennt, das Haar kurz und sehr glatt. Ihre Blässe und die Ringe um die Augen waren die einzigen Anzeichen von Krankheit. Sie schien eher erfreut, sie zu sehen, und das einzige, was ihr ein wenig Angst einzujagen schien, war Dr. King. Mit langsamen Bewegungen fuhren ihre Hände über die Bettdecke.

Dr. Fell strahlte sie an. Seine gewaltige Erscheinung verbreitete im ganzen Zimmer Gemütlichkeit.

»Hallo«, sagte er.

»Hallo, Sir«, erwiderte Betty und bemühte sich, es forsch zu sagen.

»Wissen Sie, wer wir sind, meine Liebe, und warum wir hier sind?«

»O ja. Ich soll Ihnen erzählen, was mit mir passiert ist.«

»Und können Sie das?«

»Mir macht das nichts aus«, erwiderte sie.

Sie heftete den Blick auf das Fußende des Bettes. Dr. King holte seine Taschenuhr hervor und legte sie auf den Frisiertisch.

»Tja, ich – ich weiß gar nicht, wo ich anfangen soll. Ich bin nach oben gegangen und wollte mir einen Apfel holen ...« Doch das überlegte Betty sich plötzlich anders. Sie regte sich im Bett. »Nein, das bin ich nicht!« sagte sie dann.

»Nicht?«

»Nein, ich bin *nicht* nach oben gegangen, weil ich einen Apfel wollte. Wenn ich wieder gesund bin, holt meine Schwester mich von hier fort (und einen schönen Tag in Hastings gönnen wir uns auch), da kann ich es Ihnen ruhig sagen. Ich bin nicht nach oben gegangen, weil ich mir einen Apfel holen wollte. Ich bin oft oben gewesen, weil ich immer gedacht hab, irgendwann kann ich vielleicht mal einen Blick in den Schrank oben werfen, den, der immer verschlossen war, und sehen, was drin ist.«

Ihr Ton hatte nichts Trotziges; sie war zu erschöpft, um trotzig zu sein, und so, wie sie ohne jede Hemmung redete, hatte man den Eindruck, daß sie weniger unter dem Einfluß von Morphium, sondern eher unter dem von Scopolamin stand.

Dr. Fell setzte eine verblüffte Miene auf. »Aber was sollte denn da schon drin sein, was Sie interessiert hätte?«

»Oh, das wissen alle, Sir. Jemand hat ihn regelmäßig benutzt.«

»Benutzt?«

»Hat mit einer Lampe drin gesessen. Im Dach ist ein kleines Fenster. Wenn man abends ein Stück vom Haus ab ist und Licht oben ist, kann man das an dem Fenster sehen. Alle wissen es, obwohl wir ja eigentlich nicht nach so was sehen dürfen. Sogar Miss Dane weiß es. Ich war mal spät abends drüben bei Miss Dane und habe ihr ein Päckchen von Sir John gebracht, und ich wollte durch den Wald zurückgehen. Miss Dane hat gefragt, ob ich mich denn nicht im Dunkeln fürchte. O nein, habe ich gesagt, vielleicht sehe ich ja sogar das Licht oben im Dach, das wäre die Sache wert. Das war aber nur ein Witz; das Licht ist ja auf der

Südseite, und wenn man über den Pfad aus dem Chart kommt, kommt man an die Nordseite. Miss Dane hat gelacht und mir den Arm um die Schulter gelegt und hat gefragt, ob ich die einzige bin, die das gesehen hat. O nein, habe ich gesagt, das wissen alle; und das stimmte ja auch. Und wir waren alle neugierig wegen der Maschine da drin, dieser Puppe wie ein Grammophon …«

Ein neuer Ausdruck kam in ihre Augen.

Zunächst blieben alle stumm.

»Und wer war das nun, der oben in der Kammer saß?«

»Die meisten sagen, es war Sir John. Agnes hat ihn mal eines Nachmittags die Treppe runterkommen sehen, und sein Gesicht war ganz naß vom Schweiß und er hatte eine Art Hundepeitsche in der Hand. Da würde dir auch der Schweiß ausbrechen, hab ich zu ihr gesagt, wenn du da in dem Kabuff sitzen würdest mit der Tür zu. Aber Agnes sagt, so hätte es nicht ausgesehen.«

»Nun, meine Liebe, wollen Sie uns denn erzählen, was sich gestern zugetragen hat? Hm?«

»Zwei Minuten, Jungs«, mahnte Dr. King.

Betty sah ihn überrascht an.

»Ich kann es ruhig erzählen«, sagte sie. »Ich bin hochgegangen und wollte mir einen Apfel holen. Aber als ich an die Kammer kam, sah ich, daß das Schloß nicht davor war. Das Vorhängeschloß war offen, es hing nur daneben. Die Tür war zu, aber sie war nur mit etwas festgeklemmt, was in die Ritze gesteckt war.«

»Was haben Sie getan?«

»Zuerst habe ich mir meinen Apfel geholt. Dann kam ich wieder zurück zu der Tür und hab angefangen, den Apfel zu essen. Danach bin ich noch mal zu der Apfelkammer gegangen, und dann dachte ich, jetzt siehst du endlich nach, was da drin ist. Aber so sehr wie sonst wollte ich gar nicht.«

»Wie kam das?«

»Weil da ein Geräusch drin war – jedenfalls kam es mir so vor. So eine Art Rattern, wie wenn man eine Standuhr aufzieht, aber nicht sehr laut.«

»Wissen Sie noch, zu welcher Uhrzeit das war, Betty?«

»Nein, Sir. Nicht genau. Es war nach eins, vielleicht Viertel nach oder noch später.«

»Was haben Sie als nächstes getan?«

»Ich bin gleich rübergelaufen, damit ich es mir nicht noch anders überlege. Das Stück Stoff, das die Tür zuhielt, war ein Handschuh. Verstehen Sie, Sir? Er war zwischen die Tür und den Rahmen geklemmt.«

»Ein Männer- oder ein Frauenhandschuh?«

»Männer-, glaube ich. Es war Öl dran. Zumindest roch er nach Öl. Er fiel zu Boden. Ich ging hinein. Ich konnte das alte Maschinending sehen; es stand da, ein Stück zur Seite. Ein Blick hat mir gereicht; nicht daß man da drin besonders gut sehen konnte. Aber ich war kaum drin, da ging die Tür hinter mir zu, ganz leise, und jemand hat die Kette vorgelegt, und ich hörte, wie das Schloß einschnappte; und da war ich da drin eingeschlossen.«

»Ruhig!« mahnte der Arzt. Er nahm seine Uhr von der Kommode.

Betty drehte die Bettdecke in den Händen. Dr. Fell und der Inspektor sahen sich an; Dr. Fells rotes Gesicht war ernst und besorgt.

»Geht es noch, Betty? – Wer war da drin? Wer war oben in der Kammer?«

»Niemand. Niemand außer diesem alten Maschinending. Kein Mensch.«

»Sind Sie da sicher?«

»O ja.«

»Was haben Sie gemacht?«

»Ich habe überhaupt nichts gemacht. Ich konnte nicht um Hilfe rufen – das habe ich mich nicht getraut. Ich hatte Angst, daß sie mich dann entlassen würden. Es war ja nicht ganz dunkel. Ich stand da und habe überhaupt nichts getan – vielleicht eine Viertelstunde lang. Und sonst hat auch niemand was getan; ich meine, dieses Maschinending, das hat sich nicht gerührt. Aber dann habe ich mich ganz nach hinten gedrückt, so weit wie ich nur konnte, weil es nämlich angefangen hatte, seine Arme um mich zu legen.«

Wäre, schwört Dr. Fell, in diesem Augenblick die Asche einer Zigarre in den Aschenbecher gefallen, so hätte man sie fallen hören. Elliot spürte den Atem in seiner eigenen Nase.

»Sie hat sich bewegt, Betty?« fragte er. »Die Maschine hat sich bewegt?«

»Ja, Sir. Sie hat die Arme bewegt. Es ging ziemlich langsam, genau wie der Körper, der sich irgendwie nach mir ausgestreckt hat; und sie hat dabei auch Geräusche gemacht. Aber das war nicht das Schlimmste. Das hat mir nicht mehr viel ausgemacht, weil ich ja schon eine ganze Viertelstunde mit dem Ding zusammen eingesperrt war. Aber was mir angst gemacht hat, das waren die Augen. Die Augen waren nicht da, wo sie sein sollten. Sie hatte Augen in ihrem Rock, direkt an den Knien von dieser alten Puppe, und die haben mich angesehen. Ich konnte sehen, wie sie sich bewegten. Aber so schlimm sind die auch wieder nicht. Da gewöhne ich mich schon noch dran. Was dann noch war, weiß ich nicht mehr; ich muß wohl ohnmächtig geworden sein oder so was; aber jetzt steht sie draußen vor der Tür«, fuhr Betty ohne den mindesten Wandel in Ausdruck oder Tonfall fort und nickte in Richtung Zimmertür.

»Ich will schlafen«, fügte sie noch mit klagender Stimme hinzu.

Dr. King fluchte leise.

»Jetzt ist es wieder passiert«, sagte er. »Raus mit Ihnen. Nein, sie wird schon wieder; aber Sie verschwinden jetzt.«

»Ja«, stimmte Elliot zu und betrachtete Bettys geschlossene Augen, »das sollten wir wohl besser.«

Schuldbewußt gingen sie hinaus, fast auf Zehenspitzen, und King machte eine Pantomime, als schlage er die Tür hinter ihnen zu. »Ich hoffe«, murmelte er, »die Fieberphantasien waren Ihnen eine Hilfe.« Noch immer ohne ein Wort gingen Dr. Fell und der Inspektor hinüber zum Grünen Zimmer, das im Dunkel lag. Die schweren Möbel hatten etwas Bedrückendes, doch in den Fenstern funkelten die Sterne. An eines dieser Fenster traten sie nun.

»Damit wäre es entschieden, nicht wahr, Sir? Selbst ohne die – ähm – Bemerkung bei der gerichtlichen Untersuchung …«

»Ja. Es wäre entschieden.«

»Dann sollten wir sehen, daß wir noch in die Stadt kommen …«

»Nein«, sagte Dr. Fell nach einer Weile. »Ich glaube, das wird nicht nötig sein. Wir sollten unser Experiment besser jetzt gleich machen. Solange das Eisen noch heiß ist. Sehen Sie da!«

Der Garten unten zeichnete sich in klaren Linien vor dem Dunkel ab. Sie konnten den Irrgarten der Hecken erkennen, die Adern aus weißen Pfaden dazwischen, die klar umrissene Fläche rund um den Teich, die weißen Flecken der Seerosen. Doch nicht das betrachteten sie. Jemand, der etwas bei sich trug, das selbst in diesem Licht gut zu erkennen war, schlüpfte an den Bibliotheksfenstern vorüber und verschwand um die Südecke des Hauses.

Dr. Fell hatte den Atem angehalten. Nun stapfte er zur Lampe in der Mitte des Raums, zog den Schalter und wandte sich mit einem gewaltigen Schwung seines Umhangs um.

»Psychologisch gesehen – und so sehen wir es ja nun«, sagte er kühl zu Elliot, »psychologisch heißt es jetzt oder nie. Wir dürfen nicht zaudern. Jetzt, oder wir verlieren alles, was wir an Vorsprung haben. Treiben Sie sie zusammen! Ich werde ihnen einen kleinen Vortrag halten, wie man einen Mann ermorden kann, der allein in einem Zirkel aus Sand steht, und dann können wir nur hoffen, daß Beelzebub kommt und sich die Seele des Mörders holt. Nicht wahr?«

Ein leises Hüsteln unterbrach sie, denn Knowles war ins Zimmer getreten.

»Bitte um Verzeihung, Sir«, sagte er zu Dr. Fell. »Mr. Murray ist unten und wünscht die Herren zu sprechen. Er sagt, er suche schon seit geraumer Zeit nach Ihnen.«

»Was Sie nicht sagen!« rief Dr. Fell mit schönster Leutseligkeit. Er strahlte und ließ seinen Umhang flattern. »Hat er gesagt, weswegen?«

Knowles zögerte. »Nein, Sir. Das heißt …« Wieder stockte Knowles. »Er sagt, eine Sache mache ihm Sorgen, Sir. Und er hat auch nach Mr. Burrows gefragt. Und das läßt mich vermuten …«

»Nun sagen Sie schon! Was haben Sie auf dem Herzen?«

»Darf ich fragen, Sir, ob der Automat bei Miss Dane eingetroffen ist?«

Inspektor Elliot, der noch am Fenster gestanden hatte, drehte sich mit einem Ruck um.

»Der Automat bei Miss Dane eingetroffen? Was für ein Automat? Wovon reden Sie?«

»Sie kennen ihn, Sir«, erwiderte Knowles mit einem verlegenen Ausdruck, der auf einem weniger beherrschten Gesicht womöglich spöttisch gewirkt hätte. »Miss Dane rief am Nachmittag an und fragte, ob wir den Automaten am Abend zu ihrem Haus schicken könnten. Wir – ähm – fanden, daß es eine merkwürdige Bitte war, aber Miss Dane erklärte, es komme ein Herr zu Besuch, der ein Experte in solchen Dingen sei, und sie wolle, daß er sich die Figur einmal gründlich ansieht.«

»So«, sagte Dr. Fell mit tonloser Stimme. »Sie wollte, daß er sich die Figur gründlich ansieht.«

»Jawohl, Sir. Macneile (das ist der Gärtner) reparierte das Rad, und dann ließ ich den Apparat mit einem Fuhrwerk hinüberbringen. Macneile und Parsons berichteten, bei Miss Dane sei niemand zu Hause gewesen, deshalb hätten sie ihn in den Kohlenschuppen gestellt. Dann – ähm – erschien Mr. Burrows und war ärgerlich, daß der Apparat nicht mehr hier war. Er kennt ebenfalls jemanden, der sich mit solchen Maschinen auskennt.«

»Wie populär die Hexe auf ihre alten Tage noch wird«, brummte Dr. Fell mit einem Schnaufen, das vielleicht amüsiert war, vielleicht aber auch nicht. »Wie schön, wenn man einen Kreis von Verehrern um sich versammeln kann. Großartig! Vollkomm'ne Frau, von Meisterhand geplant, zum Trost, zur Warnung, zum Befehl bestimmt. Die Augen kalt wie Diamant für Stunden nur sind weich gestimmt – ich muß schon sagen!« Er hielt inne. »Und Mr. Murray interessiert sich ebenfalls für den Automaten?«

»Nein, Sir. Meines Wissens nicht.«

»Ein Jammer. Na, dann schicken Sie ihn mal in die Bibliothek. Er kennt sich ja bemerkenswert gut hier aus. Einer von uns beiden kommt gleich hinunter. Und was«, wandte er sich an Elliot, als Knowles gegangen war, »halten Sie von dieser neuesten Entwicklung?«

Elliot rieb sich das Kinn. »Ich weiß nicht. Aber es scheint nicht zu dem zu passen, was wir gesehen haben. Jedenfalls wäre es wohl keine schlechte Idee, wenn ich so schnell wie möglich wieder nach Monplaisir käme.«

»Da stimme ich Ihnen zu. Unbedingt.«

»Burton müßte inzwischen mit dem Wagen draußen sein. Wenn ja, bin ich über die Straße in drei Minuten da. Wenn nicht ...«

Er war nicht da. Was ihn aufgehalten oder was er mißverstanden hatte, wußte Elliot nicht. Er versuchte, einen Wagen aus der Garage des Herrenhauses zu holen, doch er fand (was ihm zu denken gab) die Tore verschlossen. Elliot nahm den Pfad durch den Wald nach Monplaisir. Das letzte, was er sah, bevor er aus dem Haus stürmte, war Dr. Fell, der eben die Haupttreppe hinabstieg, Stufe für Stufe, auf seinen Krückstock gestützt; und auf Dr. Fells Gesicht sah er einen Ausdruck, der nicht oft darauf zu sehen war.

Inspektor Elliot sagte sich, daß es keinen Grund zur Eile gab. Doch instinktiv beschleunigte er seine Schritte, als er den Hügel des Hanging Chart hinaufschritt. Er fühlte sich unwohl in diesem Wald. Er wußte, daß sie allesamt nichts weiter als die – nun nicht mehr leichtgläubigen – Opfer einer Reihe von ausgeklügelten Scherzen waren, die ihm genausowenig Furcht einjagen sollten wie der schwarze Januskopf auf dem Dachboden. Es waren Scherze, die im günstigsten Falle häßlich waren, im schlimmsten mörderisch – aber Scherze blieben es doch.

Trotzdem war er nun beinahe in einen Laufschritt verfallen und ließ dabei stets den Strahl seiner elektrischen Taschenlampe zur Rechten und zur Linken des Pfades wandern. Etwas in ihm regte sich, etwas, das aus den Urgründen seines Blutes und seiner

Rasse kam. Er wußte, daß es, als er noch Kind war, ein Wort gegeben hatte, das Dinge wie diese beschrieb, und nun fiel es ihm wieder ein. Das Wort hieß »heidnisch«.

Er rechnete nicht damit, daß etwas geschehen würde. Er wußte, daß er nicht gebraucht würde.

Erst als er schon fast aus dem Wald heraus war, hörte er den Schuß.

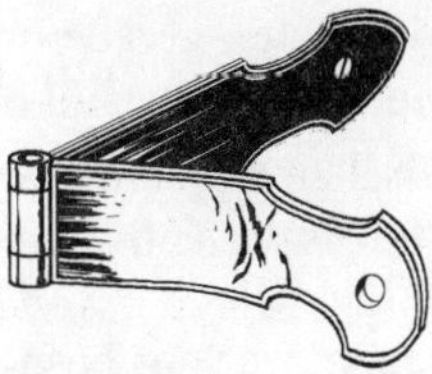

Kapitel 19

Brian Page stand an der offenen Terrassentür und blickte hinaus in den Garten. Nach dem Klopfen an der Tür war er in seiner üblichen Art auf alles gefaßt gewesen, nur nicht auf nichts. Und nichts war dort draußen – zumindest schien es so.

Der Automat war wieder fort. In dem stillen Licht, in dem das Gras beinahe grau wirkte, waren die Abdrücke der Räder, wo das schwere Eisen gestanden hatte, gerade noch zu erkennen. Doch ob dieses tote Stück Metall nun dastand oder nicht, spielte keine Rolle; wichtig war, daß jemand oder etwas ans Fenster geklopft hatte. Er trat über die Schwelle.

»Brian«, sagte Madeline leise, »wohin gehst du?«

»Ich will nur nachsehen, wer uns besuchen wollte und es sich dann anscheinend wieder anders überlegt hat.«

»Brian, geh nicht nach draußen. Bitte.« Sie kam näher, und sie sprach mit eindringlicher Stimme. »Ich habe dich noch nie gebeten, etwas für mich zu tun, oder? Aber jetzt bitte ich dich. Geh nicht nach draußen. Wenn du gehst – ich weiß nicht, was ich dann tue, aber es wird etwas sein, was dir nicht gefällt. Bitte! Komm herein und schließ die Tür. Ich weiß es ja längst.«

»Was weißt du?«

Sie wies mit dem Kopf in Richtung Garten. »Was vorhin da draußen gestanden hat und jetzt nicht mehr da ist. Ich habe es von der Hintertür aus gesehen, als ich in der Küche war. Ich wollte dir keine Sorgen machen, für den Fall, daß du es noch nicht gesehen hattest – auch wenn ich, na ja, wenn ich ziemlich sicher war, daß du es wußtest.« Sie packte ihn am Aufschlag seines Jacketts. »Geh nicht da hinaus. Geh ihm nicht nach. Das will es doch gerade – dich hinauslocken.«

Er blickte hinunter, sah die flehenden Augen, den kräftigen Hals, den sie ihm entgegenreckte. Entgegen allem, was er in diesem Augenblick dachte und empfand, waren seine Worte kühl und streng.

Er sagte:

»Unter all den absurden Orten, an denen man sagen könnte, was ich jetzt sagen will, ist dies hier der absurdeste. Unter allen unpassenden Zeiten, zu denen man sagen könnte, was ich sagen will, ist dies die unpassendste. Das muß ich betonen, denn ohne eine so verzweifelte Lage bekäme ich niemals heraus, was ich auf dem Herzen habe, und das ist, daß ich dich liebe.«

»Dann ist ja doch noch etwas Gutes am Lammas Eve«, sagte Madeline und hob ihren Mund.

Es ist die Frage, wie weit in einem Bericht über einen Kriminalfall die Dinge, die er in jenem Augenblick dachte und sprach, niedergelegt werden sollten. Aber wer weiß, ob er ohne die Bedrohung, die draußen vor dem Fenster gerade jenseits des Lichtscheins lauerte, jemals erfahren oder gehört hätte, was er nun erfuhr und hörte. Nicht daß er sich in jenem Augenblick darum Gedanken gemacht hätte. Er war mit anderen Dingen beschäftigt: dem Paradox, wie fern und geheimnisvoll ein geliebtes Gesicht aussieht, gerade wenn es einem so nahe kommt, der magischen Wirkung von Madelines Kuß, der sein ganzes Leben veränderte und von dem er selbst jetzt noch nicht glauben konnte, daß er Wirklichkeit war. Am liebsten hätte er einen Freudenjuchzer ausgestoßen, und nachdem noch etliche Minuten an diesem Fenster vergangen waren, tat er das auch.

»Herrgott, Brian, warum hast du mir das denn nicht schon lange gesagt?« fragte Madeline halb lachend und halb weinend. »Aber keine lästerlichen Flüche! Wo bleibt nur meine gute Erziehung? Verrate mir nur, warum hast du es nicht gesagt?«

»Weil ich mir nicht vorstellen konnte, daß du dich für mich interessierst. Ich wollte nicht, daß du mich auslachst.«

»Hast du wirklich gedacht, ich würde lachen?«

»Ehrlich gesagt – ja.«

Sie faßte ihn bei den Schultern und blickte ihm forschend ins Gesicht. Ihre Augen hatten ein seltsames Leuchten.

»Brian, du liebst mich wirklich, nicht wahr?«

»Schon seit einer ganzen Weile versuche ich, dir das verständlich zu machen. Aber ich habe nichts dagegen, noch einmal von vorn anzufangen. Wenn …«

»Eine alte Jungfer wie mich …«

»Madeline, ganz gleich, was du sonst sagst, bitte sage nicht alte Jungfer. Es gibt kaum ein häßlicheres Wort in unserer Sprache. Kaum eins, das so voller Häme ist. Um dich zu beschreiben, da müßte man …«

Wieder fiel ihm das seltsame Leuchten in ihren Augen auf.

»Brian, wenn du mich wirklich liebst (wirklich?), kann ich dir dann etwas zeigen?«

Draußen im Garten waren Schritte zu hören. Madeline hatte ihre Frage in einem merkwürdigen Ton gestellt, so merkwürdig, daß es Page aufhorchen ließ; doch nun blieb keine Zeit mehr, um nachzufragen. Als sie das Geräusch im Gras hörten, traten sie rasch einen Schritt auseinander. Zwischen den Lorbeerbüschen zeichneten sich nun Umrisse ab und kamen näher. Es war eine hagere Gestalt mit schmalen Schultern, und sie ging mit raschen und doch zugleich schlurfenden Schritten – woran Page zu seiner Erleichterung erkannte, daß es nur Nathaniel Burrows war.

Anscheinend konnte Burrows sich nicht entscheiden, ob er sein Heilbuttsgesicht aufsetzen oder ob er lächeln sollte, und der Kampf zwischen beiden brachte eine freundliche Grimasse hervor. Die große Hornbrille ließ das Pendel aber doch zum Ernsthaften ausschlagen. Das lange Gesicht, das durchaus charmant sein konnte, wenn er ihm eine Chance dazu ließ, zeigte von diesem Charme nun bestenfalls einen Anflug. Den korrekten Bowlerhut hatte er in einem etwas verwegenen Winkel auf dem Kopf.

»Ts! ts!« war sein einziger Kommentar, doch er lächelte dazu. »Ich komme«, erklärte er freundlich, »um den Automaten zu holen.«

»Den …« Madeline sah ihn mit großen Augen an. »Den Automaten?«

»Du solltest nicht am offenen Fenster stehen«, tadelte Burrows streng. »Es verwirrt dir den Kopf, und die Besucher haben den Schaden davon. Und du auch nicht«, fügte er an Page gewandt hinzu. »Die Puppe, Madeline. Die Figur, die du heute nachmittag von Farnleigh Close hast kommen lassen.«

Page musterte sie. Sie starrte Burrows an, und die Röte stieg ihr ins Gesicht.

»Nat, was um alles in der Welt redest du da? Die Figur, die ich habe kommen lassen? Wie kommst du denn auf so etwas?«

»Meine liebe Madeline«, erwiderte Burrows, breitete die behandschuhten Hände aus und brachte sie dann wieder zusammen, »ich habe dir noch gar nicht richtig für all das Gute danken können, das du für mich getan hast – bei der gerichtlichen Untersuchung. Aber verdammt noch mal!« – hier sah er sie von der Seite her an, an den Brillengläsern vorbei –, »du hast heute nachmittag im Herrenhaus angerufen und gebeten, daß sie dir das Ding leihen. Macneile und Parsons haben es hergebracht. Es steht drüben im Kohlenschuppen.«

»Du mußt vollkommen verrückt sein«, sagte Madeline mit hoher, verblüffter Stimme.

Burrows war, wie üblich, vernünftig. »Nun, sie steht im Schuppen, das ist nicht zu leugnen. Ich habe an der Haustür geklopft, aber keiner hat mich gehört. Ich kam hier heraus, und – ähm – es hat mich immer noch keiner gehört. Mein Auto steht draußen auf der Straße. Ich bin hergekommen, um den Automaten zu holen. Was du damit wolltest, weiß ich nicht; aber wäre es sehr schlimm, wenn ich ihn wieder mitnähme? Ich verstehe immer noch nicht ganz, wie er in meine Theorie hineinpaßt. Aber ich habe einen Experten ausfindig gemacht, der ihn sich ansehen will, und vielleicht bringt mich das auf etwas.«

Der Kohlenschuppen war ein Anbau ein wenig links von der Küche. Page ging hinüber und öffnete die Tür. Dort stand der Automat. Er konnte die Umrisse gerade noch erkennen.

»Seht ihr?« sagte Burrows.

»Brian«, beteuerte Madeline recht verwirrt, »glaube mir, ich habe nichts dergleichen getan. Ich habe niemanden gebeten, das

Ding hierherzuschicken; ich wäre nie auf den Gedanken gekommen. Was um alles in der Welt sollte ich damit?«

»Natürlich hast du das nicht, das weiß ich doch«, beschwichtigte Page sie. »Es scheint, daß jemand sich einen häßlichen Scherz erlaubt hat.«

»Sollen wir nicht ins Haus gehen?« schlug Burrows vor. »Ich würde mich gern mit euch beiden darüber unterhalten. Ich gehe nur eben nach vorn und schalte das Standlicht an.«

Die beiden anderen gingen ins Haus und sahen einander an. Aus dem Radio kamen statt der Musik nun Worte – welcher Art, weiß Page nicht mehr –, und Madeline stellte es ab. Sie war immer noch in Gedanken bei diesem jüngsten Vorfall.

»Das alles ist nicht wahr«, sagte sie. »Es ist Illusion. Ein Traumgespinst. Das heißt – ein Teil davon ist doch wahr, hoffe ich.« Sie lächelte ihn an. »Hast du noch eine Ahnung, was hier eigentlich vorgeht?«

Was in den Sekunden darauf geschah, weiß Page bis heute nicht recht. Er hatte ihre Hand ergriffen und wollte ihr eben versichern, wie ganz und gar gleichgültig ihm war, was draußen geschah, solange nur die Minuten am Fenster keine Illusion gewesen waren. Beide hörten sie den Knall, der vom Garten oder von den Obstbäumen herkam. Es war ein kurzer, knapper Schlag, laut genug, daß sie beide zusammenfuhren. Doch er schien etwas Fremdes, das nichts mit ihnen zu tun hatte, selbst da noch, als sie nahe an ihren Ohren ein Sirren hörten – und eine der Uhren stehenblieb.

Eine der Uhren blieb stehen. Page hörte es im selben Augenblick, in dem er das kleine runde Loch, von einem Netz feiner Risse umgeben, in der Fensterscheibe entdeckte. Und es ging ihm auf, daß die Uhr stehengeblieben war, weil eine Kugel darin steckte.

Die andere Uhr tickte weiter.

»Fort von dem Fenster!« zischte Page. »Das kann doch nicht wahr sein – ich glaube es einfach nicht –, da ist jemand draußen im Garten und schießt auf uns. Wo zum Teufel ist Nat geblieben?«

Er huschte hinüber und schaltete das Licht aus. Die Kerzen brannten noch, und er blies sie aus, gerade als Burrows, das Gesicht glänzend, den Hut tief in die Stirn gedrückt, durch die Terrassentür kam, an den Boden geduckt, als suche er Deckung.

»Da ist jemand …« hob Burrows mit seltsamer Stimme an.

»Stimmt. Das haben wir schon gemerkt.«

Page schob Madeline noch weiter fort vom Fenster. Fünf Zentimeter mehr nach links, kalkulierte er nach dem Winkel von Scheibe und Uhr, hätten genügt, und die Kugel hätte Madelines Kopf getroffen, gerade oberhalb der Löckchen.

Es blieb bei dem einen Schuß. Er hörte Madelines ängstliches Keuchen und die langsamen, klaren Atemzüge Burrows' vom anderen Ende des Zimmers. Burrows hatte sich in die Nische des äußersten Fensters gedrückt; nur ein polierter Schuh war noch zu sehen.

»Wollt ihr wissen, was für meine Begriffe da geschehen ist?« fragte Burrows.

»Nun?«

»Soll ich euch zeigen, was das, so wie ich es verstehe, war?«

»Nur zu.«

»Wartet«, flüsterte Madeline. »Da ist noch jemand – hört doch nur!«

Burrows' Kopf erschien wie der einer Schildkröte aus der Fensternische. Page erkannte die Stimme, die vom Garten rief, und antwortete. Es war Elliots Stimme. Er eilte hinaus und lief dem Inspektor entgegen, den er vom Obstgarten herüberkommen sah. Mit welchem Gesicht Elliot den Bericht aufnahm, den Page ihm gab, war im Dunkel nicht zu sehen, und auch seine ganze Art, die sogleich hochoffiziell war, ließ keine Schlüsse zu.

»Verstehe, Sir«, sagte er. »Aber ich glaube, Sie können die Lampen wieder einschalten. Ich würde nicht damit rechnen, daß Sie noch einmal belästigt werden.«

»Aber wollen Sie denn nichts unternehmen, Inspektor?« fragte Burrows mit dünner, tadelnder Stimme. »Oder sind Sie so etwas in London gewöhnt? Wir sind es nicht, das versichere ich Ihnen.«

Er wischte sich die Stirn mit dem Rücken der behandschuhten Hand. »Wollen Sie denn nicht den Garten durchsuchen? Oder den Obstgarten? Oder von wo der Schuß sonst kam?«

»Wie gesagt, Sir«, erwiderte Elliot hölzern, »ich glaube nicht, daß Sie noch einmal belästigt werden.«

»Aber wer war es? Weswegen hat er geschossen?«

»Worauf es jetzt ankommt, Sir«, antwortete Elliot, »das ist, daß wir diesem Spuk ein Ende bereiten. Und zwar ein für allemal. Wir haben unsere Pläne ein wenig geändert. Ich möchte Sie bitten, daß Sie, wenn es Ihnen recht ist, mit mir hinüber zum Herrenhaus kommen – nur für alle Fälle, verstehen Sie. Ich fürchte, ich muß sogar sagen, daß es keine Bitte ist, sondern eine Aufforderung.«

»Oh, niemand von uns hat etwas dagegen«, erwiderte Page munter, »obwohl man ja denken könnte, wir hätten schon genug Aufregung für einen Abend gehabt.«

Der Inspektor lächelte auf eine Art, die nicht schön anzusehen war.

»Ich glaube, da täuschen Sie sich«, sagte er. »Was Sie bisher an Aufregung hatten, war kaum der Rede wert. Aber glauben Sie mir, es wird noch aufregend werden. Das verspreche ich Ihnen, Mr. Page. Ist jemand mit dem Wagen hier?«

Elliots düstere Drohung hing über ihnen, als Burrows sie nach Farnleigh Close chauffierte. Alle Versuche, vom Inspektor mehr zu erfahren, blieben erfolglos. Burrows hatte gedrängt, den Automaten ebenfalls mitzunehmen, doch Elliot wollte nichts davon hören; dazu bleibe keine Zeit und es werde auch nicht notwendig sein.

Ein besorgt dreinblickender Knowles ließ sie ein. Die Atmosphäre war gespannt, und Mittelpunkt des Kraftfeldes war, wie zwei Tage zuvor, die Bibliothek, wo sich nun wiederum die Glühbirnen des Kronleuchters in der großen Fensterfront spiegelten. In dem Lehnstuhl, in dem seinerzeit Murray gesessen hatte, hatte nun Dr. Fell Platz genommen, und Murray saß ihm gegenüber. Die Hand hatte Dr. Fell auf seinen Stock gestützt, die Unterlippe vorgereckt, so daß sie vor seinen Kinnen vorstand. Sobald die Bibliothekstür sich öffnete, spürten sie den Widerhall starker Emotionen. Denn Dr. Fell war eben mit seinen Erläuterungen zu Ende gekommen, und Murray bedeckte sich mit unsteter Hand die Augen.

»Ah«, sagte der Doktor mit verdächtiger Herzlichkeit. »Guten Abend, guten Abend, guten Abend! Miss Dane. Mr. Burrows. Mr. Page. Gut. Ich fürchte, wir haben das Haus auf recht unfeine Weise requiriert, aber die Umstände machen es erforderlich. Es ist dringend notwendig, daß wir zu einer kleinen Konferenz zusammenkommen. Kuriere sind entsandt, um Mr. Welkyn und Mr. Gore zu verständigen. Knowles, könnten Sie Lady Farnleigh bitten, zu uns herunterzukommen? Oder nein, gehen Sie nicht selbst, schicken Sie eines der Mädchen; Sie selbst sollten uns ebenfalls Gesellschaft leisten. Einiges können wir in der Zwischenzeit schon besprechen.«

Der Ton, in dem er das sagte, ließ Nathaniel Burrows, der sich eben setzen wollte, innehalten. Er hob gebieterisch die Hand. Murray sah er nicht an.

»So schnell geht das nicht«, erklärte Burrows. »Halt! Wird es in dieser Unterhaltung etwas geben, was – äh – rechtliche Folgen haben könnte?«

»Mit Sicherheit.«

Wieder zögerte Burrows. Er hatte Murray keines Blickes gewürdigt, doch Page, dessen Blick vom einen zum anderen wanderte, spürte Mitleid mit Murray, ohne daß er sagen konnte, warum. Der Schulmeister sah alt und niedergeschlagen aus.

»Oh. Und was soll hier zur Sprache kommen, Doktor?«

»Es geht um den Charakter einer gewissen Person«, antwortete Dr. Fell. »Sie werden sich denken können, wer es ist.«

»Ja«, stimmte Page zu, doch eher, als spräche er laut mit sich selbst. »Die Person, die Victoria Daly in die Geheimnisse des Hexenkultes einweihte.«

Es war bemerkenswert, dachte er, welche Wirkung dieser Name hatte. Man mußte nur die Worte »Victoria Daly« in einen Satz einflechten wie einen Talisman, und alle schreckten davor zurück; neue Ansichten eröffneten sich sogleich, die anscheinend niemand gerne sah. Dr. Fell, ein wenig überrascht, doch interessiert, wandte sich um und blinzelte ihn an.

»Ah!« sagte der Doktor mit einem anerkennenden Schnaufen. »Das haben Sie also erraten.«

»Ich habe versucht, es mir auszumalen. Wäre diese Person dann auch der Mörder?«

»Diese Person ist der Mörder.« Dr. Fell wies mit dem Stock auf ihn. »Es wäre uns willkommen, wenn Sie diese Ansicht teilten. Lassen Sie uns hören, was Sie sich überlegt haben. Und keine Hemmungen, mein Junge. Wir werden Schlimmeres in diesem Zimmer zu hören bekommen, bevor einer von uns es wieder verläßt.«

Mit viel Bedacht und einer Bildhaftigkeit der Sprache, die er sonst eher mied, erzählte Page noch einmal die Geschichte, die er schon Madeline erzählt hatte. Dr. Fells kluge kleine Augen ließen sein Gesicht keine Sekunde lang aus dem Blick, und Inspektor Elliot vermerkte jedes Wort. Der mit Salbe eingeriebene Körper, das dunkle Haus mit dem offenen Fenster, der Vagabund, der vor Schreck die Nerven verliert, die dritte Person, die schon wartete: all diese Bilder nahmen so lebendig Gestalt an, als sähen sie in der Bibliothek einen Film.

Am Ende ergriff Madeline das Wort. »Ist das wahr? Sehen Sie und der Inspektor das ebenso?«

Dr. Fell nickte nur.

»Dann frage ich Sie, was ich vorhin auch Brian schon fragen wollte. Wenn es, wie er sagt, keinen Hexenkult gibt, wenn es nur Phantasie war – was tat denn dann diese ›dritte Person‹ oder was wollte sie tun? Was ist denn mit den Beweisen, den Spuren, die diese Hexerei hinterlassen hat?«

»Ach, die Beweise«, sagte Dr. Fell.

Nach einer Weile fuhr er fort:

»Ich will versuchen, es zu erklären. Sie haben in Ihrer Mitte jemanden, dessen Verstand und Herz schon seit vielen Jahren beherrscht wird von einer geheimen Liebe zu diesen Dingen und allem, wofür sie stehen. Nicht vom Glauben daran! Der Unterschied ist wichtig. Das müssen Sie sich immer vor Augen halten. Man könnte sich gar niemanden vorstellen, dessen Verhältnis zu den Mächten der Finsternis und dem Herrn der Wegkreuzungen zynischer wäre. Aber einer großen Liebe dazu, die um so mächtiger und drängender durch den (ganz und gar prüden) Wunsch wird, es niemanden merken zu lassen. Denn diese Person, verstehen Sie, gibt sich Ihnen gegenüber als ein vollkommen anderer Mensch. Diese Person würde Ihnen gegenüber niemals eingestehen, daß sie sich für solche Dinge auch nur interessiert, in dem Maße, wie Sie und ich uns vielleicht dafür interessieren. Dieses geheime Interesse, die Sehnsucht, es mit jemandem zu teilen, die Sehnsucht vor allem, das Wissen an anderen zu erproben – das alles wurde so übermächtig, daß es irgendwann seine Fesseln sprengen mußte.

In welcher Lage fand diese Person sich also nun? Was konnte sie tun? Konnte sie einen neuen Hexenkult in Kent begründen, die Bräuche wiederbeleben, die es in früheren Jahrhunderten in dieser Gegend gab? Die Idee war faszinierend, doch diese Person wußte, wie aussichtslos ein solches Unternehmen war. Denn diese Person ist ein ausgesprochen praktischer Mensch.

Die kleinste Gruppe in der Hierarchie der Satanskulte war (darf ich die Vergangenheitsform benutzen?) der Sabbat. Zum Sabbat trafen sich dreizehn Leute, zwölf Hexen und ein maskierter Anführer. Mit einer Janusmaske vor dem Gesicht einen solchen Hexentanz anzuführen, das muß für die Person, um die es uns geht, ein wunderbarer Traum gewesen sein – aber nicht mehr als das. Nicht nur, daß die praktischen Schwierigkeiten unüberwindlich waren. Hinzu kam, daß die Sache, wenn sie interessant bleiben sollte, nur mit einigen wenigen geteilt und nicht zu bekannt werden durfte. Es war ein geheimes Interesse, und es mußte eng begrenzt und persönlich und individuell bleiben.

Das, lassen Sie mich es noch einmal betonen, war keine vornehme Zurückhaltung gegenüber den Mächten des Bösen, sofern solche Mächte denn existieren. Solche hohen Ambitionen steckten nicht dahinter; oder, um es besser zu sagen, kein so großer

Hokuspokus. Die Sache folgt keinem großen Plan. Die Person, die dahintersteckt, ist nicht sonderlich intelligent. Es war kein ernsthafter Kult, wie es sie seinerzeit nachweislich gegeben hat. Es war einfach ein müßiger, eitler Spaß an solchen Dingen, eine Art Hobby. Und hätten wir ein wenig mehr Glück gehabt, wäre kein großer Schaden dadurch entstanden – hätte diese Person nur die Finger von gefährlichen Giften gelassen, die Wahnvorstellungen wecken. Wenn Leute einfach zum Spaß ihren Unsinn treiben, wenn sie keine Gesetze verletzen, ja nicht einmal Anstandsregeln, dann geht es die Polizei nichts an. Doch wenn erst einmal eine Frau an Belladonna, das sie sich auf die Haut gerieben hat, stirbt (und genau das ist vor anderthalb Jahren in Tunbridge Wells geschehen, auch wenn wir es nie beweisen konnten), dann *ist* es, zum Teufel, eine Sache für die Polizei! Was denken Sie denn, warum Elliot überhaupt hergeschickt wurde? Was meinen Sie, warum hat er so viel über Victoria Daly wissen wollen? Hm?

Dämmert es Ihnen allmählich, was jemand hier getan hat?

Dieser Jemand suchte sich ein paar empfängliche Freunde aus, denen er sich anvertraute. Es waren nicht viele: zwei oder drei, vielleicht vier. Wahrscheinlich werden wir nie erfahren, wer diese Freunde waren. Unser Jemand hat ihnen Dinge erzählt, immer wieder von neuem. Sie bekamen Bücher geschenkt oder geliehen. Dann, wenn der Kopf von Freund oder Freundin genügend mit abenteuerlichen Geschichten gefüllt war, wenn er erregt genug war, dann war die Zeit reif. Dann erfuhren die Freunde, daß es hier in der Gegend einen geheimen Satanskult gebe und daß sie nun bereit seien für die Aufnahme.«

Es gab einen lauten Schlag, als Dr. Fell mit der Spitze seines Stocks auf den Boden schlug. Er war ungeduldig, und er war ärgerlich.

»Natürlich hat es einen solchen Kult nie gegeben. Natürlich haben die Neophyten nie das Haus verlassen, sich nicht aus ihrem Zimmer gerührt, wenn die Nacht der Versammlung kam. Natürlich war all das das Werk einer Salbe, deren beide Hauptbestandteile Eisenhut und Tollkirsche waren.

Und natürlich ging der Anstifter in der Nacht der ›Zusammenkunft‹ in der Regel nicht einmal in die Nähe von Freund oder Freundin, geschweige denn, daß er wirklich an einem Sabbat teilgenommen hätte. Das wäre zu gefährlich gewesen, wenn sich das Gift der Salbe als zu stark erwies. Der Spaß bestand darin, die Lehre zu verbreiten, den Bericht von (mythischen) Abenteuern mit anderen zu teilen und mit anzusehen, wie der Geist des Neulings unter dem Einfluß von Gift und vorgegaukelten Traumbildern vom Sabbat allmählich verfiel – kurz, die Verbindung aus einer recht einfältigen seelischen Grausamkeit und dem Vergnügen, all diese Dinge in der Sicherheit eines engen Kreises auszuleben.«

Dr. Fell hielt inne. Das Schweigen, das folgte, brach Kennet Murray mit nachdenklichen Worten.

»Die Psyche ist dieselbe wie bei Leuten, die anonyme Briefe schreiben«, sagte er.

»Das trifft es genau«, bestätigte Dr. Fell und nickte. »Fast das gleiche Verhalten, nur zu anderen und noch schädlicheren Zwecken eingesetzt.«

»Aber wenn Sie bei der anderen Frau – derjenigen in Tunbridge Wells, von der ich bisher nicht gehört hatte – nicht beweisen können, daß sie an dem Gift gestorben ist, was hilft Ihnen das alles dann? Hat die ›Person‹ wirklich etwas getan, was ungesetzlich war? Victoria Daly ist nicht an Gift gestorben.«

»Das wäre Ansichtssache«, gab Inspektor Elliot zu bedenken. »Sie meinen offenbar, ein Gift wird erst zum Gift, wenn jemand es einnimmt. Ich könnte Ihnen das Gegenteil beweisen. Aber das tut jetzt nichts zur Sache. Dr. Fell wollte nur, daß Sie das Geheimnis kennen.«

»Das Geheimnis?«

»Das Geheimnis jener Person«, erklärte Dr. Fell. »Um dieses Geheimnis zu wahren, mußte vorgestern abend am Teich jemand sterben.«

Wieder trat ein Schweigen ein, diesmal finsterer, so als sei jeder in Gedanken einen Schritt zurückgewichen.

Nathaniel Burrows lockerte sich den Kragen.

»Das ist gewiß interessant«, sagte er. »Hochinteressant. Aber ich finde doch, daß man mich unter falschen Vorzeichen hergebracht hat. Ich bin Anwalt, kein Experte für Satanskulte. Ich sehe nicht, was diese Kulte mit dem einzigen zu tun haben sollten, was mich an dieser Sache interessiert. Was Sie uns beschrieben haben, hat nicht das geringste mit der Frage nach dem rechtmäßigen Erben des Farnleigh-Besitzes zu tun ...«

»Da täuschen Sie sich«, sagte Dr. Fell.

Und er fuhr fort:

»Genauer gesagt, steckt diese Frage sogar im Kern der ganzen Angelegenheit, und ich hoffe, daß ich Ihnen das in etwa zwei Sekunden vor Augen führen kann.«

»Aber Sie« – er blickte zu Page hinüber, zum Zeichen, daß er aufgriff, was dieser zuvor dargelegt hatte –, »Sie haben vorhin gefragt, was diese Person denn überhaupt darauf gebracht hat, sich mit solchen Praktiken abzugeben. War es die schiere Langeweile? War es ein Schaden, den sie schon von Kindheit an hatte und der nun von Jahr zu Jahr größer wurde? Ich denke mir, es war ein klein wenig von beidem. Alles an diesem Fall ist zusammen großgeworden, so wie die giftige Atropa belladonna draußen in der Hecke wächst. Alle Stränge sind miteinander verflochten und nicht mehr zu entwirren.

Wer könnte das sein, jemand mit solchen Instinkten und immer gezwungen, sie zu unterdrücken? An wem können wir, nun wo wir alles Beweismaterial vor uns haben, einen solchen Charakter finden? Wer kann der eine sein – und nur einer ist es –, der beide Spielzeuge in der Hand hat, die Hexerei und den Mord? Wer hat ohne Zweifel an der Langeweile einer lieblosen, elenden Ehe gelitten und hatte zugleich ein Übermaß an Lebenskraft in sich, das sich nur ...«

Burrows sprang mit einem lauten Fluch von seinem Stuhl auf, als ihm aufging, wer es war.

Im selben Augenblick öffnete sich die Bibliothekstür, und Knowles hielt flüsternd Zwiesprache mit jemandem draußen.

Knowles war bleich im Gesicht, als er den anderen eröffnete, was er erfahren hatte.

»Ich bitte um Verzeihung, Sir, aber ich höre eben, daß – daß Lady Farnleigh nicht auf ihrem Zimmer ist. Es heißt, sie habe schon vor einiger Zeit eine Reisetasche gepackt und einen Wagen aus der Garage geholt und …«

Dr. Fell nickte.

»So ist es«, sagte er. »Deshalb müssen wir auch heute abend nicht mehr nach London. Mit ihrer Flucht hat sie sich verraten. Nun werden wir ohne weiteres einen Haftbefehl erwirken können – einen Haftbefehl gegen Lady Farnleigh, und die Anklage lautet auf Mord.«

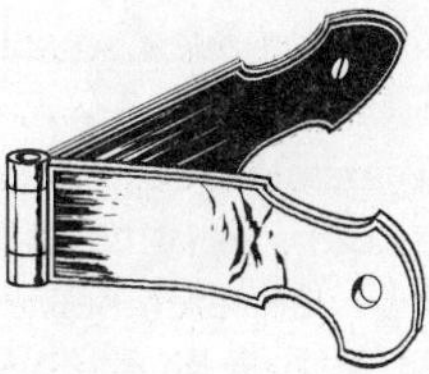

Kapitel 20

»Also hören Sie!« rief Dr. Fell, pochte mit seinem Stock auf den Boden und blickte sich mit wohlwollend tadelnder Miene in der Gruppe um. Er war amüsiert, zugleich aber auch verärgert. »Sie werden doch nicht sagen wollen, daß Sie überrascht sind? Sie wollen doch nicht sagen, Sie sind schockiert? Sie, Miss Dane! Haben Sie es denn nicht von Anfang an gewußt? Haben Sie nicht gewußt, wie sehr sie Sie gehaßt hat?«

Madeline wischte sich mit dem Handrücken über die Stirn. Dann streckte sie die Hand nach Pages Arm aus.

»Gewußt habe ich gar nichts«, sagte Madeline. »Eine Ahnung hatte ich. Aber das konnte ich Ihnen ja wohl zu Anfang nicht sagen, oder? Sie haben mich ja auch so schon für ein ziemliches Biest gehalten, fürchte ich.«

Page brauchte eine ganze Weile, bis er wieder wußte, wo er stand, und den anderen erging es offenbar nicht viel besser. Doch nun ging ihm noch etwas auf, noch bevor die vorige Erkenntnis wirklich verarbeitet war. Was er dachte, war:

Die Sache ist noch nicht zu Ende.

Ob es eine Andeutung war, die in Dr. Fells Augen flackerte, eine Bewegung seiner Hand oder seines Stockes, womöglich sogar ein Erbeben des ganzen Kolosses, das konnte er nicht sagen. Aber der Eindruck war unmißverständlich, und auch die anderen blickten alle gespannt auf Dr. Fell, als warteten sie nur auf die nächste Enthüllung. Irgendwo gab es noch einen Hinterhalt. Irgendwo warteten die Gewehre, die eine weitere Salve auf ihren Verstand abfeuern würden.

»Erzählen Sie weiter«, sagte Murray mit ruhiger Stimme. »Ich zweifle nicht, daß Sie recht haben; aber jetzt weiter.«

»Stimmt«, sagte Burrows geistesabwesend – und setzte sich wieder.

Die mächtige Stimme des Doktors klang schläfrig in der Stille der Bibliothek.

»Was die rein materielle Beweislage angeht«, fuhr er fort, »konnte an dieser Lösung von vornherein kaum ein Zweifel bestehen. Der Mittelpunkt allen Aufruhrs, des psychischen wie des äußerlichen, ist immer *hier* gewesen. Der Mittelpunkt war das verschlossene Bücherkabinett auf dem Dachboden. Jemand hatte es sich dort bequem gemacht. Jemand hatte die Bestände inspiziert, Bücher herausgeholt und wieder zurückgestellt, mit den Spielzeugen dort gespielt. Jemand, der schon immer für seine outrierten Aktivitäten bekannt war, hatte eine Art Räuberhöhle daraus gemacht.

Die Vorstellung, daß es ein Außenstehender gewesen sein könnte – daß etwa ein Nachbar sich in dieses Nest geschlichen hätte –, war so abwegig, daß man sie gar nicht ernsthaft verfolgen mußte. Ein solches Vorgehen wäre psychologisch wie praktisch unmöglich gewesen. Man macht keinen Ein-Mann-Club auf dem Dachboden eines fremden Hauses auf, schon gar nicht, wenn die neugierige Dienerschaft zuschaut. Man kommt nicht am späten Abend in dieses Haus, ohne daß Diener und andere einen sehen. Man manipuliert nicht einfach ein neues Vorhängeschloß, über das der Hausherr wacht. Denn Sie werden einsehen, daß zwar zum Beispiel Miss Dane« – Dr. Fell lächelte ihr mit Engelsmiene zu –, »daß zum Beispiel Miss Dane einmal einen Schlüssel zu dieser Kammer besaß, daß dieser jedoch nicht mehr auf das Schloß gepaßt hätte, das nun vor der Tür hing.

Nächste Frage: Was quälte Sir John Farnleigh so?

Denken Sie darüber einmal nach, meine Damen und Herren.

Warum fand dieser ruhlose Puritaner, den die Sorge um seine Herkunft so sehr verfolgte, niemals Trost in seinem eigenen Heim? Welche Gedanken gingen ihm ansonsten noch durch den Kopf? Warum geht er am Abend, an dem man ihm sein Erbe streitig machen will, nur im Zimmer auf und ab und spricht von Victoria Daly? Warum ist er so besorgt, daß Detektive sich in der Nachbarschaft nach ›Folklore‹ erkundigen? Was steckt hinter seinen kryptischen Worten gegenüber Miss Dane? In Augenblicken der Erregung, ›wenn er an der Kirche vorüberkam, blickte er jedesmal empor, und dann stöhnte er: Könnte ich doch nur *einmal* …‹

Könnte er *was*? Sich gegen jene durchsetzen, die diese Kirche schändeten? Warum geht er mit einer Hundepeitsche in der Hand auf den Dachboden, kommt aber bleich und schweißgebadet wieder herunter, außerstande, bei dem, den er dort oben findet, von der Peitsche Gebrauch zu machen?

Die entscheidenden Punkte in diesem Fall sind psychologischer Art, und sie sind nicht minder entlarvend als die äußerlichen, zu denen ich gleich kommen werde; es wird wohl das beste sein, ich führe sie hier auf.«

Dr. Fell hielt inne. Er starrte lange und recht bekümmert auf die Tischplatte. Dann holte er seine Pfeife hervor.

»Lassen Sie uns doch einmal überlegen, wer dieses Mädchen Molly Sutton war – eine resolute Frau und gute Schauspielerin. Eines hat Patrick Gore vorgestern abend über sie gesagt, was den Nagel auf den Kopf traf. Die meisten von Ihnen waren ja offenbar schockiert, als er sagte, sie sei nie in den Farnleigh verliebt gewesen, den Sie kannten. Er sagte, sie habe eine ›Projektion‹ des Jungen geheiratet, den sie vor so vielen Jahren gekannt hatte. Und das ist die Wahrheit. Welche Wut sie packte, als ihr aufging, daß er nicht mehr derselbe Junge war, ja nicht einmal derselbe Mann, das werden wir wohl nie erfahren.

Woher kam nun diese Obsession, dieser Wahn im Gehirn eines siebenjährigen Mädchens?

Die Frage ist nicht schwer zu beantworten. Das ist das Alter, in dem wir durch äußerliche Erfahrung in unseren grundsätzlichsten Vorlieben geprägt werden. Die Einflüsse aus dieser Zeit bleiben für immer, selbst wenn wir glauben, wir hätten sie vergessen. Bis ans Ende meiner Tage werde ich Bilder von dicken alten Holländern mögen, die Schach spielen oder ihre langen Tonpfeifen rauchen, und zwar, weil solche Bilder an den Wänden im Arbeitszimmer meines Vaters hingen, als ich ein kleiner Junge war. Wenn Sie Enten mögen oder Gespenstergeschichten oder mechanische Apparate, dann aus denselben Gründen.

Nun, wer war der eine Mensch, der den jungen John Farnleigh angebetet hat, als sie beide noch Kinder waren? Wer war die einzige, die zu ihm gestanden hat? Wen hat John Farnleigh mit in den Wald und ins Zigeunerlager genommen? – Wohlgemerkt: in das Zigeunerlager, behalten Sie das im Gedächtnis. Welche satanischen Geschichten hat sie ihn erzählen hören, bevor sie überhaupt wußte, wovon er sprach, ja bevor sie auch nur verstand, was ihr in der Sonntagsschule gepredigt wurde?

Und die Jahre dazwischen? Wir wissen nicht, wie die Vorliebe sich in ihren Gedanken weiterentwickelte. Nur das eine: sie verbrachte viel Zeit bei den Farnleighs, denn sie hatte bei dem alten und dem jungen Sir Dudley genug Einfluß, um Knowles seine Stellung als Butler zu verschaffen. – Nicht wahr, Knowles?«

Er blickte sich nach ihm um.

Von dem Augenblick an, in dem Dr. Fell Lady Farnleighs Namen genannt hatte, hatte er sich nicht mehr gerührt. Er war vierundsiebzig Jahre alt. Sein fast transparentes Gesicht, das sonst kein Gefühl verbarg, war nun vollkommen ausdruckslos. Er öffnete und schloß den Mund und nickte zur Antwort, doch er sprach kein Wort. Er schien zu keinem anderen Gefühl mehr fähig als zu schierem Entsetzen.

»Es ist denkbar«, fuhr Dr. Fell fort, »daß sie schon vor langem Bücher aus jener verschlossenen Bibliothek holte. Wann sie Anhänger für ihren Satanskult zu werben begann, hat Elliot nicht herausfinden können, aber es war etliche Jahre vor ihrer Heirat. Die Zahl von Männern in dieser Gegend, die ihre Liebhaber waren, würde Sie überraschen. Aber über die satanistischen Umtriebe können oder wollen sie nichts sagen. Und das ist ja letzten Endes das einzige, was uns angeht. Es ist das, was ihr am wichtigsten war, und der Grund für die Tragödie. Denn was geschah?

Der so lange und so romantisch verschollene ›John Farnleigh‹ kehrte zurück zum, wie es hieß, Besitz seiner Vorväter. Für kurze Zeit war Molly Sutton überglücklich. Ihr Held kehrte heim. Ihr großes Vorbild. Ihn zu heiraten war sie fest entschlossen – der Welt und eventuell ihm selbst zum Trotze. Und vor einem guten

Jahr – einem Jahr und drei Monaten, um genau zu sein – wurde sie seine Frau.

Lieber Himmel, gab es je ein Paar, das schlechter zusammenpaßte?

Ich frage das in allem Ernst. Sie wissen, wen und was sie zu heiraten glaubte. Sie wissen auch, was für einen Ehemann sie statt dessen bekam. Sie können sich vorstellen, welch kalte Verachtung er insgeheim für sie empfand, mit welch eisiger Höflichkeit er sie behandelte, als er dahinterkam, wer sie wirklich war. Sie können sich vorstellen, was sie für ihn empfand, wie sie die brave Ehefrau spielen mußte und immer wußte, daß er sie durchschaute. Und beide taten ja aus Höflichkeit stets so, als wüßten sie nicht, was der andere weiß. Und so wie er alles über sie wußte, war sie ja gewiß auch binnen kurzem darauf gekommen, daß er nicht der echte John Farnleigh war. So teilte also jeder das Geheimnis des anderen in uneingestandenem Haß.

Warum hat er sie nie angeprangert? Nicht nur, daß sie etwas war, was er mit seiner puritanischen Seele in die tiefste Hölle wünschte. Nicht nur, daß er mit der Peitsche auf sie losgegangen wäre, wenn er es gewagt hätte. Zu alldem kam ja noch (und da sollten wir uns nichts vormachen, meine Herren), daß sie eine Verbrecherin war. Sie verleitete andere zu Drogen, die gefährlicher waren als Heroin und Kokain – und er wußte es. Indirekt war sie für den Tod von Victoria Daly verantwortlich – und er wußte es. Sie haben von seinen Wutausbrüchen gehört. Warum hat er sie also nie angeprangert, obwohl er sich gewiß danach sehnte?

Weil er es nicht konnte. Weil jeder von beiden das Geheimnis des anderen bewahrte. Er *wußte* zwar nicht, ob er wirklich nicht Sir John Farnleigh war – aber er befürchtete es. Er *wußte* nicht, ob sie beweisen könnte, daß er es nicht war, und es beweisen würde, sobald er sie herausforderte – aber er befürchtete es. Er war ja nicht ganz der feine Kerl, als den Miss Dane ihn uns beschrieben hat. Gewiß, er war nicht mit Absicht ein Betrüger. Er hatte tatsächlich die Erinnerung verloren und versuchte verzweifelt, sie wiederzufinden. Oft genug war er sich sicher, daß er wirklich der echte Farnleigh war. Aber es war nur natürlich, daß er das Schicksal nicht herausfordern wollte, es sei denn, es drängte ihn in eine Ecke, in der ihm nichts anderes übrigblieb. Denn es war nicht ausgeschlossen, daß auch er ein Verbrecher war.«

Nathaniel Burrows sprang auf.

»Das kann ich nicht hinnehmen!« rief er mit schriller Stimme. »Und ich werde es nicht hinnehmen! Inspektor, ich fordere Sie auf, verbieten Sie diese Unterstellungen. Der Mann hat nicht das Recht, unhaltbare Behauptungen über meine Klienten aufzustellen! Als Vertreter des Gesetzes ist es Ihre Aufgabe …«

»Besser, Sie setzen sich wieder hin, Sir«, sagte Elliot ruhig.

»Aber …«

»Setzen Sie sich, Sir.«

Madeline wandte sich an Dr. Fell.

»Etwas in dieser Art haben Sie ja schon früher am Abend gesagt«, knüpfte sie an. »Daß er unter dem Gefühl eines Verbrechens gelitten habe, auch wenn er nicht wußte, was es war. Dieses ›Gefühl eines Verbrechens‹, das ihn ja erst recht zum Puritaner machte, scheint sich durch die ganze Affäre zu ziehen; aber ehrlich gesagt, verstehe ich bis jetzt nicht, wie es mit allem anderen zusammenhängt. Können Sie uns das erklären?«

Dr. Fell steckte die leere Pfeife in den Mund und zog daran.

»Die Erklärung«, antwortete er, »hat mit einer krummen Türangel zu tun und der weißen Tür, die daran hing. Das ist das Geheimnis, um das dieser ganze Fall sich dreht. Wir werden gleich darauf kommen.

Jeder von beiden hatte also das Geheimnis des anderen wie einen Dolch im Ärmel und tat dabei doch vor aller Welt, selbst vor dem anderen, als sei alles in schönster Ordnung. Sie waren gerade einmal drei Monate verheiratet, als Victoria Daly umkam, ein Opfer des geheimen Hexenkults. Wir können uns ausmalen, was Farnleigh damals empfand. *Könnte ich doch nur einmal …* wurde für ihn zum Fetisch, zum Refrain. Und solange er *nicht* konnte – nämlich aller Welt sagen, was er wußte –, war sie in Sicherheit. Über ein Jahr lang war sie in Sicherheit.

Doch dann kam der Donnerschlag – ein anderer erschien, der Titel und Besitz für sich beanspruchte. Worauf ihr blitzschnell eine Reihe von Dingen aufging, so klar und logisch und zwingend wie das ABC.

Er war, wie sie wußte, nicht der wahre Erbe.

Es schien wahrscheinlich, daß der Herausforderer sich als der wahre Erbe erweisen würde.

Wenn der Herausforderer sich als der wahre Erbe erwies, würde ihr Mann sein Vermögen verlieren.

Wenn er sein Vermögen verlor, gab es für ihn keinen Grund mehr, nicht zu sagen, was er über sie wußte, und er würde nicht zögern.

Also mußte er sterben.

So einfach ist das, meine Damen und Herren, und ebenso gewiß.«

Kennet Murray regte sich in seinem Sessel und zog die Hand fort, mit der er sich die Augen beschirmt hatte.

»Einen Augenblick, Doktor. Das wäre also ein lange vorbereitetes Verbrechen gewesen?«

»Nein!« rief Dr. Fell aus tiefster Überzeugung. »Nein, nein, nein! Das muß ich ausdrücklich betonen. Die Tat war brillant ausgedacht und ausgeführt, doch beides geschah erst vorgestern abend, beides binnen Sekunden. Es war genauso spontan wie jene andere Tat tags darauf, als der Automat die Treppe hinuntergestoßen wurde.

Lassen Sie mich erklären. Als sie erfuhr, daß es einen Herausforderer gab (und zwar früher, würde ich vermuten, als sie zugab), da wird sie davon ausgegangen sein, daß sie *vorerst* nichts zu befürchten habe. Ihr Mann würde die Ansprüche des anderen bestreiten; sie mußte ihn dazu bringen, daß er sie bestritt, und – so ironisch das war – für ihn kämpfen. Sie konnte sich nicht wünschen, daß er seinen Besitz verlor, so sehr sie ihn auch haßte, sondern mußte sich jetzt enger an ihn halten denn je. Es war gut denkbar, daß er sich vor Gericht durchsetzen konnte, denn das Gesetz steht immer eher auf seiten des Inhabers eines Titels, und die Gerichte sind bei solchen Besitzstreitigkeiten sehr vorsichtig.

Und auf alle Fälle würde das Verfahren sich in die Länge ziehen, so daß sie Zeit hatte, in Ruhe zu überlegen.

Was sie nicht wußte – weil die Gegenseite das Geheimnis bis vorgestern abend sorgfältig hütete –, war, daß es die Fingerabdrücke gab. Hier war nun plötzlich ein eindeutiger Beweis. Hier war Gewißheit. Mit diesem mörderischen Fingerabdruck ließ sich die ganze Angelegenheit binnen einer halben Stunde klären. Sie kannte ihren Mann gut genug, seine unbeirrbar ehrliche Art, und wußte, daß er seinen Betrug zugeben würde, sobald er erst einmal selbst überzeugt war: sobald er in seinem tiefsten Innersten wußte, daß er nicht John Farnleigh war.

Als diese Bombe platzte, begriff sie sofort, in welch unmittelbarer Gefahr sie sich befand. Erinnern Sie sich an Farnleighs Stimmung an jenem Abend? Wenn Sie es mir korrekt beschrieben haben, steckte doch hinter jedem Wort, das er sprach, hinter jeder Bewegung, die er machte, der eine allesbeherrschende, unerbittliche Gedanke: ›Hier hätten wir also den Test. Wenn ich ihn bestehe, will ich es gern zufrieden sein. Wenn nicht, dann bleibt mir ein Trost, der beinahe alles andere aufwiegt: Ich kann endlich sagen, wer meine Frau wirklich ist.‹ – Ahemm, ja. Habe ich seine Stimmung korrekt gedeutet?«

»Ja«, gab Page zu.

»Deshalb griff sie zu verzweifelten Mitteln. Sie mußte unverzüglich handeln. Sofort und auf der Stelle! Sie mußte handeln, bevor der Vergleich der Fingerabdrücke abgeschlossen war. Sie schritt zur Tat – wie gestern auf dem Dachboden, als sie schon zum Schlag nach mir ausholte, bevor die Worte noch aus meinem Munde waren –, sie zögerte keine Sekunde und tötete ihren Mann.«

Burrows, weiß im Gesicht, Schweißperlen auf der Stirn, hatte vergebens auf den Tisch gehämmert, um zur Ordnung zu rufen. Doch nun sprach er wieder mit einem Funken Hoffnung.

»Offenbar gibt es nichts, was Sie aufhalten kann«, sagte Burrows. »Wenn die Polizei es nicht tut, bleibt mir nur der Protest. Aber jetzt, habe ich das Gefühl, sind Sie an einem Punkt angelangt, an dem schöne Theorien allein nicht mehr ausreichen. Ich will nicht weiter darauf eingehen, daß Sie keinerlei Beweise haben. Doch solange Sie uns nicht erklären, *wie* Sir John ermordet wurde – allein, vergessen Sie das nicht, mit keiner Menschenseele in der Nähe – solange Sie das nicht beweisen können …« Die Worte blieben ihm im Halse stecken; er stammelte nur noch und machte eine weit ausholende Handbewegung. »Und das, Doktor, können Sie nicht.«

»O doch«, sagte Dr. Fell. »Das kann ich.

Das erste Indiz, das uns wirklich weiterhalf, bekamen wir gestern bei der gerichtlichen Untersuchung«, fuhr er nachdenklich fort. »Wir können froh sein, daß alles im Protokoll steht. Danach mußten wir nur noch ein paar Beweisstücke aufheben, die schon die ganze Zeit vor unserer Nase gelegen hatten. Wir bekommen den entscheidenden Hinweis zu hören. Wir gehen ihm nach. Wir bringen alles, was wir wissen, in die richtige Reihenfolge. Wir überreichen es dem Staatsanwalt. Wir ziehen den Riegel zurück« – er machte eine Handbewegung –, »und die Falltür am Galgen öffnet sich.«

»Den Beweis haben Sie bei der Verhandlung zu hören bekommen?« fragte Murray und starrte ihn an. »Von wem?«

»Von Knowles«, sagte Dr. Fell.

Der Butler stieß einen wehklagenden Laut aus. Er trat einen Schritt vor und schlug sich die Hände vors Gesicht. Aber er sagte nichts.

Dr. Fell betrachtete ihn.

»Oh, ich weiß«, brummte der Doktor. »Das ist bittere Medizin. Aber es läßt sich nicht leugnen. Es ist eine ironische Wendung. Aber wir können nichts machen. Knowles, mein Alter, Sie vergöttern diese Frau. Sie haben sie gehätschelt wie ein Kind. Doch durch Ihre Zeugenaussage, durch Ihr aufrechtes Streben, uns die ganze Wahrheit zu sagen, haben Sie sie in aller Unschuld so zuverlässig gehängt, als hätten Sie ihr selbst die Schlinge umgelegt.«

Noch immer ließ er den Butler nicht aus dem Blick.

»Ich darf wohl sagen«, fuhr er in aller Ruhe fort, »daß manche glaubten, Sie hätten gelogen. Ich hingegen wußte, daß Sie nicht gelogen hatten. Sie sagten, Sir John Farnleigh habe sich selbst das Leben genommen. Als Beweis führten Sie an – es war etwas, an das Sie sich in Ihrem Unbewußten erinnerten –, daß Sie sahen, wie er das Messer von sich warf. Sie sagen, Sie hätten das Messer in der Luft gesehen.

Ich wußte, daß Sie nicht logen, denn an genau derselben Stelle hatten Sie auch am Vortag schon Ihre Schwierigkeiten gehabt, als Sie mit Inspektor Elliot und mir darüber sprachen. Sie hatten gezögert. Sie hatten versucht, etwas zu fassen, woran Sie sich nur noch dunkel erinnerten. Als Elliot es genauer wissen wollte, wurden Sie unsicher. ›Das käme darauf an, wie groß das Messer war‹, sagten Sie. ›Und es gibt Fledermäuse in dem Garten. Und manchmal erkennt man einen Tennisball erst, wenn er ...‹ Auf die Formulierung kommt es an. Wenn wir das, was Sie wirklich gesagt haben, mit anderen Worten ausdrücken, heißt es: *Etwa zur Tatzeit sahen Sie etwas durch die Luft fliegen.* Was Sie in Ihrem Unbewußten verwirrte, das war, daß Sie es unmittelbar *vor* dem Mord sahen und nicht danach.«

Er breitete die Hände aus.

»Eine kapitale Fledermaus!« rief Burrows mit schrillem Sarkasmus. »Ein noch kapitalerer Tennisball!«

»Etwas wie ein Tennisball«, stimmte Dr. Fell mit ernster Miene zu. »Nur kleiner natürlich. Viel kleiner. Darauf kommen wir noch zurück. Lassen Sie uns nun überlegen, welcher Art die Wunden waren. Wir haben mancherlei Kommentar zu diesen Wunden gehört, durchweg ebenso ratlos wie mitfühlend. Mr. Murray hier fand, Sie seien wie die Wunden von Reißzähnen oder Krallen; für seine Begriffe konnten sie nicht von dem blutverschmierten Taschenmesser stammen, das sich in der Hecke fand. Selbst Patrick Gore, wenn Sie mir seine Reaktion korrekt beschrieben haben, war dieser Ansicht. Was sagte er? ›So etwas habe ich nicht mehr gesehen, seit ein Leopard Barney Poole zerfetzte, den besten Dompteur westlich des Mississippi.‹

Auch an anderer Stelle unserer Ermittlungen begegnet uns dies Krallenmotiv. Bemerkenswert vorsichtig und auffällig suggestiv finden wir es in Dr. Kings medizinischem Gutachten bei der Verhandlung. Ich habe es mir aufgeschrieben. Ahemm! Hah! Lassen Sie mich sehen:

›Ich fand drei nicht allzu tiefe Wunden‹, sagt der Arzt.« Hier sah Dr. Fell auf und betrachtete seine Zuhörerschaft mit strengem Blick. »›Drei nicht allzu tiefe Wunden, beginnend auf der linken Seite der Kehle und endend unter dem rechten Kieferknochen. Sie verliefen in einer leichten Aufwärtsbewegung, zwei davon kreuzten einander.‹ Und gleich darauf und noch entlarvender: ›Das Gewebe zeigte starke Risse.‹

So, so, starke Risse. Das wäre doch wirklich seltsam, wäre die Tatwaffe das außerordentlich scharfe (wenn auch schartige) Messer gewesen, das Inspektor Elliot Ihnen hier zeigt. Diese Risse am Hals, die lassen eher an eine Waffe denken, die …

Nun, lassen Sie uns überlegen. Lassen Sie uns noch einmal zu dem Krallenmotiv zurückkehren und darüber nachdenken. Was ist das Typische an Wunden, die durch Krallen verursacht werden, und lassen sich diese typischen Merkmale an den Wunden finden, die zum Tod von Sir John Farnleigh führten? Das Typische an Krallenspuren ist dies:

1. Sie sind nicht tief.

2. Sie werden durch scharfe Spitzen verursacht, die reißen, kratzen und zerren, aber nicht schneiden.

3. Sie entstehen nicht nacheinander, sondern alle zur gleichen Zeit.

Alle drei Punkte treffen auf die Wunden, die wir an Farnleighs Hals fanden, zu. Lassen Sie mich Ihre Aufmerksamkeit auf die recht merkwürdige Aussage lenken, die Dr. King bei der gerichtlichen Untersuchung zu Protokoll gab. Er hat nicht wirklich gelogen, doch offensichtlich setzt er alles daran und redet wie ein Wasserfall, daß Farnleighs Tod als Selbstmord dastehen soll! Warum? Weil er genau wie Knowles in Molly Farnleigh das gehätschelte Kind sieht, die Tochter seines ältesten Freundes, die ihn ›Onkel Ned‹ nennt – und deren Charaktereigenschaften er vermutlich kennt. Doch anders als Knowles deckt er sie; er tut alles, damit sie nicht am Ende am Galgen baumelt.«

Knowles breitete die Hände in einer flehenden Geste; der Schweiß stand ihm auf der Stirn, doch noch immer sprach er nicht.

Dr. Fell fuhr fort.

»Die Grundidee zu unserer Lösung des Falles gab uns schon vor einer ganzen Weile Mr. Murray ein, als er davon sprach, daß etwas durch die Luft geflogen sei, und die entscheidende Frage stellte, warum der Täter das Messer nicht in den Teich geworfen hatte, wenn es die echte Tatwaffe war. Und was fanden wir nun? Wir stellten fest, daß Farnleigh in dem Dämmerlicht von etwas getroffen wurde, das auf ihn zugeflogen kam; etwas, das kleiner war als ein Tennisball. Es muß etwas gewesen sein, was mit Krallen oder Spitzen versehen war und Wunden hinterließ, die aussahen wie Krallenspuren …«

Nathaniel Burrows kicherte leise.

»Die wundersamen fliegenden Krallen«, spottete er. »Wirklich, Doktor! Und nun werden Sie uns erklären, was diese fliegenden Krallen waren?«

»Besser noch«, sagte Dr. Fell. »Ich zeige sie Ihnen. Sie haben sie gestern selbst gesehen.«

Aus seiner geräumigen Jackentasche zog er etwas hervor, das in ein großes rotgemustertes Taschentuch gewickelt war. Er packte es aus, vorsichtig, damit die rasiermesserscharfen Spitzen nicht in dem Tuch hängenblieben, und zeigte ein Objekt, das Page mit einem Schock wiedererkannte, auch wenn er noch nicht wußte, was es damit auf sich hatte. Es war eines der Stücke, die Dr. Fell in der hölzernen Schachtel oben im Bücherkabinett gefunden hatte. Es war (um es genauer zu beschreiben) eine kleine, doch schwere Bleikugel, in die auf einer Seite in gleichmäßigen Abständen vier sehr große Haken eingelassen waren, in der Art jener Haken, mit denen man nach mörderischen Tiefseefischen fischt.

»Haben Sie sich gewundert, wozu dieser merkwürdige Gegenstand wohl dasein mag?« fragte der Doktor freundlich. »Haben Sie überlegt, ob es irgendwo einen Menschen gibt, der damit etwas anfangen kann? Aber unter den Zigeunern Mitteleuropas – Zigeuner, wohlgemerkt – ist es eine wirksame und gefährliche Waffe. Können Sie mir Großens Kriminalistik reichen, Inspektor?«

Elliot öffnete seinen Aktenkoffer und nahm ein flaches, großformatiges Buch mit grauem Umschlag heraus.

»Hier«, sagte Dr. Fell und schlug den Band auf, »haben wir das umfassendste Lehrbuch der Kriminalistik, das je geschrieben wurde.[1] Ich habe es gestern abend noch aus London kommen lassen, um darin nachzuschlagen. Sie finden eine ausführliche Beschreibung dieser Bleikugel auf den Seiten 249/50.

Die Zigeuner benutzen sie als Wurfgeschoß, und diese Kugel steckt auch hinter manchen ihrer geheimnisvollen, geradezu übernatürlichen Diebereien. Am anderen Ende der Kugel wird eine leichte, doch sehr kräftige Angelschnur befestigt. Die Kugel wird ausgeworfen, und in welchem Winkel sie das angepeilte Objekt auch trifft – einer der Haken wird immer fassen, wie ein Schiffsanker. Das Blei sorgt für das notwendige Gewicht zum Auswerfen, und mit der Leine läßt sich die Kugel samt Beute zurückholen. Ich lese Ihnen einmal vor, was Groß darüber sagt:

›Die Zigeuner, vor allem die Kinder, erwerben in der Wurftechnik ein bemerkenswertes Geschick. In allen Rassen vergnügen Kinder sich mit Steinewerfen, doch geht es in der Regel darum, sie so weit wie möglich zu schleudern. Nicht so ein junger Zigeuner; er sucht sich einen Vorrat von etwa nußgroßen

[1] *Criminal Investigation:* A Practical Textbook for Magistrates, Police Officers, and Lawyers, Adapted from the System der Kriminalistik of Dr. Hans Groß, Professor of Criminology in the University of Prague, by John Adam, M. A., Barrister-at-Law, and j. Collyer Adam, Barrister-at-Law; edited Betty Norman Kendal, Assistant Commissioner, Criminal Investigation Dept., Metropolitan Police. (London, Sweet & Maxwell, 1934.)

Steinen zusammen und wählt dann in einem Abstand von zehn bis zwanzig Schritt ein Ziel aus, etwa einen größeren Stein, ein Stück Holz, ein altes Tuch, und darauf schleudert er dann seinen Vorrat von Wurfgeschossen … Das tut er stundenlang, und binnen kurzem erwirbt er eine solche Kunstfertigkeit in dieser Übung, daß er nichts mehr verfehlt, was größer ist als eine Hand. Wenn er es soweit gebracht hat, bekommt er seinen ersten Wurfhaken …

Die Lehrzeit des jungen Zigeuners ist vorüber, wenn er einen Lumpen treffen und zurückholen kann, der zwischen die Zweige eines Baumes gehängt wird, zwischen denen hindurch er seinen Haken werfen muß.‹

In einen Baum, nota bene! Auf diese Weise kann er mit bemerkenswertem Geschick Wäsche, Kleider und dergleichen stehlen, selbst durch vergitterte Fenster oder aus einem ummauerten Hof. Und Sie können sich vorstellen, welche gräßliche Wirkung ein solcher Wurfhaken tun wird, wenn er ihn als Waffe benutzt. Ein solcher Haken kann einem Mann die Kehle aufreißen, und dann holt der Werfer ihn an seiner Schnur zurück …«

Murray stieß eine Art Stöhnen aus. Burrows sagte nichts.

»Hmpf. Tja, nun haben wir ja von Molly Farnleighs geradezu verblüffendem Wurfgeschick gehört, einer Kunst, die sie bei den Zigeunern erlernt hatte. Miss Dane hat uns davon erzählt. Wir kennen ihr ungestümes Temperament und die Plötzlichkeit, mit der sie zuschlagen konnte.

Wo befand sich Molly Farnleigh denn nun zum Zeitpunkt des Mordes? Das brauche ich Ihnen kaum zu sagen: Sie stand auf dem Balkon ihres Schlafzimmers mit Blick auf den Teich. Alle Achtung, direkt über dem Teich; und ihr Schlafzimmer liegt, wie wir wissen, über dem Eßzimmer. Wie Welkyn im Raum unter ihr war auch sie nur sieben oder acht Meter vom Teich fort, und sie hatte noch einen erhöhten Standpunkt dazu. Zu weit oben, sagen Sie? Ganz und gar nicht. Knowles hier – was würden wir ohne all seine Hinweise tun, wie würden wir sie ohne ihn je an den Galgen bringen! – Knowles hat uns verraten, daß der neue Flügel ›ja kaum mehr als ein Puppenhaus‹ ist, und der Balkon dürfte höchstens drei Meter über dem Garten liegen.

Da hätten wir sie also im Dunkeln, ihr Mann steht am Teich, ihr hoher Standpunkt gibt ihrem Arm Kraft für den Wurf. Das Zimmer hinter ihr ist dunkel – das hat sie selbst gesagt. Die Zofe ist im Raum nebenan. Was brachte sie dazu, daß sie in dieser Sekunde die tödliche Entscheidung fällte? Flüsterte sie etwas, daß ihr Mann aufblickte? Oder kam sie überhaupt erst darauf, weil er ohnehin schon zu einem Stern aufblickte, den langen Hals gereckt?«

»Zu einem Stern?« flüsterte Madeline entsetzt.

»Ihrem Stern, Miss Dane«, sagte Dr. Fell feierlich. »Ich habe mich mit allen, die mit diesem Fall zu tun haben, lange unterhalten; und ich habe den Eindruck, es war Ihr Stern.«

Wieder erinnerte sich Page. Er hatte ja selbst an »Madelines Stern« gedacht, als er in der Mordnacht durch den Garten und am Teich vorüberging: der einzelne Stern im Osten, der, für den sie einen poetischen Namen hatte und den man vom Teich aus gerade eben über dem äußersten Schornstein des neuen Flügels sehen konnte, wenn man den Kopf reckte …

»O ja, sie haßte Sie. Dafür hatte die Aufmerksamkeit, die ihr Mann Ihnen zollte, gesorgt. Vielleicht war es der Anblick, wie er dastand und zu Ihrem Stern emporblickte, wie er vor ihr stand und sie doch nicht sah – vielleicht war es das, was den Mörder in ihr zuschlagen ließ. In der einen Hand hatte sie die Leine, in der anderen die Bleikugel, und sie hob ihre Hand und warf.

Nun möchte ich, meine Herren, Ihr Augenmerk noch auf das seltsame, absonderliche Benehmen dieses armen Teufels lenken, als das Geschoß ihn traf. Alle haben ihre Mühe mit dem Versuch gehabt, es zu beschreiben. Das Scharren, das Würgen, das Zucken des Körpers, bevor er vornüber ins Wasser gerissen wurde – woran hat Sie das erinnert? Ah! Jetzt kommen Sie darauf! Gar nicht zu übersehen, nicht wahr? An einen Fisch an der Angel – und genau das war er ja auch. Die Haken drangen nicht zu tief ein, dafür sorgte sie schon. Es fand etwas wie ein Kampf statt, darin waren sich alle einig. Die Wunden verliefen offensichtlich von links nach rechts in einer Aufwärtsbewegung, als er aus dem Gleichgewicht gerissen wurde; und in den Teich stürzte er (Sie erinnern sich?) mit dem Kopf ein wenig in Richtung des neuen Flügels gewandt. Als er im Wasser lag, riß sie die Waffe heraus und zog sie wieder hoch.«

Mit grimmiger Miene hielt Dr. Fell die Bleikugel in die Höhe.

»Und was sagt unser Schmuckstück?

Natürlich sind keine Blutspuren daran. Es landete im Wasser und wurde sogleich wieder reingewaschen. Sie werden sich erinnern, daß das Wasser im Teich so sehr in Bewegung kam (was nur natürlich ist, bei seinen Zuckungen), daß es ein gutes Stück über den Sandboden schwappte. *Eine* Spur hinterließ die Kugel allerdings doch – und zwar ein Rascheln im Gebüsch.

Überlegen Sie. Wer war der einzige, der dies merkwürdige Rascheln hörte? Welkyn im Eßzimmer darunter: der einzige, der nahe genug dabei war. Was dieses Rascheln war, war eine interessante Frage. Ganz offensichtlich war es nicht von einem *Menschen* verursacht. Wenn Sie einmal versuchen, durch eine Eibenhecke dieser Dicke zu kriechen (wie Sergeant Burton feststellen konnte, als er später das Messer fand, das als falsche Fährte dort hineingesteckt worden war – das Messer, auf dem praktischerweise die Fingerabdrücke des Toten schon waren), wird Ihnen aufgehen, was ich meine.

Ich will Ihnen weitere Details ersparen. Doch in groben Zügen hätte ich Ihnen damit Vorgeschichte und Ausführung eines der abscheulichsten Morde geschildert, die mir je begegnet sind. Es war die Eingebung des Augenblicks, der reine Haß; und er gelang. Von jeher hatte sie nach Menschen gefischt, und auch dieser ging ihr an die Angel. Natürlich wird sie uns nicht entkommen. Der erste Polizist, dem sie begegnet, wird sie sich greifen. Und sie wird am Galgen baumeln. Und alles zum Wohle der Gerechtigkeit und weil Knowles die glückliche Idee hatte, uns vom Flug eines Tennisballs in der Abenddämmerung zu erzählen.«

Knowles machte eine Handbewegung wie ein Winken, als wolle er einem Bus ein Zeichen geben. Sein Gesicht war wie

Ölpapier, und Page fürchtete, daß er jeden Moment in Ohnmacht fallen würde. Doch noch immer brachte er kein Wort hervor.

Burrows, die Augen glänzend, faßte neuen Mut.

»Es ist raffiniert«, sagte er. »Es ist clever. Aber es ist von vorn bis hinten erfunden und erlogen, und ich werde dafür sorgen, daß Sie vor Gericht nicht damit durchkommen. Es ist die reine Phantasie, und Sie wissen es. Schließlich haben andere Leute auch Dinge geschworen. Welkyn zum Beispiel! Sie können nicht forterklären, was er gesagt hat! Welkyn hat jemanden im Garten gesehen! Das hat er ausgesagt! Und was halten Sie dagegen?«

Page sah mit Besorgnis, daß auch Dr. Fell ein wenig bleich aussah. Mit Mühe arbeitete Dr. Fell sich hoch. Dann stand er turmhoch über ihnen und machte eine Geste in Richtung Tür.

»Fragen Sie ihn doch selbst«, antwortete er. »Er steht gleich hinter Ihnen. Fragen Sie ihn. Fragen Sie ihn, ob er sich noch so sicher ist, daß er wirklich etwas im Garten gesehen hat.«

Alle sahen sich um. Niemand konnte sagen, wie lange Welkyn in der Tür gestanden hatte. Er war makellos und adrett wie immer, doch das zu groß geratene Engelsgesicht machte einen verlegenen Eindruck, und er zog sich an der Unterlippe.

»Ähm …« sagte er und räusperte sich.

»Nur heraus damit«, donnerte Dr. Fell. »Sie haben gehört, was ich gesagt habe. Und nun verraten Sie es uns: *Sind* Sie sicher, daß da etwas im Garten war, was Sie ansah? *Sind* Sie sicher, daß überhaupt etwas dort war?«

»Ich habe darüber nachgedacht«, sagte Welkyn.

»Und?«

»Ich – ähm –« Er hielt inne. »Ich möchte Sie bitten, in Gedanken noch einmal zum gestrigen Tag zurückzukehren, meine Herren. Sie gingen gemeinschaftlich hinauf auf den Dachboden und studierten, wie ich höre, gewisse kuriose Artikel, die Sie dort fanden. Leider begleitete ich Sie nicht nach oben. Ich sah diese Artikel erst heute, als Dr. Fell mich auf sie aufmerksam machte.

Ich – ähm – beziehe mich auf die schwarze janusgesichtige Maske, die Sie offenbar dort in einer Holzkiste fanden.« Wiederum räusperte er sich.

»Das ist eine Verschwörung«, schrie Burrows und blickte gehetzt nach links und rechts wie ein Mann, der nicht weiß, wie er über eine belebte Straße kommen soll. »Damit kommen Sie nicht durch. Diese Sache ist ein Komplott, und Sie haben sich alle miteinander verschworen ...«

»Würden Sie bitte die Güte haben, Sir, und mich zu Ende sprechen lassen«, erwiderte Welkyn streng. »Ich habe zu Protokoll gegeben, daß ich ein Gesicht sah, das mich durch die untere Scheibe der verglasten Tür ansah. Ich weiß jetzt, was es war. Es war die Janusmaske. Ich erkannte sie sofort wieder, als ich sie sah. Ich bin, einer Anregung Dr. Fells folgend, zu dem Schluß gekommen, daß die unglückselige Lady Farnleigh, um mir die Gegenwart einer Person im Garten zu suggerieren, lediglich diese Maske an einem zweiten Stück Angelschnur hinunterließ und sie aus Versehen ein wenig zu tief hielt, so daß ...«

Da fand Knowles endlich seine Sprache wieder.

Er kam an den Tisch und hielt sich daran fest. Die Tränen liefen ihm über die Wangen, und zunächst brachte er vor Schluchzen nur unzusammenhängende Laute heraus. Als dann die Worte kamen, schockierten sie seine Zuhörer, als hätte ein Möbelstück zu sprechen begonnen.

»Das ist eine hundsgemeine *Lüge*«, schluchzte Knowles.

Es war mitleiderregend, wie der verstörte alte Mann mit der Faust auf den Tisch schlug.

»Mr. Burrows hat ganz recht. Lügen und Lügen und nichts als Lügen. Und alle stecken unter einer Decke.« Seine Stimme wurde schrill und bebte vor Empörung, und er hämmerte wie wild auf den Tisch. »Sie haben sich alle gegen sie gestellt, alle zusammen. Sie lassen ihr nicht die kleinste Chance. Was ist denn schon dabei, wenn sie ein bißchen über die Stränge geschlagen hat? Was ist denn dabei, wenn sie die Bücher gelesen hat und sich vielleicht mit einem Burschen oder zweien eingelassen?

Was ist denn der Unterschied zu den Spielen, die sie schon als Kinder gespielt haben? Das sind doch alles große Kinder. Sie wollte niemandem etwas zuleide tun. Das hat sie nie gewollt. Und Sie werden sie nicht hängen. Bei Gott, das werden Sie nicht. Keiner tut meiner jungen Lady etwas zuleide, dafür sorge ich.«

Er hob den zitternden Zeigefinger.

»Ich sorge dafür, daß Sie nicht durchkommen mit Ihren Hirngespinsten und Phantastereien. Sie hat diesen armseligen Bettler nicht umgebracht, der herkam und Master Johnny sein wollte. Master Johnny, daß ich nicht lache! Der Bettler ein Farnleigh? *Der* Bettler? Der hat bekommen, was er verdiente, und es tut mir nur leid, daß man ihm nicht noch einmal die Kehle durchschneiden kann. Aus dem Schweinestall kam der Kerl, da kam er her. Aber was kümmert mich der. Sie rühren mir meine junge Lady nicht an, das können Sie mir glauben. Sie hat ihn nicht umgebracht, nie im Leben hat sie ihn umgebracht, und das kann ich beweisen.«

In dem vollkommenen Schweigen, das darauf eintrat, hörten sie das Tocken von Dr. Fells Stock auf dem Fußboden, seinen schnaufenden Atem, als er hinüber zu Knowles ging und ihm die Hand auf die Schulter legte.

»Ich weiß, daß sie es nicht war«, sagte er sanft.

Knowles starrte ihn mit großen Augen an.

»Soll das heißen«, rief Burrows, »Sie haben hier gesessen und uns dieses Märchen aufgetischt, nur um ...«

»Glauben Sie etwa, mir macht das Spaß?« entgegnete Dr. Fell. »Glauben Sie, ich habe auch nur ein einziges Wort gern gesagt oder einen der Schritte, die ich tun mußte, gern getan? Alles, was ich Ihnen über diese Frau und ihren Hexenkult und ihr Verhältnis zu Farnleigh gesagt habe, ist die Wahrheit. Alles. Die Idee zum Mord und der Plan stammen von ihr. Der einzige Unterschied ist, daß sie nicht selbst das Messer führte. Sie war es nicht, die den Automaten wiederbelebte, und sie war es auch nicht, die Sie im Garten sahen. Allerdings« – die Hand auf Knowles' Schulter faßte kräftiger zu – »wissen Sie ja, wie es bei Gericht zugeht. Sie wissen, wie es ist, wenn die Mühlen der Justiz erst einmal in Gang kommen und wie leicht sie einen Menschen zermalmen können. Und in Gang gesetzt habe ich sie nun. Lady Farnleigh wird am höchsten Galgen baumeln, wenn Sie uns nicht die Wahrheit sagen. Wissen Sie, wer den Mord begangen hat?«

»Natürlich weiß ich das«, knurrte Knowles. »Ha!«

»Und wer war der Mörder?«

»Das ist doch nicht schwer«, schnaubte Knowles. »Und der erbärmliche Bettler hat nur bekommen, was er verdiente. Der Mörder war …«

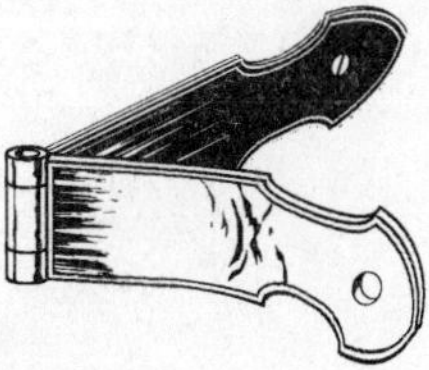

VIERTER TEIL

Samstag, 8. August

Eines jedoch konnte Flambeau, so geschickt er mit seinen Verkleidungen auch war, nicht verbergen, und das war seine auffällige Größe. Hätte Valentin mit seinen Adleraugen eine groß gewachsene Marktfrau entdeckt, einen hoch aufgeschossenen Grenadier oder auch nur eine halbwegs stattliche Herzogin, so hätte er sie wohl auf der Stelle verhaftet. Doch im ganzen Zug gab es niemanden, der Flambeau in Verkleidung sein konnte, so wenig wie ein Kater eine verkleidete Giraffe sein kann.

G. K. CHESTERTON, *Das blaue Kreuz.*

Kapitel 21

Ein Brief von Patrick Gore (geborener John Farnleigh) an Dr. Gideon Fell

Eines schönen Tages
auf See.

MEIN LIEBER DOKTOR!

Jawohl, ich war's. Ich allein habe den Hochstapler umgebracht, ich allein habe all jene Geister beschworen, die Sie offenbar in Sorge versetzt haben.

Ich schreibe Ihnen diesen Brief aus einer Reihe von Gründen. Zunächst: Ich habe (so unvernünftig das auch ist) eine echte Zuneigung zu Ihnen gefaßt und achte Sie sehr. Zum zweiten: Sie haben sich selbst übertroffen. Die Art, wie Sie meinen Rückzug und meine Flucht erzwungen haben, Schritt für Schritt durch jedes Zimmer, zu jeder Tür und schließlich sogar zum Hause hinaus, weckt in einem solchen Maße meine Bewunderung, daß ich mir Auskunft darüber wünschen würde, ob ich Ihren Schlußfolgerungen korrekt gefolgt bin. Ich mache Ihnen das Kompliment, daß Sie der einzige Mensch sind, der mir je geistig überlegen war; allerdings habe ich mich noch nie besonders gut gegen Schulmeister geschlagen. Und zum dritten: Ich glaube, ich habe die eine, einzige wirklich vollkommene Verkleidung gefunden, die es gibt, und nun, wo ich sie nicht mehr brauche, möchte ich ein wenig damit prahlen.

Ich erwarte, daß Sie mir antworten. Bis dieser Brief Sie erreicht, werden ich und meine geliebte Molly schon in einem Land angelangt sein, das keinen Auslieferungsvertrag mit Großbritannien hat. Es ist ein recht heißes Land, und da trifft es sich gut, daß Molly und ich beide eine Schwäche für heiße Gegenden haben. Sobald wir es uns in unserem neuen Heim gemütlich gemacht haben, lasse ich Sie die Adresse wissen.

Eine Bitte hätte ich an Sie. In der Flut empörter Kommentare, die auf unsere Flucht folgen wird, werde ich gewiß von Zeitungen, Gerichten und überhaupt allem, was den Menschen die Augen verdreht, als Teufel, Monstrum, Werwolf und so weiter hingestellt. Sie wissen genau, daß ich nichts dergleichen bin. Mir macht das Morden keine Freude, und wenn ich beim Gedanken an den Tod jenes Dreckskerls keine Reue empfinde, dann hoffentlich deswegen, weil ich kein Heuchler bin. Es gibt Menschen, die haben eine bestimmte Wesensart, so wie Molly und ich. Wenn wir mit unserer Wissenschaft und unseren Tagträumen ein wenig mehr Spannung in die Welt bringen, dann sollte das doch für jene, die in Vorstadthäusern leben, ein Zeichen sein, daß es auch noch etwas Besseres für sie gibt. Wenn Sie also zu hören bekommen, wie jemand über diesen Satan und seine Teufelsbraut herzieht, seien Sie so nett und sagen Sie dem Betreffenden, daß Sie Tee mit beiden von uns getrunken haben und Ihnen keine Hörner und kein Schwefelgeruch aufgefallen sind.

Doch nun muß ich Ihnen mein Geheimnis verraten, das zugleich das Geheimnis des Falles ist, in dem Sie so heldenhaft ermittelt haben. Es ist ein so einfaches Geheimnis, daß es sich in vier Worte fassen läßt:

Ich habe keine Beine.

Ich habe keine Beine. Sie wurden mir beide im April 1912 amputiert, nachdem jener Dreckskerl sie mir bei einem kleinen Zwischenfall an Bord der *Titanic*, den ich Ihnen gleich beschreiben werde, zerquetscht hatte. Die prachtvollen künstlichen Gliedmaßen, mit denen ich seither durch die Welt geschritten bin, haben diese Behinderung, fürchte ich, nicht ganz verbergen können. Es fiel mir auf, wie Sie meine Schritte beobachteten – nicht gerade ein Hinken, aber doch immer ungeschickt und manchmal, wenn ich zu schnell sein will, so linkisch, daß ich mich verrate. Im Grunde kann ich nicht schnell gehen; und auch darauf werde ich gleich zurückkommen.

Ist Ihnen jemals aufgegangen, welch großartige Möglichkeiten Beinprothesen zur Verkleidung bieten? Wir kennen den Mummenschanz aus Perücke und Bart und Theaterschminke; wir kennen die falschen Nasen und die ausgestopften Bäuche; wir haben die raffiniertesten Sinnestäuschungen erlebt. Aber so erstaunlich das ist, hat man noch nie von der einfachsten Art der Täuschung gehört – jener durch den schieren Größenunterschied. Immer hat es geheißen: »Dies und das kann ein Mann tun, aber eines kann er nicht verändern: seine Größe.« Ich möchte also zu Protokoll geben, daß ich mir meine Größe aussuchen kann, wie es mir gefällt, und daß ich das schon seit einer ganzen Reihe von Jahren getan habe.

Von Natur aus bin ich nicht groß. Oder um es exakter auszudrücken: Wenn ich die Möglichkeit hätte, die Größe abzuschätzen, die ich eigentlich haben sollte, wäre es, glaube ich, nicht allzu groß. Lassen Sie uns sagen, daß ich ohne den Eingriff meines Freundes auf der *Titanic* etwa einen Meter fünfundsechzig groß wäre.

Durch die Entfernung meines Unterbaus (wie habe ich das ausgedrückt?) bleibt noch ein eigentlicher Körper von knapp neunzig Zentimetern. Wenn Sie mir nicht glauben, zeichnen Sie einmal Ihre eigene Größe an einer Wand an und messen Sie dann den Teil ab, den davon jene geheimnisvollen Gliedmaßen einnehmen, die wir Beine nennen.

Ich ließ mir – zuerst im Zirkus – eine ganze Reihe von Beinprothesen verschiedener Länge machen, und nachdem ich manch schmerzvolle Stunde damit verbracht habe, das Gehen darin zu üben, kann ich mir heute meine Größe nach Belieben aussuchen. Es ist interessant zu sehen, wie leicht das Auge sich täuschen läßt. Stellen Sie sich einmal vor, Ihr schmächtiger Freund stünde als Zweimetermann vor Ihnen: Ihr Hirn würde es nicht glauben, und mit ein wenig Geschick in anderen Bereichen der Verkleidung wäre er nicht mehr zu erkennen.

Ich wechsle gern meine Größe. Ich bin einmal einsfünfundachtzig groß gewesen. In meiner berühmten Rolle als »Ahriman« der Weissager hingegen war ich fast ein Zwerg, und das mit solchem Erfolg, daß der brave Mr. Harold Welkyn mich nicht wiedererkannt hat, als ich als Patrick Gore zu ihm zurückkehrte.

Das Beste wird sein, ich beginne mit der Sache, die sich auf der *Titanic* zugetragen hat. Die Geschichte, die ich vor den versammelten offenen Mäulern in der Bibliothek vortrug, als ich kürzlich dorthin zurückkehrte, um mein Erbe einzufordern, war die Wahrheit – nur eine einzige Kleinigkeit habe ich leicht verändert und natürlich jenen einen Punkt ausgelassen.

Wir haben die Identitäten getauscht, ganz wie ich es beschrieben habe. Der edle Knabe wollte mich tatsächlich umbringen, wie ich gesagt habe. Allerdings hat er versucht, mich zu erwürgen, denn damals war er der Stärkere. Diese kleine Tragikomödie spielten wir in den Kulissen einer echten Tragödie, und vor welchem Hintergrund, das haben Sie erraten. Der Hintergrund war eine jener großen, weiß lackierten Stahltüren, mit denen auf einem Schiff die Schotten dichtgemacht werden können und die dem eindringenden Wasser etliche Zentner schieres Metall entgegenstemmen. Die Art, wie ihre Scharniere sich bogen und zerplatzten, als das Schiff in die Tiefe ging, war, glaube ich, das Entsetzlichste, was ich je in meinem Leben gesehen habe; es war wie das Chaos, das über die Welt hereinbrach, wie der Fall der Tore von Gath.

Der Plan meines Freundes war nicht gerade hoch entwickelt. Er wollte mir den Hals zudrücken, bis ich bewußtlos war, mich dann unter Deck einschließen, wo das Wasser eindrang, und sich davonmachen. Ich wehrte mich mit allem, was ich zu fassen bekam, und das war in diesem Falle ein Holzhammer, der neben der Tür hing. Wie oft ich zuschlug, weiß ich nicht mehr, doch dem Sohn der Schlangentänzerin schien es überhaupt nichts auszumachen. Ich konnte einen Sprung auf die andere Seite der Tür machen – was sich jedoch als schlechter Schachzug erweisen sollte; der Sohn der Schlangentänzerin stemmte sich dagegen, und mit dem Rollen des Schiffes gaben die Scharniere nach. Ich brauche wohl kaum zu sagen, daß ich mich noch rechtzeitig in Sicherheit bringen konnte – alles von mir bis auf die Beine.

Es war ein Tag für Heldentaten, Doktor – Heldentaten, die keiner je besungen hat und von denen, wenn überhaupt, nur mit stammelnden Worten berichtet wurde. Wer mich gerettet hat, ob es ein Passagier war oder jemand von der Besatzung, das weiß ich nicht. Jedenfalls hob mich jemand auf wie einen nassen Hund und trug mich hinaus zu einem Rettungsboot. Ich war überzeugt, daß der Sohn der Schlangentänzerin mit seinem blutüberströmten Kopf und den wirren Augen zurückgeblieben war und umkommen würde. Daß ich selbst nicht umgekommen bin, verdanke ich wohl dem Salzwasser, aber es war nicht gerade eine Vergnügungsfahrt; und aus der Woche, die darauf folgte, weiß ich nichts mehr.

In der Geschichte, die ich vor einigen Abenden dem Grüppchen von Farnleigh Close erzählte, berichtete ich als nächstes davon, wie Boris Yeldritch, der alte Zirkusdirektor – längst tot –, mich als »Patrick Gore« in Empfang nahm. Ich habe auch zumindest angedeutet, wie mir zumute war. Sie wissen, warum ich auf meine Verfassung nicht näher eingegangen bin. Boris fand ohne Mühen einen Platz für mich im Zirkus, denn schließlich war ich (was sollen wir darum herumreden) ein Krüppel, der – dank meiner Studien seinerzeit zu Hause – einen wunderbaren Wahrsager abgab. Es war eine Zeit der Schmerzen und Demütigungen, besonders da ich auf meinen Händen »gehen« lernen mußte. Ich will dabei nicht länger verweilen, denn Sie sollen nicht denken, ich wollte Ihr Mitleid oder Mitgefühl – schon der Gedanke bringt mich in furchtbare Wut. Mir geht es wie dem Mann im Theaterstück. Eure Achtung will ich erringen, wenn ich es kann. Euren Respekt werde ich erzwingen, und wenn ich euch dafür umbringen muß. Aber euer Mitleid? Wie könnt ihr es wagen!

Aber mir geht auf, daß ich mich wie ein Tragöde wegen Dingen gebärde, die ich im Grunde schon fast vergessen habe. Lassen Sie uns die griesgrämige Stimmung vertreiben und uns amüsieren über das, was wir nicht ändern können. Sie wissen, was aus mir geworden ist: Ich bin Wahrsager gewesen, falscher Spiritualist und Okkultist, und Zauberkünstler dazu. Vor einigen Tagen auf Farnleigh Close war es fast ein wenig unvorsichtig von mir, daß ich soviel davon verraten habe. Aber ich bin als Mann, der alles weiß, schon unter so vielen Namen und in so vielen Verkleidungen aufgetreten, daß ich nicht groß befürchten mußte, jemand werde mich wiedererkennen.

Glauben Sie mir, in meinem Geschäft ist es nur gut, wenn man keine Beine hat. Ich würde es mir nicht anders wünschen. Aber die künstlichen waren mir oft im Wege, und ich fürchte, wirklich geschickt im Umgang mit ihnen bin ich nie geworden. Schon früh habe ich gelernt, mich nur auf den Händen fortzubewegen, und das mit – wenn ich mir erlauben darf, das zu sagen – unglaublicher Schnelligkeit und Wendigkeit. Ich brauche Ihnen wohl kaum zu erzählen, wie oft mir das in meinem Geschäft als falsches Medium nützlich war und welch bemerkenswerte Effekte ich für die Besucher meiner Séancen ersonnen habe. Denken Sie einmal eine Weile lang darüber nach, dann werden Sie es sich ausmalen können.

Bei solchen Auftritten trage ich unter meinen künstlichen Gliedmaßen und den gewöhnlichen Hosen stets noch eine eng sitzende Hose mit Lederflicken, die mir als Beine dienen und auf dem Boden keinerlei Spuren hinterlassen. Da oft alles auf die Geschwindigkeit ankam, bin ich heute in der Lage, meine Beinprothesen binnen fünfunddreißig Sekunden ab- und wieder anzuschnallen.

Und das ist natürlich die schmerzlich einfache Erklärung dafür, wie ich den Automaten bedienen konnte.

Dazu ein paar Worte, da sich die Geschichte nun einmal wiederholt. Es *könnte* nicht nur schon vorher geschehen sein, es ist schon vorher geschehen. Ist Ihnen klar, Doktor, daß dies das Geheimnis von Kempelens und Maelzels Schachspieler ist?[1] Mit

[1] Es ist tatsächlich so, wie Mr. Gore schreibt. Ich bin auf diese Erklärung erstmals in einer alten Ausgabe der *Encyclopaedia Britannica* gestoßen (9. Auflage, erschienen 1883). Der Verfasser des Artikels, J. A. Clarke, schreibt: »Der erste Operateur war ein polnischer Freiheitskämpfer namens Worousky, der auf dem Schlachtfeld beide Beine verloren hatte. In der Öffentlichkeit trug er Beinprothesen, und das und die Tatsache, daß in Kempelens

der einfachen Hilfe eines Mannes von meiner Statur im Inneren der Kiste, auf der die Figur saß, versetzten sie ganz Europa und Amerika fünfzig Jahre lang in Staunen. Wenn dieser Schwindel Leute von so verschiedenem Temperament wie Napoleon Bonaparte und Phineas Barnum täuschen konnte, müssen Sie nicht unglücklich sein, wenn er auch Sie getäuscht hat. Aber in Wirklichkeit sind Sie ja gar nicht darauf hereingefallen, und das haben Sie mir auf dem Dachboden deutlich zu verstehen gegeben.

Ich zweifle nicht daran, daß dies auch im siebzehnten Jahrhundert schon das Geheimnis der Goldhexe war. Verstehen Sie nun, warum der Automat so sehr in Ungnade fiel, als mein verehrter Vorfahr Thomas Farnleigh, der ihn für einen schwindelerregenden Preis gekauft hatte, die Wahrheit darüber erfuhr? Er hatte das große Geheimnis kennengelernt, und wie manch anderer, der in die geheimen Mysterien eingeweiht wird, war er wütend. Er hatte geglaubt, er bekomme ein Wunder. Statt dessen bekam er nur einen raffinierten Trick, und wenn er seine Freunde damit hinters Licht führen wollte, mußte er immer einen eigenen Operateur im Hause haben.

Ursprünglich funktionierte es so: Der Raum im Inneren, davon haben Sie sich selbst vergewissert, ist groß genug für jemanden wie mich. Wenn man erst einmal in der Kiste, dem »Sofa«, steckt und die Tür verschlossen wird, öffnet sich an dessen Oberseite ein Fenster, durch das man an die Mechanik der Figur gelangt. Hier finden wir – mit simplen Gegengewichten versehen – ein Dutzend Hebel, die mit Händen und Körper in Verbindung stehen. In den Knien der Puppe sind Löcher verborgen, die sich von innen öffnen lassen und durch die der Operateur hinaussehen

Gesellschaft kein Kind oder Zwerg reiste, genügte, um beim Publikum jedes Mißtrauen zu zerstreuen, daß jemand im Inneren der Maschine sitzen könne. Der Automat machte mehrere Tourneen durch die Hauptstädte und Residenzen Europas, war für kurze Zeit im Besitz Napoleons I. und wurde nach Kempelens Tod im Jahre 1819 noch von Maelzel vorgeführt. 1854 ging er bei einem Brand in Philadelphia verloren.« Band XV, S. 210.

kann. So konnte Maelzels Figur Schach spielen, und so spielte unsere Goldhexe vor hundert Jahren die Cittern.

Eine der besten Ideen bei der Hexe war jedoch das Verfahren, mittels dessen der Operateur ungesehen in die Kiste geschleust wurde. Darin hat der Erbauer der Hexe für meine Begriffe Kempelen noch übertroffen. Zu Beginn der Veranstaltung öffnete der Zauberkünstler die Kiste, damit alle sich vergewissern konnten, daß nichts darin war. Wie kam der Operateur nun hinein?

Ihnen brauche ich das nicht zu erklären. Mit Ihren Bemerkungen auf dem Dachboden am Tag nach dem Mord – die ja ausdrücklich auf mich gemünzt waren – und den Fragen nach dem Kostüm, das der Schausteller getragen hatte, zeigten Sie deutlich genug, daß Sie die Sache durchschaut hatten, und damit wußte ich wiederum, daß ich auf verlorenem Posten stand.

Das traditionelle Kostüm des Zauberers besteht, wie jeder weiß, aus einem weiten wallenden Umhang mit Hieroglyphen darauf, und der Erfinder des Automaten machte sich lediglich diesen Umstand zunutze, wie später nicht ganz so elegant die indischen Fakire. Kurz gesagt, unter dem Umhang verbirgt sich jemand: im Falle des Fakirs ein Kind, das unbemerkt in den Korb klettert, im Falle des Schaustellers unserer Hexe der Operateur, der in den Kasten stieg, während der Zauberer in seiner großen Robe sich an dem Apparat zu schaffen machte und die Lichter im Raum erloschen. In vielen meiner eigenen Programme habe ich den Trick schon mit Erfolg angewandt.

Und damit kehren wir zu meiner Lebensgeschichte zurück.

Meine erfolgreichste Rolle war die des »Ahriman« in London, und ich hoffe nur, Sie können mir verzeihen, daß ich diesen Namen eines zarathustrischen Teufels einem Ägypter gegeben habe. Der arme Welkyn, von dem Sie nicht glauben dürfen, er sei jemals bei diesen Machenschaften mein Komplize gewesen, weiß bis zum heutigen Tag nicht, daß ich der bärtige Zwerg war, für den er sich so trefflich einsetzte. Er hat mich in dieser Verleumdungssache nach allen Regeln der Kunst verteidigt – er glaubte an meine übersinnlichen Kräfte –, und als ich als verlorener Erbe wiederauftauchte, fand ich es nur fair, daß ich ihn zu meinem Rechtsbeistand machte.

(Meister, dieser Verleumdungsprozeß beflügelt noch heute meine Phantasie. Ich hätte mir so sehr gewünscht, im Gerichtssaal eine Probe meiner hellseherischen Fähigkeiten zu geben. Mein Vater, müssen Sie wissen, war mit dem Richter zur Schule gegangen, und ich war bereit, im Zeugenstand in Trance zu verfallen und ein paar Peinlichkeiten aus dem Leben Seiner Lordschaft auszuplaudern. Mein Vater ist in den neunziger Jahren in der Londoner Gesellschaft ein- und ausgegangen, und die erstaunlichen Einblicke, die Ahriman in die Herzen seiner Besucher gewann, waren weniger seinen spiritistischen Fähigkeiten zu verdanken als einem soliden Vorwissen. Aber eine Schwäche für spektakuläre Effekte ist ja schon immer einer meiner entlarvendsten Züge gewesen.)

Und in meiner Zeit als Ahriman beginnt unsere eigentliche Geschichte.

Ich hatte keine Ahnung, daß »John Farnleigh« noch am Leben war, geschweige denn, daß er nun Sir John Farnleigh, Baronet, war – bis er eines Tages in meinen Salon in der Half Moon Street spaziert kam und mir alle seine Sorgen beichtete. Daß ich dem Mann nicht ins Gesicht lachte, vermerke ich hier nur als Tatsache. Nicht einmal der Graf von Monte Christo hätte sich eine solche Begegnung erträumen können. Aber ich glaube, ich sage ich glaube, indem ich seinem fiebernden Verstand Balsam gab, habe ich ihm doch auch zu ein paar unerfreulichen Tagen und Nächten verhelfen können.

Wichtig war jedoch nicht, daß ich *ihn* wiedergefunden hatte, sondern daß ich Molly wiedergefunden hatte.

Bei diesem Thema tobt meine Leidenschaft zu sehr, als daß ich sie in elegante Worte fassen könnte. Sehen Sie es nicht auf Anhieb, daß sie und ich füreinander bestimmt sind? Sehen Sie nicht, daß Molly und ich, nun wo wir uns einmal wiedergefunden hatten, von den Enden der Welt zusammengekommen wären? Es war eine Liebesaffäre so heftig, so absolut, so allumfassend; wir verzehrten uns nacheinander, wir fraßen uns mit Haut und Haaren auf. Ich muß darüber lachen, sonst mache ich noch aus Zufällen Poesie und aus Flüchen Liebesschwüre. Meinen verkrüppelten Leib fand sie (als sie es erfuhr) weder lustig noch abstoßend. Vor ihr mußte ich nicht das Lied des Quasimodo singen, das Klagelied des vom Leben Vernachlässigten. Hüten Sie sich, eine Liebe leichtfertig abzutun, deren Leidenschaft infernalisch ist und nicht von der Sanftheit der Engel. Pluto liebte ebenso wahrhaft wie der Herrscher des Olymp und half, die Erde zu bevölkern, wo Zeus, der arme Hund, es nur zum Schwan oder Goldregen brachte; und ich danke Ihnen, daß Sie meine Auslassungen zu diesem Thema wohlwollend aufgenommen haben.

Molly und ich haben die ganze Sache natürlich geplant. (Fanden Sie nicht auch, daß unsere Feindseligkeit vor den anderen fast ein wenig zu dick aufgetragen war? Daß sie mich gar zu schnell beschimpfte und ich sie mit gar zu frechen Bemerkungen herausforderte?)

Das Ironische daran war, daß ich ja tatsächlich der echte Erbe war und daß uns doch nichts anderes übrigblieb, als zu tun, was wir getan haben. Dieser Gauner war ihr bei dem, was Sie ihren heimlichen Hexenkult nennen, auf die Schliche gekommen; er nutzte sein Wissen als einfaches, doch wirksames Mittel der Erpressung, um an dem Besitz festzuhalten; und wenn sie ihn entlarvte, dann würde er seinerseits sie entlarven. Wenn ich den Besitz zurückerhalten wollte – dazu war ich entschlossen – und wenn ich Molly zurückhaben und hochoffiziell heiraten wollte, so daß wir ohne jede Heimlichtuerei nur unserer gemeinsamen Leidenschaft leben konnten – und auch dazu war ich entschlossen –, dann mußte ich ihn töten, und ich mußte es einrichten, daß es aussah, als habe er es selbst getan.

So kam es also. Molly brachte den Mord nicht über sich – ich hingegen bringe alles über mich, wenn ich mich nur gut genug darauf konzentriere. Ich sage kein Wort davon, daß ich ihm ja auch noch etwas zurückzuzahlen hatte – und als ich sah, was aus dem frommen Knaben geworden war, da wußte ich, was einen

Puritaner ausmacht und warum man sie vom Antlitz der Erde getilgt hat.

Die Tat war für den Abend angesetzt, an dem sie auch geschah – genauer konnte ich nicht planen. Es konnte nicht vorher sein, denn ich wollte mich nicht vor der Zeit im Herrenhaus zeigen – das wäre ein vermeidbares Risiko gewesen –, und man konnte ja kaum erwarten, daß der Bursche sich umbrachte, bevor er überhaupt erfahren hatte, wie erdrückend die Last der Beweise gegen ihn war. Welch wunderbare Gelegenheit sich für mich ergab, als wir auf das Urteil zu den Fingerabdrücken warteten und er hinaus in den Garten spazierte, brauche ich Ihnen nicht zu sagen.

Nun wird es Zeit für ein Kompliment an Sie, mein Freund. Sie nahmen es auf sich, ein unmögliches Verbrechen aufzuklären, und damit Sie Knowles zum Reden brachten, zimmerten Sie aus Träumen und Phantasiegebilden und Spekulation ein Gebäude zurecht, dessen Logik so zwingend war, daß Sie damit das Unerklärliche erklärten. Unter dem rein künstlerischen Aspekt freut mich das; ohne Ihre Arbeit wären die Zuhörer um das Beste an diesem Fall betrogen worden.

Tatsache ist jedoch – und das wissen Sie sehr gut –, daß es nie ein unmögliches Verbrechen gegeben hat.

Ich ging einfach zu dem Burschen hin, zerrte ihn zu Boden und tötete ihn am Teich mit dem Taschenmesser, das Sie später in der Hecke fanden – das ist alles.

Knowles, ob es nun Glück war oder Pech, sah alles vom Fenster des Grünen Zimmers mit an. Aber selbst da wären wir noch, hätte ich nicht alles mit meinem einen großen Fehler verdorben, in Sicherheit gewesen, gleich doppelt sicher sogar. Knowles schwor nicht nur aller Welt, daß es Selbstmord gewesen war; nein, er verschaffte mir sogar zu meiner nicht unbeträchtlichen Verblüffung ungefragt ein Alibi. Denn von Anfang an hatte er, wie Sie erfahren haben, dem verstorbenen Herrn mißtraut und eine Abneigung gegen ihn gehegt; er hatte nie wirklich geglaubt, daß dieser Mann ein Farnleigh war, und er wäre lieber an den Galgen gegangen, als daß er verraten hätte, daß der echte John

Farnleigh den falschen, der ihn um sein Erbe gebracht hatte, getötet hatte.

Als ich den Burschen umbrachte, hatte ich natürlich meine Beine abgeschnallt. Das war nur vernünftig, denn wirklich schnell und bequem kann ich mich nur auf meinen Lederflicken bewegen, und mit den Beinprothesen hätte ich mich nicht so weit ducken können, daß mich hinter den taillenhohen Hecken keiner sah. Die Hecken boten mir einen wunderbaren Schutz und, sollte es notwendig werden, eine Vielzahl von Fluchtwegen. Für den Fall, daß mich doch jemand sah, hatte ich mir die sinistre Janusmaske vom Dachboden unter die Jacke gesteckt.

Ich näherte mich ihm von der Nordseite des Hauses, das heißt aus der Richtung des neuen Flügels. Ich könnte mir vorstellen, daß ihm die Haare zu Berge standen, als er mich sah. Der Gauner war so vor Schrecken starr, daß ich ihn schon nach unten gezogen hatte, bevor er sich rühren oder auch nur einen Laut von sich geben konnte. Die Kraft, die sich in all den Jahren in meinen Schultern und Armen entwickelt hat, Doktor, ist beträchtlich.

Später machte mir gerade in diesem Punkt – dem eigentlichen Angriff – die Aussage von Nathaniel Burrows einige Sorgen. Burrows stand an der Terrassentür, an die zehn Meter entfernt, und wie er selbst sagt, sieht er im Halbdunkel nicht gut. Er sah merkwürdige Geschehnisse, auf die er sich keinen Reim machen konnte. Er konnte mich nicht sehen, denn die Hecken standen dazwischen, doch das Verhalten des Opfers erschreckte ihn. Lesen Sie noch einmal in seiner Aussage nach, dann wissen Sie, was ich meine. Sie schließt mit den Sätzen: »Ich wüßte nicht, wie ich die Bewegung beschreiben sollte, die er machte. Es war, als hätte ihn etwas an den Füßen gepackt.«

Und genauso war es.

Doch diese Gefahr war kaum der Rede wert im Vergleich zu dem, was Welkyn ein paar Sekunden nach dem Mord beinahe vom Eßzimmerfenster aus gesehen hätte. Zweifellos wird Ihnen schon aufgegangen sein, daß das, was Welkyn durch eine der unteren Scheiben der Terrassentür sah, niemand anderes als der Unterzeichnete war. Es war leichtsinnig von mir, mich jemandem auch nur einen flüchtigen Augenblick lang zu zeigen, doch in dem Moment war ich (wie Sie noch hören werden) zu beschäftigt damit, daß mir mein Plan mißlungen war; zum Glück hatte ich die Maske umgebunden.

Daß er mich zu sehen bekam, war nicht so gefährlich wie die Deutung einer bestimmten Wendung – einer Impression –, die sich am folgenden Tag ergab, als dieser Vorfall besprochen wurde. Der Übeltäter war mein alter Lehrer Murray, stets ein zungenfertiger Mann. In Welkyns Beschreibung spürte Murray ein Echo dessen, was dieser (unsicher und ungeschickt) zum Ausdruck zu bringen suchte. Und Murray sagte zu mir: »Und nun, wo Sie zurückkehren, begrüßt Sie ein beinloses Etwas, das durch den Garten gekrochen kommt …«

Das war nun wirklich eine Katastrophe. Es war das eine, was niemand vermuten, der eine Gedanke, auf den niemand kommen durfte. Ich spürte, wie mein Gesicht sich zusammenzog, ich weiß, daß mir das Blut aus dem Gesicht wich, als hätte jemand den Stopfen herausgezogen, und ich sah, daß Sie mich ansahen. Ich war so dumm und habe den armen alten Murray angefahren und beschimpft, und alle müssen sich gefragt haben, warum – alle außer Ihnen.

Allerdings war ich zu jenem Zeitpunkt ohnehin schon zu dem Schluß gekommen, daß es um mich geschehen war. Ich habe von dem schweren Fehler gesprochen, den ich gleich zu Anfang gemacht habe und der alles verdarb, was ich mir zurechtgelegt hatte. Und der Fehler war der:

Ich hatte das falsche Messer genommen.

Es hätte ein gewöhnliches Taschenmesser sein sollen, das ich eigens für diesen Zweck besorgt hatte. (Dieses Messer habe ich Ihnen am folgenden Tag gezeigt und Ihnen weismachen wollen, es sei mein eigenes.) Ich wollte es ihm in die Hand drücken und es dann am Teich liegenlassen, und damit wäre das Bild des Selbstmordes komplett gewesen.

Doch als ich schon zustach und es zu spät war, noch etwas zu tun, da sah ich, daß ich in der Hand mein eigenes Messer hatte – das Messer, das ich besessen habe, seit ich ein Junge war – das Messer, das tausend Leute in Amerika bei mir gesehen haben, mit Madeline Danes Namen in die Klinge geritzt. Sie erinnern sich, daß Sie trotz größter Anstrengungen keine Erklärung dafür fanden, wie der falsche Farnleigh an dieses Messer gelangt war. Wie es zu *mir* kam, darauf wären Sie schnell genug gekommen.

Alles wurde dadurch noch schlimmer, daß ich am Abend des Mordes gegenüber dem Grüppchen in der Bibliothek dies Messer erwähnt hatte. Als ich von den Vorfällen an Bord der *Titanic* berichtete, erzählte ich auch, wie ich den echten Patrick Gore kennengelernt hatte und wie es auf Anhieb zum Streit gekommen war, und wie man mich nur mit Mühe davon abhalten konnte, mit meinem Taschenmesser auf ihn loszugehen. Deutlicher hätte man den Charakter des Täters und die Tatwaffe wohl nicht bezeichnen können. Das kam daher, daß ich eine Lüge zu kunstvoll erzählen wollte, daß ich die ganze Wahrheit unterbringen wollte, bis auf den einen Punkt, der unterdrückt werden sollte. Ich kann Ihnen von dieser Technik nur abraten.

Da stand ich nun also am Teich, das gräßliche Ding, an das ich seine Fingerabdrücke praktiziert hatte, in meiner behandschuhten Hand, und von überallher kamen Leute gelaufen. Ich mußte blitzschnell entscheiden. Ich wollte nicht riskieren, das Messer dortzulassen. Also wickelte ich es in mein Taschentuch und steckte es ein.

Welkyn sah mich, als ich zur Nordseite des Hauses zurückkehrte, um meine Prothesen wieder anzulegen. Deshalb fand ich es am besten zu sagen, daß ich auf der Südseite gewesen sei. Ich wagte es nicht, das Messer mit mir herumzutragen, und mußte es verstecken, bis ich eine Möglichkeit fand, es ungesehen zu beseitigen. Und ich bin nach wie vor der Überzeugung, daß ich ein Versteck auswählte, auf das nie jemand hätte kommen sollen. Ihr Sergeant Burton hat selbst gesagt, die Chancen seien eins zu einer Million gewesen, daß er das Messer in der Hecke finden würde, ohne daß er jede einzelne Heckenpflanze im ganzen Garten ausgrub. Was denken Sie, meinten die Parzen es besonders schlecht mit mir? Na, ich weiß nicht. Zugegeben, ich mußte meine ganze Taktik ändern und nun so tun, als glaubte ich an einen Mord. Doch Knowles, noblen Sinnes und zu jedem Opfer bereit, verschaffte mir sogleich ein Alibi; noch bevor ich das Haus an jenem Abend verließ, ließ er eine Andeutung fallen, und am folgenden Tag war ich für Sie bereit.

Der Rest ist schnell erzählt. Als ich Molly erst einmal zu verstehen gegeben hatte, daß wir die Sache nun als Mord hinstellen mußten, glaubte sie, sie könne unsere Lage verbessern, indem sie das Heft mit den Fingerabdrücken stahl – denn eines solchen Diebstahls konnte *ich* ja kaum bezichtigt werden, wo das Heft doch als Beweis meiner Identität dienen sollte. Wir hatten ohnehin vor, es wieder zurückzustecken, und taten es um so schneller, als wir sahen, daß es eine Attrappe war.

Molly hat ihre Rolle gut gespielt, finden Sie nicht auch? Die kleine Szene im Garten gleich nach Entdeckung der Leiche (»Zum Teufel mit ihm, er hat es *gewußt*!«) hatten wir sorgfältig geprobt. Es sollte so gedeutet werden, daß ich recht gehabt hatte, als ich vor der versammelten Gesellschaft sagte, sie habe ihren Mann nie geliebt (ebenfalls eine einstudierte Szene), sondern immer nur das Bild, das sie von mir hatte. Es durfte ja nicht sein, daß die Witwe zu untröstlich war. Es durfte nicht sein, daß sie vor Kummer so darniederlag, daß sie mir für alle Zeiten feindlich gesonnen bliebe. Es war ein Plan, der in die Zukunft blickte, in eine Zeit, in der man das Kriegsbeil begraben würde – und was haben wir diesen schönen Plan verdorben!

Denn zu allem anderen kam noch der unglückliche Vorfall am folgenden Tag, als Betty Harbottle mich auf dem Dachboden beim Spiel mit dem Automaten erwischte. Auch da kann ich nur wieder *mea culpa* murmeln. Im Grunde war ich nur nach oben gegangen, um das Heft wieder zurückzuholen. Doch als ich die Hexe dort stehen sah, ging mir auf, daß ich sie nun endlich zum Leben erwecken konnte. Als Junge war ich hinter ihr Geheimnis gekommen, aber damals war ich schon zu groß, um noch hineinzukriechen. Und so konnte ich denn der Versuchung nicht widerstehen, daran zu basteln, wie ein braver Ehemann an einer braven alten Uhr auf einem braven Dachboden bastelt.

Als ich zu lange fortblieb, kam Molly nach oben. Sie kam gerade dazu, als Betty Harbottle im Bücherkabinett spionierte. Ich steckte zu diesem Zeitpunkt tatsächlich in dem Automaten.

Molly erwartete, fürchte ich, allen Ernstes, daß ich mit dem Mädchen genauso kurzen Prozeß machte, wie ich es mit einem anderen getan hatte. Sie sah, daß Betty in dem Kabinett war, und verschloß die Tür. Aber ich wollte ihr nichts zuleide tun. Das Mädchen konnte mich natürlich nicht sehen, aber es war zu befürchten, daß sie meine Prothesen entdecken würde, die ich hinter der Maschine in die Ecke gestellt hatte. Was geschah, haben Sie sich wahrscheinlich längst ausgemalt. Zum Glück mußte ich dem Mädchen nicht weh tun; ein paar Bewegungen genügten; wobei ich schwören könnte, daß sie meine Augen entdeckte, die zu den Löchern in der Figur hinausspähten. Die Gefahr war für Molly und mich nicht allzu groß. Hätten Sie gar zu hartnäckig nach unserem Aufenthalt zu jenem Zeitpunkt gefragt, so hätten wir uns einfach zerknirscht und widerstrebend gegenseitig ein Alibi verschafft. Daß wir die Schürze des Mädchens – die ihr die Hexe bei der Pantomime mit ihren Krallen abgerissen hatte – übersahen, als wir sie nach unten schafften, war ein weiterer Fehler.

Tja, ich hatte es verdorben – was soll ich darum herumreden. Schon am Tag nach dem Mord war offensichtlich, daß ich, wie man so schön sagt, geliefert war. Sie fanden das Messer. Auch wenn ich es leichthin mit der Behauptung abtun wollte, der Hochstapler habe es mir schon vor vielen Jahren entwendet, und auch wenn Murray mir, ohne daß er es wußte, mit seiner Theorie zu Hilfe kam, das Messer sei nicht die wirkliche Tatwaffe, beobachtete ich doch jeden Ihrer Schritte genau und begriff bald, daß Sie das Geheimnis der falschen Beine durchschaut hatten.

Sie haben das Gespräch auf Ahriman den Ägypter gebracht. Und gleich darauf fragte Inspektor Elliot den wackeren Welkyn nach dem Ding aus, das durch den Garten gehüpft war. Dann übernahmen Sie wieder mit ein paar eindringlichen Worten zum Thema Hexerei und zogen sehr geschickt Molly mit hinein. Ich legte Widerspruch ein, und Sie konterten mit vielsagenden Andeutungen. Als nächstes arbeiteten Sie heraus, wie all diese Dinge miteinander zusammenhingen; Sie begannen mit Victoria Daly und kamen über das Verhalten des verstorbenen Patrick Gore am Abend des Mordes zu Betty Harbottle und dem Bücherkabinett auf dem Dachboden.

Ihre Bemerkungen bei der Besichtigung des Automaten waren der vorletzte Schritt zur Entlarvung. Sie deuteten an, daß der Mörder sich in dieser Kammer an dem Automaten zu schaffen gemacht habe und daß dieser Umstand zu seiner Entdeckung führen werde; zugleich sagten Sie aber auch, daß Betty Harbottle ihn nicht gesehen habe und daß es deswegen für ihn auch nicht notwendig sein werde, sie zum Schweigen zu bringen. Als nächstes forderte ich Sie heraus zu demonstrieren, wie der Automat funktionierte. Sie gingen kaum darauf ein, sondern sagten nur, der Schausteller habe seinerzeit gewiß das traditionelle Gewand des Zauberkünstlers getragen. Und zum Schluß brachten Sie noch ein paar Worte an, die suggerieren sollten, daß Mollys Hexenkult binnen kurzem aufgedeckt werde, wenn es nicht sogar schon geschehen sei. Daraufhin stieß ich den Automaten die Treppe hinunter. Glauben Sie mir, mein Freund, ich habe in jenem Augenblick nicht daran gedacht, daß ich Ihr Leben in Gefahr brachte. Ich wollte nur, daß die Figur einen Schaden nahm, der groß genug war, daß kein Mensch jemals mehr ihr Geheimnis würde ergründen können.

Bei der gerichtlichen Untersuchung am folgenden Tage fielen zwei weitere Punkte auf. Knowles log offensichtlich, und Sie wußten es. Madeline Dane wußte weitaus mehr über Mollys Unternehmungen, als wir uns leisten konnten.

Molly, das muß ich leider sagen, mag Madeline nicht. Sie beschloß, Madeline durch Einschüchterung zum Schweigen zu bringen, und sollte das nicht helfen, durch härtere Maßnahmen. Daher Mollys nicht gerade inspirierte Idee, einen Telefonanruf von Madeline vorzutäuschen, in dem diese vorgeblich darum bat, daß der Automat nach Monplaisir gebracht werde: Sie wußte, wie tief Madelines Furcht vor dieser Maschine saß, und ich mußte ihr versprechen, sie zu Madelines Erbauung noch einmal zum Leben zu erwecken. Was ich dann aber doch nicht getan habe; ich hatte anderes zu tun.

Es war ein Glück für Molly und mich, daß ich im Garten von Monplaisir war, als Sie und der Inspektor dort mit Madeline und Page zu Abend aßen. Ich hörte Ihre Unterhaltung mit an und hatte nun keine Zweifel mehr, daß Sie alles wußten – die Frage war nur noch, was Sie davon beweisen konnten. Als Sie und der Inspektor das Haus verließen, fand ich es weitaus nützlicher, Ihnen durch den Wald zu folgen und zu horchen, was Sie noch zu sagen hatten.

Ich begnügte mich damit, die harmlose alte Hexe ans Fenster zu schieben, dann folgte ich Ihnen nach. Was ich von Ihrer Unterhaltung hörte, bestätigte mir, daß ich Ihre Schritte richtig gedeutet hatte. Heute sehe ich es klar vor mir, wie Sie vorgegangen sind, doch auch seinerzeit hatte ich mehr als nur einen Schimmer. Ich kannte Ihr Ziel: Knowles. Ich wußte, welches für mich die schwache Stelle war: Knowles. Ich wußte, daß es einen Zeugen gab, der mich an den Galgen bringen konnte: Knowles. Ich konnte mich darauf verlassen, daß er sich lieber foltern ließe, bevor er den Namen des Mörders preisgäbe. Aber ich wußte auch, daß es eine Person gab, bei der er nicht zulassen würde, daß ihr auch nur ein Haar gekrümmt würde, und das war Molly. Es gab nur ein einziges Mittel, ihn zum Sprechen zu bringen. Sie mußten Mollys Hals in die Schlinge legen und Sie mußten diese Schlinge enger und enger ziehen, bis er es nicht ertragen konnte. Das würden Sie als nächstes tun; ich war klug genug und konnte die Indizien genauso deuten wie Sie, und mir war klar, daß wir keine Chance mehr hatten.

Nur eines blieb uns noch, und das war die Flucht. Wäre ich die seelenlose und ganz und gar unglaubwürdige Person, als die Sie mich jetzt gewiß beschrieben finden, so hätte ich Knowles mit der Leichtigkeit umgebracht, mit der man eine Zwiebel schält. Aber wer könnte Knowles umbringen? Wer könnte Madeline Dane umbringen? Wer könnte Betty Harbottle umbringen? Das sind echte Menschen, die ich gekannt habe, und nicht einfach nur Puppen in einem Kriminalroman, und deshalb kann man auch nicht wie mit Schießbudenfiguren auf dem Jahrmarkt mit ihnen umgehen. Ich war müde und, ehrlich gesagt, auch ein wenig erschrocken – als sei ich in einen Irrgarten geraten und fände nicht mehr heraus.

Ich folgte Ihnen und dem Inspektor zum Herrenhaus und ging zu Molly. Ich machte ihr klar, daß die Flucht unsere einzige Hoffnung war. Vergessen Sie nicht, wir waren im Glauben, wir hätten noch reichlich Zeit; Sie und der Inspektor wollten am Abend nach London, und die Entlarvung würde noch einige Stunden auf sich warten lassen. Molly stimmte zu, daß wir nichts anderes mehr tun konnten – und ihr war auch, als habe sie Sie am Fenster des Grünen Zimmers stehen sehen, als sie das Haus verließ, den Koffer in der Hand. Ich glaube allerdings, daß es unklug von Ihnen war, uns gehen zu lassen, damit wir uns durch die überstürzte Flucht ans Messer liefern. Ein solches Vorgehen, Doktor, ist nur dann ratsam, wenn Sie sicher sein können, daß Sie Ihre Beute auch wieder zu fassen bekommen, wenn es soweit ist.

In einem Punkt – wenn ich das noch zum Abschluß dieses Berichtes sagen darf – machte Molly mir ein wenig das Leben schwer. Sie brachte es nicht fertig zu gehen, ohne daß sie vorher noch einmal bei Madeline vorbeigeschaut hatte. Als wir im Wagen davonfuhren, hatte sie die absurdesten Vorstellungen im Kopf (ich kann das sagen, denn sie weiß, daß ich sie liebe), wie sie es dem »Biest« in Monplaisir heimzahlen könne.

Ich konnte sie nicht aufhalten. Binnen weniger Minuten waren wir dort und ließen den Wagen in der Gasse beim alten Haus von Colonel Mardale. Wir kamen in den Garten – und blieben stehen und lauschten. Denn durch die Glastür zum Eßzimmer, die einen Spaltweit offenstand, hörten wir eine ausgesprochen klarsichtige Analyse der Geschehnisse um Victoria Dalys Tod sowie des Charakters der Hexenmeisterin, die dahintersteckte; wir hörten sie aus dem Munde von Mr. Page. Der Automat stand nach wie vor da, und ich schob ihn nur deswegen zurück in den Kohlenschuppen, weil Molly ihn durch die Glastür auf Madeline schleudern wollte. Ein solches Betragen ist gewiß kindisch, doch die Feindseligkeit meiner Herzdame gegenüber Madeline ist persönlicher Natur – genau wie meine Feindschaft mit dem verstorbenen Patrick Gore es war; und ich kann Ihnen sagen, daß nichts, was in der ganzen Affäre bisher geschehen war, sie so sehr in Rage brachte wie jener kleine Vortrag im Eßzimmer.

Ich wußte nicht, daß sie aus Farnleigh Close eine Pistole mitgebracht hatte. Ich sah es erst, als sie sie aus der Handtasche zog und damit ans Fenster klopfte. Woraufhin, Doktor, mir klar wurde, daß ich sofort handeln mußte, und zwar aus zwei Gründen: Zum einen konnten wir es in dem Augenblick wirklich nicht brauchen, daß die beiden Frauen sich in die Haare gerieten, und zum zweiten hatte im selben Moment ein Wagen (Burrows') vor dem Haus gehalten. Ich klemmte mir Molly unter den Arm und machte ihr klar, daß wir keine Zeit mehr zu verlieren hatten. Zum Glück lief drinnen das Radio, so daß dies alles unbemerkt blieb. Gewiß war es nur eine sich nun anschließende Liebesszene von außerordentlicher Wirrheit – eine Szene, die sich an der offenen Glastür abspielte –, die mich in meiner Wachsamkeit nachlassen ließ, so daß Molly sich losreißen und noch einen Schuß in Richtung Eßzimmer abgeben konnte, als wir uns schon zur Flucht umgewandt hatten. Meine Dame ist ein guter Schütze, und sie hatte nicht vor, jemanden zu verletzen; sie läßt ausrichten, daß es lediglich als Kommentar zur Moral der armen Madeline gemeint gewesen sei und daß sie es jederzeit wieder tun würde.

Ich habe meinen guten Grund dafür, daß ich diese unwichtigen, ja geradezu lächerlichen abschließenden Ereignisse hier noch beschreibe, und das Motiv ist dasselbe, mit dem ich diesen Brief begonnen habe. Niemand soll denken, wir hätten uns in größter Tragik unter dem finsteren Murmeln der Götter davongeschlichen. Niemand soll denken, die Natur habe ihren Atem angehalten, als dies Gelichter sich fortstahl. Denn ich könnte mir vorstellen, Doktor – ich könnte es mir gut vorstellen –, daß Sie, um Knowles ein Geständnis zu entlocken, ihm eine weit verworfenere Molly vorgaukeln mußten, als es sie in Wirklichkeit je gab.

Sie ist nicht verschlagen; sie ist sogar das Gegenteil davon. Ihr kleiner Hexenkult war nicht das Werk eines verkommenen Verstandes, der sich daran delektieren wollte, wie er andere korrumpiert; sie ist das Gegenteil einer solch eiskalten, berechnenden Seele, und das wissen Sie genau. Was sie getan hat, hat sie getan, weil es ihr Spaß machte. Und ich würde vermuten, daß es ihr auch weiterhin Spaß machen wird. Es hinzustellen, als habe sie Victoria Daly ermordet, ist absurd, und was den Tod jener Frau in Tunbridge Wells angeht, sind die Ergebnisse Ihrer Ermittlungen so vage geblieben, daß Sie niemanden dafür verantwortlich machen können. Daß sie viel von den niederen Sphären in sich hat, gebe ich zu, und das gilt ja auch für mich; aber was haben Sie ihr sonst vorzuwerfen? Als wir beide aus Kent und aus England verschwanden, da schloß sich hinter uns – das habe ich versucht Ihnen klarzumachen – nicht der Vorhang eines mittelalterlichen Moralitätenspiels. Es hatte eher etwas von einem ganz gewöhnlichen Familienausflug an die See, bei dem der Vater sich im Trubel nicht mehr erinnern kann, wo er die Fahrkarten hingesteckt hat, und Mutter plötzlich sicher ist, daß sie das Licht im Badezimmer angelassen hat. Ähnlich überstürzt, male ich mir aus, sind seinerzeit Herr und Frau Adam aus einem größeren Garten aufgebrochen, und das, könnte der König sagen, und diesmal widerspräche auch Alice ihm nicht, ist eben die älteste Vorschrift im ganzen Buch.

Ihr ergebener

JOHN FARNLEIGH (weiland Patrick Gore).

Nachwort

Unter den fünf oder sechs besten und berühmtesten Schriftstellern des von Kennern und Liebhabern schwärmerisch verehrten Goldenen Zeitalters des Detektivromans in den dreißiger und vierziger Jahren des vorigen Jahrhunderts war John Dickson Carr (1906–1977) der Spezialist für unmögliche Morde – sein Lieblingstatort war der ›hermetisch verschlossene Raum‹, den niemand hatte betreten oder verlassen können und in dem dennoch jemand ermordet wurde. Hinzu kamen generell schaurige Settings wie etwa ein aufgegebenes Gefängnis im Moor mit integriertem Galgen (»Tod im Hexenwinkel«, DuMonts Kriminal-Bibliothek Bd. 1002), der Londoner Tower (»Der Tote im Tower«, Bd. 1014), eine einsame Burg in Schottland (»Die schottische Selbstmordserie, Bd.1018) oder eine Ruine am Rhein (»Die Schädelburg« Bd. 1027), waren seine Lieblingsbücher doch dieselben, die er vom angeblichen Lord Farnleigh im vorliegenden Buch aufzählen läßt: alles von Sherlock Holmes, alles von Edgar Allan Poe, Ausgewähltes von Dickens, Stevenson und Alexandre Dumas père sowie alle Bücher über Gespenster, Morde, Piraten und Burgruinen.

Auch in »Die Tür im Schott« (im englischen Original »The Crooked Hinge«, eigentlich »Die verbogene Türangel«) bleibt er seinen Vorlieben treu. Gewidmet hat er das 1938 erschienene Werk seiner Kollegin Dorothy L. Sayers, die 1936 die Patin bei der Aufnahme des gebürtigen Amerikaners und Wahlbriten in den renommierten »Detection Club« der britischen Krimi-Autoren gewesen war. Gleich drei Themen der Abenteuer- und Schauerliteratur sind es, die Carr in seinen Roman verwebt: der verschollene Erbe, Hexen und Satanskult und die im späten 17. und im 18. Jahrhundert so beliebten Maschinenmenschen, deren berühmtestem Poe seinen Essay »Maelzels Schachspieler« gewidmet hat.

Fast jedes Land hat irgendwann in seiner Geschichte eine *cause célèbre* um einen Unbekannten, der vorgibt, der rechtmäßige Thronerbe zu sein – Brandenburgs Woldemar, Rußlands Demetrius, der Deutsche, der behauptete, Ludwig XVII. zu sein, die ›Zarentochter Anastasia‹ im vorigen Jahrhundert sind nur die berühmtesten Fälle. Natürlich gibt es solche Prätendenten auch im Landadel; der bekannteste Fall wird im Buch selbst erwähnt: 1867 erregte ein Mann das Interesse der britischen Öffentlichkeit, der vorgab, der angeblich 1854 bei einem Schiffsunglück umgekommene Erbe des Titels und des Vermögens eines Barons Tichborne zu sein. Obgleich die Mutter des Barons ihn als ihren Sohn Roger Charles anerkannte, stand er nach jahrelangen Prozessen als Schwindler da und wurde zu vierzehn Jahren Gefängnis verurteilt.

›Markierte Intertextualität‹ nennt man heute das Verfahren, bei dem der Autor selbst sein Vorbild nennt, auf das er anspielt oder das er variiert, wie Carr es mit diesem Fall tut: Auch hier liegt der Frage nach der Legitimität des Erben ein Schiffsunglück zugrunde, aber diesmal das berühmteste eines ganzen Jahrhunderts, der Untergang der »Titanic« 1912, der den Zeitgenossen als Menetekel des neuen Titanentums eines technikgläubigen Zeitalters erschien. Zudem macht Carr glaubhaft, wieso es plötzlich zwei Männer gibt, die Anspruch auf den Titel »Sir John Farleigh« erheben. John, jüngerer Sohn und deshalb vom eigentlichen Erbe ausgeschlossen, galt schon in jungen Jahren als Tunichtgut und wurde schließlich als letzte Ausflucht von seinen Eltern zu einem Verwandten nach Amerika geschickt – auf der »Titanic«. Als rechter Taugenichts fand er natürlich die Passagiere auf dem Zwischendeck erheblich spannender als die der Ersten Klasse. Unter ihnen lernt er Patrick Gore, einen gleichaltrigen Jungen kennen, der drüben bei einem Zirkus sein Glück machen soll. Beide spielen mit dem Gedanken eines Identitätstausches, da beide in den USA niemand kennt – John entkäme der Langweile seines goldenen Käfigs und Patrick Gore gewänne die materielle Geborgenheit, nach der ihn verlangt. Während der Überfahrt bereiten sie den Tausch vor – strittig ist nur, ob er im Wirrwarr der Katastrophe tatsächlich auch vollzogen wurde. Jedenfalls ist der John Farleigh, der unter diesem Namen fast fünfundzwanzig Jahre in den USA gelebt hat, nach dem Tode seines älteren Bruders seit gut einem Jahr Sir John, als ein Prätendent auftaucht, der seinerseits Sir John Farleigh sein will und der den gegenwärtigen Inhaber des Titels schlicht als den wahren Patrick Gore bezeichnet. Da der falsche Erbe seinerzeit auf der »Titanic« tagelang vom echten gebrieft wurde und sogar dessen Tagebuch erhalten haben soll, führen die beliebten Fragetests nach intimen Details aus der Kindheit in diesem Fall nicht weiter. Aber das brauchen sie auch nicht, hat der damalige Hauslehrer Kennet Murray als begeisterter Hobby-Detektiv doch seinerzeit von jedem, der sich nicht wehrte, die soeben modern gewordenen Fingerabdrücke genommen, darunter auch vom echten kleinen John.

Doch bevor dieser unwiderlegbare Test überhaupt ausgewertet werden kann, stirbt der amtierende Sir John unter reichlich mysteriösen Umständen. Im Garten von Farnleigh Close befindet sich ein Heckenlabyrinth, das im Gegensatz zu seinem Vorbild in Hampton Court jedoch nur hüfthoch ist – wer sich in ihm verlaufen oder verbergen wollte, müßte kriechen. In dessen Mitte liegt ein großes Rondell mit einem kleinen Teich, den ein mindestens anderthalb Meter breiter Sandstreifen umgibt. Verschiedene Zeugen sehen, wie ›Sir John‹ sich an den Hals zu greifen scheint und unter wilden Bewegungen ins Wasser stürzt. Niemand wurde in seiner Nähe gesehen, und der Sand weist auch keine fremden Spuren auf. Hat ›Sir John‹ sich selbst mit einem schartigen Taschenmesser, das die Polizei in den Hecken findet, dreimal die Kehle durchschnitten? Wenn nicht, läge ein ›unmöglicher Mord‹ vor, wie Carr ihn liebt, da das offene, von vielen Zeugen eingesehene Rondell mit dem unberührten Sandboden eine Variante des verschlossenen Raumes darstellt (siehe dazu John Dickson Carr, »Der verschlossene Raum«, DuMonts Kriminal-Bibliothek Bd. 1042).

Natürlich ist dies ein Fall für Dr. Fell, der jetzt hinzugezogen wird. Da er sich in »Der verschlossene Raum« fröhlich zu seiner eigenen Fiktionalität bekannt hat – schließlich seien ja alle Figuren in einem Detektivroman Figuren in einem Detektivroman, und der Leser wisse das – kann er sich jetzt beschweren, daß für einen Detektivroman der Falsche ermordet wurde: Eigentlich hätte der Hauslehrer mit der Fingerabdruckfibel das Opfer sein müssen, vielleicht noch der Prätendent – der aktuelle Inhaber der Baronie ergebe schlicht keinen Sinn.

Das ist nicht das letzte Paradox, das Dr. Fell getreu seinem Urbild Gilbert Keith Chesterton äußern wird: Auf dem Speicher des Herrenhauses gibt es nämlich eine stets verschlossene Kammer, eine Art begehbaren Bücherschranks. In ihr, in der Dienstboten und Nachbarn oft nachts Licht brennen sehen, befindet sich nicht nur eine erlesene Fachbibliothek zum Hexen- und Satanskult, sondern auch einer der legendären menschenähnlichen Automaten, den ein von jeder Form des Mirakulösen und Abseitigen faszinierter Ahn einst gekauft hat. Im heutigen Zustand mit vermodertem Kleid und halbzerstörtem, rissigem Wachsgesicht, aus dem nur noch ein Auge starrt, löst er noch Grauen aus, auch wenn angeblich das Geheimnis seiner Mechanik nie entschlüsselt wurde. Aber gerade in ihr soll das Geheimnis auch des aktuellen Mordes liegen, wie der – wie gesagt – Paradoxen zugetane Dr. Fell verkündet. Jedenfalls wird ein Dienstmädchen, das sich in den Raum mit Hexenbüchern und Puppe einschleicht, vor Schreck ohnmächtig.

John Dickson Carr hat in einem Essay das Schreiben von Detektivromanen als »Das großartigste Spiel in der Welt« bezeichnet, und der vorliegende Roman ist ein herausragendes Beispiel für das, was Carr »das fast geniale Raffinement« genannt hat, »das Legen der Fallen und der Falle hinter der Falle, mit der ein Autor Kapitel für Kapitel gegen einen scharfsinnigen Leser spielt«.

Die »Falle hinter der Falle« liegt bei »Die Tür im Schott« in der doppelten Lösung, die Dr. Fell präsentiert. Während er in der für den Detektivroman fast typischen Schlußbesprechung aller Beteiligten einen perfekten Fall gegen ›X‹ konstruiert, gibt er gleichzeitig dem wahren Täter ›Y‹ Signale, die nur dieser versteht und denen er entnehmen muß, daß der scheinbar unfehlbare Plan eines Superhirns von einem ihm überlegenen Geist entschlüsselt worden ist. Diese zweite Falle hinter der ersten ist zugleich ein subtiles Verfahren Dr. Fells, dem Täter Gelegenheit zur Flucht zu geben und dennoch das dem wieder einmal unfehlbaren Detektiv gebührende Lob einzuheimsen – und das von niemand anderem als dem Täter selbst, dessen schriftliches Geständnis, mit gebührender Hochachtung an Dr. Fell adresssiert, das letzte Wort des Romans bildet.

Volker Neuhaus

DuMonts Kriminal-Bibliothek

»Knarrende Geheimtüren, verwirrende Mordserien, schaurige Familienlegenden und, nicht zu vergessen, beherzte Helden (und bemerkenswert viele Heldinnen) sind die Zutaten, die die Lektüre zu einem Lese- und Schmökervergnügen machen. Der besondere Reiz liegt in der Präsentation von hier meist noch unbekannten anglo-amerikanischen Autoren.« *Neue Presse/Hannover*

Band 1001	Charlotte MacLeod	**»Schlaf in himmlischer Ruh'«**
Band 1016	Anne Perry	**Der Würger von der Cater Street**
Band 1022	Charlotte MacLeod	**Der Rauchsalon**
Band 1025	Anne Perry	**Callander Square**
Band 1033	Anne Perry	**Nachts am Paragon Walk**
Band 1035	Charlotte MacLeod	**Madam Wilkins' Pallazzo**
Band 1050	Anne Perry	**Tod in Devil's Acre**
Band 1063	Charlotte MacLeod	**Wenn der Wetterhahn kräht**
Band 1066	Charlotte MacLeod	**Eine Eule kommt selten allein**
Band 1068	Paul Kolhoff	**Menschenfischer**
Band 1070	John Dickson Carr	**Mord aus Tausendundeiner Nacht**
Band 1071	Lee Martin	**Tödlicher Ausflug**
Band 1072	Charlotte MacLeod	**Teeblätter und Taschendiebe**
Band 1073	Phoebe Atwood Taylor	**Schlag nach bei Shakespeare**
Band 1074	Timothy Holme	**Venezianisches Begräbnis**
Band 1075	John Ball	**Das Jadezimmer**
Band 1076	Ellery Queen	**Die Katze tötet lautlos**
Band 1077	Anne Perry	**Viktorianische Morde** (3 Romane)
Band 1078	Charlotte MacLeod	**Miss Rondels Lupinen**